Faites pas de bruit, 'y a un **MORT**

 FriesenPress

1, Printers Way
Altona (Manitoba) R0G 0B0
Canada

www.friesenpress.com

ISBN
978-1-03-919129-7 (couverture rigide)
978-1-03-919128-0 (couverture souple)
978-1-03-919130-3 (version électronique)

Diffusé et distribué par The Ingram Book Company

Faites pas de bruit, 'y a un MORT

Madeleine Champagne

Choisir d'être entrepreneur de pompes funèbres c'est choisir un métier au service des morts en plein cœur de l'activité intime des vivants. Cela est et restera une grande dichotomie existentielle!

CONTEXTE FAMILIAL
ET GÉNÉALOGIQUE

———

Le roman qui suit, une fiction, se déroule de 1880 à 1960 en Ontario français. Il se base sur l'histoire d'individus réels, mais l'identité des personnages a été modifiée. Les prénoms et les noms ont été changés tout en respectant le contexte familial. C'était la tradition dans cette famille de passer le prénom d'une personne aînée aux autres générations au fil des ans. C'est donc dire que plusieurs personnages ont le même prénom. Dans le but de faciliter la compréhension des lectrices et des lecteurs, j'énumère plus bas les noms des protagonistes. Il est à noter que l'épellation du patronyme des entrepreneurs de pompes funéraires, présentés dans ce roman, a changé avec les années en raison de l'évolution de la langue.

La chronologie des faits a aussi été modifiée quelques fois selon le cheminement des personnages. Certains événements, lieux et intervenants ont été créés pour la trame romanesque et le rythme dramatique.

Par souci d'authenticité, la parlure des gens de l'époque a été reflétée dans les dialogues. Pour aider à la compréhension, la lectrice ou le lecteur voudra parfois lire certains des passages à haute voix.

LES FAMILLES

———

Jacques-Bruno, patriarche de la famille Blanchette (avant 1912) (Blanchet après 1912) et Adolpha Lebrun, parents de :
- Frédéric

Frédéric Blanchette et Désirée Ladouceur, parents de :
- Jacques-Bruno
- Pascal
- Frédéric
- Désirée
- Jérôme
- Zoël
- Adélard
- Émilie
- Jeanine
- Patrice
- Alain-Bernard

Anatole Sigouin et Amélie Boudrias, parents de :
- Léonie
- Omer
- Céleste
- Reine-Marie
- William
- Anna

- Alcide
- Délima
- Édouard
- Suzanne (Suzie)
- Hector

Julien Payant et Désirée-Isabelle Labonté (premier mariage de Julien) parents de :
- Julienne
- Bernadette
- Désirée
- Hortense
- Corinne
- Sarah
- Anita
- Yvan

Julien Payant et Marie-Rose Labonté (deuxième mariage de Julien) parents de :
- Isabelle
- Jean-Yves
- Marie
- Gaston

Jérôme Blanchette et Désirée Payant (premier mariage de Jérôme), parents de :
- Muguette
- Gabrielle
- Colombe

Jérôme Blanchet et Céleste Sigouin (deuxième mariage de Jérôme), parents de :
- Antoine
- Victor
- Frédéric

- Florent
- Florence
- Thomas

Eudes (Odon) Leclair et Sophie Quénette parents de :
- Lionel
- Robert
- Roberte
- Henriette
- Guillaume
- Régis (époux de Florence Blanchet)
- Marguerite
- Robert
- Michel

SINCÈRES REMERCIEMENTS

Cet ouvrage n'aurait jamais vu le jour sans l'appui de mon cousin Louis et de mon mari André. Tous deux m'ont fourni de nombreux renseignements sur la famille et sur sa généalogie.

Louis, qui a pratiqué le métier d'embaumeur, a pu me donner des détails privilégiés que je n'aurais pu obtenir autrement. De plus, il a fait une lecture critique du roman avant que j'y mette ma touche finale. Il a partagé avec moi des suggestions pertinentes avec un doigté exceptionnel. Il s'est assuré que je mène jusqu'au bout le projet.

Un merci sincère à M. Gilles Chartrand du musée de Clarence-Rockland qui a été généreux de sa personne et qui nous a donné accès à des documents qui ont validé mes connaissances concernant non seulement l'époque, mais aussi la grande région où se déroule l'action.

Le talent artistique de mon fils Benoît a été mis à profit dans ce projet. Il a conçu la page couverture. Grâce à son expérience exhaustive dans le domaine de l'édition, il a fait des suggestions astucieuses d'amélioration du texte.

Enfin, je suis très redevable à la mémoire phénoménale de mon mari. Ses connaissances sur les deux grandes guerres (1914-1918 et 1939-1945) et la grande dépression (1929) m'ont évité de multiples recherches me rendant les renseignements qu'il a emmagasinés disponibles en tout temps.

PROLOGUE
Une rencontre déterminante

———

J'ai toujours voulu écrire un roman sur la famille, toutefois j'ai sans cesse procrastiné. J'avais des tonnes d'excuses jusqu'au jour où un appel téléphonique me conviant à une rencontre de cousines et de cousins me stimule à passer à l'action…

Octobre 2017

La sonnerie du téléphone résonne dans l'appartement. C'est l'heure du souper et je ne suis pas contente de ce dérangement! Est-ce encore un appel frauduleux? Ils ont augmenté de façon exponentielle ces derniers temps. Qui peut bien venir interrompre notre repas? C'est un moment spécial de la journée pour notre couple.

Je me lève avec réticence et je m'achemine vers le bureau. L'afficheur du téléphone indique qu'il s'agit d'un de mes cousins, Ludovic Blanchet, avec qui je n'ai pas eu de contact depuis des années. Il a entretenu pendant un certain temps un dialogue avec mon mari concernant l'arbre généalogique des Blanchet. Je suppose qu'il souhaite lui parler. Ils sont tous deux passionnés par ces questions.

Je prends le récepteur, ma curiosité étant piquée, et je réponds à ma façon habituelle.

— Oui bonsoir.

Au bout de la ligne, j'entends.

— Marguerite, comment vas-tu? C'est ton cousin Ludo. J'aimerais t'inviter à une petite rencontre chez moi, le 31 octobre à midi. Notre cousin Patrice qui vit dans les Maritimes vient nous visiter à la fin octobre et mon épouse Ghislaine et moi souhaitons te recevoir pour un brunch à cette occasion.

Avec enthousiasme, j'accepte son invitation et je précise que j'y serai avec mon époux Alexandre. Nous sommes mariés depuis 50 ans et nous faisons tout, ensemble. Ludovic me donne des directives pour aller chez lui.

À la date prévue, nous nous rendons tel que convenu chez Ludovic. Dès les premiers pas dans la maison, il est évident que ce sont des gens accueillants, *recevants* comme disaient les anciens. Patrice est là avec son fils Peter. Sont aussi présents, mon cousin David, le frère de Ludovic, son épouse Jacqueline, ma cousine Ève, sœur de David et de Ludovic ainsi que son conjoint Raymond.

Des albums de photos sont placés sur la table à café. Après avoir servi un verre de mousseux et des amuse-bouches à ses invités, Ludovic amorce une conversation concernant la famille de Jérôme et de Céleste Blanchet, nos grands-parents. Il se montre curieux d'en connaitre plus sur grand-maman, son père lui ayant beaucoup parlé de grand-père. Il entre dans le vif du sujet en m'adressant directement la parole.

— Comme tu as passé les premières années de ta vie chez elle, dis-nous comment était Céleste.

En effet, les dix premières années de ma vie ont été vécues chez grand-mère, au salon funéraire de Moraineburg. Une expérience peu commune pour une petite fille! Ludovic, Ève et David ont eu une existence semblable puisque leur père, Victor, deuxième fils de Jérôme et de Céleste, était aussi propriétaire d'un salon funéraire à Brackley. De multiples souvenirs me reviennent en tête, plus précisément, les inconvénients et les contraintes de partager sa résidence avec un commerce de pompes funèbres. C'est pour le moins particulier!

La première chose qui me saute à l'esprit est le fait qu'il y avait toujours une dépouille au salon durant le temps des fêtes et qu'il fallait modérer nos transports enfantins pour ne pas faire de bruit et éviter ainsi de déranger les gens qui veillaient au corps. En ce qui a trait à Céleste, je réfléchis pendant quelques instants. Comment décrire cette personne avec qui, malgré mon jeune âge, j'ai par moment trouvé la vie difficile? J'ai souvent été en conflit avec elle. Nous avons eu plusieurs confrontations. Ce n'était pas un rapport que je qualifierais de normal entre une grand-mère et sa petite-fille. Prudemment, je donne quelques renseignements à Ludovic.

— C'était une femme austère, autoritaire, sévère, exigeante. Le commerce était très important pour elle. Elle était obsédée par la religion et quand il n'y avait pas de morts, elle faisait des neuvaines pour que l'argent rentre.

Je continue ma réflexion sans la partager à haute voix. Dans mes souvenirs, ces dix premières années de vie ont été pénibles par moment. Mon père, Régis, et Céleste ne voyaient pas toujours les choses du même œil et ma pauvre mère, Florence, la fille de Céleste, était parfois prise entre les deux feux. Ma grand-mère savait pourtant faire preuve de générosité. Je crois que c'est d'elle que j'ai développé le goût des beaux habits. Elle était fière et faisait en sorte que nos tenues à mes deux sœurs et moi étaient belles, impeccables et de qualité. C'est elle qui m'a acheté mes premiers vêtements griffés, des souliers, si ma mémoire est bonne.

La conversation au sein du groupe tourne ensuite autour des enfants de Jérôme et de Céleste, ceux qui ont eu la chance de vivre jusqu'à l'âge adulte, Antoine, Victor, Florence et Thomas. Il est aussi question des trois filles du premier mariage de Jérôme avec Désirée Payant, Muguette, Gabrielle et Colombe. Désirée est décédée d'une congestion pulmonaire qui a causé une myocardite quand la petite dernière était très jeune, 4 mois à peine. Jérôme et Désirée ont été mariés seulement six ans. De ce qu'on m'en a dit, c'était une union de grand amour, comme on n'en vit pas souvent!

Sur l'invitation de nos hôtes, nous nous attablons et dégustons un délicieux repas. Les échanges conviviaux se poursuivent jusque tard dans l'après-midi. Chacune et chacun font part au groupe de leurs histoires familiales. Lorsque vient mon tour, j'ose dire que j'ai toujours voulu écrire un roman sur la famille. C'en était fait de moi!

Ludovic m'a prise au mot et depuis, il m'alimente d'informations variées et s'assure que je garde *le focus* et passe à l'action.

C'était donc le petit coup de pouce dont j'avais besoin, l'élément déclencheur du roman qui suit. J'ai eu beaucoup de bonheur à écrire ce livre. Je remercie chaleureusement mon cousin qui m'a permis de réaliser un rêve.

PRÉAMBULE
Le départ d'un citoyen notable

———

Jérôme Blanchet est mort le 23 mai 1950 à 70 ans, à peine un mois avant ma naissance. Je ne l'ai donc pas connu en personne, mais j'en ai beaucoup entendu parler. Il est décédé d'un cancer fulgurant dans des années où la médecine était moins avancée qu'aujourd'hui. C'était presque toujours une fin fatale, sans rémission possible. On m'a répété à maintes reprises, combien il a souffert. La maladie a duré environ un an au cours duquel il a subi de nombreuses interventions chirurgicales et des traitements de radiation. On me le décrivait assis au bout de la table de cuisine, se plaignant d'une douleur virulente à la langue. C'est ainsi qu'on m'a parlé de mon grand-père dans les premières années de ma vie. Pas vraiment gai n'est-ce pas comme propos tenus à une petite fille?

Il avait été pendant trente-cinq ans entrepreneur de pompes funèbres à Moraineburg, un village ontarien à l'est d'Ottawa. Il s'était intéressé à la profession dès sa tendre enfance. J'ai lu des coupures de journaux qui relatent que ses funérailles furent mémorables et à la hauteur de sa carrière dans le domaine des pompes funèbres. Étaient présentes des personnes importantes, politiciens, hauts dignitaires, gens d'affaires, juges, journalistes et curieusement, des directeurs de pompes funèbres de maisons compétitrices. La mort a le don d'éliminer les conflits et de faire ressortir le positif des défunts ainsi que l'admiration de celles et ceux qui restent.

La messe a été célébrée diacres, sous-diacres et des prêtres des paroisses avoisinantes y participaient. Le salon funéraire desservait de nombreuses communautés situées près de Moraineburg et Jérôme avait créé des liens avec plusieurs membres du clergé. Son approche-service et sa compassion pour les familles endeuillées étaient légendaires. La direction des funérailles avait été confiée à des entrepreneurs d'autres maisons funéraires. C'était la volonté de Jérôme qui ne souhaitait pas alourdir la peine de ses fils. La triste nouvelle de son décès a fait les journaux français et anglais de la région et un film du cortège funéraire et de son enterrement a même été tourné.

Mais cet homme a été plus qu'une personne atteinte d'une maladie incurable et meurtrière. J'en déduis que la blessure due à son départ était tellement fraîche dans la famille que c'est la raison pour laquelle on m'a surtout parlé de sa fin de vie. De plus, n'oublions pas que la mort est une conversation omniprésente dans l'univers des Blanchet. Depuis déjà trois générations, les Blanchet de père en fils avaient été dans cette *business*-là. Ça n'a pas été la fin non plus de la lignée impliquée dans le domaine. Les enfants, petits-enfants et arrière-petits-enfants de Jérôme, ont poursuivi dans sa foulée.

Qui était Jérôme? Qu'est-ce qui en avait fait un personnage connu et notable? Pourquoi a-t-il choisi une profession si inhabituelle et *de facto* influencé les générations suivantes dans ce sens?

PARTIE I
1880 à 1909

CHAPITRE 1
Double coup de foudre

———

Jérôme Blanchette est né le 9 mars 1880, sur une ferme à Clearbrook, petit village ontarien à 30 milles d'Ottawa. Malgré le fait que le patronyme se soit transformé au fil des ans, de Blanchette, il est devenu Blanchet, les vieux du coin ont continué à prononcer Blanchette tout comme *lite* pour lit, *nuite* pour nuit et ainsi de suite. Fils de Frédéric Blanchette et de Désirée Ladouceur, il est le cinquième d'une famille de onze enfants, huit garçons et trois filles. C'est un beau poupon au teint rose, aux grands yeux noirs et à la chevelure brune épaisse. Sa taille est plutôt chétive. Il est le préféré de Frédéric, son père, qui, de son côté, est un solide gaillard, robuste et de stature imposante, propriétaire d'une terre prospère. Frédéric a un visage carré, une chevelure et une moustache épaisses dont il est extrêmement fier. Ses yeux noirs et perçants dévoilent une personnalité déterminée.

Frédéric trime très dur sur sa ferme. Sachant que son corps ne pourra plus prendre les effets néfastes et inévitables du travail intensif requis par le métier de cultivateur, il diversifie ses occupations. Il a le sens des affaires. Il est habile de ses mains et comme son père Jacques-Bruno, il confectionne et vend des cercueils. Il sert les familles des défunts selon leurs besoins et leurs préférences. Il a fait l'acquisition d'un corbillard et s'occupe des enterrements. Pour l'exposition des morts à domicile, il fournit un suaire noir qui recouvre la figure du défunt, une boucle mortuaire de porte d'entrée en velours mauve et un chandelier d'argent à trois branches toujours bien astiquées qu'on place à côté de la dépouille posée sur des planches. Les cercueils sont strictement réservés aux funérailles. Pour l'exposition des corps durant la saison estivale, il fournit des bâtons d'encens qu'il fait brûler près de la dépouille, question de dissiper les odeurs nauséabondes qui peuvent émaner des morts. Il a aussi un commerce de réparation de charriots et de traîneaux et il vend du charbon. C'est tout un entrepreneur, et ce dans tous les sens du mot!

Jérôme a une enfance relativement aisée pour l'époque. Il travaille à la ferme avec enthousiasme et aide son père dans ses autres entreprises. C'est le seul des enfants de Frédéric à manifester de la curiosité soutenue et de l'intérêt réel pour les nombreuses occupations de son père, en particulier pour celles qui concernent le service aux morts.

C'est ainsi qu'une mésaventure hivernale le marque à jamais. Jérôme a 13 ans. La maisonnée est réveillée aux petites heures du matin par de violents cognements à la porte. Cela est fréquent compte tenu du métier de Frédéric. Il s'agit d'un de leur voisin, Julien Payant. C'est un homme court et costaud aux traits durcis par la vie. Son visage au teint terreux, parsemé de gros sillons comme la terre labourée en automne, est de toute évidence prématurément vieilli. Il porte une barbe grise mal entretenue. De nombreux poils blancs protubérants sont visibles à l'embouchure de ses narines.

Des traces d'amertume assombrissent ses yeux noirs. Il est âgé d'une quarantaine d'années quoiqu'il en paraisse vingt de plus. On ne le qualifierait pas de bel homme, bien au contraire. On ne croirait pas qu'il puisse attirer l'attention d'une femme et d'une femme ravissante en plus. Il a toujours une tenue non soignée et défraîchie, des cheveux gris ébouriffés et des mains rugueuses. La misère et son lot de peines ont le don d'avoir de tels impacts sur l'être humain. Comme seule salutation, il lance à bout de souffle.

— J'te dis qu'i' fa't frette à *pèter* dés clous à soir.

Contrairement à la terre de Frédéric, celle de Julien est aride et produit peu surtout depuis le départ de son épouse. C'est comme si un mauvais sort avait été jeté sur lui. Le malheur s'acharne sur cette famille. Il est peu entreprenant et n'a pas le sens des affaires. Il s'est fait duper par des marchands de rêves liquidant bien malgré lui le petit héritage que sa femme avait reçu au décès de ses parents. Cette dernière venait d'une famille bien et personne n'avait compris pourquoi ces deux-là s'étaient épousés. Julien, semble-t-il, était, de toute éternité, doué pour l'échec et le drame.

À l'esprit vif et curieux, Jérôme qui a suivi ses parents dans la cuisine est étonné de voir que de grosses larmes inondent les joues du visiteur. C'est complètement contraire à ce qu'il dégage habituellement. C'est un homme à l'allure généralement plutôt froide, dépourvu de sentiments sauf pour son plus jeune enfant. Frédéric se demande pourquoi il s'est aventuré dans un tel mauvais temps. Qu'est-ce qui peut être si urgent pour qu'il se présente à une heure pareille?

Julien a de toute évidence fait le chemin à pied. C'est vrai que Julien ne possède qu'un seul cheval qui est en piètre état. L'apparence du pauvre homme témoigne des intempéries qu'il a eu à affronter. Il est recouvert d'une couche épaisse de neige. Ses lèvres sont bleuies par le froid extrême. Ses mains commencent à blanchir à cause d'engelures. Ses vêtements sont rapiécés et pas suffisamment chauds pour la saison. Il tremble de tous ses membres. Il n'a ni tuque ni gants, comme s'il avait quitté sa maison en catastrophe. Une profonde détresse l'habite. C'est souvent le cas des personnes qui viennent au domicile de Frédéric pour retenir ses services en cas de décès. Frédéric selon son habitude accueille le visiteur chaleureusement. Il y a toujours un bon feu dans le poêle chez les Blanchette, jour et nuit.

— Reste pas dewors, entre et approche-toé du poêle. Dis-moé donc Julien qu'ossé qui t'amène icitte à c't heure-cite d'la nuite? Qu'ossé qu'on peut faire pour toé?

Le visiteur nocturne, haletant sous ses sanglots, essuie son nez dégoulinant avec le revers de la main et explique que son plus jeune, Yvan, son seul garçon, âgé de 8 ans, vient de mourir. Il avait contracté l'influenza quelques jours auparavant et sa santé fragile a eu raison de lui. Il souffrait d'asthme chronique. Julien précise qu'il aura besoin d'aide pour l'exposition du petit corps et d'un cercueil pour l'enterrement. Il s'informe aussi s'il peut emprunter des habits propres pour l'enfant parce qu'il n'en possède pas. Les gens de l'époque avaient beaucoup de respect et de déférence pour les morts de même qu'une fierté par rapport à l'exposition du corps. C'était un rituel qui contribuait au deuil. Désirée, l'épouse de Jérôme, dit qu'elle s'en occupe et va récupérer quelques vêtements qui ne font plus à ses enfants. Julien d'un air piteux continue la conversation avec Frédéric.

— Fred, j'pourrai pas t'payer t'u' suite. J'espère pouwoir le faire à l'été si finalement ma terre produit que'qu'chose. Les *pelules* pour Yvan ont coûté b'en, b'en, trop cher. Ça m'a saigné à blanc. Ça me fa't beaucoup d'peine parce qu'l'docteur m'ava't promis que ça marchera't. C'éta't miraculeux qu'i' m'disa't. Chu's assez tanné de woir que rien marche dans ma vie. La dépense a rien donné, erien pan toute. C'é't épouvantable. J'ai pardu mon bébé, un vra' trésor! J'aima's tellement Yvan. Il m' rappela't sa mére. J'aime més filles, mais mon fils c'éta't ma grande fierté. C'ava't pris b'en dés années et b'en dés efforts pour enfin awoir un mâle comme assurance qu'not'e nom disparaitra't pas.

Frédéric, toujours sensible aux malheurs de ses clients, dit à Julien de ne pas penser au paiement pour le moment.

— On va s'arranger, énerve-toé pas avec ça!

Frédéric a le sens des affaires, Désirée le sait bien, mais elle est sans cesse étonnée de voir combien son mari peut être compréhensif et compatissant. Il pousse une chaise au visiteur pour qu'il s'assoie et demande à sa femme de lui préparer une tasse de thé pour le réchauffer. Il ajoute une goutte de petit blanc comme fortifiant.

L'influenza frappe dur cet hiver et plusieurs enfants sont récemment décédés. Une maison sur deux dans le rang a été touchée. Ces situations sont toujours éprouvantes pour Frédéric. Il s'est construit un semblant de carapace, cependant sous un extérieur distant, il a le cœur tendre et a du mal à accepter le départ prématuré de jeunes. C'est ce qu'il trouve le plus désolant de son métier.

Plusieurs travailleurs du domaine funéraire souffrent fréquemment de dépression après des circonstances dramatiques entourant certains décès tels des homicides et suicides, des accidents ou encore la mort de parents ou d'amis. Si le commerce est lent, ça ne va pas non plus. Ce n'est pas à cause du manque d'entrée de fonds, mais parce que c'est une profession de service et qu'ils ont du mal à être inactifs.

Chaque fois que Frédéric voit une jeune dépouille, il ne peut s'empêcher de penser à ses propres enfants. Il faut dire que la fatalité n'a pas épargné la maison dans le passé. La famille Blanchette a perdu trois garçons en bas âge. Jacques-Bruno est décédé lors de l'accouchement. Zoël avait une santé fragile et n'a même pas célébré son quatrième anniversaire de naissance. Il était introverti et avait tendance à s'isoler. Alain-Bernard est mort à 15 mois des suites d'une coqueluche. C'était un bambin enjoué et rieur. Tout le monde l'adorait.

Toujours prévenant et soucieux de servir la clientèle avec efficacité, l'entrepreneur a quelques cercueils d'enfants en réserve. Il pourrait attendre au matin pour le livrer, toutefois il sent l'urgence dans l'agitation du voisin. Il sait que Julien a laissé sa fille aînée âgée de 16 ans seule avec ses six jeunes sœurs. Plusieurs sont probablement mal en point soit à cause de la maladie soit à cause de l'immense chagrin ressenti dans leur cœur par le départ hâtif d'Yvan. Cette maladie était impardonnable dans ces années-là. La victime était un enfant aimable et bienveillant. C'était une vieille âme qui avait été le réconfort de son père après le décès de sa mère à sa naissance. Une hémorragie violente avait eu raison d'elle. La sage-femme, malgré des efforts héroïques, n'avait pas réussi à la sauver. La mère de l'enfant souffrait de problèmes pulmonaires et d'une anémie pernicieuse.

Julien est devenu veuf à 35 ans, laissé seul avec une maisonnée de huit enfants. N'eût été le rayon de soleil du petit Yvan, qu'il adorait, il n'aurait pu continuer parce qu'il était follement amoureux de son épouse d'une beauté peu commune. Désirée-Isabelle Labonté était une femme à la taille mince de jeune fille en dépit des nombreuses grossesses. Elle avait une peau olive exotique, et des cheveux épais d'un brun unique qu'elle coiffait en chignons impeccables. Malgré sa grande simplicité dans ses choix de vêtements, elle était toujours d'une élégance irréprochable. Elle était une couturière extraordinaire, ce qui était très utile économiquement. Elle savait concocter des plats savoureux, quoique peu coûteux. Ses yeux pairs, tantôt verts, tantôt brun noisette étaient vifs et allumés. Son mari aimait souvent la taquiner à ce sujet.

— Ma belle, tés yeux sont bruns quand t'és pas contente et ils changent à un vert coquin quand t'és amoureuse.

Il s'imaginait son rire cristallin et son regard envoûtant. Il ne s'est jamais remis du départ de son épouse, sa très chère Désirée, et son chagrin lui pesait lourd sur le dos un peu comme la bosse d'un bossu. Sa femme, d'une intelligence remarquable, était bien éduquée. Julien l'appelait affectueusement Belle, à cause de son deuxième prénom. Elle était de précieux conseils. Du temps de son vivant, les affaires roulaient très bien pour Julien. Dans la famille de Désirée Labonté, l'éducation était importante. Désirée qui fréquentait l'école du rang dans sa jeunesse était d'une vivacité hors de l'ordinaire et avait complété son primaire en six ans plutôt que huit. Depuis son entrée à l'école, elle était souvent distraite par ce qui se passait chez les plus vieux. Elle terminait son travail réglementaire rapidement et pouvait ensuite suivre les leçons des autres niveaux. Le plus grand plaisir de Désirée, c'était de souligner sa rapidité à effectuer les travaux. Elle s'écriait toujours avec sa joie enfantine.

— J'ai tout fini!

Sa maîtresse d'école, voyant cela, avait permis à la jeune fille de compléter une dixième année, chose plutôt rare pour le temps. Désirée avait été institutrice avant son mariage. Plusieurs se demandaient comment un homme de peu de talents apparents et à l'allure insignifiante avait pu gagner le cœur de cette merveilleuse femme. Comme disait le philosophe, Blaise Pascal, *le cœur a ses raisons que la raison ne connait point.* Dans le voisinage, on se moquait du pauvre Julien. Dans son dos, les gens répandaient des sottises.

— I' doit awoir un b'en bel organe dans sés culottes et êt'e b'en *sma't* au lit.

Dehors, une tempête violente s'acharne. La poudrerie est tellement forte qu'on ne voit ni ciel ni terre. Malgré la chute de neige qui d'habitude tempère le climat, le froid est extrême. L'hiver 1893 restera dans la mémoire des gens longtemps comme celui qui aura fait le plus de ravages. Prévenante, l'épouse de Frédéric lui suggère de prendre un des enfants avec lui, par précaution, pour qu'il ne soit pas seul lors du voyage de retour, compte tenu des conditions météorologiques épouvantables. Jérôme a suivi la scène avec intérêt, il se porte volontaire pour accompagner son père.

— S'i' vous pla't 'man et 'pa, laissez-moé aider. J'aimera's y aller parce que j'veux vraiment apprendre le méquier.

Touché par l'élan de son fils, Frédéric accepte sa proposition. Désirée Blanchette a toujours une énorme inquiétude quand son homme s'apprête à travailler auprès d'un mort qui a perdu la vie en raison de maladies contagieuses. Elle n'hésite pas à faire un petit rappel à son mari.

— J't'en supplie mon vieux, prends toutes lés précautions pour vous protéger d'la maladie b'en   contagieuse quand vous arriverez chez lés Payant. C'é't pas pour rien qu'la maison a été mis en quarantaine.

Frédéric a fait face à de tels défis auparavant et la rassure gentiment.

— T'en fa's pas ma vieille. T'sés qu'chu's toujours prudent, surtout qu'Jérôme s'ra avec moé. J'prendrai pas d'chance.

Il n'en est pas à ses premières armes et jusqu'à maintenant il a été chanceux. Il n'a jamais rien attrapé. Désirée, de son côté, soupçonne que peut-être la mort prématurée de deux de ses enfants, Zoël à 3 ans et Albert-Bernard à 15 mois, pourraient être dus aux contacts de Frédéric avec des morts. À l'époque, un décès infantile était souvent le résultat d'une épidémie. Frédéric, dans son for intérieur, entretient certains doutes lui aussi à ce sujet. Il s'efforce de ne pas trop y penser parce que comme il se dit en lui-même.

— Je virra's fou. Dans l'méquier que j'fa's et que j'aime, c'é't des risques qu'i' faut accepter de prendre.

Chaudement vêtu, l'entrepreneur de pompes funèbres se rend à l'écurie chercher son cheval le plus fiable, un magnifique étalon noir, du nom de Réglisse et l'attèle à son *cutteur* le plus résistant. Frédéric se dit que Réglisse est le cheval que Jérôme aime monter. Son fils prend soin religieusement des chevaux. Il affectionne particulièrement ces bêtes. Quotidiennement, il les nourrit et les brosse. Dès qu'il observe quelque chose d'irrégulier, il en fait part à son père.

Il ne redoute pas non plus la mauvaise odeur des crottins et garde l'écurie super propre. Ses frères sont bien contents qu'il s'adonne à ces tâches pour lesquelles ils n'ont aucun intérêt.

Frédéric va chercher le petit cercueil de pin blanc dans son atelier et le pose sur le traîneau. Frédéric jouit d'une excellente réputation de charpentier et est très fier de ses produits. Il prend aussi la couronne mortuaire qu'il mettra sur la porte d'entrée pour prévenir les gens que la maison est endeuillée, le chandelier à trois branches qui sera placé près du défunt et le suaire noir dont il couvrira la figure du mort. Il n'oublie pas d'apporter un fanal pour éclairer la route et deux couvertures *buffalos* pour garder les passagers au chaud. Une fois qu'ils seront rendus à destination, il recouvrira le cheval de l'une d'elles. Frédéric a pris soin de se procurer de la nourriture pour l'animal en question afin qu'il se refasse des forces pour le voyage du retour. Bien traiter ses bêtes, c'est un incontournable pour Frédéric, car elles font partie intégrante du métier.

Pendant ce temps, Jérôme a enfilé ses vêtements les plus chauds et accompagné par M. Payant rejoint son père. L'épouse de l'entrepreneur a prêté des mitaines, une tuque et un foulard à Julien pour le protéger du froid. L'homme tient les habits que Désirée lui a remis pour l'enfant tout près de son cœur comme si cela était un trésor. Elle lui a donné un panier de victuailles, car elle se doute que plusieurs personnes iront veiller au corps. La mort d'un enfant ne laisse personne indifférent et le voisinage est tissé serré. C'était la coutume pour les gens de veiller au corps jusqu'aux petites heures du matin et la table de la cuisine étalait toujours beaucoup de nourriture pour les bonnes gens qui viennent offrir leurs condoléances, faire des prières pour le défunt et consoler les membres de la famille.

De peine et de misère, ils entreprennent leur périple. Ils n'ont pas bien loin à se déplacer. Par beau temps, cela leur aurait pris une vingtaine de minutes. En raison de la météo inclémente, ils doivent se munir de patience. Les forces de la nature sont redoutables. Les bourrasques ont causé un énorme amoncellement de neige sur les routes de campagne et le traîneau a du mal à se frayer un chemin. Par moment, les passagers doivent sortir du *cutteur*, Frédéric pour tirer sur la bride du cheval et le rassurer, les deux autres pour pousser le traîneau. Ils doivent fournir des efforts presque surhumains. Le pauvre cheval *en prend pour son rhume* et déploie beaucoup de force pour parvenir à ses fins. Haletant de fatigue, l'animal expire un nuage de vapeur à chaque respiration. Julien qui a hâte d'être à la maison avec ses filles ne cesse de se lamenter.

— Maudite marde, toute é't cont'e nous aut'es c'te nuite! Le malheur s'acharne su' moé!

La neige est profonde et entassée. Les hommes s'enfoncent facilement dans les incroyables bancs de neige. Ils ont peine à faire des enjambées. À un moment donné, *le cutteur* tombe à la renverse sur le côté et le cercueil ainsi que le panier de nourriture se retrouvent dans la neige. L'équipe met beaucoup *d'huile de coude* comme dit Frédéric pour redresser le traîneau et récupérer les victuailles. Jérôme a pris très au sérieux la tâche que lui a confiée son père, celle de tenir fermement le fanal. Malgré les vents forts et la neige, il réussit à garder la flamme allumée.

Frédéric, d'habitude d'un calme imperturbable, se demande s'ils finiront par arriver à destination. Il ne prononce cependant aucun commentaire négatif, soucieux de rassurer son fils et d'appuyer Julien dans son malheur. Il est d'un professionnalisme louable. Encore une fois, Jérôme est fort impressionné par son père. Il est de plus en plus convaincu que c'est le travail qu'il veut faire. C'est un immense service que l'entrepreneur de pompes funèbres rend aux êtres humains dans les moments les plus sombres et les plus lourds de la vie.

Une heure plus tard, frigorifiés et fatigués, ils arrivent chez les Payant. Le jour se lève. La famille habite une maison pauvre et délabrée. On devine qu'elle a eu de meilleures saisons et on sent qu'elle n'a pas été entretenue dans les dernières années. La chaux qui autrefois couvrait les murs de pin est presque complètement disparue et les cloisons sont fissurées.

À l'intérieur, on peut constater que le logis ne compte que quatre pièces dont une cuisine exiguë, deux chambres à coucher, l'une pour le père et son fils et l'autre pour les filles. Étrangement, il y a un salon qui a dû être invitant dans le passé. Julien indique que c'est là qu'il veut exposer le corps de son fils. Il a déjà installé des planches sur des chevalets.

On gèle dans la maison, il n'y a pas de feu dans le poêle et les fentes dans les parois de bois laissent entrer non seulement le vent, mais aussi la neige. Julien, atteint d'une léthargie chronique, a coupé une trop petite quantité de bois de chauffage. La famille doit conserver le peu qu'elle a pour la cuisson de la nourriture principalement composée de patates et de galettes de sarrasin. Des lampes à l'huile et des chandelles éclairent les différentes pièces de la maison. Le mobilier qui, un jour, a dû être élégant est aujourd'hui en mauvais état.

En accédant à la cuisine, Jérôme observe les sept filles autour de la table. Certaines semblent mal en point, le nez coulant, les joues rougies par la fièvre, les yeux cernés. Ces dernières toussent à s'époumoner. L'aînée, Julienne, a pris en charge la famille après le décès de sa mère. Julien a bien essayé de se trouver une femme pour prendre soin des enfants sachant que la tâche était lourde pour la jeune Julienne. Malheureusement, personne ne voulait de lui. Il n'était pas perçu comme un bon parti. Qui voulait unir sa vie à cet homme à l'allure minable, *pauvre comme le diable*?

Une des filles attire l'attention de Jérôme. D'un regard, Frédéric indique à Jérôme de garder ses distances. L'adolescente doit être âgée de 12 ou 13 ans. Elle est différente de ses sœurs qui ressemblent à leur père. Elles ont des traits anodins, la peau terreuse, les yeux et les cheveux noirs mal coiffés. Elles sont émaciées probablement à cause de la pauvreté qui entraine la malnutrition. Cette jeune fille porte bien son nom, celui de Désirée. Jérôme trouve que c'est une drôle de coïncidence que sa propre mère de même que celle de la jeune fille aient le même prénom. Ce dernier se dit que c'est un nom très populaire.

Il constate qu'elle a des traits identiques à ceux de la femme sur la photo de mariage du couple Payant accroché au mur du salon. Le cliché met en valeur les beaux grands yeux pétillants de la dame ainsi que sa coiffure. Comme sa mère, la jeune fille est élancée. Son regard est vibrant. Il ne peut dire si ses yeux sont verts ou noisette. Des cheveux d'un brun inhabituel tombent sur ses épaules. Il y a des reflets dorés dans sa chevelure. Son teint est olive, ce qui lui donne une allure exotique.

Pour quelques instants, il est envoûté par cette beauté. Elle est assise à la table près de la chandelle et lit un livre. Contrarié, il remarque que le père ne la traite pas comme les autres. Il l'ignore presque et a des manières plus rudes avec elle quand il lui demande de faire des choses. Julien s'adresse à elle d'un ton violent.

— Tu devra's pas parde ton temps en lisant lés sornettes qui s'trouvent dans ton roman. La vie c'é't b'en aut'e chose. La seule raison qu'vous allez à l'école, c'é't parce que pour vot'e mére l'éducâtion c'ta't une valeur importante et j'y ai donné ma parole quand qu'elle éta't sus son lite de mort. Ça donne quoi d'êt'e première de classe. Ça vaut rien sur une farme et ça garantit pas une bonne santé.

Jérôme se demande pourquoi l'homme de la maison agit ainsi avec elle. C'est comme s'il avait horreur de sa beauté et de son intelligence. Est-ce parce qu'elle lui rappelle trop la femme qu'il a tant aimée? Est-ce parce qu'il est aveuglé par la peine qui l'habite en raison du décès de son fils qui lui aussi ressemblait énormément à sa mère? Jérôme pense qu'il ne pourra jamais oublier cette jeune fille et espère en secret la revoir pour pouvoir la connaitre davantage. Il est tiré de ses rêveries par son père qui veut les mettre à la tâche.

— Viens fiston, on doit s'organiser pour faire la meilleure *job* possible. Aide-moé à apporter le cercueil dans la chambre du pére. C'est là qu'on va l'entreposer jusqu'au matin dés funérailles. Apras, va m'chercher d'l'eau. On va laver la dépouille. D'ordinaire ce s'ra't une femme d'la maison qui f'ra't ce travail més Julien veut pas qu'a's s'approchent du corps. I' a peur qu'sés filles soyent contaminées. Ensuite, on va l'habiller dans du propre. I' faut traiter les morts avec b'en d'l'attention.

Jérôme ne comprend pas pourquoi il est nécessaire de nettoyer le corps d'un mort. Il pose la question à son père et ce dernier toujours patient lui donnera une bonne explication. Énervé par la situation, Jérôme adresse la parole à son père d'un ton brusque.

— C'é't une parte de temps! Un mort c't'un mort. Il sét pas si i'é't sale ou nette. Pourquoi qu'i' faut laver l'mort?

— C'é't par sécurité pour enl'ver lés microbes et lés germes pour protéger toutes lés parsonnes qui viendront rend'e visite à dépouille. C'é't en plusse une façon d'montrer du respa' pour l'mort. C'é't aussi symbolique. C'é't comme si on nettoyait l'mort de toute le mauva's qu'i' a vécu dans sa vie su' la terre.

Frédéric y va d'un ton plus léger en faisant un clin d'œil à son fils.

— P'is on voudra't pas que Saint-Pierre refuse que'qu'un à porte du Paradis parc'qu'i' le trouvera trop crotté. Pense à ça Jérôme, j'me sentira's b'en trop coupable.

Jérôme aime que son père prenne le temps de l'instruire. Avec beaucoup de délicatesse et de respect, Frédéric enlève la jaquette à l'enfant, le lave et enfile les beaux vêtements que son épouse a généreusement fournis pour les circonstances.

— Doucement Jérôme, on va transporter l'corps et le placer sus lés planches dans l'salon. J'te dis qu'i' é't pas gros, jus'e la peau p'is les os. Crasse de maladie! Oublie pas l'suaire qu'on va mett'e su' sa face.

Avec l'aide de Jérôme, il dépose le petit corps amaigri sur les planches. Frédéric croise les mains de la dépouille sur sa taille, enfile un petit chapelet entre les mains et dispose le suaire cérémonial sur sa figure. Frédéric place le chandelier à côté de la dépouille et allume les bougies. Il va ensuite installer la couronne mortuaire sur la porte d'entrée de la maison. Ce n'est pas chose facile parce qu'elle est malmenée par le vent. Il espère qu'elle ne s'envolera pas. Ce sont les risques du métier, songe-t-il. Jérôme demande à son père s'il faut faire brûler de l'encens près du corps. Frédéric répond à la négative. Il explique à son fils que le froid dans la maison empêchera la diffusion des odeurs nauséabondes de la dépouille.

Jérôme ne peut faire autrement que de noter l'immense décorum avec lequel son père s'adonne à son travail. Il a de la considération pour le client, même si ce dernier ne pourra probablement pas le payer. Jérôme se répète qu'à l'avenir, comme son grand-père avant et son père maintenant, il aimerait faire ce métier. Il sent la passion monter au plus profond de son être. Il y a déjà pensé autrefois, mais aujourd'hui cela est plus fort. Il se jure que c'est la carrière qu'il embrassera avec énergie et dynamisme.

L'approche-service de son père deviendra non seulement l'héritage de Jérôme, plus encore, son mantra. Cela a été et sera la marque de commerce de toutes les générations de Blanchette qui ont choisi cette profession. C'est l'ultime service qu'on rend à un humain et à sa famille. Cette soirée suscite un double coup de foudre chez le garçon, une rencontre avec la belle Désirée Payant et la conviction que le métier de son père est le plus beau.

Frédéric invite la famille à venir au salon tout en posant une question à Julien.

— Est-ce que toute est correct? 'Y a-tu que'qu'chose qu'on peut faire de plusse?

Julien, malgré le chagrin qui l'étreint, se dit satisfait.

— Marci, Frédéric t'es b'en *blood*. C'é't premiére classe.

L'entrepreneur initie la première de plusieurs prières qui seront récitées pendant que le corps sera sur les planches.

Il s'entend ensuite avec Julien pour faire les arrangements avec le curé pour les funérailles et l'enterrement de l'enfant. Le corps ne pourra être mis en terre qu'au printemps après le dégel. Il sera placé dans un petit hangar au cimetière, le charnier. Frédéric n'aime pas ces circonstances parce que cela retarde le deuil que la famille a à faire devant cette perte terrible… en revanche, Frédéric sait bien que la mort n'attend pas le dégel pour frapper.

S'étant assuré que tout est en ordre et à la satisfaction de Julien, Frédéric repart avec Jérôme. Heureusement, Mère Nature s'est calmée et le retour à la maison se fait sans trop de problèmes.

À la ferme, tout est sous contrôle. Désirée et les autres enfants Blanchette se sont chargés de *faire le train*, traire les vaches, nettoyer les enclos de la grange, cueillir les œufs. Enfin, ils se sont occupés de tout! Un déjeuner copieux attend les deux travailleurs de nuit qui arrivent. Le menu est formidable, des œufs brouillés, des crêpes de sarrasin, du bon sirop d'érable de leur érablière et de la confiture maison. Ils se régalent. Jérôme et Frédéric font les éloges de la cuisinière.

— 'Man fa't du vrai bon manger.

— Ouen, Désirée, ma femme, est une ménagère dépareillée. J'aura's pas pu tomber su' mieux.

Pour les trois jours de veille au corps, Frédéric se rend chez les Payant pour s'assurer que tout est en ordre. La deuxième journée, son épouse et quelques-uns des enfants Blanchette l'accompagnent. Encore une fois, elle a apporté de la nourriture. Bien sûr, Jérôme est de la partie. Il en profite pour apprendre des leçons de son père. Furtivement, timidement, il jette un coup d'œil à Désirée Payant. Une seconde fois, il est ébloui par sa personne. Il n'ose pas cependant s'en approcher. Elle semble terriblement attristée par la situation. Comme Jérôme aimerait avoir le courage de la réconforter.

Le matin des funérailles, Frédéric dépose la petite dépouille dans le cercueil et le place dans le corbillard. Il s'agit d'un véhicule d'une grande simplicité, une charrette entourée d'une clôture, le tout peint en noir. La couronne mortuaire est attachée à l'avant. Toute la famille Blanchette est présente de même que la majorité des habitants du rang. Quoique Julien ne va pas souvent à l'église, le curé l'a pardonné pour la journée. Il a prévu une belle cérémonie, après tout c'est un petit ange qui s'envole au paradis. L'homélie a été particulièrement touchante. Presque tous les participants, même les moins sensibles, ont versé quelques larmes.

Jérôme observe le comportement de son père et encore une fois constate combien ses moindres gestes sont des plus professionnels. Jérôme ne porte pas seulement attention à Frédéric, il est comme hypnotisé par la belle Désirée Payant. Il tente de se convaincre d'aller lui parler. Il se dit que peut-être au cimetière, il pourra le faire.

Après le dépôt du corps dans le charnier, il se fraie un chemin vers la jeune fille. Il trouve l'audace de lui tendre la main et de lui offrir ses condoléances. La sensation qu'il éprouve lorsque leur peau se touche est électrisante. Il n'a jamais ressenti une telle émotion avant. Cela n'a fait qu'accroître sa fascination envers elle et sa détermination de recroiser sa route dans l'avenir. Il est déçu que la famille Payant ne soit pas assez riche pour servir un goûter après les funérailles. Il regrette de n'avoir pu la côtoyer de plus près.

Malheureusement, au grand désespoir de Jérôme, la famille Payant quittera la région peu après le décès d'Yvan pour aller du côté du Québec. Le jeune homme est désolé et réalise que jamais au grand jamais, il ne rencontrera une jeune fille aussi captivante. Il se lance donc à fond de train dans la *business* de son père.

CHAPITRE 2
Une histoire d'amour

———

Jérôme n'a jamais été entiché de l'école et ne l'a pas fréquentée trop longtemps. Pour lui, c'est niaiseux de savoir des choses qui ne serviront jamais. Seules les mathématiques l'intéressent, car il sent que cela pourrait être utile pour les affaires. Il préfère le travail concret avec son père. Il juge qu'il apprend beaucoup plus à son contact et à celui de son grand-père paternel.

La famille réside maintenant à Moraineburg. Frédéric s'est vu dans l'obligation de vendre sa ferme. Comme on disait à l'époque, il était crevé, c'est-à-dire qu'il s'était fait une hernie. Il a réalisé qu'il n'avait plus la forme pour le dur labeur de la terre. Frédéric connait bien le village. Jeune, il avait travaillé au moulin à bois de MacPherson. Il était alors vraiment apprécié pour son énergie et la qualité de son ouvrage. Puisque la réputation de son père le précède, Jérôme, à son tour, a réussi à y décrocher un emploi à temps partiel. C'est là qu'il a commencé à chiquer du tabac parce qu'il ne pouvait pas y fumer des cigarettes. Il regrettera amèrement cette mauvaise habitude vers la fin de sa vie.

Frédéric s'associe à son père, Jacques-Bruno, qui possède un magasin général. Ils y vendent de tout, incluant des épiceries, des tissus variés, de la laine à tricoter, des pianos, des glacières, des cercueils et même des instruments aratoires. Ils offrent la réparation de charriots et de traîneaux de même que le commerce du charbon. En plus, ils s'occupent du transport des morts à l'église et au cimetière dans un corbillard. Un peu plus tard, ils ajouteront l'acheminement de blessés à l'hôpital. Le magasin est stratégiquement situé sur la rue Principale, pas loin de la résidence familiale et attire une bonne clientèle. La gestion quotidienne de toutes ces entreprises est évidemment exigeante. Jérôme est fasciné par tout le côté des affaires, c'est un naturel.

À 16 ans, Jérôme est un beau jeune homme, de taille moyenne, aux cheveux d'un brun foncé, bouclés et épais. Son visage raffiné est orné d'un nez aquilin et de lèvres charnues. Ses beaux grands yeux bruns sont très perçants et laissent deviner un esprit vif. Physiquement, il ressemble davantage à la famille de sa mère qu'à celle de son père.

Bien que Jérôme n'ait pas voulu être scolarisé longtemps, il fait preuve d'un sens pratique remarquable et d'un jugement juste. Il a le même souci d'excellence que son père. Sans qu'il s'en rende compte, il est populaire auprès des jeunes filles qui fréquentent assidument le magasin pour le voir. Il n'en est pas conscient et leur porte peu d'attention. Contrairement à ses frères plus frivoles qui sont grandement entichés des filles, il n'a pas de temps pour les histoires de cœur. La vie c'est sérieux. La sécurité financière ça se construit petit à petit et c'est indispensable tant pour le présent que pour l'avenir.

Frédéric et Jérôme sont proches de leur père respectif. Jacques-Bruno et son fils ont acquis une maison magnifique et spacieuse. Frédéric en vendant la ferme en a tiré un bon profit. Les Blanchette sont plutôt aisés. Le commerce est prospère. La famille de Frédéric demeure donc avec le grand-père. Jacques-Bruno est amer depuis la disparition de son épouse, Adolpha morte subitement d'un accident cérébral vasculaire, il y a une dizaine d'années. Désirée fait preuve d'une grande patience devant les commentaires souvent déplaisants de Jacques-Bruno.

Une belle veille de Noël de 1902, Pascal, devenu l'aîné de la famille après le décès du petit Jacques-Bruno, convainc Jérôme de participer à un réveillon à Clearbrook. La célébration aura lieu chez un de leurs anciens voisins qui habitait le même rang qu'eux dans leur enfance, les Beaulieu. Hormidas, l'ami de Pascal, est le fils de ce riche propriétaire de plusieurs fermes de la région.

Anatole Beaulieu est un fier habitant qui aime organiser des fêtes pour célébrer ses succès et sa bonne fortune. Les frères de Jérôme s'acharnent sur lui pour le persuader de les suivre. Ils le taquinent et le harcèlent presque.

— Enweille don' Jérôme. C'é't l'temps qu't'arrêtes d'agir comme une sainte nitouche et qu'tu t'déniaises.

Il ne bronche toutefois pas. Sa sœur préférée, Émilie, tente sa chance à son tour. D'habitude, Jérôme ne lui refuse pas grand-chose.

— Écoute mon cher, ça coûte arien d'sortir une fois d'temps en temps. Ça va t'faire du bien de t'changer lés idées. Et qui sait, tu pourrais rencontrer l'amour de la vie!

Pour les faire taire tous et avec hésitation, Jérôme suit ses frères et sœurs. Il fait preuve de beaucoup d'entregent professionnellement néanmoins, socialement, il est plutôt réservé, même timide et maladroit. Il ne s'adonne pour ainsi dire à aucun divertissement qu'il juge être des enfantillages. Lui, il se targue d'être sérieux et responsable. Il investit dans son avenir.

Vers 7 h 00 du soir, les cinq frères Blanchette, Pascal, Frédéric, Jérôme, Adélard et Patrice accompagnés de leurs trois sœurs, Désirée, Émilie et Jeanine, s'installent dans une belle grosse charrette et entreprennent le voyage vers Clearbrook à 6 milles de Moraineburg. Leurs chevaux sont racés et fringants. Les Blanchette ont l'œil pour l'acquisition de magnifiques animaux. Jérôme est un fier cavalier. Lorsqu'il monte un cheval, il aime le faire sauter pardessus des clôtures. Lui, si conservateur dans ses actions, perd toutes ses inhibitions dans ces occasions. Duchesse est sa jument préférée, une belle bête brun chocolat, super rapide. Beau temps, mauvais temps, Jérôme s'occupe de nourrir et de brosser les chevaux. Il est de plus chargé des rendez-vous chez le forgeron du village.

Le temps est idéal. Le ciel est étoilé et la lune éclaire si bien le chemin qu'ils n'ont pas besoin de fanal. Les vents sont calmes. La route devrait se faire sans anicroche. Ils estiment arriver à destination dans une trentaine de minutes. Les jeunes adultes sont de bonne humeur et chantonnent des cantiques de Noël. Les Blanchette sont réputés pour leurs belles voix. Le curé ne sera pas content de

ne pas les voir participer à la chorale à la messe de minuit. Mais...
il faut que jeunesse se passe. Ils iront à la messe du jour, leur mère
s'en assurera, peu importe l'heure à laquelle ils seront de retour chez
eux. En approchant de leur destination, ils admirent la magnifique
maison de ferme de leur hôte. Adélard exprime à haute voix ce que
tous pensent.

— Wow, i' é't vraiment riche l'bonhomme Beaulieu. Ergardez
moé ça, la grandeur de c'te belle baraque.

Patrice âgé d'à peine 14 ans est tout excité d'avoir obtenu la permission d'assister à la fête. Ses parents connaissent bien les Beaulieu.
De plus, ils ont confiance que leur très sérieux Jérôme jettera un
coup d'œil protecteur sur lui. Ils sont loin de se douter que leur fils si
responsable aura lui-même quelques distractions.

Le benjamin voulant jouer à l'adulte renchérit énergiquement.

— C'é't exactement une maison comme ça qu'j'aurai plus tard.

Adélard se rappelle qu'il a beaucoup fréquenté cette maison
quand il était petit, mais il n'en avait jamais saisi la valeur. Tout ce
qui lui importait c'était le fait qu'alors qu'ils jouaient à la cachette, il
y avait beaucoup, beaucoup d'endroits où se faufiler.

Il constate à présent que c'est une vaste demeure de trois étages à
la mode victorienne. Les gens du coin l'appellent le manoir Beaulieu.
Elle compte trois belles lucarnes et une magnifique véranda blanche
qui entoure la maison. De plus, chaque fenêtre est décorée de volets
blancs. Les dépendances qui incluent la grange, le poulailler, l'écurie
et le silo, sont bien construites et à la fine pointe. Plusieurs carrioles
sont déjà stationnées sur l'immense terrain à proximité du domicile.

Jeanine et Désirée partagent à tour de rôle leurs impressions.

— I' doit êt'e riche *all right*!

— Et p'is i'en a invité du monde!

La maison est remplie de lumière. Un énorme sapin de Noël brillamment paré de décorations raffinées orne la fenêtre panoramique
du salon. On entend les airs d'un *set carré*. C'est probablement le
groupe de musiciens Béliveau qui fait les frais de la musique. C'est
une famille pleine de talents. Arthur est violoneux, Armand, lui, est
guitariste, Amable joue du piano, Arthurine, jumelle d'Arthur, a une

voix magnifique. Ils sont de tous les événements importants. Les arrivants sont fébriles et ont hâte de se joindre à la fête.

Pascal tourne *le fer dans la plaie* en insistant sur le fait que Jérôme a pris une bonne décision de les accompagner.

— Ça va vraiment êt'e le *fun*! Tu r'gretteras pas d'êt'e v'nu Jérôme.

Ils ont apporté des présents pour les hôtes. Ils leur offriront des marinades et des pâtisseries confectionnées par leur mère, du vin de pissenlits de leur père dont la réputation est excellente partout dans la région et une courtepointe cousue par les femmes de la famille. Les Blanchette savent vivre, c'est bien connu. Ils se dirigent vers la demeure d'un pas léger et avec beaucoup de gaité dans le cœur. Ils se taquinent et se bousculent amicalement. La fratrie Blanchette s'entend très bien. Chacune et chacun a des talents particuliers. Les parents ont raison d'en être fiers.

C'est Artémise, la maîtresse de maison, qui vient leur répondre avec son sourire légendaire. C'est une jolie femme, plutôt courte et corpulente, aux cheveux grisonnants. Ses joues potelées sont d'un rose vibrant. Elle respire la santé et la joie de vivre. C'est le genre d'habitante que le romancier Louis Hémon décrirait comme *une belle grosse femme et vaillante avec ça*!

Frédéric, l'un des frères Blanchette, a été prénommé ainsi en l'honneur de son père. Pour le distinguer de son paternel, la maisonnée lui a donné le surnom de Frédo. Il y va de son commentaire.

— Est b'en ercevante!

Les autres acquiescent avec empressement. C'est la mère que tous aimeraient avoir. Elle fait l'accolade à chacun des nouveaux invités. Étant la sage-femme du rang, elle a été la première à leur voir *la binette* à leur arrivée dans le monde et elle a une affection particulière pour chacune et chacun d'eux.

En entrant dans la résidence, on sent les effluves de bonne nourriture. Se mêlent les odeurs de dinde, de ragoût de pattes de cochon, de tourtières, de légumes variés et de tartes de toutes sortes. Une table débordant de mangeaille est dressée dans le fond de l'énorme cuisine. Une autre contient un assortiment de breuvages incluant du vin maison, de la bière et du petit blanc. Il y a aussi un choix intéressant de jus de fruits produits à la ferme, de lait venant de leurs vaches, de café et de thé.

Les Franco-ontariens préfèrent le thé au café. C'est probablement un restant de l'héritage des colonisateurs anglais. Il y a toujours un *pote* de thé sur le poêle. Au fil de la journée, on ajoute du thé à l'eau chaude. Au bout du compte, le liquide est tellement fort qu'on pourrait *y faire tenir debout une cuillère* comme disaient les gens du bon vieux temps.

Madame Beaulieu a une personnalité effervescente. Elle s'exprime avec enthousiasme.

— Marci d'êt'e v'nus.

L'hôtesse accepte avec grâce les présents offerts.

— Vous êtes vraiment fins. Vos parents sont b'en *bloods*. Ermarciez-lés pour moé. J'imagine qu'i's sont pas v'nus parce que Frédéric aime rester proche du commarce au cas où?

Le jeune Frédo ne peut s'abstenir d'émettre un commentaire critique. Il ne saisit pas l'attachement de son père pour son métier.

— Ouen! Vous savez combien l'pére est marié à sa *job* et ma mére sort jama's sans lui.

Artémise témoigne de son appréciation pour le travail de son père. Elle est incapable de s'empêcher de faire une petite leçon au jeune homme.

— I' é't exceptionnel dans son méquier. On a pu woir ça quand mon pauv'e pére est mort. 'Y en n'a pas comme lui!

Elle invite ensuite les jeunes à aller déposer leurs manteaux sur le lit de la chambre principale au deuxième étage.

— Faites comme chez vous!

Les nouveaux arrivants sont au courant des aires de la maison l'ayant beaucoup fréquentée dans leur enfance et ils se dirigent allégrement vers la pièce indiquée. Ils remarquent combien la résidence a des allures festives. On sent que quelqu'un dans ce domicile aime particulièrement la période de Noël. Bizarrement, cela plait à Jérôme. Il est entiché de ce temps joyeux de l'année. Ce qu'il déteste le plus de cette saison de réjouissances, c'est quand ils ont des morts. Il lui semble que cela est tellement contradictoire avec la joie de Noël et la naissance du petit Jésus.

Revenus à la fête, les jeunes Blanchette circulent parmi les autres convives. Ils sont en terrain connu. Plusieurs amis et connaissances sont présents. Les filles Blanchette sont jolies. Elles ne tardent pas à se trouver des cavaliers qui les entrainent dans la danse. Les frères Blanchette ont beaucoup d'entregent et entreprennent des conversations animées avec de jeunes filles. Ils ont un charme terrible et sont de vrais naturels à l'art de conquérir la gent féminine. Seul Jérôme reste en retrait se demandant pourquoi il s'est laissé influencer par ses frères et sœurs. Il est inconfortable et tente de se rendre le moins visible possible.

C'est alors qu'on frappe à nouveau à la porte. Le propriétaire des lieux s'exclame bruyamment et avec empressement en saluant les nouveaux venus.

— Salut vous aut'es! C'est l'*fun* de vous woir.

Assurément, il est ravi et surpris qu'ils aient répondu à son invitation. Tout ce brouhaha attire l'attention des participants à la fête. Même Jérôme ne peut rester indifférent à ce qui se passe. Artémise rejoint son mari et se montre aussi excitée que lui en voyant les invités qui arrivent.

— Chu's b'en contente qu'vous soyez icitte. Vous êtes v'nus d'loin. 'Y a b'en longtemps qu'on vous a vus. Depuis vot'e déménagement j'crés, huit ans passés.

Julien Payant et ses filles viennent se joindre à la fête.

— On a pris le pont de glace. Ça très b'en été. La température était d'not' bord p'is on a dés b'en bons *jouals*.

Ils sont accompagnés d'une inconnue qui a tout de même des airs de famille. Après le décès de son fils Yvan, Julien a vendu la ferme parce qu'il y avait trop de mauvais souvenirs, et peu de succès financiers. La famille de sa défunte femme les a accueillis à Thompson, petit village québécois situé à 10 milles au nord de Moraineburg. Julien s'est repris en main et travaille au moulin à bois. Il gagne de bons gages.

Il a refait sa vie et a marié en secondes noces la plus jeune des sœurs de sa première épouse. Julien est le genre d'homme qui a besoin de la présence d'une femme pour réussir. Il s'est construit une nouvelle maison. La plupart des filles ont trouvé de l'emploi comme bonnes ou femmes de ménage chez des bourgeois du coin. L'aînée est mariée et a deux enfants. Une autre fille de Julien, Désirée, a terminé sa dixième année scolaire et, suivant les traces de sa défunte mère, enseigne à l'école primaire. Ils sont de bien meilleure humeur que la dernière fois que Jérôme les a vus. Le temps a le don de prendre soin des blessures. Ils se débarrassent de leurs par-dessus, de leurs bottes et s'intègrent au reste du groupe.

Désirée Payant est encore plus magnifique que dans les souvenirs de Jérôme. Son corps s'est épanoui et elle affiche des charmes féminins indéniables. Elle possède de beaux yeux, une chevelure superbe, une poitrine et des hanches bien sculptées. Ses cheveux sont coiffés d'un chignon tendance avec la chevelure légèrement attachée pour ne pas dire nonchalamment tirée vers l'arrière et mettant en évidence ses jolies boucles. Cette façon moderne de faire rend l'allure cent fois plus souple et moins sévère que par le passé.

Elle est vêtue avec goût. Elle porte une jupe rouge tissée dans une laine exquise, lui descendant aux chevilles. Sa blouse blanche de dentelle de coton a des motifs complexes de roses de couleurs variées. Le col monte jusqu'au menton illuminant son teint olive radieux. Elle a choisi un joli pendentif de même que des boucles d'oreilles écarlates. Ses bottillons noirs et pourpres sont en cuir fin et laissent deviner des pieds menus. *Ce sont des pieds de Cendrillon,* pense Jérôme. Elle est plus grande que la plupart des jeunes filles de son temps. Cela lui confère beaucoup d'élégance et de prestance. Jérôme la trouve bien *swell.*

Sur l'invitation d'un jeune homme, elle s'élance dans une polka endiablée. Son partenaire la fait virevolter permettant d'entrevoir un jupon délicat, d'une blancheur immaculée, décoré à la base d'une dentelle rouge bien coordonnée à sa jupe. Jérôme se sent fébrile. Il ressent de la passion qu'il confond à un malaise. Il voudrait tellement se rapprocher d'elle, mais son manque d'expérience auprès des femmes l'empêche de s'avancer. Pour se donner une plus grande contenance, il se dirige vers la table de nourriture. Il n'a pas faim. Il se sert tout de même une assiette bien garnie. Il s'apprête ensuite à choisir un breuvage pour accompagner son plat.

L'énergie déployée dans la ronde folle donne soif à Désirée. Elle se déplace vers la table de boissons et se verse un verre de jus de fruits. Reconnaissant Jérôme, elle l'observe à la dérobée. Il est devenu un jeune homme qui a fière allure et qui a une tenue impeccable. Ses cheveux bruns sont courts et stylés à la mode du temps. Il s'est fait pousser une moustache qui lui sied à ravir et lui donne une mine très virile. Ses yeux marron foncé, presque noirs et profonds, respirent la bonté, l'honnêteté et la fiabilité. On y perçoit une grandeur d'âme inusitée.

Jérôme porte un complet de gabardine, trois pièces, gris charbon et une chemise de coton blanche avec un haut collet bien empesé. Sa cravate gris pâle est bien coupée, le nœud Windsor parfait. Ses souliers noirs sont polis de façon remarquable. Pour Désirée, l'apparence physique d'un homme en dit long sur sa personne. L'impression qu'elle en a est très bonne. Elle pense qu'il est soigné, réservé et probablement responsable. Elle a appris à se fier à son intuition dans son rapport avec ses élèves. Elle se trompe rarement sur le compte des gens.

Désirée, tout comme Jérôme, est une jeune femme sérieuse qui n'est pas attirée par les frivolités de ce monde. Elle est assoiffée de savoirs et elle n'est pas timide. Elle conserve un bon souvenir de Jérôme et elle aimerait en connaitre plus à son sujet. Comme il a déjà les mains pleines, elle le salue et lui propose de lui verser un breuvage de son choix et de l'accompagner à l'endroit où il veut s'installer pour manger. Jérôme accepte avec empressement. Il a beau avoir un haut niveau de retenue, il apprécie l'opportunité qui lui est donnée de se rapprocher de la belle Désirée.

Il s'avance vers le salon en scrutant rapidement une place où ils pourraient s'asseoir tous les deux. Il se dirige derrière le sapin vers un fauteuil, à l'écart, où ils pourront causer à leur aise. Désirée le suit d'un bon pas. À l'invitation de Jérôme, elle s'installe près de lui. La proximité de la jeune femme lui permet de sentir son léger parfum, une belle odeur de lavande. Hardiment et stratégiquement, elle entame la conversation. Elle est plutôt rusée cette Désirée!

— Quel plaisir de te revoir Jérôme. Heureusement que ce sont des circonstances plus joyeuses que lors de notre dernière rencontre, il y a plusieurs années passées. Je garde cependant de bons souvenirs de l'empathie que tu m'as témoignée au moment du décès de mon pauvre petit frère. Ton père a été compréhensif et généreux avec le mien. Il ne l'a jamais oublié. Je me demandais ce que tu étais devenu.

Jérôme ne sait trop quoi répondre. Il est intimidé parce que Désirée s'exprime dans un français impeccable. *A parle su' l'tarme*, pense-t-il. Il se risque tout de même à lui révéler qu'il conserve de bons souvenirs de cet épisode de leur vie. Il ajoute qu'il avait été attristé par le décès d'Yvan. Il continue en disant que chaque fois qu'il aide son père dans de telles circonstances, il trouve cela vraiment *tough*. Il explique qu'il est assez impliqué dans les entreprises familiales. C'est une carrière dans les pompes funèbres qu'il considère pour l'avenir.

— Ça m'rapproche des gens.

Désirée est étonnée de sa réponse et elle a le goût d'en savoir davantage. Jérôme ne demande pas mieux que de passer le maximum de temps avec elle.

— Tu travailles beaucoup?

— Ouen, et j'aime b'en ça. Toé?

— Moi aussi. J'enseigne à l'école primaire et je contribue aux soins ménagers à la maison. Je dois dire que je suis bonne cuisinière et que je réussis bien aussi en couture. C'est d'ailleurs moi qui ai confectionné les vêtements que je porte ce soir et ceux de mes sœurs. Qu'est-ce que tu en penses?

D'une voix à peine audible, Jérôme lui dit qu'elle a l'air *smarte*. Elle lui répond qu'elle le trouve bien mis pour l'occasion. Il lui mentionne que pour son métier, il faut toujours être sur son *trente-six*. Désirée est talentueuse pour faire la conversation. Elle indique à Jérôme qu'elle a ses passe-temps préférés, la lecture et la peinture sur toile. Elle aime surtout dessiner des personnages. Elle lui propose de faire son portrait et lui demande à son tour, quels sont ses loisirs. Le jeune homme répond que parce qu'il est très occupé par le travail, il n'a pas beaucoup de temps pour se divertir. Il précise avec enthousiasme qu'il adore les chevaux, en prendre soin et pratiquer l'équitation. Cela donne une idée à Désirée qui aimerait bien s'éclipser et se retrouver seule avec Jérôme.

— Est-ce que tu sais Jérôme que M. Beaulieu a de superbes bêtes dans son écurie. Il les a achetées partout dans le monde. Ses chevaux participent à des courses au Canada et même aux États-Unis. Ils ont remporté gros dans plusieurs compétitions. Qu'est-ce que tu dirais si on sortait les voir?

— Quelle bonne idée! Doés-tu en parler à ton pére?

Elle lève les épaules et fait un signe négatif de la tête en guise de réponse. Sa sœur Julienne, témoin de la scène, n'a rien perdu de la conversation. Cette dernière est déjà mariée et a deux enfants. Elle est on ne peut plus protectrice de sa sœur cadette.

Désirée et Jérôme qui sont tout à leur attention réciproque n'ont rien vu et discrètement, ils vont chercher leurs vêtements. Ils se dirigent allégrement vers le bâtiment. Une fois dans l'écurie, Jérôme constate qu'en effet M. Beaulieu possède plusieurs bêtes exception-nelles. Il remarque une magnifique jument blanche, probablement de la Camargue et un étalon brun foncé sûrement de l'Arabie.

Jérôme, impressionné par ces splendides chevaux, ne se rend pas compte que Désirée s'est beaucoup rapprochée de lui. Sa main frôle le bras du jeune homme et son souffle chatouille sa joue. Elle se surprend elle-même à lui murmurer à l'oreille qu'il est hautement attirant et fascinant à ses yeux. En effet, elle n'a jamais rencontré un homme tel que lui. Elle souhaite dans son for intérieur qu'il ressente la même fébrilité qu'elle. Jérôme se retourne et la regarde droit dans les yeux. Il ne peut cacher son trouble. Il lui dit à son tour qu'il la trouve merveilleuse, et ce, depuis le premier jour où il l'a vue.

Désirée s'avance plus près du visage de Jérôme pour l'embrasser. Il sent des palpitations rapides et devient écarlate. C'est alors que la porte de l'écurie est ouverte avec fracas. Les deux jeunes gens s'écartent l'un de l'autre promptement. C'est Julien Payant qui vient de pénétrer dans le bâtiment. Il était inquiet de ne pas avoir vu sa fille depuis un moment et Julienne lui a mentionné avoir entendu sa sœur proposer à Jérôme d'aller admirer les chevaux. Julien est mécontent. Il dit à sa fille qu'il trouve qu'elle a été imprudente de sortir sans son chapeau et sans ses gants. Il ne se gêne pas pour laisser éclater sa colère et donner aux deux tourtereaux les reproches d'usage.

— Désirée, ça pas d'bon sense! Tu vas m'faire mourir! T'sés b'en que j'm'inquiète pour ta santé! I' faut qu'tu fasses attention parce qu'une crise d'asthme peut arriver n'import'en quand. Cte maudit mal est déjà v'nu chercher un de més enfants, j'souhaite pas en pard'e une aut'e! En plus, tu sés très b'en, toé qui t'en fais par c'que lés gens pensent, qu'une réputation c'é't vite pardue. C'é't pas ok qu'tu t'trouves t'u' seule avec un homme! J'en r'viens pas. J'pourra's m'attendre à ça de Barnadette, mais pas de toé, la maîtresse d'école b'en admirée. As-tu pensé à c'qui arrivera't si ça v'na't aux oreilles dés commissaires scolaires? R'tourne t'u' suite à maison. Toé, mon gars, j'ai que'ques mots à t'dire! J'va's t'parler dans face!

Désirée essaie de se justifier sans succès. Elle se dirige donc vers le domicile des Beaulieu non sans se faire du souci pour ce qui va se passer entre Julien et Jérôme. Son cœur débat et elle sent un nœud se former dans son estomac. Excessivement fâché, Julien interpelle Jérôme brusquement.

— Qu'ossé qu'tu fa's dans vie? J'me d'mande quelle sorte de pistolet t'és? Es-tu un courailleux d'jupons? J'en ai connu dés numéros comme toé qui ficha'ent erien d'bon avec lés créatures. C'é't quoi tés intentions par rapport à ma fille? Chu's pas impressionné par tés agir à soir!

Jérôme sent une boule l'étouffer au fond de la gorge et temporairement son courage fléchit, mais en pensant à la belle Désirée, il se ressaisit. D'un seul souffle, il laisse entendre ses intentions à son interlocuteur. Il prend *le taureau par les cornes* et ose prononcer des paroles qui le surprennent lui-même.

— J'travaille avec mon pére dans toutes sés *business*. En réalité c'qui m'passionne le plusse c'é't la direction funéraire. J'considère que c'é't un service important à rendre à dés gens dans un moment pénible de leu' vie. Vous savez combien lés Blanchette ont une réputation solide dans cte domaine. J'apprends toute d'mon grand-pére et d'mon pére. Un jour, j'va's étudier l'embaumement dés morts. J'veux qu'lés services qu'on rend soyent meilleurs toujours de plusse en plusse. Chu's pas un charmeur de femmes. J'ai même jamais eu de blonde. J'ava's pas l'temps pour ça.

Il prend un moment pour rassembler ses idées. Sans gêne, il a l'audace de poursuivre.

— Désirée, j'la trouve très belle et très intelligente. A me pla't beaucoup. Jama's j'ai eu dés sentiments comme ça pour une aut'e fille. A l'a que'qu'chose de spécial. J'ava's compris ça quand j'l'ai rencontrée à mort de vot' fils. J'aimera's b'en sortir avec elle! Chu's un bon parti. J'ai un bon méquier, j'ai d'l'argent à banque, chu's sérieux et j'dira's que j'ai d'l'avenir. J'ai beaucoup de compassion et de respa' pour lés parsonnes. Aussi, chu's tras honnête.

Julien garde un air des plus graves. Son intention est de déconcerter Jérôme. Il continue à crier ses quatre vérités à ce garnement qu'il trouve plutôt prétentieux. Il n'en croit pas ses oreilles devant les propos tenus par le jeune homme. Jérôme a vu sa fille que quelques fois et souhaite la courtiser. Pour qui se prend-il?

— Tu veux sortir avec Désirée!!! Ouen? J't'avertis que chu's b'en protecteur d'més filles et j'laisse pas n'import'en qui s'approcher d'elles. J'te conna's pas vraiment. J'aime pas lés vantards non plus. I' m'semble qu'avec tés commentaires, *t'en beurres un peu épa's* mon gars. Comment êt'e certain qu'tu dis vra'? Tu t'es sauvé comm' un voleur avec une jeune femme à cachette de toute le monde. Ça m'semble pas mal ratoureux. Ma fille a conna't pas vraiment lés hommes. J'ai dés doutes qu't'assayes seulement l'attirer dans un piège comme un r'nard fin finaud?

Jérôme ne désire pas mettre Désirée dans le pétrin, alors il s'abstient de révéler que c'était son idée à elle de venir dans l'écurie. Il ne veut pas non plus sembler sur la défensive.

— Vot' fille, selon moé, est magnifique, *smarte* et a l'a toute une parsonnalité. J'aimeras la connaitre plusse, parce que si més sentiments sont justes, c't une femme comme elle que j'aimera's comme mére de més enfants.

Aux propos de Jérôme, Julien se sent propulsé dans le passé, au moment où lui aussi tentait de convaincre le père de son amour, Désirée-Isabelle, que ses intentions étaient correctes. Les paroles prononcées par Jérôme rappellent étrangement les siennes. Oh! comme il a adoré Isabelle! Sa fille Désirée lui ressemble beaucoup tant dans son apparence physique que dans sa personnalité. Ce sont des femmes élégantes, entreprenantes, douées de plusieurs talents. À ce moment, le cœur de Julien fond et il croit que le jeune homme a des sentiments authentiques pour sa fille. Il ne veut aucunement dévoiler son émotion à Jérôme. Il poursuit d'un ton sévère qui ne laisse pas de place à l'interprétation.

— Mon gars, chu's très exigeant pour lés cavaliers d'més filles. Qu'j'en voés pas un essayer dés affaires pas catholiques ou leur briser l'cœur, car j'deviens très choqué et p'u' rien peut me r'tenir! Tu peux v'nir voir Désirée à maison mardi prochain à 7 h 00 du soér. J't'aurai à l'œil et au moindre geste déplacé, j'te mets à porte. C'é't-tu compris?

Jérôme n'en croyant pas ses oreilles acquiesce avec hâte et revient à la fête d'un pas léger. À son retour, il cherche Désirée des yeux. Il n'a qu'un désir, celui de l'enlacer dans une valse langoureuse. Ça tombe bien, le groupe de musiciens joue une valse populaire. Il trouve la belle, lui tend la main et l'entraine dans la danse. Il lui mentionne que son père accepte qu'il la fréquente et lui indique qu'il la verra mardi prochain.

Vers 2 h 00 du matin, les jeunes Blanchette prennent la route pour Moraineburg. Ils ont tous et toutes le cœur léger, ayant fait de belles conquêtes. Ils s'en parlent avec enthousiasme. Seul Jérôme garde précieusement son secret. Le trajet se déroule bien de sorte qu'ils arrivent à la maison dans la trentaine de minutes prévues. Ils se mettent au lit rapidement, car ils savent que leur mère s'assurera qu'ils feront leur devoir de catholiques le matin de Noël. Toutes et tous font de beaux rêves. Ils s'éveillent au son de la voix de leur maman. Cela leur rappelle leur enfance. Ils trouvent que la nuit a passé plutôt vite, mais ils ne résistent pas. Ils sont conscients que la bataille est perdue d'avance. Leur mère est très affectueuse, cependant elle est extrêmement ferme quand il s'agit de principes, de valeurs et de pratiques religieuses.

CHAPITRE 3
Un début tumultueux

———

Jérôme est à la fois heureux et tourmenté. Il ne sait pas comment aborder la question de la fréquentation de Désirée Payant avec ses parents. Il réalise qu'il a pris de gros engagements auprès du père de la jeune femme en disant qu'elle pourrait être la mère de ses enfants. Comment a-t-il pu, lui, si posé d'habitude? Il réfléchit à la meilleure façon d'approcher ses parents. Le temps presse parce que c'est dans trois jours qu'il doit se rendre à Thompson pour veiller avec sa blonde... Sa blonde, quel mot merveilleux!

Il se souvient des paroles de sa mère. *Pour obtenir quelque chose du Christ, il est préférable de passer par la Vierge Marie.* Dans son cas, il a saisi depuis longtemps que la personne la plus compréhensive de ses deux parents c'est sa mère. C'est aussi celle qui a le plus grand pouvoir de persuasion sur son père. Il est donc déterminé à prendre tous les moyens pour convaincre sa mère que la décision de ses parents est cruciale pour son avenir. Jérôme doit emprunter une des carrioles pour se rendre à Thompson. Frédéric se montre toujours hésitant à laisser un de ses enfants voyager seul, surtout en hiver. Il travaille dur pour nourrir sa famille et n'est certes pas un gaspilleur d'argent. Il se fait prudent et porte une attention spéciale aux biens qu'il acquiert à la sueur de son front. Il est plutôt papa-poule étant bien placé pour voir que la vie c'est à la fois précieux et fragile.

Alors que Jérôme revient d'avoir effectué ses tâches matinales à l'écurie et d'avoir ouvert les portes du magasin général pour les commis, il y a tout un branle-bas à la maison. Le chef de police et des travailleurs du moulin à scie MacPherson sont sur la galerie et discutent avec son père et son grand-père. Il sent bien que les gens sont assez énervés et que Frédéric tente de les calmer. Poussé par sa grande curiosité, Jérôme rejoint son père. Ce qu'il comprend de la situation, c'est qu'il y a eu un terrible accident à la scierie. Un traîneau surchargé d'énormes troncs d'arbres, au maximum de sa capacité, a perdu toute sa charge. Plusieurs employés qui se trouvaient à proximité ont été blessés et peut-être même tués. Les chaînes qui retenaient les billots ont cédé.

Les opérations au moulin sont habituellement suspendues de janvier à mars. Cette année, exceptionnellement, l'entreprise est demeurée ouverte. Un bris d'équipement survenu en septembre a retardé la production. Les quotas de coupes n'ont pas été atteints à temps et ainsi les engagements de la scierie n'ont pu être respectés. Le propriétaire, Angus MacPherson, sait que c'est très risqué de faire du travail l'hiver, mais rompre des contrats c'est excessivement coûteux. La parole donnée c'est important pour lui! Il tient à sa réputation.

Les personnes attroupées sur le perron des Blanchette ventilent en exprimant leur hargne envers le *boss* qui, selon eux, ne traite pas bien les employés et se fout de leur bien-être ainsi que de leur sécurité. Il y a par le passé eu quelques accidents. Bien peu à comparer à d'autres compagnies semblables. Il n'empêche qu'étant données les circonstances, les esprits sont surchauffés!

— MacPherson s'en mat plein lés poches! Lés employés travaillent comme dés fous. I' lés traite pas toujours b'en. L'argent c'é't tout c'qui compte pour lui. La *business* d'abord, lés parsonnes apras.

Plusieurs femmes des travailleurs sont venues aux nouvelles et sont en état de panique. L'épouse de Frédéric, toujours compatissante aux malheurs humains, invite ces dernières à entrer pour prendre un thé. Elle tente par tous les moyens de se faire rassurante.

— I' faut pas penser au pire. On va prier pour qu'lés dommages soyent pas si terribles.

Ce n'est pas le premier accident de ce genre en revanche, dans le passé, quand cela s'était produit, il n'y avait personne autour du traîneau surchargé sauf le charretier.

Le syndicalisme est en ébullition aux États-Unis et commence au Canada. Tom Morrison, *foreman* en chef de la scierie, est un leader naturel et il jouit d'une excellente réputation pour résoudre des problèmes et relever les défis. Il a la confiance du *staff* et des contremaîtres. MacPherson aussi le respecte parce qu'il est expert dans son travail. Le grand *boss* et propriétaire répète souvent, à qui veut l'entendre, que Morrison est allé over and above the call of duty.

Au cours de sa carrière dans le domaine forestier, Morrison a fait un détour par les États-Unis. Il a travaillé au Vermont et s'est familiarisé avec les unions. Depuis longtemps, il tente de convaincre ses collègues de former une cellule locale de l'Union du Congrès des métiers et du travail du Canada. Il sent que le moment est opportun pour passer à l'action. Les gens sont craintifs d'ordinaire quand il est question de syndicat. Ils redoutent de perdre leur emploi s'ils manifestent de l'intérêt à la cause. Aujourd'hui, les émotions sont *à fleur de peau* et le mécontentement se fait entendre. Morrison va tenter de convaincre les employés de ne plus tolérer l'absence de sécurité sur le chantier. Les graves séquelles des blessures risquent de compromettre largement la vie des victimes et de celle de leur famille. C'est le début d'une longue cabale. Morrison n'est pas à court d'arguments pour enrôler les employés.

— One death is one too many! Christ! this time, I hope they will listen to me.

Jacques-Bruno et Frédéric, habitués à résoudre des problèmes et à gérer des situations difficiles, s'activent. Avec le leadership qu'on leur connait, ils mobilisent les fils de Frédéric.

— Sortez en toute vitesse le maximum de charriots d'l'écurie! 'Y en a qui serviront à *mouver* lés blessés à l'hôpital el plus vite possible.

Ils demandent aux jeunes d'atteler les meilleurs chevaux à ses charriots. Ça prend du temps pour se rendre à l'hôpital des Sœurs à Ottawa. Ils ont besoin d'un grand nombre de véhicules pour transporter rapidement les accidentés. Il en va de leur survie.

Les autres charriots serviront au déplacement des morts. Le

policier a parlé d'une vingtaine de victimes. Le clan des Blanchette se met en route vers le moulin situé au bord de la rivière à l'endroit appelé communément le bas de la côte. La profession exige de s'exécuter avec célérité, rigueur et sang-froid. Arrivés sur les lieux, les Blanchette constatent que la scène est dramatique. Frédéric évalue que le nombre de victimes est bien plus élevé que les prévisions des policiers. Jérôme habituellement pondéré et conciliant ne peut contenir son émoi. Il va même jusqu'à lancer des jurons ce qui n'est pas comme lui.

— C't un gâchis monumental! Bâtard de marde, comment qu'ça pu arriver?

La scène est horrifique. La neige est couverte de sang. Les billots sont éparpillés sur un vaste espace et rendent difficile, presque impossible, d'atteindre les gens qui ont un urgent besoin d'aide. Des corps inertes et ensanglantés jonchent le sol, les yeux grands ouverts fixant le ciel. D'autres se tordent de douleur. Des os brisés sont exposés au travers d'une chair déchirée et sanguinolente. Certains ont le crâne fendu. Les médecins du village, Dr Edward Palmer, aussi coroner, et Dr Oliver Turnbull sont déjà sur place et procèdent à l'aiguillage des sinistrés. Ils séparent les morts des vivants.

Jérôme aperçoit le corps d'un de ses bons amis, Carlos Sanchez, qui a immigré du Mexique à Moraineburg justement à cause du moulin MacPherson. Dès son arrivée, il a trouvé un emploi et est vite devenu *foreman*. C'est plutôt étonnant pour un étranger. Les qualités de ce fier travailleur sont incomparables. Il parlait déjà l'anglais couramment et il a rapidement appris le français. Il est dévoué et entreprenant. Prévoyant, il a mis toutes ses économies de côté. Son plan est d'épouser au printemps la belle Angelina Bernardes, elle aussi immigrante. Les préparatifs sont en marche.

En s'approchant, Jérôme observe que le corps de Carlos est lourdement hypothéqué. Son crâne est fendu, il est recouvert de sang. Ses bras et ses jambes semblent littéralement broyés. Il est tout de même parmi les vivants. Fort est de constater que cela ne tient qu'à un fil. Jérôme pense qu'il est jeune et en bonne forme, il devrait pouvoir s'en tirer. Il fait signe à son frère, Adélard, de venir le rejoindre. Ce dernier est hautement intéressé à la médecine et aimerait étudier dans ce domaine.

Ils se comprennent sans dire un mot. Ils se hâtent, mais avec extrême précaution, ils soulèvent le corps estropié de Carlos. Jérôme n'a qu'une seule intention, transporter le plus vite possible son ami à l'hôpital des Sœurs situé dans la basse-ville d'Ottawa. Il faut absolument le sauver. C'est tout un défi.

Il y a de la place pour d'autres blessés dans le charriot et son père insiste pour qu'ils y déposent au moins deux personnes de plus. Avec résignation, quoiqu'extrêmement inquiets pour Carlos, Jérôme et Adélard mettent le grand Charles et le jeune Adrien dans la même charrette. Ils prennent la route à toute volée. Adélard s'installe à l'arrière avec les victimes pour veiller sur elles. La météo est collaborative. Ils arrivent à destination dans moins de deux heures trente, ce qui est un record. Ils confient les accidentés aux bons soins des infirmières et des médecins de l'urgence. De leur côté, ils s'occupent de ravitailler les chevaux et de les réchauffer avec des *buffalos*.

Ils sont les premiers à avoir conduit des blessés à l'hôpital. Jérôme est soulagé de constater que le personnel hospitalier accorde d'abord l'attention à Carlos qui est le plus mal en point. Adélard partage des renseignements avec le personnel concernant ses observations. Cela devrait être utile. Les deux frères ont laissé les victimes au seul hôpital qui existe à Ottawa. Il a été fondé en 1845. Les services y sont excellents. Il est facile de voir que l'aide aux malades est vraiment une vocation pour les religieuses. C'est avec grande inquiétude que Jérôme retourne vers Moraineburg. Il éprouve beaucoup d'anxiété par rapport à l'état de santé très précaire de Carlos et se lamente sans arrêt à ce sujet. Adélard de son côté fait de son mieux pour rassurer son frère.

— J'me d'mande b'en s'i' va s'en sortir. C'est terrible, terrible!

— Décourage-toé pas et dis-toé qu'on est arrivés assez vite à l'hôpital. T'as poussé lés chevaux au maximum. Lés signes vitaux de Carlos étaient tout de même acceptables à notre arrivée à l'hôpital.

Sur la route du retour au moulin, les deux frères demeurent plutôt silencieux, grandement bouleversés par l'énorme drame. Ils se rendent à la scierie pour poursuivre le boulot. Il reste une dizaine de blessés qui ont besoin de soins spécialisés. Ils regagnent le chemin avec diligence. Ils ne prennent même pas le temps de manger une bouchée. Ils ont déjà cinq heures de déplacement dans le corps, mais ils ne lâchent pas. Il faut ce qu'il faut. Ils dormiront quand la tâche sera accomplie ou comme ils disent souvent en badinant.

— On n'a pas d'temps à pardre avec le sommeil de not'e vivant. On dormira quand on s'ra mort.

De retour à l'hôpital, il est facile de constater que la situation s'est détériorée et que le personnel ne peut plus répondre à la demande. Les religieuses indiquent qu'il faut faire appel à des bénévoles pour que toutes les victimes obtiennent l'attention requise. Héroïquement, grâce à un surplus d'adrénaline, Jérôme et Adélard offrent leur aide. Ils suivent les ordres du personnel médical, apportant de l'eau aux blessés, désinfectant des instruments, changeant les draps souillés.

Voyant qu'ils sont épuisés après de nombreuses heures de service et ayant reçu du renfort, Mère Sainte-Marie-Madeleine, la sœur supérieure, trouve qu'ils ont fait plus que leur part. Elle décide qu'il est temps de les remplacer. Ça ne donne rien qu'ils se rendent malades.

L'hôpital a dépassé son maximum de patients. On ne sait plus où les mettre. Le corps médical n'a pas besoin d'autres victimes. Jérôme et Adélard doivent être alertes pour reprendre le chemin du retour. Ils ont plus de deux heures de route pour arriver à Moraineburg. La religieuse avec son autorité légendaire exige qu'ils boivent un café fort et qu'ils mangent une tartine de cretons avant de quitter l'hôpital. Elle rend grâce au Ciel d'avoir mis sur son parcours des hommes de leur trempe. Elle se dit que leurs parents ont plus d'une raison d'être fiers d'eux.

— Retournez chez vous, vous le méritez bien. Assurez-vous de transmettre le message qu'on a encore besoin de bénévoles. Un gros merci pour tout ce que vous avez fait. Je vais prier pour vous avec mes sœurs. En passant Adélard, tu vas être un excellent docteur. Tu es un naturel. Si un jour tu as besoin d'appui financier pour réaliser ton rêve, je suis certaine que la congrégation pourrait te venir en aide. Des médecins consciencieux c'est précieux dans un hôpital tel que celui fondé par une religieuse incomparable. Elle avait à cœur le service aux pauvres, aux orphelins et aux malades.

Fière des accomplissements de la fondatrice, elle continue à en vanter les mérites aux deux hommes.

— Savez-vous qu'elle était dans la vingtaine quand elle est arrivée à Ottawa qui s'appelait alors Bytown. Son leadership naturel et son sens entrepreneurial extraordinaire lui ont permis de faire construire un orphelinat, un hôpital et un dispensaire, une maison de retraite et une école. Il en va de ma responsabilité de m'assurer qu'on honore sa mémoire en donnant les meilleurs services possibles.

Avant de quitter les lieux, Jérôme tente d'avoir des renseignements des infirmières concernant Carlos. Bien qu'elles lui démontrent un bel accueil, il n'obtient aucun détail parce qu'il n'est pas de la famille. Adélard essaie à son tour, sans succès. Soudainement, Angelina, les traits tirés, le regard découragé, les yeux rougis et bouffis leur apparaît. Elle arpente désespérément les corridors. Soulagée de voir des figures amicales, elle se précipite sur eux.

— J'tiens p'us en place. Carlos i' é't su' la table d'opération depuis proche de trois heures. J'ai eu la chance d'y parler un peu quand qu'i' é't r'venu à lui pour un p'tit peu de temps. J'm'ai assurée d'y dire que j'l'aime et qu'i' compte pour moé. J'y ai dit, sois fort *me amor*, j'peux pas viv'e sans toé et j'veux faire dés bébés avec toé, *muchos niños* et *muchas niñas*! Beaucoup! Beaucoup! Beaucoup!

Jérôme lui témoigne qu'ils sont de tout cœur avec eux et que toute la famille priera pour lui. Ils ont tellement d'estime pour le couple. Il lui propose aussi son aide, si jamais elle en besoin.

— T'sés qu'ma mére est farvente. A l'a une ligne directe avec le bon Yieu. Je r'viendrai quand j'aurai la chance, mais tu devines qu'y a b'en d'la *job* qui nous attend. Dans sa malchance au moins, Carlos est toujours en vie. C'é't pas l'cas de b'en d'autres qui sont plus mal *amenchés* qu'lui.

Entretemps, Jacques-Bruno et Frédéric s'occupent des morts. La tâche est gigantesque et le poids émotif est lourd non seulement sur les entrepreneurs et sur les familles, mais aussi sur tous les villageois. La douleur sera incomparable. Ils ne doivent pas s'apitoyer sur leur sort parce qu'ils ont beaucoup de boulot encore devant eux. C'est un métier qui exige un énorme contrôle de soi. Ils pourront verser des larmes quand les corps seront enterrés et les clients satisfaits de leurs services. Toujours prévoyant, Frédéric confie son plan à son père.

— Le travail va êt'e épouventab'e. On n'a pas assez d'cercueils en réserve. I' va falloir aussi parler à chacune dés familles et organiser l'exposition dés dépouilles. Ça c'é't c'qu'on haït le plusse de not' *job*. Une chance qu'on peut s'fier su' Jérôme pour nous aider. Lés aut'es fils pourront construire lés cercueils qui nous manquent. Désirée et lés filles, fabriqueront dés couronnes mortuaires et dés suaires parce qu'y en n'a pas assez et toutes lés clients ont droit à un service de qualité. Pour c'qui é't du chandelier qu'on met d'habitude proche du cercueil du défunt, on woirra avec lés familles s'i' ont c'qui faut pour placer au moins une bougie pas loin dés dépouilles. Le malheur a fait qu'dans certaines maisons comme chez lés Mathurin et lés Conroy, 'y a plusse qu'une victime! Quelle catastrophe! Maudit qu'on déteste ça! On va faire de not'e mieux pour b'en servir toute le monde. On pensera à se r'poser quand la *job* s'ra faite et b'en faite.

Jérôme est tout à la tâche. Il va rencontrer les familles qui lui sont confiées. C'est très pénible. C'est la première fois qu'il fait cela seul. Il est témoin du grand chagrin et de l'énorme colère des gens. Bien qu'il démontre beaucoup d'empathie, il évite astucieusement de prononcer des paroles qui pourraient attiser le feu. Revenu à la maison, il partage le bilan de la situation avec son père. C'est compliqué parce qu'il faut consulter la paroisse pour déterminer quand les funérailles pourront avoir lieu. Malheureusement, le sol étant gelé, les dépouilles seront déposées dans le charnier et mises en terre au printemps. C'est le double du travail pour eux et la peine pour les familles endeuillées se voit prolongée.

Il est nécessaire de nettoyer tous les traîneaux qui sont couverts de sang et prendre soin des chevaux à qui on a demandé l'impossible. Jérôme bûche avec ardeur jours et nuits pour faire plaisir à son père et maintenir les *standards* élevés de la *business*. En raison de la lourde tâche, il perd la notion du temps. Ce n'est que le mercredi matin qu'il réalise qu'il a carrément oublié son rendez-vous avec l'adorable Désirée Payant. En plus de l'énorme peine ressentie face à l'accident, il est complètement désemparé. Qu'est-ce que Julien et sa belle vont penser de lui, qu'il n'est pas honnête et qu'il ne respecte pas ses promesses?

Trois jours après la tragédie et bien qu'il devrait reprendre le sommeil perdu parce qu'il est épuisé, il se précipite dans la cuisine pour tout raconter à sa mère et lui demander conseil. Il a l'air piteux de son enfance quand il avait une faveur à solliciter ou qu'il avait fait un mauvais coup et redoutait que ses parents l'apprennent. Sa mère esquisse un sourire devant le visage déconfit de son fils. Dans le fond, Désirée est enchantée de voir qu'enfin Jérôme souhaite un semblant de vie sociale. Elle se sent flattée qu'il s'intéresse à une jeune fille qui porte le même prénom qu'elle. Elle est cependant embêtée parce que Frédéric compte sur Jérôme pour les services funéraires et les enterrements. De plus, il faut continuer à faire des vérifications dans les maisons des victimes, question de s'assurer que tout *roule sur des roulettes*.

Les pompes funèbres ce n'est pas une profession de tout repos. Il est impossible de prédire quand on va être sollicité et pour combien de temps! Une disponibilité de vingt-quatre heures sur vingt-quatre, sept jours par semaine est requise. Elle sait aussi que Frédéric hésite à prêter ses carrioles. Il a trimé fort pour arriver là où il est dans sa vie et il ne prend aucun de ses succès financiers à la légère. Elle tente de faire voir à son fils le point de vue de son père. La mère de Jérôme se sent toutefois d'attaque pour relever le défi. Elle a réussi plus d'un tour de force auprès de son vieux complice. Elle sait comment l'approcher.

— Laisse-moé ça ent'e lés mains, j'vas trouver le meilleur moment pour en parler à ton pére.

Jérôme, loin d'être rassuré, tente par tous les moyens d'expliquer à sa mère la complexité ainsi que l'urgence de la situation.

— Vous comprenez juste pas!!! J'l'ai p't-être déjà pardue! Elle doét penser que chu's un sans-dessein et vous avez pas entendu lés menaces de son pére si jamas j'tena's pas parole et si je joua's avec le cœur de sa fille. Si seulement mon père considéra't l'installation d'un téléphone, ça nous facilitera't la tâche en particulier dans not'e méquier. Mais i' veut rien sawoir. C't'une vraie tête de cochon quand ça vient à dés affaires comme ça. On peut pas arrêter le progras! Dés fois, j'le comprends juste pas.

Désirée est abasourdie. Jamais Jérôme n'a dit un seul mot contre son père. Depuis toujours, c'est son héros et son modèle. Il doit vraiment être épris de la petite Payant. Pour convaincre Frédéric d'installer un téléphone à la maison, ça va prendre beaucoup de temps et de toute façon, c'est une solution à long terme. Quoi faire dans l'immédiat? Elle décide d'avoir une conversation avec son mari le soir même dans leur chambre à coucher. Se parler, surtout de choses sérieuses, ça se passe beaucoup mieux en tête à tête sur l'oreiller. Elle a vite appris cela dans sa relation avec son époux. L'attrait de la petite récompense qui risque de suivre favorise une attitude réceptive et positive de la part de ce dernier. Une fine psychologue Désirée Blanchette!

Après le repas du soir, avalé sans trop d'appétit tellement il est éreinté, Frédéric n'a qu'un désir, aller dormir. Désirée, de son côté, juge qu'il est urgent de traiter du problème qui inquiète son fils. Une fois qu'ils sont tous deux installés dans leur lit, elle décrit la situation que vit Jérôme. À la grande surprise de la femme, Frédéric est content que Jérôme s'intéresse à quelqu'une. Il insiste cependant sur l'énormité de la tâche qu'il reste à accomplir et du fait qu'il a absolument besoin des mains, des bras et du cerveau de son fils.

— C'é't l'seul su' qui j'peux compter sans awoir à l'*watcher* à toués moments. J'ai aussi confiance en son sens de responsabilité et chu's prêt à y laisser une de més carrioles pour aller woir sa blonde. I' va falloir qu'i' soit patient et qu'i' attende que toute ce qui e't à faire dés suites de l'accident soit complété.

La femme de Frédéric tente de lui faire changer d'idée en caressant tendrement ses cheveux. C'est inutile, c'est son dernier mot. Contrairement aux autres fois, il n'enlace pas son épouse. Il tombe plutôt endormi sur le champ. Elle entend un léger ronflement et sourit du dénouement de cet échange. Ce n'est pas parfait. Avouons que cela aurait pu être pire! Elle se prépare mentalement pour la conversation qu'elle aura avec Jérôme le lendemain matin. Il sera certes déçu. Elle tentera de lui démontrer le côté positif de la chose.

Pendant ce temps, chez les Payant, la jeune Désirée se sent extrêmement dépitée. Elle rêvait de ses fréquentations avec Jérôme qu'elle jugeait être un homme sincère, droit et sérieux. Son physique était loin de la laisser indifférente. Elle se souvenait avoir ressenti des frissons perturbants quand elle l'avait aperçu à la fête de Noël des Beaulieu. Chaque instant de la rencontre était gravé dans sa mémoire et dans son cœur.

Que s'était-il passé pour qu'il ne soit pas au rendez-vous que lui avait donné son père? Avait-il eu un accident sur le pont de glace? Avait-il succombé à la vague d'immense froid dont la région avait été touchée dans les récentes semaines? C'était l'hiver le plus rigoureux des dernières années, selon le journal local. Au début, elle avait éprouvé un énorme chagrin, à présent, le désespoir et la colère l'envahissaient. Il n'y a pas de plus passionné qu'une femme qui se pense évincée.

— Ça ne se peut pas que je l'aie mal jugé! Il a dû arriver quelque chose d'effrayant. Si ce n'est pas le cas, je jure que je vais l'étrangler!

Le père Payant était très mécontent. Il répétait à qui voulait l'entendre que Jérôme Blanchette n'était rien qu'un beau parleur qui n'était pas *trustable*. Il était très, très fâché et exaspéré.

— Jama's, i' mettra lés pieds dans ma maison!

L'attitude négative de Julien ne faisait rien pour rassurer Désirée. Un bon soir, sa journée d'ouvrage terminée, Julien revient chez lui avec un feuillet de l'Union. Le moulin de la MacDonald où il travaille avait reçu la visite de Tom Morrison. Il leur a fait part de l'atroce accident survenu à Moraineburg. Il a décrit avec précision les conséquences de la tragédie et a tenté de convaincre les employés de se joindre à un syndicat.

— I' faut absolument protéger le *staff* contre dés incidents comme ça. This is unbearable! Plusieurs pourront pas r'tourner travailler parce qu'i's sont *maganés* pour le reste de leur vie. I' faut aussi que lés *boss* mettent en place dés *safety mecanisms*. Seulement si on se tient tous ensemble, on pourra gagner nos points. Sticking together, that's the only way! J'l'ai vu aux *States* quand j'y ai travaillé. The Unions were great to help the employees have better working conditions. Bring this pamphlet home and think seriously of your future.

Tom a aussi vanté les mérites des Blanchette dont les membres de la famille ont été excessivement occupés avec les victimes de l'horrible accident. Ils ont eu à transporter les blessés à l'hôpital, à construire des cercueils pour les morts, à mettre en place toutes les mesures appropriées pour l'exposition des dépouilles et à coordonner les funérailles. Julien fait part à la maisonnée de ce que Tom a raconté.

— I's sont vraiment dés gens de service from fathers to sons. I tell you they worked for three days non-stop. They are very good and efficient people. On top of that, they are very caring and compassionate. The best is Jérôme. Hard working and devoted night and day. I' a fait preuve de b'en de courage et de sympathie pour lés familles touchées. It is clear that his father trusts him very much. J'seras pas surpris qu'i' hérite du commarce un jour. The last burials will take place this coming week.

Julien demande à sa fille de prendre connaissance du feuillet qu'il a reçu. Elle pourra ensuite lui expliquer de quoi il s'agit. Julien ne sait pas lire. Il est pensif. Il a jugé Jérôme trop rapidement. Comment faire pour revenir sur ses commentaires méprisants? D'un ton *bougonneux*, il dit à sa fille que peut-être ils doivent donner une chance à ce jeune homme. D'un autre côté, il ne faudrait pas qu'il tarde trop à se présenter chez eux. Désirée est soulagée. Elle conclut qu'elle avait raison de mettre sa confiance en Jérôme. Julien évite de dire à sa fille, parce que son orgueil est trop fort, qu'il a chargé Tom de transmettre le message à Jérôme qu'il est bienvenu de venir chez les Payant dès que les choses auront ralenti.

Deux semaines plus tard, le travail étant bouclé, un mardi soir de la fin janvier, à 7 h 00, Jérôme arrive à la maison de Julien. Il constate que c'est une jolie petite demeure avec des rideaux de dentelle aux fenêtres. L'intérieur est décoré avec goût et bien entretenu. Julien a fait tout un chemin depuis le décès de son petit Yvan adoré. Son épouse Marie-Rose et lui se montrent accueillants. Julien est même cordial avec Jérôme.

— Débarrasse-toé de tes gréments et passe au salon mon gars.

Marie-Rose est soucieuse de toujours bien recevoir ses invités.

— Tu prendras bien une tasse de thé et des *cookies* à la mélasse.

Jérôme veut faire bonne impression.

— C'é't més *cookies* favorites. Elles sont délicieuses. Marci b'en.

Julien déclare fièrement que c'est Désirée qui a cuisiné ces délicieux biscuits.

— Tu vas woir, c'é't une femme dépareillée.

Jérôme tente d'expliquer les complications qui ont fait en sorte qu'il n'a pu venir avant. Ne lui laissant pas une seconde, Julien l'interrompt en disant qu'il est au courant de tout. Qu'il n'a pas à s'en inquiéter.

— T'en fa's pas mon gars. On a été informé par Tom Morrison du carnage survenu au moulin de Moraineburg et du travail qu'ta famille a eu à faire. Comment vous avez faite pour pas lâcher?

Jérôme répond avec assurance que c'est ça leur *job* et qu'ils ne savent jamais quand et comment les choses se passeront.

Entretemps, Julien présente ses deux petits derniers à Jérôme, Isabelle, 7 ans, et Jean-Yves, 6 ans, fruits de son second mariage. Il est évident que Julien est au comble du bonheur et follement amoureux de son épouse qu'il regarde tendrement.

— Et c'é't pas fini! On en f'ra autant qu'on pourra. Lés enfants c'é't la richesse et el futur. C'é't c'que m'sieur l'curé a dit et je l'crés.

Jérôme aperçoit Désirée qui descend l'escalier. Elle est encore plus jolie que dans ses souvenirs, vêtue d'une belle robe de laine fleurie, marine et blanche. Ses cheveux sont retenus vers l'arrière par un ruban de velours blanc et marine. Un délicat collier en pierres du Rhin ainsi que des boucles d'oreilles assorties agrémentent sa toilette. Ses yeux pairs brillent avec vivacité. Jérôme se lève et lui dit bonsoir. L'un et l'autre semblent ravis de se revoir. Désirée ne lui fait aucun reproche. Elle a plein de questions pour le jeune homme par rapport à l'accident.

Jérôme décrit avec une immense tristesse dans la voix, l'horrible massacre survenu au moulin de Moraineburg. Il lui parle de Carlos, son ami. Bien que ce dernier soit toujours en vie, les médecins craignent qu'il soit en fauteuil roulant pour le reste de ses jours. Son existence a été chambardée à jamais. Les soins médicaux sont coûteux et tout le monde se demande comment ce jeune couple pourra gagner sa vie. Cela n'a pas découragé sa fiancée, Angelina, qui est à son chevet aussi souvent qu'elle le peut. Elle est intelligente et elle s'est trouvé un second emploi à une mercerie du village. Le père de Jérôme, avec le soutien du curé et des religieuses, a mis en place une collecte de fonds pour leur venir en aide. Le cap est maintenu pour leur mariage au printemps. Jérôme veut manifester à sa blonde que sa façon de voir les choses a bien changé depuis l'accident.

— Toute ça m'a faite réaliser qu'la vie c'é't fragile et que j'tiens vraiment à toé. J'aimera's qu'on s'fréquente pour lés prochains mois et peut-être qu'on s'fiance au printemps si ça va b'en entre nous.

— Cela me plairait bien, toutefois le temps venu, tu devras en parler à mon père.

C'est ainsi que tous les mardis de l'hiver 1903, quand il n'y avait pas de morts et que la météo était clémente, les amoureux se sont vus et se sont rapprochés de plus en plus. Désirée a rencontré officiellement la famille de Jérôme au mois de mars, à l'occasion de l'anniversaire de naissance de ce dernier. Frédéric et sa femme ont tout de suite été charmés par la beauté et l'intelligence de cette jeune dame. Un petit velours de plus pour la mère de Jérôme venait du fait que Désirée portait le même prénom que le sien. Selon elle, cette relation était prédestinée. Le seul défi, ça fera maintenant trois Désirée dans le clan Blanchette, elle-même, sa fille et sa bru. C'est sûrement un record. Il faudra prendre des moyens pour éviter les malentendus.

La blonde de Jérôme a tout de suite plu à ses sœurs. Quant à ses frères, ils étaient rouges d'envie, ne comprenant pas comment un homme si effacé que lui avait pu séduire une personne comme Désirée. Ils étaient encore tous célibataires. Jérôme serait donc le premier à prendre femme. Pour masquer ce malaise, ils taquinaient Jérôme.

— Crés-tu qu'a t'aime? On pense que c'é't ton argent qui l'attire. Comment qu'tu vas t'y prendre pour y faire un bébé? Tu conna's erien pauv'innocent!!! On peut t'donner dés leçons si tu veux.

Leur mère était frustrée au plus haut point par leur comportement désobligeant. Elle leur répétait sans cesse la même rengaine.

— Arrêtez de *l'étriver*. On sait qu'vous êtes jaloux pour mourir.

Au mois d'avril, Jérôme demande à Julien la main de sa fille. Ce dernier ne fait pas de chichis constatant qu'il est un excellent parti. Il mentionne cependant à Jérôme qu'il ne pourrait pas débourser des sommes faramineuses pour le mariage et s'informe pour savoir si Frédéric accepterait de partager les dépenses. Jérôme avait prévu le coup et en avait déjà discuté avec ses parents qui n'y voyaient aucun problème.

Jérôme offre une magnifique bague de fiançailles à Désirée, un anneau en or jaune surmonté d'une topaze rose, la couleur préférée de sa belle, entourée d'une couronne de petits zircons blancs scintillants. Bien que Désirée ne soit pas frivole, elle en est très heureuse. Les fiançailles durent trois mois.

CHAPITRE 4
Un mariage haut de gamme

———

Désirée et Jérôme se lancent à fond de train dans la préparation du mariage. D'abord, ils rencontrent le curé Gendron de Thompson. Les jeunes amoureux mentionnent au prêtre qu'ils souhaitent que la cérémonie se déroule tôt en juillet. Les pères des deux conjoints agiront comme témoins. Le couple répond à toutes les autres questions d'usage du curé qui doit s'assurer, entre autres, que les fiancés veulent s'engager pour la vie et qu'ils espèrent avoir des enfants.

Sans hésitation, tous deux affirment à l'unisson que telles sont leurs intentions. Il faut ensuite discuter des frais à payer. Jérôme s'acquitte de cette obligation sur le champ. La date choisie est le 4 juillet à 10 h 00 du matin. Dans son cœur, Jérôme prie pour qu'il n'y ait pas de morts cette journée-là. Cela compliquerait la situation. Jérôme n'en peut plus d'attendre d'avoir enfin épousé son amoureuse et de former le ménage idéal dont il rêve.

Une fois ces arrangements faits et la date déterminée, les deux jeunes, sérieux et prévoyants comme ils sont, ils entreprennent des démarches pour trouver un logis. Après avoir visité quelques endroits à Moraineburg, ils s'entendent pour louer la maison voisine de la résidence familiale Blanchette. Le propriétaire, Jean Asselin, un vieil ami de Frédéric, leur a fait un bon prix. C'est une jolie demeure de deux étages qui compte trois chambres à coucher avec une grande cuisine et un petit salon. Une belle véranda se trouve à l'avant de la maison. La cour arrière est plutôt spacieuse et Désirée rêve d'y installer une balançoire. L'endroit est idéal. Ils conservent leur indépendance tout en étant à proximité des commerces. Ils s'occupent ensuite de l'achat des meubles qu'ils font évidemment au magasin général des Blanchette.

Ces priorités réglées, les tourtereaux commencent la planification de leur noce. Ils discutent du cortège nuptial. C'est un changement intéressant pour Jérôme familier avec une autre sorte de cortège, le cortège funéraire. Ils conviennent que les sœurs de Désirée seraient les demoiselles d'honneur et que les frères de Jérôme, les garçons d'honneur. Pour réduire les coûts, Désirée propose de confectionner les robes. Jérôme la rassure qu'elle pourra trouver du beau tissu au magasin général et que ses parents se feraient un plaisir de les lui offrir en cadeau. Elle qui a longtemps eu un certain intérêt pour la mode avait déjà procédé à des repérages dans des magazines et des catalogues. Le choix des modèles avait été effectué au préalable. Il a été aussi entendu que les deux plus jeunes de la famille Payant, Jean-Yves et Isabelle, agiraient l'un en tant que page et l'autre comme bouquetière.

Jérôme, de son côté, connait le type d'habits que ses frères porteraient. Dans le domaine des pompes funèbres, il faut constamment être bien mis. Tous les jeunes hommes Blanchette possèdent des tenues de gala pour leur travail. Ils enfileront des pantalons rayés gris et noir, des vestes grises, des *coats à queue* gris charbon ainsi que des chapeaux *tuyaux de poêle* noirs. Leur mère entretient à la perfection leurs chemises blanches. Ils sont depuis toujours bien formés à polir leurs souliers. La profession oblige! Ils porteront tous une cravate avec un nœud Windsor. Sa fiancée aidée de la seconde épouse de son père s'occupera de confectionner le complet de Julien et la robe de Marie-Rose.

Quant aux parents Blanchette, ils ont plusieurs occasions d'achats de vêtements sophistiqués auprès de fournisseurs du magasin général, et ce, à bon prix. Frédéric est un habile négociateur. Le grand-père Jacques-Bruno de son côté a tout ce qu'il faut comme tenues.

Pour ce qui est des fleurs, Frédéric et Jérôme ont d'excellentes relations avec plusieurs fleuristes parce que la coutume d'offrir des bouquets aux familles endeuillées à la mémoire des morts devient de plus en plus répandue. Puisque le commerce funéraire faisait profiter financièrement plusieurs de ces marchands, Jérôme savait qu'il pourrait avoir de beaux arrangements à bon prix. Frédéric se charge de retenir les services d'un photographe avec qui il a fait affaire pour le travail. Les choses roulent à un bon rythme sans anicroche. Les futurs mariés ont évidemment un bon sens organisationnel et les Blanchette d'excellentes connexions.

Reste à décider où se tiendra la réception et à explorer le menu. Pour le lieu de la fête, le choix s'arrête sur l'hôtel Prince Albert à Thompson. Julien connait bien le propriétaire, Hervé Latour, et sait qu'il est fiable. De plus, sa femme Georgette est cheffe de cuisine et sa réputation comme *cook* est légendaire. Suivant une longue discussion, il est déterminé que le menu s'apparenterait à celui du temps de Noël, aspic aux légumes, ragoût de pattes de cochon avec purée de patates assaisonnées à la sarriette et légumes racines. Pour finir, tarte aux pommes à la mode. Pour les boissons, M. Latour accepte de servir aux adultes le fameux vin de pissenlits de Frédéric, du jus de pomme aux enfants et enfin du thé et du café avec le dessert.

Le coût de chaque couvert proposé par l'hôtelier est de 65 cents. Julien négocie fort et M. Latour donne finalement son aval, puisqu'ils sont de bons amis, pour réduire le coût à 50 cents du couvert.

— J'va's parde beaucoup d'argent, mais l'amitié ça pas de prix et p't-être que dans l'avenir, que'ques-uns dés invités erviendront.

Julien lui exprime sa gratitude avec énergie.

— Grand marci! J'oublierai jama's ça!

La liste des invités est longue. Les familles des deux côtés sont nombreuses. Frédéric ayant un sens politique naturel tient aussi à convier quelques notables. Ce sera une occasion en or d'établir ou de raffermir quelques contacts importants. Frédéric pense *business* constamment. Jérôme est un peu nerveux parce que certains membres des deux familles ne s'accordent pas bien. Il espère que le jour du mariage, le comportement de tout le monde sera convenable, pas de chicanes.

Les parents des deux jeunes se sont rencontrés pour finaliser le tout. La bonne entente régnait et cela n'a pas été compliqué. D'autant plus que le couple Blanchette adore Désirée et veut faire plaisir à Jérôme.

Ce dernier désire vraiment planifier un voyage de noces de rêve pour sa bien-aimée. Ils ont souvent échangé entre eux sur les endroits qu'ils souhaiteraient visiter dans leur vie. Tous deux sont d'accord que la ville de Québec serait une merveilleuse destination pour commencer. Désirée est férue d'histoire et sait que Québec fourmille de souvenirs d'événements mémorables.

Jérôme demande conseil à son père parce qu'il réalise que s'ils font un tel voyage, cela serait dispendieux et qu'il devrait s'absenter du travail au minimum une semaine. Frédéric se montre ouvert en disant qu'on ne se mariait pas tous les jours.

— T'as toujours été là pour moé et le commarce. Chu's d'accord pour que tu manques l'ouvrage pour une s'maine. Pour le reste, laisse-moé ça ent'e lés mains. J'va's woir c'que j'peux arranger.

Quelques semaines plus tard, Frédéric informe son fils que tout est réglé et qu'il pourrait se rendre en train à Québec et habiter au fameux Château Frontenac sans que cela ne leur coûte une seule cenne noire. Jérôme qui est une personne fière et indépendante ne veut pas avoir une dette envers son père. Ce dernier le rassure en lui disant que lui non plus n'aura rien à débourser.

Frédéric entame un long discours ponctué de pauses pour faire comprendre à son fils le résultat de ses démarches.

— Tu conna's mon gars le dicton angla's *What goes around comes around?* Et b'en c'é't autant vra' pour le bien qu'on fa't que pour le mal.

— Te souviens-tu, trois ans passés, quand on a été appelés d'urgence à résidence dés MacPherson. On ava't trouvé la place b'en belle, mais une grande tristesse remplissa't la maison. Lés MacPherson ava'ent un seul enfant, une p'tite fille de 6 ans. Elsbeth MacPherson ava't eu fausses couches su' fausses couches avant que Morag naisse. I's adora'ent c'te p'tite et en prena'ent soin comme la prunelle de leu's yeux. Malheureusement, elle a eu une forte méningite et lés médecins donna'ent pas cher pour sa vie. I's disa'ent même que si a surviva't, a l'aura't p'us toute son génie. Les parents éta'ent désespérés, leu' p'tite si vive et pètante d'énargie, qu'alla't-i' d'venir d'elle. I's voya'ent pas leu' vie sans elle.

— Toé p'is moé on a transporté la jeune malade à l'hôpital et j'ai promis aux parents qu'ta mére alla't prier pour eux. T'sais qu'a l'a une ligne directe avec le Ciel. A l'obtient autant d'choses du bon Yieu que d'moé. Angus, même si i'é't protestant, a dit oui à c'te suggestion. Avec grande précaution, on a reconduit l'enfant à l'hôpital et par mirâcle Morag s'est b'en rétablie et a gardé toute sa *jarnigoine*. Les médecins ont dit qu'a l'éta't arrivée jus'e à temps à l'hôpital, que que'ques heures de plusse et a quitta't la terre.

Frédéric rapporte sa conversation avec le propriétaire du moulin.

— Angus t'ava't remarqué. I' disat que t'éta's b'en bon dans *job*. I' m'a dit avec son fort accent écossais, this lad is a *verry carring* person for his young age. J'ava's pas oublié ça. T'sés comment j'ai une bonne mémoére. I' fa't b'en dés afféres avec la compagnie de train du *Grand Tronc*. Quand j'y ai raconté ton rêve, i' m'a r'mis une passe de train pour Québec et un forfa't qui m'a dit d'une s'maine au Château Frontenac, toutes dépenses payées. Ça mon gars c'é't l'grand luxe. Rappelle-toé que faire le bien à n'import-en qui, c'é't toujours récompensé d'une maniére ou d'un'aut'e.

Jérôme est *aux petits oiseaux*. Il reconnait qu'il y a du bon dans tous les êtres humains. Il avait douté de la bonne volonté de MacPherson lors de l'accident sur le chantier. Il voit maintenant un autre aspect de cette personne. Il confie à son père qu'il veut en faire une surprise à Désirée et qu'il lui dévoilera leur destination à un moment qu'il juge opportun.

Son père en profite pour faire une leçon de vie à son fils.

— Jérôme c'é't jama's bon d'awoir *une crotte su' l'cœur*. Ça gruge la pa'x d'esprit. Tu woés, t'ava's pas raison d'en vouloir à MacPherson. Les erreurs c't humain. Toute le monde en fa't! Et j'dirai rien à ta belle Désirée. La tombe!!!

Enfin, le grand jour arrive. Le temps est radieux et ensoleillé. Marie-Rose et la mère de Jérôme avaient pris soin de mettre leur chapelet sur la corde à linge, la veille. Il y a tout un va-et-vient dans la maison des Payant. Les voisins souhaitent offrir leurs meilleurs vœux à la future mariée. Ils sont surtout curieux d'obtenir des détails sur l'événement social du siècle, dit-on dans leur patelin.

Superstitieuses, les femmes Payant veulent s'assurer que Désirée se conforme à toutes les exigences d'une tenue de mariée traditionnelle. En effet, selon une coutume victorienne qui s'est insérée dans la société canadienne grâce aux immigrants d'expression anglaise, la future épouse doit avoir sur elle quelque chose d'ancien, de bleu, d'emprunté et de neuf. Marie-Rose, à la demande de Julien, lui offre la bague de la mère de Désirée ornée de sa pierre de naissance, une jolie aigue-marine. Ceci fait d'une pierre deux coups, objet à la fois ancien et bleu. Sa sœur Corinne lui prête un délicat mouchoir de coton brodé pour sécher ses pleurs de bonheur et enfin, les deux plus jeunes du clan Payant lui donnent un collier et des boucles d'oreilles de perles. Elle est très émue et soupçonne que c'est son père qui lui offre ces charmants présents.

Avant de quitter la maison, Désirée demande à Julien de la bénir, ce qu'il fait les larmes aux yeux! Il souhaite de tout son cœur qu'il ne se trompe pas sur le compte de Jérôme. Après plusieurs revers de la vie, il est maintenant serein et n'espère que le bonheur pour ses enfants qu'il chérit tant. Il implore sa défunte de veiller sur Désirée.

De son côté, Jérôme est tellement fébrile que lui, ses parents et ses frères se rendent à Thompson, une heure avant la cérémonie. Le futur marié, son père et les garçons d'honneur font *le pied de grue* sur le parvis de l'église. Ils sont d'une élégance enviable. À la boutonnière gauche, ils portent une rose de la même couleur, à la demande de la mariée. Désirée Blanchette, elle, est rayonnante, dans une magnifique robe de crêpe délicat couleur vieux rose. La jupe ample descend jusqu'à la cheville. Un chic boléro de dentelle complète la tenue raffinée. Elle coiffe un énorme chapeau de teinte identique. Il est recouvert de tulle blanc et parsemé de petites roses blanches naturelles. Elle chausse des bottillons de cuir blanc fin. Elle a sorti toutes ses plus belles perles pour l'occasion.

Les sœurs Blanchette ont elles aussi revêtu de somptueux atours qui sont du dernier cri. Frédéric comme propriétaire de magasin général a plusieurs contacts dans le domaine de la mode. Frédéric est fier de son coup et se vante à qui veut l'entendre.

— J'ai pas r'gardé à dépense. C'é't b'en spécial, mon premier enfant qui s'marie. Mieux que ça, c'é't celui qu'on pensa't qui restera't vieux garçon. I' va falloir que mon plus vieux danse su' sés chaussons l'jour du mariage.

Toutes les jeunes femmes Blanchette portent des bottillons uniques de couleur beige. Ce modèle n'a jamais été vu dans le coin. Ils montent moins haut sur la jambe sans toutefois révéler les chevilles. Elles coiffent de larges chapeaux de paille assortis à leurs magnifiques robes.

La famille Payant arrive promptement à l'heure convenue. Plusieurs carrioles bien décorées pour l'occasion se suivent. C'est d'abord Marie-Rose, les demoiselles d'honneur, la bouquetière et le petit page qui descendent de deux voitures. Marie-Rose est ravissante malgré sa grossesse avancée. Julien avait bien prédit qu'il avait l'intention d'augmenter sa progéniture. Elle porte un ensemble de dentelle beige typique de l'époque avec un joli chapeau de la même teinte. Un corsage de roses rose orne son bras droit. Comme bien des femmes enceintes, son teint est radieux et son regard allumé.

Les demoiselles d'honneur sont vêtues de robes rose pâle en dentelle Richelieu. Frédéric a fait venir ces précieux tissus de Montréal. Le haut de la robe est légèrement ajusté, les manches bouffantes à mi-bras et le col marin. La jupe ample descend jusqu'à la cheville. Elles aussi chaussent des bottillons uniques de la même couleur que leurs robes. Le propriétaire du magasin général de Moraineburg les a achetés à Toronto. Leurs cheveux sont ornés d'une simple couronne de roses. Elles tiennent un bouquet de roses blanches et rose.

La robe de la bouquetière est une réplique miniature de celles des demoiselles d'honneur. Isabelle porte un panier de pétales de roses multicolores qu'elle doit semer sur son passage, dès son entrée dans l'enceinte. Le page est aussi habillé d'une copie enfantine des vêtements des garçons d'honneur. Jean-Yves s'avance fièrement en serrant contre lui les précieux anneaux qui ont été posés sur un coussin de satin. C'est très amusant d'observer cet enfant en costume somme toute d'entrepreneur de pompes funèbres.

C'est ensuite Julien et la future mariée qui arrivent. Julien a une tenue et une boutonnière florale semblables à celles des autres hommes du cortège. Désirée, pour sa part, est époustouflante. Elle a choisi avec goût une robe d'organdi d'un blanc immaculé. Le bas de la jupe qui frôle le sol est orné de deux volants de dentelle délicate jamais vue dans le coin. Les manches sont longues. Les poignets sont ajustés grâce à de jolis boutons de perle nacrée rose. Un ceinturon de satin vermeil accentue sa taille fine. Le col, lui aussi paré de dentelle, monte haut sous le menton. Cela fait ressortir la magnifique couleur olive de sa peau et met en évidence la beauté de ses traits. Le dos de la robe est agrémenté des mêmes boutons que ceux des manches. On doit bien en compter une vingtaine, tous cousus à la main par la mariée.

Elle chausse des bottillons rose et blanc hors du commun qui recouvrent à peine les chevilles. De nos jours, on oserait les qualifier de *sexy*. La toilette est complétée par un chapeau de cavalière blanc orné d'un ruban rose. Il s'agit d'un clin d'œil à la passion des chevaux de Jérôme et au fameux épisode du début de leur romance dans l'écurie des Beaulieu. Un long voile en tulle recouvre une partie du visage pour le moment. Il sera enlevé par le marié une fois les vœux échangés. À ce moment-là, le voile descendra vers l'arrière, formant une petite traîne.

La couleur rose que Désirée a ajoutée à sa tenue va bien faire parler les commères. Quand les vêtements de la mariée ne sont pas entièrement blancs, on se questionne sur sa virginité!!! Mais Désirée n'a que faire des cancans de vieilles bavardes. C'est sa couleur préférée et c'est omniprésent dans les catalogues parisiens que lui avait offerts une de ses amies.

Elle s'avance vers l'église avec grâce au bras de Julien *fier comme un paon*. Le cœur de Désirée se met à battre la chamade quand elle aperçoit le regard brûlant de son adorable Jérôme, son âme sœur, l'amour de sa vie et bientôt son amant. Sous un extérieur placide, Désirée est une grande passionnée, un volcan de sentiments prêt à faire éruption. Jérôme est totalement médusé. Ému presque aux larmes, Jérôme ne peut s'empêcher d'exprimer son admiration.

— WOW! Qu'est belle!

Jérôme et son père s'engagent les premiers dans l'église au son du carillon du clocher. Le bedeau s'en donne à cœur joie. Les cloches sonnent à toute volée pour se faire entendre dans tous les coins du village.

Les convives se lèvent ensuite pour accueillir la mariée. Tous la trouvent merveilleusement belle. L'orgue retentit. Désirée a choisi le *Canon de Pachelbel* pour son entrée. Peu de gens le connaissent, mais tous ressentent de vives émotions. Les colporteuses de rumeurs de la région, remplies d'une jalousie incontrôlable, ne peuvent s'empêcher de dire que, comme d'habitude, Désirée Payant, la *péteuse de broue,* ne fait jamais rien comme les autres.

— Non mais pour qui qu'a s'prend? Son pére est jus' un journalier au moulin!

Sur un ton sarcastique, une des voisines plus sympathiques leur rappelle la parole de l'évangile.

— Nul n'est prophète dans son pays, n'est-ce pas! Même pas le Christ!

Les deux mères versent quelques larmes. La cérémonie se déroule sans ennui sauf pour un moment amusant. Le petit page n'a presque pas fermé l'œil la nuit précédente. Il était tellement excité par le rôle important qu'il avait à jouer au cours du mariage. Conséquemment, il s'est endormi sur son banc d'église. On a dû attendre qu'on le réveille pour qu'il apporte les anneaux au célébrant tout en se frottant les yeux et en titubant un peu. Tous les gens ont apprécié le chant de *l'Ave Maria* que la soprano de la chorale a entonné durant la communion. À la sortie, l'organiste a interprété *l'Ode à la joie* de Beethoven.

Le photographe, Jérémie Désilet, a installé son appareil au sous-sol de l'église pour les photos d'usage. Les poses sont traditionnelles et plutôt statiques. Le marié est assis confortablement sur un fauteuil et la mariée se tient debout derrière lui, les mains sur ses épaules. Désirée réclame un portrait côte à côte. Il y en a ensuite une avec les parents et puis les frères et sœurs. Enfin, les curés de Thompson, monsieur l'abbé Joseph Tremblay, et de Moraineburg, monsieur l'abbé Simon-Pierre Houde, se joignent au groupe.

Entretemps, les invités se sont rassemblés sur le perron de l'église. Le photographe transporte tout son équipement lourd à cet endroit.

Il a tout le mal du monde à avoir l'attention de la foule. L'attitude réjouie de toutes et de tous démontre bien qu'ils ont plus l'esprit à la fête qu'à la photo.

Antonio Deschamps, ami du père de Jérôme, lance à la rigolade.

— Eh Jérémie, dépêche-toé à prendre ton portrait qu'on aille boire un coup en l'honneur dés mariés.

Après beaucoup de tergiversation, le photographe réussit à prendre un cliché au moins acceptable. Les invités ont hâte de pouvoir enfin lâcher leur fou.

CHAPITRE 5
Le party *du siècle*

———

Oui, je l'aurai dans la mémoire longtemps! (Folklore)

Finalement, la noce se dirige vers l'hôtel Prince Albert. Les éclats de voix et de rire retentissent de partout. Le défilé est très remarqué. La ligne de réception se forme dès l'arrivée du groupe à destination. Les mariés au centre entourés de leurs parents de chaque côté de même que des filles et des garçons d'honneur. Les invités font la file. Les hommes sont fringants parce que c'est l'occasion rêvée pour donner de beaux becs à de jolies femmes. Une surprise a été réservée à Jérôme. À son grand étonnement, il aperçoit son ami Carlos marcher vers lui, soutenu par des béquilles. La dernière fois que Jérôme l'avait vu, il était en fauteuil roulant. Il est accompagné de la ravissante Angelina qui est enceinte. C'est toute une récompense pour Jérôme qui a tout fait pour que Carlos puisse être tiré de danger lors du terrible accident au moulin.

Une fois cette formalité terminée, Julien convie les gens à entrer dans l'hôtel et à prendre place aux grandes tables qui ont été dressées pour l'occasion. Les couverts sont superbes, des verres de cristal brillant, de la vaisselle de chic porcelaine, et des ustensiles en argent bien poli. Des bouquets de roses blanches et rose ornent chaque table.

Frédéric-père dirige les invités d'honneur à une table qui a été disposée en avant de la salle à la vue de toutes et de tous. Les noms des personnes ont été posés devant chaque couvert. Les mariés sont assis au centre avec leurs parents de chaque côté. Se joignent à ces derniers, le maire de Thompson, Yvon Mainville, et celui de Moraineburg, Siméon Ladéroute ; le député du canton, Honoré Chaput ; les curés de Thompson et de Moraineburg ; le juge de paix de Thompson, Pacifique St-Éloi ; le chef de police de Moraineburg, Jack O'Sullivan. Le président de la commission scolaire où enseigne Désirée, Charlemagne Lavictoire, la directrice de l'école, Sœur Saint-François-Xavier sont aussi à la table.

D'autres notables ont été invités, dont les deux médecins de Moraineburg, Dr Edward Palmer et Dr Oliver Turnbull. C'est intéressant comme situation, car le premier est catholique et le second protestant. Frédéric ne discrimine pas, parce que dans son métier, il travaille avec les deux. Frédéric a de plus convié à la fête Mrs. et Mr. MacPherson. Après tout, c'est grâce à lui que Jérôme et Désirée auront un voyage de noces magique.

Le journal local est représenté par Henri Lavoie. Il a reçu l'ordre de tout noter. Tout le monde veut tout savoir jusqu'au moindre détail. L'oncle Ernest, frère de Julien et parrain de la mariée, est à la table d'honneur parce qu'il agira comme maître de cérémonie. Son épouse est à ses côtés. Les filles et les garçons d'honneur sont dispersés dans la salle. Pour Frédéric, c'était plus important d'avoir des notables à cette table.

L'oncle Ernest invite les convives à s'asseoir et leur souhaite la bienvenue.

— Chers parents et amis, en mon nom parsonnel et celui dés mariés, j'vous souhaite une belle bienvenue. C'é't marveilleux que vous avez pu vous joindre à nous pour honorer ce couple dépareillé. J'peux vous garantir que vous allez awoir du *fun* parce que ça va *swigner*, enl'vez-vous de d'là, mais pas autant que dans *le lite* de Des et de Jérôme à soir. En passant chu's son pârrain et ma femme sa mârraine de c'te suparbe créature. Mais pour commencer, j'aimera's, inviter lés deux curés à faire le bénédicité. Elvez-vous deboutte s'i' vous pla't!

Avec solennité et décorum, les deux prêtres récitent les grâces, ce qui contraste un peu avec l'ambiance survoltée qui est dans la salle.

Ernest est extrêmement flatté qu'on lui ait demandé d'agir comme maître de cérémonie. Il prend cela très au sérieux et veut s'assurer que tout se déroule selon les plans.

— Asteur, c'est Pâscal, le grand frére de Jérôme et Julienne, la sœur aînée de Des, qui vont faire le toast. Pour la petite histoére, j'aimera's vous dire que Pâscal n'est pas le premier né de la famille Blanchette. C'éta't Jacques-Bruno qui é't mort bebé. I' a pas vécu b'en longtemps.

Sentant le malaise ainsi créé, Aliane, la femme d'Ernest, lui lance un regard à la fois glacial et foudroyant. Elle connait bien son homme et elle se doutait qu'il poserait des gestes qui causeraient des problèmes. Elle souhaite seulement que cela ne dérape pas trop. Elle en avait prévenu les deux pères des mariés.

— Quand Arnest a de la broue dans l'toupette et qu'i' a l'crachoir, i' sét pas quand s'arrêter! I' manque de jugeotte. J'l'aime mais i'é pas parfa't. J'vous avertis qu'vous aurez à vivre avec sés *folleries*.

Julien avait alors insisté qu'en tant que parrain de Désirée, l'honneur d'être maître de cérémonie lui revenait. C'était la tradition chez les Payant et la tradition s'était sacrée!

Les deux responsables du toast s'adressent avec enthousiasme et à tour de rôle à la salle.

Pascal s'exprime le premier.

— Chère Désirée, cher Jérôme, nous sommes b'en heureux de vous woir ensemb'e. Vous êtes un beau couple. Nous vous souhaitons beaucoup de bonheur et une grande progéniture.

En levant son verre, Julienne prend la relève.

— Chers convives, levez avec moi votre verre à la santé du jeune couple. Désirée et Jérôme, longue vie, succès et une grosse famille. Santé!

Les convives lèvent leurs verres et font des *tchin-tchin* à chacune des tables.

Julienne reprend la parole.

— Nous vous souhaitons longue vie et beaucoup de bonheur. Jérôme, laisse-moi t'dire que tu as une bonne prise entre les mains. Ma sœur est extraordinaire. Santé!

Les invités refont leurs *tchin-tchin* et se mettent à frapper sur leur verre avec un couteau ou avec une fourchette pour que les nouveaux mariés s'embrassent. Ces derniers ne se font pas prier longtemps et s'enlacent au plus grand plaisir des convives. Ils n'auront pas beaucoup l'occasion de manger parce que la salle est déchaînée.

Le parrain de Désirée donne des précisions.

— On va sarvir le r'pas. Laissez-moé vous dire que ça va êt'e bon. Georgette est toute une *cook*. 'Y a du vin en masse, parce que c'é't l'pére du marié qui l'a faite. J'vas vous laisser la pa'x pendant qu'vous mangez. J'vous encourage à frapper su' vos verres pour d'mander aux mariés de s'embrasser. Chu's çartain qu'i's ont pas faim et p'is que leur appétit est en-d'ssous de la ceinture. Ah! Ah! Est bonne, est bonne, est bonne!

Les personnes présentes manifestent leur accord par un éclat de rire et un fort tintement de verres. Les jeunes mariés n'ont pas de choix, ils se lèvent et s'étreignent.

Ernest ajoute son grain de sel.

— Vous êtes d'accord avec moé qu'i's ont pas l'air à haïr ça. Ça leur donne d'la bonne pratique!

La période du repas s'étend sur deux heures, systématiquement interrompues par le tintement des verres, les baisers du couple et le fou rire de l'auditoire. Les gens se régalent. Ernest n'avait pas menti, tout est délicieux, incluant le spectacle attendrissant des amoureux bientôt amants. Le clou du menu est le magnifique gâteau aux fruits confectionné par Marie-Rose d'après la recette de sa sœur Désirée-Isabelle. Pour la mariée, c'était une façon concrète de faire en sorte que sa mère soit présente à l'événement.

La décoration est originale et exécutée par Georgette. C'est Désirée qui en a fait la requête. Elle a apporté une photo tirée des magazines qu'elle consulte régulièrement. Il s'agit d'une pièce de quatre étages. Chaque partie est circulaire et la couleur du glaçage alterne, blanche, rose, blanche, rose. Chaque niveau est orné de roses blanches et rose. Des petites colonnes roses en bois sculpté séparent chaque étage. Celui du dessus est agrémenté de deux figurines en bois qui ressemblent en tous points aux mariés. Les colonnes et les figurines ont été sculptées par un artiste de Thompson, ami de Désirée, Bruno Brisebois, un nom prédestiné comme lui dit toujours la jeune mariée. Il a été son élève et c'est elle qui a découvert et encouragé son talent. Les invités n'en reviennent pas.

Le maître de cérémonie annonce l'ouverture de la danse.

— Chers amis, lés nouveaux mariés vont maintenant nous offrir une première valse. Désirée a choisi le *Beau Danube Bleu* de Strauss.

Les amoureux se dirigent vers la piste de danse alors que l'orchestre laisse résonner les premières notes. Ce n'est pas une pièce facile ni du répertoire du groupe musical. Pour faire plaisir à la mariée, ils se sont beaucoup pratiqués et c'est réussi. Jérôme n'a d'yeux que pour son épouse qu'il serre tendrement contre lui. Il n'est pas un adepte de la danse, c'est la raison pour laquelle il a passé des heures à répéter. C'est sa jeune sœur Émilie qui lui a prêté main-forte. Qu'est-ce que Jérôme ne ferait pas pour sa chérie?

Par la suite, Ernest invite le père de Désirée à valser avec sa fille et la mère de Jérôme avec ce dernier. Cette fois, ils danseront sur la chanson *Amoureuse* popularisée par Paulette Darty, la reine des valses lentes. Elle est interprétée avec brio par Arthurine et le groupe familial Béliveau. Les formalités initiales étant terminées, le reste des convives peuvent s'exécuter sur le plancher de danse. Le tempo vient cependant de changer et c'est sur un bon vieux rigodon qu'ils vont danser. Ils s'en donnent à cœur joie. Ça *swing* fort.

Jérôme et Désirée se font un devoir de saluer personnellement chaque invité. Frédéric paie un coup à tous ses collaborateurs. Même les curés en profitent. Dans la *business* de Frédéric, les prêtres jouent un rôle important. L'entrepreneur de pompes funèbres discute fort avec les marchands de bois pour les achats nécessaires à la construction de cercueils.

La danse est interrompue par Jacques-Bruno, le grand-père de Jérôme, le ténor de la famille, dans tous les sens du mot, qui encourage les gens à se joindre à lui. Il se lance avec entrain en entonnant une chanson à répondre. Il choisit toujours des rengaines dramatiques. Cette fois-ci, il chante *Isabeau s'y promène*. Sa performance est si exceptionnelle que la foule préfère l'écouter. Camélienne, la sœur de Jaques-Bruno, prend la relève. Elle décide d'entamer une chanson fort appropriée, *Son voile qui volait*. Tout le monde se met de la partie et la salle retentit comme une explosion. C'est alors qu'Ernest propose ce qu'il trouve être une idée géniale.

— Jérôme est le premier à s'marier dans famille de Frédéric et Désirée Blanchette. Le plus vieux d'la famille *asteur* doit danser su' sés chaussons.

Ernest invite la foule à encourager Pascal. Ce dernier espérait que personne n'y penserait. Il est bon joueur et accepte de se livrer à l'exercice. Il fait une *stèpète* sur un *reel* à la mode. Les jeunes enfants présents ne se font pas prier pour se joindre à lui. Les gens sont en délire. Ernest les trouve pas mal bons *gigueux*.

Ernest passe allègrement à la prochaine étape de la fête.

— Toutes lés belles créatures qui ont pas de maris, j'vous d'mande d'vous avancer proche de moé. Wow! Quelle belle talle! Woyez-vous ça lés hommes. On é't-tu chanceux!!! Ma belle Des, ça s'ra't l'temps que tu *pitchs* ton bouquat. On va b'en woér qui qui va el poigner.

C'est une jeune invitée âgée de 17 ans, Céleste Sigouin, qui habite à Clady qui attrape le bouquet. Sa famille est une connaissance de Jacques-Bruno. Ernest la saisit par la taille et la fait virevolter pendant que la foule applaudit la gagnante de grand cœur. La mine offusquée de Céleste indique qu'elle n'est pas particulièrement heureuse de l'initiative d'Ernest. C'est une très jolie fille qui semble plutôt sérieuse et qui n'apprécie pas la rigolade.

La fête se poursuit ensuite alors que le couple va enfiler ses habits de voyage de noces. Ils ne partiront cependant que le lendemain matin. Un souper est prévu à Moraineburg chez les Blanchette avec toute leur parenté. Les frères et sœurs avec leurs cavaliers et cavalières, les *mon oncles, les ma tantes,* les cousines et les cousins seront présents. La maison va être pleine. Jérôme et Désirée préféreraient se retrouver seuls surtout après s'être dévêtus ensemble. Leur passion est enflammée, ils en sont complètement consumés. Malheureusement, ils savent qu'ils ne peuvent pas se sauver de cette réception.

La célébration à l'hôtel se termine à 4 h 00 de l'après-midi. La jeune épouse de Jérôme souhaite chaleureusement au revoir à sa famille et les invite à venir les visiter dans leur nouvelle demeure dès le retour de leur voyage de noces. Elle ne connait toujours pas l'endroit où se passera cette escapade romantique et combien de temps ils seront partis.

La parenté des Blanchette est conviée au souper pour 6 h 00 du soir. Désirée et Jérôme voyagent dans la carriole avec Frédéric-père et Désirée-mère. Ils s'enlacent et n'ont d'yeux que l'un pour l'autre. Durant ce temps, il y a plein d'activités chez les Blanchette. Des voisines généreuses ont déjà dressé quelques tables parce qu'on attend beaucoup de monde. Avec diligence, elles ont vu à réchauffer le délicieux bœuf à la mode avec des glissants cuisiné par Désirée-mère et les carottes, à réduire les patates en purée, à faire du thé et du café. Quand les invités arrivent, la maison sent la bonne boustifaille.

La table de desserts est préparée. Elle regorge d'une variété de pâtisseries, beignes, gâteau au chocolat, tartes à la farlouche, au sucre et aux œufs. Pour débarrasser et nettoyer après le repas, Frédéric a embauché l'une des employées à temps partiel de l'entreprise, la jeune Alicia O'Toole. Elle est fort estimée parce qu'elle est discrète et consciencieuse. De cette façon, les généreuses voisines pourront elles aussi profiter de la nourriture.

Le *party* est intense. Tous les frères et sœurs du père et de la mère de Jérôme sont là, de nombreux cousins et cousines de même que toute la fratrie. Les esprits sont réchauffés par toute la consommation d'alcool à laquelle les gens se sont livrés au cours de la journée. Les *mon oncles* ont battu tous les records dans ce domaine. Les rires fusent de toutes parts. Quand les nouveaux mariés arrivent, les convives forment une haie d'honneur et les blagues grivoises de la part des hommes ne manquent pas au grand désappointement des femmes qui leur lancent des regards réprobateurs. Cela n'a aucun effet sur eux qui ne démordent pas du tout et poursuivent dans la même veine.

Puisque le repas est prêt, les hôtes prient tout le monde à prendre place. Ce sont les voisines qui vont faire le service, de cette façon,

Désirée-mère a tout le temps pour profiter de la compagnie. Les invités ne tarissent pas d'éloges pour l'excellence des mets. Jérôme et Désirée font *contre mauvaise fortune bon cœur*, mais c'est certain qu'ils souhaiteraient se retrouver ailleurs, plus spécifiquement dans l'intimité de leur chambre à coucher.

L'oncle Basil Ladouceur, frère de la mère de Jérôme, qui ne perd rien de la situation, se lève et proclame qu'il trouve que le marié a les yeux plutôt cochons. Ce dernier rougit jusqu'à la pointe de ses cheveux. L'oncle Basil entonne ensuite la chanson à répondre *Ah! si mon moine voulait danser* en ajoutant toutes sortes d'allusions concernant le moine de Jérôme qui danserait à cœur joie dans le nid nuptial. D'autres oncles y vont de farces crues. Les festivités se poursuivent tard durant la nuit. Les amoureux réussissent à s'esquiver vers 9 h 00 en prétextant qu'ils auront à se lever tôt le lendemain matin pour leur voyage de noces. La jeune mariée ne sait toujours pas quelle est leur destination. Tous ont un sourire complice croyant bien que ce n'est pas la raison du départ du couple.

Un oncle et une tante de Jérôme se mettent de la partie en émettant des commentaires divergents.

— On sét b'en, i's dormiront pas beaucoup à soère.

— I' faut b'en qu'jeunesse se passe. T'souviens-tu mon vieux quand on ava't leus âges???

CHAPITRE 6

Un voyage de noce incomparable, Jérôme s'est surpassé

Jérôme et Désirée se sentent *au septième ciel* de se retrouver enfin seuls. En silence, ils se rendent à leur chambre à coucher joliment décorée. Ils font chacun leur toilette et enfilent des vêtements de nuit. Jérôme porte un magnifique pyjama de coton marin avec une bordure blanche semblable à ceux des acteurs de cinéma. C'est un cadeau de sa sœur Émilie qui est friande des *petites vues* comme elle dit. Il est d'une rare élégance. Désirée, elle, est belle à ravir dans une splendide robe de nuit en dentelle de coton Richelieu de sa couleur préférée, un rose pâle. Elle a retiré tous ses sous-vêtements et se retrouve ainsi nue sous sa jaquette. Jérôme perçoit ses magnifiques formes fermes. Lui, de son côté, laisse entrevoir son sexe viril en érection.

Tous deux n'ont aucune expérience du côté des relations intimes entre un homme et une femme. Ils se laissent tout simplement guidés par leur amour et leur passion. Ils s'étendent sur le lit. C'est comme un ballet bien chorégraphié. Jérôme avec tendresse enlace Désirée et tout doucement lui donne des baisers à la fois délicats et envoûtants. Lentement, avec bienveillance, il retire la robe de nuit de Désirée. Il est émerveillé par sa beauté. Désirée, de son côté, n'est pas du tout intimidée et à son tour enlève les vêtements de son mari. Amoureusement, elle lui caresse la poitrine et frôle son sexe qui se raidit encore plus. Sans aucune inhibition, elle effleure avec sensualité tout le corps de Jérôme, même ses *parties privées* comme on disait dans le temps. Lui pour sa part, caresse tout le corps de sa femme avec douceur et amour.

Jérôme s'aventure dans le jardin secret de son épouse et lui frôle l'entre-jambes. Il s'enhardit et la caresse plus intensément. En un rien de temps, Désirée dirige Jérôme vers l'entrée de son vagin. Lentement, tendrement, il la pénètre. Tous deux sont au comble de leur bonheur. Tout se déroule naturellement et simplement pour eux. Les baisers sont intenses et passionnés.

Désirée lance un petit cri quand Jérôme perfore son hymen, mais cela ne dure pas longtemps et elle est enivrée par son plaisir. Leur souffle devient de plus en plus haletant. Ensemble, ils atteignent le paroxysme de leur volupté. Ils répètent leurs ébats à quelques reprises. À la fin, épuisé de bonheur, Jérôme mentionne à sa femme qu'il serait bien de dormir un peu parce qu'ils ont une aventure le lendemain. Il n'en dit pas plus ce qui suscite encore plus la curiosité de son épouse.

Aux premiers rayons de soleil, ils s'éveillent entrelacés. Désirée, pudiquement, mais de façon convaincante, ravive la passion de Jérôme. Ils s'étreignent de manière très charnelle pour un bon moment. Encore une fois, Jérôme rompt le charme parce que sinon ils seront en retard pour l'embarquement à bord du train.

Il informe sa douce qu'ils s'en vont à Québec pour une semaine au Château Frontenac, rien de moins. Désirée se montre ravie. Secrètement, elle s'inquiète parce que ça lui semble une dépense un peu extravagante. Comme s'il avait lu ses pensées, Jérôme lui explique tout le contexte. Elle se demande s'ils auront suffisamment de temps pour faire leurs valises. Il précise que Julienne, sa sœur aînée, s'est chargée de cette tâche. Lui, grandement excité à l'idée du voyage, a déjà fait la sienne depuis longtemps. Désirée pense que Julienne a été et sera toujours là pour elle. Elle a totalement joué le rôle de mère auprès de ses sœurs.

Après avoir fait leurs toilettes et mangé un copieux déjeuner, Jérôme vérifie si son frère Pascal est à la porte avec la plus belle carriole de Frédéric. Il les amènera à Clearbrook pour ensuite prendre avec eux le *Paddle Ferry* qui transporte des piétons et des véhicules l'autre côté de la rivière à Thompson. De là, il les conduira à la gare de Baie Louise où ils monteront à bord du train.

Pascal est fidèle au poste. Quand il les voit sortir de leur demeure, il se dirige vers eux pour prendre leur bagage. C'est le cœur palpitant d'émoi et d'anticipation que les tourtereaux embarquent dans la carriole. Pour les deux, c'est la première fois qu'ils effectuent un si long voyage. Pascal est discret et évite de faire des blagues grivoises comme ses autres frères le lui avaient suggéré.

— Hésite pas de lés étriver pour faire rougir Jérôme. On s'marie jus' une fois. I' faut pas l'manquer.

Ils sont accueillis à la gare par une personne importante de la compagnie de train qui les accompagne vers leur wagon. Les porteurs s'occupent de leurs bagages. Ils ont un compartiment personnel en première classe. Sur la table, on a déposé du thé, du lait et des viennoiseries. Ils n'en ont encore jamais mangées. Ils sont au comble de la surprise. Jérôme adresse la parole au représentant du *Grand Tronc*. Désirée lui fait un sourire splendide en guise de gratitude.

— C'é't vra'ment un traitement royal. Grand marci.

À l'heure du dîner, on leur offre un gros steak accompagné de pommes de terre rissolées et de légumes de saison. Le dessert est divin, une mousse onctueuse au chocolat. Le tout est servi avec du Champagne. Ils n'en ont jamais consommé auparavant. Les bulles montent un peu à la tête de Désirée. Elle est de moins en moins inhibée au grand plaisir de Jérôme. Il se dit que cette femme est vraiment l'amour de sa vie et qu'il ne pourrait jamais en aimer une autre comme celle-là. Soudainement, il ressent un petit malaise à cette pensée. Est-ce un mauvais présage parce que c'est sûr, il est avec elle pour le reste de leur existence et espère que cela durera très, très longtemps.

Le train entre en gare à Québec en début de soirée. Le voyage s'est bien passé. Une carriole de la compagnie du Château les attend.

En chemin, ils ont tous deux des yeux écarquillés, émerveillés comme des enfants au cirque pour la première fois. Tout les ravit, l'escarpement, le fleuve, les monuments historiques, l'architecture, la quantité de restaurants et les grands magasins. Au Château, le concierge les prend en main et les conduit à leur suite qui comprend un vaste salon et une chambre à coucher de même qu'une salle d'eau moderne. Ils n'ont jamais rien vu de comparable. Ils s'installent avec enthousiasme.

À 8 h 00, on frappe à la porte. C'est un souper gastronomique qu'on vient leur servir, consommé français, volaille à la parisienne, pommes de terre mousseline, petits pois, meringue style *Pavlova* pour dessert, le tout accompagné d'un bon bourgogne *Chambertin*. Le Château a embauché un chef d'origine française qui compte vingt ans d'expérience en France, en Angleterre de même qu'aux États-Unis. Les amoureux sont complètement séduits par cette vie de château. Ils auront d'ailleurs le même traitement au cours les jours à suivre.

Ils comptaient planifier leur itinéraire de visites du lendemain après le repas. Bien sûr, l'amour a eu priorité. Les amants sont de plus en plus à l'aise et habiles dans leurs ébats enflammés. L'organisation des déplacements attendra!

À leur réveil, un magnifique déjeuner leur est servi à la chambre, omelette au jambon avec pommes de terre rissolées, fruits à la crème, rôties avec marmelade et confiture maison. Un jus d'orange fraîchement pressé et un café exotique comme ils n'en ont jamais bu accompagnent le tout. Sur la table de service, il y a des suggestions de visites préparées par le concierge de l'hôtel. Il propose une tournée de la Citadelle, des remparts et des fortifications. Il leur a aussi laissé une liste de magasins bien cotés. Connaissant les goûts de Désirée pour la mode, Jérôme avait prévu un petit budget pour cette activité. Il faut dire que la jeune femme n'arrivait pas les mains vides dans cette union. Elle a travaillé plusieurs années et a épargné considérablement tout en prêtant main-forte à sa famille.

Les journées sont bien remplies. Ils ne veulent rien manquer. En plus des édifices historiques, ils visitent plusieurs commerces,

J.B. Laliberté, Paquet, Syndicat et *Pollack*. Ce sont des magasins de grande surface comme ils n'en ont jamais vus avant. Désirée s'en met plein la tête concernant les plus récentes nouveautés pour pouvoir reproduire certains vêtements de retour à la maison. Ils se procurent quelques souvenirs pour leurs parents, de même que leurs frères et sœurs. Ils n'oublient pas la fille de Mr. MacPherson. Ils lui sont tellement reconnaissants.

Les nuits aussi, ils sont très actifs. Ils ne se rassasient pas de caresses et d'ébats voluptueux. Désirée espère tomber enceinte le plus rapidement possible. Elle a d'ailleurs étudié son cycle de fertilité avant de choisir la date du mariage. Elle est rigoureuse en tout ce qu'elle entreprend.

La semaine file comme l'éclair et l'heure du départ arrive en un clin d'œil. Ils reprennent le train pour le retour à la maison et sont à nouveau gâtés par la compagnie Grand Tronc. Ce voyage de noces est un réel succès. Ils quittent la tête pleine de souvenirs et de bonheurs. Pascal est au rendez-vous pour les ramener chez eux. À Moraineburg, ils sont accueillis avec joie et émoi par les deux familles. La mère de Jérôme et Marie-Rose ont concocté un délicieux repas.

Jérôme et Désirée distribuent les petits cadeaux qu'ils ont achetés à Québec. Ils sont contents de la réception, toutefois c'est du déjà-vu, ils auraient souhaité se retrouver seuls. Remplis de gratitude pour tout ce que leurs parents ont fait pour eux et en bons joueurs, ils se montrent enjoués. Les frères de Jérôme le taquinent en lui demandant quand le premier enfant du couple arrivera. Jérôme devient écarlate.

Désirée pour sa part répond avec désinvolture.

— Probablement plus vite que plus tard.

C'est une femme émancipée pour son époque. Tous les gens cependant restent bouche bée. Les spéculations de toute sorte abondent. Un bébé était-il déjà en route avant le mariage??? Si oui, quel scandale serait-ce pour le petit village où tout le monde se connait et est renseigné sur tout ce qui se passe dans les foyers? Il est sûr que certaines vieilles chipies qui n'ont rien d'autre à faire suivent de près ces situations. La famille Blanchette est bien en vue et ces personnes jouiraient si la nouvelle mariée se retrouvait dans un embarras pareil.

CHAPITRE 7
Les aléas de la profession

Désirée et Jérôme sont heureux de se retrouver chez eux. Le logement comble toutes leurs attentes en ce qui a trait à l'espace et
évidemment la jeune épouse l'a décoré avec goût. Les rideaux qu'elle
a confectionnés sont haut de gamme et les coloris sont bien coor-
donnés. Grâce aux relations d'affaires de son père, Jérôme a pu faire
l'acquisition de meubles de qualité en bois massif. La glacière est ce
qu'il y a de plus moderne de même que le poêle à bois. Ils rejoignent
leur chambre à coucher. Ils y passent une nuit de jouissances sans
pareilles et s'endorment aux petites heures du matin. Leur sommeil
est de courte durée parce qu'ils sont réveillés vers les 4 h 00 du matin
par un frappement violent à la porte.

C'est Adélard qui vient prévenir Jérôme qu'il y a une dépouille à
préparer pour l'exposition du corps. Les frères Blanchette et leur père
ont gardé le fort en son absence, mais ils sont fatigués et s'attendent
à ce qu'il prenne la relève. Jérôme a bien expliqué à Désirée les aléas
de son travail. Elle comprend d'emblée la situation et lui fait signe
d'y aller. Elle lui indique qu'elle ira porter le petit cadeau à Morag
MacPherson, en matinée. Son mari l'en remercie avec un long baiser.

Sans rouspéter, il suit son frère. C'est un contexte délicat parce
que la mort de la dépouille est subite. Il s'agit d'Alicia O'Toole
âgée d'à peine 14 ans. Elle a un emploi à temps partiel chez les
Blanchette. Elle aide les familles endeuillées à organiser leur maison

pour la veillée au corps. Elle fait des ménages et du rangement. L'entrepreneur de pompes funèbres jugeait qu'elle effectuait toujours un travail consciencieux et qu'elle était à son affaire. Elle n'était pas du genre à se laisser distraire par les futilités de la vie. Chose surprenante pour son jeune âge, elle parlait peu et était discrète. Jérôme est complètement bouleversé. Il pense qui s'agit d'un retour brutal à la réalité. Jamais deux situations ne sont semblables.

Jérôme et Adélard se rendent à l'adresse indiquée. Ils connaissent bien la famille, une famille sans histoire. Le beau-père, un Irlandais, Patrick O'Toole, dont le surnom est Paddy, est membre du corps policier du village. De fait, l'équipe est composée de trois personnes, le chef et deux agents. Ils ne sont pas de trop pour gérer les nombreuses batailles et les affres des soûlauds. Il y a eu aussi quelques cas sordides, dont le meurtre de Lily Garreau, un drame passionnel. Malgré le passage du temps, les gens demeurent toujours bouleversés par ce crime. Dans ces cas plus sérieux, ils doivent faire appel au coroner et à la police de la province.

On voit Paddy régulièrement à l'église avec sa belle-fille, Alicia, et son fils aîné, Johnny, d'un mariage précédent. La mère, Gracia, une femme délurée dans sa jeunesse a donné naissance à Alicia alors qu'elle était encore célibataire. Disons qu'elle aurait eu plusieurs cavaliers. Après l'arrivée de sa fille, la vie n'a pas été facile pour elle, jusqu'à ce qu'elle rencontre un veuf, dans un hôtel de la place. Il est tombé sous son charme, et l'a pris sous son aile de même que sa fille qu'il traitait comme son enfant et parfois en faisait plus pour elle qu'un père biologique.

Les villageois trouvaient qu'il avait posé un geste vraiment chrétien en épousant Gracia Lirette. Avec le temps, cette dernière a perdu toute sa fougue. Elle est devenue malade et amorphe. Sa condition à proprement parler n'était pas claire. Elle n'a pas le sourire facile, est taciturne et démontre constamment un excès de lassitude. Les gens répètent que Paddy a réussi à lui offrir une vie rangée et moins tumultueuse.

Paddy, Gracia et Alicia habitent l'est du village. Moraineburg est scindé en deux parties par une colline située entre les deux endroits.

Ironiquement, les résidents appellent cette butte le calvaire. L'est du village a reçu le nom populaire de *Shackville* parce que cette région est surtout habitée par des gens de métiers, aujourd'hui on dirait des cols bleus, ainsi que des fermes peu productives. Il y a aussi plusieurs incidents qu'on qualifierait de *pas catholiques* survenant dans cette partie du village. Pour des raisons qui ne sont pas connues, la plupart des crimes de Moraineburg ont lieu dans le secteur est.

L'ouest est désigné comme *Snobville* parce qu'on y repère les résidences de plusieurs professionnels, des commerces, l'église, les cabinets de médecins, l'hôtel de ville, le bureau de poste, le couvent des sœurs, de même que des fermes prospères. Étonnamment, le cimetière est situé dans *Shackville*.

Les O'Toole habitent une demeure typique de l'époque et bien entretenue, extérieur d'aspect sobre en bardeaux noirs avec fenêtres en bois peintes en blanc. Il y a un jardin de fleurs et un potager qui font la fierté de Paddy. Les gens disaient qu'il avait le pouce vert. À l'entrée de la maison, un escalier à pic monte au deuxième et un corridor exigu mène à un salon double et à une grande cuisine. Rattaché à l'arrière de la demeure, un hangar et au fond de la cour, une bécosse soit une latrine extérieure. À l'étage, on compte trois chambres sans portes. Les planchers sont recouverts de prélart aux couleurs mornes quoique bien entretenus. Il n'y a pas beaucoup de lumière du jour qui pénètre dans le logis. Les rideaux sont toujours fermés. Le fils de Paddy est maintenant adulte et réside dans un autre village. Il vient régulièrement leur rendre visite. C'est d'ailleurs ce dernier qui a prévenu les Blanchette des malheureuses circonstances.

C'est la tristesse dans l'âme que Jérôme et Adélard arrivent à la maison pour effectuer leur travail auprès de la dépouille. Ils frappent à la porte. Il n'y a personne pour les accueillir. Ils entrent donc discrètement. La scène dont ils témoignent les surprend. Patrick, assis sur le plancher au bas de l'escalier, tient sa belle-fille dans ses bras et est secoué par un sanglot violent. Il est évident qu'il est complètement démoli par le terrible événement. Le visage d'Alicia est démesurément blanchi par la mort, ses yeux grands ouverts et vides de toute vie fixent le plafond. La mère est recroquevillée dans un coin du salon, en position de fœtus, et elle émet un gémissement rauque, presque animal.

Gentiment, Adélard va vers elle. Il a déjà les réflexes d'un médecin. Il la prend dans ses bras et la berce comme un enfant. Aucune parole ne sort de sa bouche. Jérôme ne pose pas de questions sur ce qui s'est passé, cela ne relève pas de sa compétence. Puisque c'est une mort inusitée, il indique au beau-père de la victime qu'il va devoir faire appel à la police et au coroner avant de préparer le corps pour la veillée mortuaire. Il demande à son frère d'aller les avertir qu'ils doivent venir immédiatement les retrouver pour analyser la situation. Il évite d'employer le terme enquête pour ne pas apeurer les parents, mais selon son expérience, c'est ce qui va se passer. D'ailleurs, O'Toole ne devrait pas être surpris. Comme policier, il est bien au courant de la marche à suivre. L'entrepreneur de pompes funèbres observe que les muscles du cou de Paddy se tendent excessivement, tandis que Gracia ne semble pas réaliser le drame. Sa fille unique n'est plus!

Le docteur Palmer et le chef de police, Jack O'Sullivan, arrivent rapidement sur les lieux avec Adélard. Il leur a raconté l'essentiel de ce qu'il a vu. Le médecin ne perd pas de temps et commence l'examen du corps. O'Sullivan demande à Paddy de se rendre dans la cuisine.

Le praticien connaissait Alicia depuis sa naissance. Elle avait été une jeune fille ravissante, grande et bien développée pour son âge, les cheveux roux, les yeux noirs et un teint pâle parsemé de taches de rousseur. Elle réussissait bien à l'école sans socialiser beaucoup avec ses compagnons et ses compagnes de classe.

Le docteur Palmer découvre quelques hématomes sur le corps, les bras et les jambes. Il soupçonne que quelques-unes de ses côtes sont fracturées et note une lésion profonde au crâne qui est probablement la cause du décès. Elle a perdu beaucoup de sang. La chute a vraiment dû être brutale pour que le cadavre soit à ce point *magané*, pense-t-il. Bien qu'anglophone, Palmer parle un français cassé ayant adopté plusieurs des régionalismes de l'Est ontarien. Ses observations sommaires lui permettent de conclure que la mort est attribuable à cette malencontreuse chute. Mais comment l'accident est-il arrivé? Il pourra pousser plus loin son examen quand Jack lui communiquera les fruits de son entretien avec Patrick.

Le docteur explique à Jérôme qu'il va retourner à son bureau où des patients vont se présenter sous peu. Les médecins de campagne ont la réputation d'être accessibles à toutes les heures du jour. Il demande à l'entrepreneur de pompes funèbres de demeurer dis-ponible pour qu'il puisse poursuivre son évaluation après qu'il se sera informé auprès de l'enquêteur. Jérôme est pensif. Il en a vu beaucoup dans sa jeune carrière. Cette situation est plutôt mystérieuse et lui semble irrégulière. Il a hâte que lui et Adélard puissent scruter la victime de plus près, noter leurs observations et évidemment con-stater l'envergure du travail à faire. Pendant ce temps, Jack rejoint Paddy dans la cuisine et lui offre ses condoléances.

— I'm very sorry for your loss. J'ai des questions à te poser pour savoir ce qui est arrivé.

O'Toole parait plus fébrile qu'à l'habitude, accablé sous le poids de sa peine. Jack demande donc au beau-père d'Alicia de lui décrire la suite des événements. Paddy, depuis qu'il a épousé Gracia, s'exprime à moitié en français et à moitié en anglais. Cela rend parfois ses communications difficiles à suivre. Après avoir éclaté en sanglots, Paddy raconte qu'il n'est pas certain de ce qui s'est passé.

— I can't believe that she's dead. You know how much I loved her, like my own. C'est terrible. J'ai entendu un bruit *weird* venant d'en bas. J'ai pas dérangé Gracia because of son état *lethargic*, elle a besoin de beaucoup d'repos. J'me doutais pas que ce bruit étrange était *my kid* qui déboulait l'escalier. Mon instinct de policier took over and grabbing my gun, I came down. There she was, not moving, blood pouring from her head. I listened to her heart and saw she had no pulse, and she wasn't breathing.

Le chef de police s'informe auprès de Paddy s'il pense qu'il est possible d'interroger sa femme. O'Toole indique qu'il peut essayer. Il affirme qu'il ne croit pas qu'il en tirera grand-chose. Doucement, Jack approche Gracia et lui demande gentiment comment elle va. Pour toute réponse, elle commence à se bercer avec force et tourne la tête d'un côté à l'autre de façon répétitive comme pour dire qu'elle vit un moment irréel. Jack retourne voir Paddy pour lui poser des questions sur sa fille et son état d'esprit avant l'accident. Le beau-père affirme que selon lui tout était normal. Alicia était la jeune fille plaisante qu'elle avait toujours été. Jack poursuit son enquête.

— Quelle était la relation entre elle et sa mère?

Jack observe chez son interlocuteur un *body language* exprimant un haut degré de stress. Lui habituellement d'un flegme imperturbable, peu importe la gravité des événements, semble démesurément ébranlé. Il n'y prête plus attention quand O'Toole reprend la parole.

— You know that since I adopted Alicia, I considered her like my daughter, and she respected me like her real father. She did everything I asked, sans *rouspét*er. She was perfect in every way. Elle aimait beaucoup sa mère et faisait tout ce qu'elle pouvait pour l'aider dans la maison.

Le chef O'Sullivan rencontre ensuite Johnny, le fils d'O'Toole, qui n'est pas d'une grande aide. Il a dormi à poings fermés, n'a rien entendu. Il avait pris un bon coup la veille. Il a été réveillé par son père qui était plutôt incohérent quand il lui a demandé d'aller chercher les Blanchette. Jack termine l'entretien avec Johnny en lui disant que si jamais il se souvient de quoi que ce soit, il devrait le contacter.

Le chef considère qu'il est au bout de son enquête pour le moment. Il explique à Patrick qu'il va avoir une discussion avec le coroner pour mieux élucider la cause de l'accident, ce qui semble rendre l'homme interrogé terriblement mal à l'aise. Il ajoute que dès que la mère d'Alicia sera sortie de sa torpeur, il faudra lui parler. Il prévoit une conversation avec l'enseignante de la jeune fille, Désirée Blanchette, la sœur de Jérôme; ses collègues de classe; Jérôme qui l'employait et toute autre personne qui pourrait jeter de la lumière sur les habitudes d'Alicia avant son décès.

Paddy lui dit avec un air de découragement et de désolation incomparables qu'il ne comprend pas pourquoi faire tout cela. C'est une perte de temps. Alicia s'est levée durant la nuit, probablement pour aller à la toilette dans la bécosse au fond de la cour, et elle a trébuché dans sa robe de nuit. Le chef de police demande à O'Toole pourquoi la jeune fille aurait choisi de se rendre dehors quand il y avait une chaudière dans sa chambre justement pour soulager les besoins biologiques nocturnes. Paddy explique qu'Alicia était de nature prude et qu'elle avait fait ce choix sans doute parce que son fils était en visite à la maison.

Jack est surpris que Paddy ne veuille pas connaitre tous les enjeux entourant ce drame parce que dans son travail de policier, Patrick est très rigoureux et s'assure toujours aller au fond des choses. Il ne s'attarde pas à cette réflexion, attribuant l'attitude d'O'Toole à son immense chagrin. Il souhaite probablement faire son deuil le plus vite possible et limiter le désarroi de Gracia.

Le chef de police annonce aux frères Blanchette qu'ils doivent apporter la dépouille au salon funéraire et conserver le corps jusqu'à ce que l'investigation soit terminée. Bien que ce ne soit pas la première fois que Jérôme doive prévoir des mesures spéciales dans des circonstances semblables, il n'aime pas cela parce que souvent des problèmes supplémentaires peuvent survenir. C'est toujours compliqué de prendre les meilleurs moyens pour que le corps ne se détériore pas trop rapidement. Ça va nécessiter beaucoup de glace et de sciure de bois. Il pourra utiliser ces matériaux seulement quand le travail des policiers et du coroner sera terminé.

Jérôme a entendu parler de nouvelles méthodes qui permettent de conserver les morts plus longtemps. Il se promet alors d'explorer davantage les ramifications liées à ce processus. Depuis toujours, il souhaite recevoir une formation pour l'embaumement des corps. Malgré l'énorme défi auquel il doit faire face actuellement, il est tout de même content de pouvoir examiner la dépouille de plus près.

De retour à la maison funéraire, Jérôme et Adélard installent la défunte sur une grande table dans une pièce au fond de la résidence. Ils ne peuvent même pas laver le cadavre, car cela corromprait la preuve. Jérôme demande à Adélard qui est fasciné par l'anatomie, de passer le corps au peigne fin tandis que lui note ses observations. Son frère est intrigué par les nombreux bleus partout sur la victime. Elle a dû violemment débouler l'escalier pour en avoir autant. Les poignets sont mauves comme s'ils avaient été retenus ou ligotés.

Quelques-unes de ses côtes semblent fracturées.

Dans son dos, il y a plusieurs plaies cicatrisées qui ressemblent à des égratignures. Il y a du sang séché à l'entrée de son vagin. Elle est assez développée pour avoir ses règles. C'est peut-être la raison pour laquelle elle a voulu aller à la toilette à l'extérieur en pleine nuit. On n'a cependant pas trouvé sur elle les guenilles qui étaient communément utilisées par les femmes pour contenir l'écoulement menstruel.

Jérôme demande à Adélard de l'assister dans le partage d'informations de ces détails au coroner et au chef de police. L'examen de la blessure au bas du crâne, à l'arrière de la tête, indique que l'enclave est trop pointue pour que ce soit le résultat de la chute qui n'aurait pas occasionné de lésion, mais plutôt un énorme hématome ou une enflure. À première vue, on pourrait croire que c'est plutôt un objet contondant qui aurait causé une plaie de la sorte. Les deux frères restent perplexes. Jérôme avait toujours été intrigué par l'état taciturne de la jeune fille. Elle semblait beaucoup trop sérieuse pour son âge, même préoccupée tout le temps. Il sait qu'elle fréquentait la classe de sa sœur Désirée. Il pense qu'il va jaser avec elle au sujet d'Alicia.

Quand le Dr Palmer, coroner du village, se présente chez les Blanchette, Adélard, à la demande de Jérôme, lui fait part de ses trouvailles et lui confie l'intention de Jérôme d'échanger avec sa sœur pour mieux connaitre la personnalité et le vécu de la morte. Dr Palmer propose que ce soit le chef de police qui se chargera de cet échange. Trop d'individus menant des interrogatoires pourraient brouiller les pistes. La sœur de Jérôme n'aura pas de choix que de répondre aux questions du policier. Le médecin réexamine le corps et est d'accord avec Adélard que le nombre d'ecchymoses et de lacérations est excessif pour la chute qu'elle a faite et que les cicatrices dans le dos sont le fruit d'égratignures faites par un ou des humains. La blessure à la tête est sûrement causée par un coup brutal provenant d'un objet métallique.

Le coroner inspecte aussi le vagin d'Alicia. Il découvre qu'elle n'est plus vierge et il est désarçonné de constater qu'elle est enceinte. Aurait-elle eu une vie comme celle que sa mère avait eue dans sa jeunesse? Comme on dit *telle mère, telle fille.* Il va suggérer au chef de police d'explorer dans le village ce que les gens ont observé au sujet de son comportement et de ses fréquentations.

Pourtant, à part quand elle marche à l'école, il ne l'a jamais vue se promener seule. Elle est généralement accompagnée de son beau-père. Étrange! Le soir du drame, peut-être se sauvait-elle pour aller rencontrer son amoureux en pleine nuit. Malheureusement, elle a fait une chute fatale. Il fronce les sourcils par rapport à cette hypothèse parce qu'elle était toujours vêtue de sa jaquette au moment où elle a été trouvée.

Jérôme expose la situation à Frédéric et lui explique comment il compte conserver le corps, une fois que la police aura terminé son investigation. Jack O'Sullivan est grandement intrigué par les constatations d'Adélard rapportées par le Dr Palmer et les questions posées par le médecin. Il est convaincu qu'il faut pousser l'enquête plus loin. Il considère qu'il s'agit d'une mort suspecte et selon le protocole, il va contacter un expert de la police de Toronto et demander au docteur Palmer d'appeler le coroner provincial, le docteur Jonathan Layton.

Le chef de police se rend au domicile de Désirée Blanchette, l'enseignante d'Alicia. Jack lui décrit le triste drame et l'enjoint à lui parler de son élève. En apprenant la terrible nouvelle, la maîtresse d'école est bouleversée. Alicia était une étudiante modèle tant du côté du comportement que de celui du rendement. Jeune fille appliquée, première de classe, elle était toujours prête à aider.

Elle arrivait à l'école, tôt le matin, bien avant le début des classes, pour prendre de l'avance sur ses travaux, et quittait les lieux, tard après avoir fait du rangement. Elle lui offrait aussi son appui pour soutenir les plus jeunes dans leurs apprentissages et leurs devoirs.

— C'était une vieille âme. Elle avait de beaux yeux noirs pétillant d'intelligence quoique son regard était toujours triste.

Jack continue à lui poser quelques questions.

— Avez-vous vu des marques bizarres sur son corps?

— À bien y penser, ça aurait été difficile à remarquer parce qu'Alicia portait toujours des vêtements avec des manches longues, des bas opaques, des bottes hautes sur la jambe et ça, beau temps, mauvais temps.

L'enseignante ajoute quelques précisions concernant sa dernière journée d'école.

— La veille de son décès, elle est demeurée dans la classe plus longtemps qu'à l'ordinaire. Il semblait qu'elle avait quelque chose à me dire, mais qu'elle n'y arrivait pas. Elle avait une allure étrange, très anxieuse, comme si elle n'en pouvait plus. De quoi, s'agissait-il, je ne le sais pas. Elle a emporté son secret dans la tombe.

Jack ose poursuivre son interrogatoire.

— Pensez-vous qu'elle aurait pu s'enlever la vie?

— Sincèrement, je ne crois pas. C'était une jeune fille qui ne déviait jamais du droit chemin, par moment, on aurait dit qu'elle avait extrêmement peur de déplaire. Il y avait comme quelque chose d'intime et de terrible qui la *bâdrait*. C'était comme si une menace planait sur elle si jamais elle risquait de s'ouvrir.

L'enseignante prend une pause avant de présenter le fruit de sa réflexion au policier.

— Peut-être que c'était la condition de sa mère? Tout le monde savait qu'elle était solitaire, ne sortait jamais. C'était le beau-père qui était toujours vu avec elle dans le village. Entre autres, ils faisaient les emplettes et allaient à la messe ensemble. Certains chuchotaient dans leur dos qu'ils se comportaient sensiblement comme un couple. Il avait sûrement la *pogne* ferme sur elle. Vous êtes certainement au courant de sa réputation en tant que policier. Les gens disent qu'il a une approche plutôt agressive et rude.

Jack s'empresse de défendre son collègue.

— He is an excellent policeman. He always gets the bad guys and protects the good citizens. Y a-t-il autre chose que vous avez observé et que vous pourriez me dire?

— Non, si je pense à quoi que ce soit je vous contacterai.

Alors qu'il s'apprête à sortir de l'école, elle l'interpelle.

— Dernièrement, il semblait que sa santé n'était pas bonne. Elle grimaçait fréquemment quand elle s'assoyait et demandait souvent d'aller à la toilette. Elle était blême et ne mangeait pas beaucoup, bien que ses goûters étaient toujours appétissants. Récemment, elle avait un regard plus effaré. Je me demande si ultimement la maladie nerveuse de sa mère n'était pas génétique et qu'elle redoutait d'en être atteinte.

Le policier remercie Désirée et l'incite à rester disponible parce que probablement d'autres collègues voudront la rencontrer. Il lui pose une question finale à savoir quelles étaient les amitiés de la jeune fille.

Sans hésitation, l'enseignante livre ses impressions.

— Selon moi, elle n'était proche de personne sauf pour rendre service. Elle s'éloignait particulièrement des garçons de son âge. C'était comme si elle leur était allergique?

Ces derniers propos laissent le policier encore plus perplexe. Elle n'est tout de même pas devenue enceinte par l'intervention du Saint-Esprit. Elle ne sortait pas, n'avait pas d'amis, était à son affaire, quelle situation inhabituelle. Peut-être que les élèves de la classe pourraient fournir d'autres détails?

Le policier et le coroner de Toronto lui ont télégraphié qu'ils arriveraient la journée même. Il a hâte d'avoir leur perspective et leurs avis sur la suite de l'enquête. Le coroner provincial va probablement faire une autopsie, ce qui va mettre encore plus d'éléments en lumière.

Après quelques jours sur place, les agents provinciaux, ayant bien saisi la situation, lui proposent un plan de match.

Le coroner Jonathan Layton va rencontrer le docteur Palmer. Par la suite, il retournera à la maison funéraire pour poursuivre l'examen en profondeur du corps et discuter avec Jérôme et Adélard de leurs observations. Il va revenir au poste de police pour communiquer les résultats de son analyse aux deux policiers. Les agents seront alors plus aptes à continuer de façon efficace leurs interrogatoires.

L'enquêteur provincial, Frank Fisher, demande à Jack de l'accompagner quand il rencontrera les villageois parce qu'il connait bien la mentalité des habitants d'une petite place. Il en a vu d'autres. Il a pu constater qu'ils sont méfiants des étrangers. Il se souvient des difficultés auxquelles il a eu à faire face lors de l'enquête sur le meurtre de Lily Garreau. De plus, bien qu'il comprenne le français, il ne le parle pas. Ça pourrait aller avec le beau-père, mais pas avec la mère qui est une fière Canadienne française. Si jamais il décidait de rencontrer des élèves, les échanges pourraient être rendus compliqués à cause de la barrière de la langue.

Ils s'entendent qu'ils doivent interroger le beau-père, la mère et le demi-frère. Peut-être serait-il approprié aussi de questionner Jérôme et Adélard concernant les lieux du crime parce qu'ils ont été les premiers arrivés chez les O'Toole et peut-être l'enseignante si cela est jugé nécessaire. Ils verront par la suite s'ils doivent rencontrer d'autres témoins ou connaissances d'Alicia.

Tous sont d'accord avec le plan d'action proposé. C'est unanime qu'ils souhaitent agir le plus rapidement possible pour ne pas garder la dépouille trop longtemps sans sépulture. C'est pénible pour la famille et pas du tout évident pour l'entrepreneur de pompes funèbres qui recherche toujours l'excellence dans tout ce qu'il accomplit. Le défi sera amplifié du fait qu'il y aura eu autopsie.

Jonathan Layton confirme les observations d'Adélard et du docteur Palmer. Il pousse l'exploration plus loin. En examinant le vagin de la jeune fille, il trouve plusieurs lésions comme si elle avait subi des viols à répétition. Les ecchymoses autour des poignets indiquent qu'ils ont été ligotés. Les grosses cordes utilisées ont laissé des empreintes. Les nombreux bleus répandus sur le cadavre ne peuvent pas être dus uniquement à une chute dans l'escalier. Ils sont le fruit de brutalité humaine. On dirait qu'on lui avait très fréquemment donné des coups de poing ou des coups de pied. C'est clair qu'elle a été victime d'abus, mais par qui? Même l'intérieur du corps a enduré des chocs importants. Plusieurs côtes sont brisées et les cicatrices sur les poumons attestent d'hémorragies. Il est difficile de déterminer quand ces sévices lui ont été infligés.

Le coroner provincial demande à Jérôme et à Adélard s'ils ont observé des détails sur le lieu du crime.

Jérôme fournit beaucoup de renseignements précis, ce qui impressionne le Dr Layton.

— Quand on est arrivés, Paddy tena't sa belle-fille dans sés bras. Sa ch'mise éta't tachée d'une grosse plaque de sang c'qui m'a semblé normal. En y réfléchissant b'en 'y a un détail qui m'ava't dérangé que j'ai pas mentionné. Sur la chemise et l'visage de l'homme, 'y ava't plusieurs p'tits *spots* de sang comme une sorte de *spray*. Jusqu'asteur, j'ai pas pu m'expliquer comment que ça s'pouva't! La mère éta't dans un coin. Elle se lamenta't. Elle sembla't comme si elle ava't été frappée par le tonnerre.

Quand Jonathan relate les commentaires de Jérôme à ses collègues, les policiers se demandent si le sang avait pu gicler sur la chemise au moment où la victime avait reçu le coup derrière la tête. Jonathan répond que c'était tout à fait probable compte tenu de la nature et de la position de la plaie. Cela voudrait dire que le beau-père serait vraisemblablement celui qui avait asséné le coup. Difficile à croire!

Les rencontres subséquentes des policiers avec les membres de la famille ont apporté plus d'éclairage sur la situation grâce aux questions astucieuses de Fisher. Tout d'abord, O'Toole est devenu excessivement défensif et n'a pas contribué beaucoup plus qu'au premier interrogatoire. Cependant, Frank, en personne expérimentée et avec son flair incomparable, a constaté que les remarques de Paddy portaient toujours sur l'amour qu'il éprouvait pour la jeune fille et sur l'excellente discipline dont il l'entourait. Il semblait souffrir énormément du manque d'affection de sa femme. Il a même ajouté qu'Alicia, c'était ce qu'il avait de plus précieux dans sa vie et il a insisté avec force sur le fait qu'il ne lui aurait jamais administré de mauvais traitements. Pourquoi une telle remarque?

Les questions très pointues et stratégiques adressées à Johnny occasionnent le dévoilement de plusieurs informations. Son père a été un homme d'une violence intense avec sa première femme et avec son fils. Il fallait toujours lui obéir *au doigt et à l'œil* sinon, la conséquence était une bonne raclée.

— C't'a't pas pour mal faire, but he was very domineering. Now that I am a grown-up and stronger physically than him, i' m' touche p'us, ma's i' m'engueule souvent. J'crés que Gracia et Alicia en ont une peur bleue. Ma mére aussi éta't terrifiée et elle faisa't toute c'qu'a pouva't pour me protéger.

Soudainement, il s'ouvre sur le soir de l'accident de sa demi-sœur.

— 'Y avait beaucoup de *stress* à l'heure du souper, lots of it. Gracia pleura't sans arrêt et Alicia ne se senta't pas b'en. Elle ava't mal au cœur et mon pére la força't à manger. Really, the tension aurait pu être *coupée au couteau*.

Il révèle que Paddy et Gracia faisaient chambre à part depuis plusieurs années. Étrangement, il mentionne qu'il a entendu des sons difficiles à décrire provenant de la chambre de son père.

— Something weird was happening. It sounded as if he was having sex with somebody. It wasn't with my *stepmom* because when he yelled for me to go get the undertaker, she was in her room sleeping.

Il ajoute qu'elle consommait beaucoup de drogue pour contrôler sa nervosité.

— Most of the time, she was out of touch with reality. C'que mon pére faisa't, c'te nuite-là, it stopped suddenly. Then, j'ai entendu un homme et une femme s'engueuler. J'éta's à moquié endormi donc j'ai zé pas r'connus, i's cria'ent et j'ai perçu un *shuffle*. C'é't que'ques minutes apras qu'mon pére m'a réveillé en criant comme un vrai yiâb'e.

Les policiers le remercient pour ces renseignements et lui demandent de ne pas quitter le village. Il a un regard désespéré, car il a peur de perdre sa *job* et elles sont plutôt rares. Sur un ton récalcitrant, il affirme qu'il va respecter cette consigne pourvu que ça ne dure pas trop longtemps.

Jack et Frank rencontrent ensuite Gracia. Ils sont doux et compatissants avec elle. Ils commencent par lui poser des questions découlant de leur entretien avec Paddy, son mariage, l'atmosphère familiale, son état de santé, celui de sa fille. Ils n'osent pas, d'entrée de jeu, lui révéler ce que Johnny leur a confié. Soudainement, elle se met à pleurer à grands sanglots et s'écrie avec brutalité et désarroi.

— C'é't d'ma faute, toute est d'ma faute. Chu's punie pour la vie qu'j'ai m'née dans ma folle jeunesse. Ch'ta's impudique, j'coucha's avec n'importe qui. Toute c'qui porta't des culottes et se montra't intéressé, j'l'ai séduisa't. C'é't comme ça que chu's tombée enceinte d'Alicia. Quand Paddy m'a demandée en mariage, j'croya's qu'i' éta't mon sauveur et qu'ma vie s'améliorera't. Parsonne d'aut'e que lui n'aura't voulu de moé parce que j'éta's sale. Comme dit Paddy, *You're dammaged goods!* J'ai vite compris qu'i' m'aima't pas, mais oh malheur! J'va's aller drette en enfer!

Gracia est secouée par de terribles tremblements. Les policiers la laissent se calmer. Ils réalisent que cet entretien peut prendre du temps. Paddy se pointe vers la cuisine et supplient les agents de ne pas perturber sa femme davantage.

— Est-ce qu'a pas assez souffert à cause d'la mort de sa seule fille?

Gentiment, ils demandent à Paddy de leur permettre d'effectuer leur travail. Gracia se calme et dans un élan de détermination poursuit ses aveux ponctués de hoquets et de sanglots.

— Paddy coucha't avec ma fille! I' voula't pas d'moé parce que j'éta's malpropre et dégoûtante pour ce supposément grand catholique. Alicia résista't tant qu'a pouva't. Moé j'ai pas eu la force d'la défendre. Si a osa't 'i dire non, i' la batta't et menaça't de raconter une fausse version d'la situation, insinuant qu'elle éta't une sorcière qui l'ava't envoûté. Le soir de l'accident, j'ai fa't semblant d'dormir recouvrant ma tête avec mon oreiller pour rien entendre. Ça me faisa't trop mal. J'ava's deviné qu'Alicia éta't enceinte parce qu'elle ava't mal au cœur et que ses seins commença'ent à s'gonfler. Chés pas exactement qu'ossé qui s'est passé.

Avec beaucoup de difficulté, elle prend *son courage à deux mains* et continue à faire des révélations.

— J'crés qu'i's se sont chicanés. Alicia l'a probablement menacé de toute dire, mais c'te fois-là, la vérité rien qu'la vérité. L'orgueil de Paddy et sa croyance d'être le meilleur des catholiques ont pas pu prendre sés menaces. I' se fâcha't b'en vite. C'éta't *his way or the highway*. I' m'a souvent battue quand j'faisa's pas ce qu'i' voula't. Parsonne s'en douta't. I' se présenta't en public comme le gars parfa't. Le curé le donna't en exemple à toute la paroisse. Chés pas si c't un accident ou si i' a fa't exprès? J'pensa's que j'ava's rêvé. Asteur ça me r'vient, j'ai entendu Alicia lancer un grand cri et apras, mon mari a d'mandé à Johnny d'aller charcher les Blanchette. I' braille depuis et me parle pas. I' fa't semblant de m'protéger, mais c'é't du *fake*.

Jack n'en croit pas ses oreilles. L'homme qu'il pensait sans reproches serait un imposteur. Il doit donc faire face à cette dure réalité. En plus du surréalisme de la tragédie, il va probablement perdre un policier qu'il jugeait presque irremplaçable. Il se résigne à passer avec son collègue de Toronto à l'interrogatoire de Paddy.

Les agents sont beaucoup plus agressifs quand ils convoquent Paddy à la cuisine. Ils ne lui laissent pas une seule minute. Ils le placent devant les faits accomplis et posent des questions concernant toutes les blessures d'Alicia. Abattu et découragé, il n'ose même pas contester. Il était follement amoureux d'Alicia, c'est la raison pour laquelle il avait épousé Gracia qui elle le répugnait. Il avait commencé les premiers attouchements sur la jeune avant son mariage. Alicia qui n'avait jamais eu de père dans sa vie croyait que cela était tout à fait normal. Avec le temps, les caresses se sont accrues de même que la résistance de sa belle-fille. Paddy était obsédé par elle et insatiable. Il a eu recours à la force pour satisfaire sa passion.

— She was so beautiful; I couldn't control my impulsions. I kept Gracia quiet by giving her some medications for her nerves.

Il a par la suite raconté ce qui s'est passé la nuit fatidique. La jeune fille était écœurée de lui. Elle lui a appris qu'elle allait propager des informations à son sujet. Désemparée d'être tombée enceinte, elle était prête à dire à tout le monde que cet homme qu'on estimait parfait dans le village était en réalité un monstre. Il a perdu les pédales, l'a frappée derrière la tête avec la crosse de son arme. Elle a trébuché et a déboulé les escaliers. Subitement, Paddy est revenu à la raison et a constaté les atroces conséquences de ses gestes répréhensibles. Il était complètement ébranlé. Les policiers l'arrêtent sur le champ.

Ils se rendent ensuite à la maison funéraire pour informer Jérôme qu'ils ont élucidé le drame et quand ils auront fait venir le photographe, il pourra procéder à la sépulture. Ils remercient Jérôme et Adélard pour leurs observations consciencieuses. Cela les a grandement aidés dans leur enquête. Ils les préviennent qu'il y a de bonnes chances qu'ils seront appelés à témoigner en cour de justice.

Jérôme renseigne Frédéric au sujet du crime, qui est scandalisé. Ce dernier explique à son fils.

— T'sés mon gars, j'en ai vu d'aut'es dans mon méquier. Les

crimes c'est ou b'en pour la passion, pour la vengeance ou bedon pour l'argent. T'es mieux de t'préparer mentalement de même que ton frére pour la cour parcc que c'é't pas facile de témoigner. J'me souviens quand j'ai eu à participer au proças de l'agronome Guilbault. I' ava't une bonne terre prospère. C't'as pas assez! I' ava't un troub'e de *gambling* et de boisson. Pour payer sés dettes de jeux, i' a fa't un plan du *yâb'e*. I'embaucha't des jobbeux qui ava'ent ou b'en pas d'famille ou b'en ava'ent pas toute leu' *jarnigouène*. I' acheta't dés assurances vie. I' éta't le bénéficiaire. I' s'é't débarrassé de trois employés avant qu'les gens s'mettent à s'questionner su' son compte. Le premier é't mort empoisonné, le deuxième a déboulé l'escalier parce que, semble-t-il, i' était *palotte*, et le troisième a été encorné par un bœuf. Les woisins s'sont mis à jaser. Tant d'accidents su' la même farme, en peu d'temps, ça pouva't pas êt'e des coïncidences. Toute le *placotage* a attiré l'attention dés policiers. De fa't, c'est Paddy qui éta't au début chargé d'l'enquête.

Frédéric prend une courte pause pour mieux rassembler ses idées.

— J'ai dû déterrer les deux premiéres victimes et consarver le corps du darnier pendant un bon boute de temps chez nous. Pour la dernière victime, l'avocat d'la défense a, par toutes lés moyens, essayé de m'faire dire que l'état du corps ava't été modifié par c'te situation irrégulière. Ça pris b'en du temps, ma's i' a pas réussi à m'intimider. Chu's resté calme et j'ai dit la vérité toute la vérité. C'é't l'conseil que j'te donne mon gars à toé p'is à ton frére. I' faut jurer seulement su's lés fa'ts et pas lés impressions.

Jérôme et Adélard ont respecté à la lettre les recommandations de leur père et les choses se sont tout de même bien passées quoique le procès fût très long. Après tout ce brouhaha, la vie de Jérôme et de Désirée reprend son cours normal… jusqu'aux prochains décès. La profession est ainsi faite, jamais deux cas pareils et beaucoup d'inattendus. Ce n'est pas un métier pour des personnes qui ont besoin de contrôle et qui ont la tête chaude ou le cœur trop tendre.

CHAPITRE 8
Un couple sans histoire...
ou presque...

———

Désirée et Jérôme estiment qu'ils ont une vie quasiment parfaite. Le commerce va bien, il n'y a pas trop de soucis financiers et au mois d'août, Désirée constate qu'elle est enceinte. Elle est au comble de la joie. À part quelques nausées, au cours du premier trimestre de la grossesse, tout se passe bien. Le 4 mai 1904, elle donne naissance à une mignonne petite fille qu'ils prénomment Muguette, après tout, la nature est en fleurs et, en grande romantique, Désirée trouve que son bébé est aussi ravissant qu'une fleur. Elle ressemble beaucoup à Jérôme et elle a bon caractère. Ce qui donne espoir aux parents qu'ils pourront lui faire une petite sœur ou un petit frère prochainement. C'est plutôt facile parce que la passion continue à les habiter.

Leur rêve se réalise un an et demi plus tard. Désirée accouche d'une autre fille, le 31 décembre 1906. Physiquement, elle est la copie conforme de Muguette. Elle se nomme Gabrielle. Du point de vue de sa personnalité, elle est encore plus douce et plus docile que son aînée. Sa santé est meilleure parce que la plus vieille a hérité de la fragilité pulmonaire de sa mère. Quand Muguette a un rhume ou une grippe, la maladie s'acharne. C'est toujours long, plutôt pénible et très inquiétant. Malgré son jeune âge, elle a déjà eu des attaques de croup.

Les petites s'adorent et s'entendent à merveille. Elles grandissent dans un foyer heureux et calme. Les grands-parents des deux côtés leur prodiguent beaucoup d'amour. Comme elles sont les premières progénitures des enfants de Frédéric, les oncles et les tantes sont fascinés par elles.

Désirée rêve d'une grosse famille. Elle subit toutefois quelques déboires dans les années qui suivent. Deux fausses couches viennent assombrir leur vie. Elle est vulnérable et attrape tout ce qui passe. Cela a affaibli son système immunitaire et provoque la fin des grossesses. La deuxième fausse couche, survenue à cinq mois de gestation, l'a particulièrement attristée. Il s'agissait de jumeaux, un garçon et une fille. Jérôme a remarqué qu'elle a pris un coup de vieux et démontre moins de résilience. La récupération est chaque fois plus lente. Malgré tout, le couple reste soudé serré. Ils s'aiment encore plus profondément. Leur engagement est durable. Jérôme ne veut pas la perdre et il lui fait très attention. Le médecin leur a dit qu'il est important d'attendre avant de considérer la possibilité d'avoir un autre enfant.

Entretemps, Jérôme vit une nouvelle épreuve. Sa mère âgée d'à peine 52 ans est atteinte d'un cancer qu'on qualifierait de stade 4 de nos jours. La maladie extrêmement virulente a été de courte durée. Elle s'éteint six mois après avoir reçu son diagnostic. La famille est dévastée. Désirée-mère était l'âme de la famille, solide, dynamique, enjouée, toujours prête à rendre service. Elle était incomparable quand ça venait à la comptabilité de la *business*. Ses deux petites-filles l'adoraient.

Évidemment, elle a été exposée dans la maison de Frédéric. Tout le village a défilé devant son cercueil. La femme de Frédéric portait bien son nom, Désirée, parce que son seul désir dans la vie c'était de faire le bien. En effet, elle était une personne généreuse et elle avait souvent aidé les villageois en temps de peine et de difficulté. Elle était engagée aussi au niveau de la paroisse. Elle avait été pendant plusieurs années présidente des Dames de Sainte-Anne et cheffe de chorale.

Pour la veillée au corps, les voisines ont préparé de la nourriture pour la famille et pour les visiteurs. La cérémonie à l'église a été grandiose. Le chœur de chant en entier était présent et a fait vibrer les murs du temple. Les chanteurs ont fait honneur à leur ancienne directrice. Le curé Simon-Pierre Houde, fondateur de la paroisse, a présidé aux funérailles.

Frédéric est complètement déboussolé par le décès de l'amour de sa vie. Elle était son roc. Il vit toujours avec son père Jacques-Bruno. Les enfants font tout ce qu'ils peuvent pour appuyer leur père, mais ils ont leur propre réalité. Plusieurs se sont fiancés et prévoient de quitter la maison paternelle sous peu. Les rayons de soleil les plus radieux dans l'existence de Frédéric sont ses deux petites-filles. Il espère avoir d'autres petits-enfants prochainement.

Jérôme prend mal le départ de sa mère. Il était proche d'elle et lui demandait souvent conseil surtout quand il devait parler à son père. Elle avait le tour avec son homme et le connaissait comme *le fond de sa poche*. Fervente chrétienne, elle demandait fréquemment des faveurs au bon Dieu pour ses enfants. Il se dit avec un sourire en coin que, puisqu'elle avait une ligne directe avec le Ciel, ça continuera à aller plutôt bien. Il ne fait aucun doute que Saint-Pierre l'a laissée rentrer au Paradis sans hésitation.

Heureusement que Frédéric et Jérôme sont occupés par le travail, ce qui les distrait et donne l'impression que le temps passe plus vite. Comme ils aiment souvent répéter, *la mort prend pas d'congé*. Jacques-Bruno, malgré son âge, est toujours actif.

L'été suivant, la maison de Frédéric se vide presque en entier. Les trois aînés de ses enfants se marient, Pascal, Frédéric et Désirée. C'est dur sur le portefeuille. De plus, à la fin août, Adélard quitte le nid familial pour l'université. Il va étudier la médecine, plus spécifiquement le domaine de la chirurgie. C'est un jeune brillant qui a gagné plusieurs bourses. Il a aussi des bienfaiteurs. Parmi ces derniers, les Sœurs Grises et le curé Houde.

La cadette des Blanchette, Émilie, s'est trouvé un emploi à titre de domestique dans un petit village avoisinant, Clady. Elle travaille chez un *gentleman-farmer*, Didier Beauséjour, un Français de France, comme disent les gens. Il a hérité la fortune de ses parents. Ils ont frappé le *jackpot* quand ils ont vendu leur vignoble. Pour lui, c'est une grande aventure. Les fermiers du coin le jugent irréaliste et idéaliste. Ils prétendent qu'il ne sait pas dans quelle galère il s'est embarqué. Émilie est bien traitée et gagne de bons gages. Elle voit l'intelligence et le sens des affaires de son patron. En pensant aux commérages des voisins, elle se dit, *rira bien qui rira le dernier*. (Proverbe du XXVIIe siècle)

Habitent toujours chez Frédéric, son père et les deux plus jeunes de ses enfants, Patrice et Jeanine.

À la fin de l'année, Jérôme et Désirée reçoivent une excellente nouvelle. Selon le médecin, Désirée est apte à avoir un autre enfant. Le couple est ravi et se met à l'œuvre sans tarder et sans se faire prier. Cela prend plus de temps à concevoir un bébé qu'auparavant et Jérôme doit garder le moral pour sa belle. Finalement, après quelques mois, en mai 1908, elle tombe enceinte pour le plus grand bonheur de tous et de toutes. Cependant, les choses ne se déroulent pas rondement. Il y a beaucoup de maladies virales et bactériennes qui circulent dans le coin et Désirée semble tout attraper. Elle se fatigue vite, a du mal à tenir la maison et à prendre soin des petites. Fort heureusement, la plus jeune des sœurs de Jérôme lui prête main-forte. Sa belle-mère, Marie-Rose, vient aussi passer du temps avec elle. Le couple peut toujours compter sur Angelina qui affirme à qui veut l'entendre que Jérôme a sauvé la vie de Carlos lors du terrible accident de 1903 au moulin.

L'insuffisance pulmonaire de Désirée la fait souffrir constamment. Ses défenses immunitaires sont dangereusement affaiblies et les résultats de prélèvements sanguins indiquent une anémie pernicieuse. Sa tension artérielle est basse et ses battements cardiaques irréguliers. Ses pieds et ses jambes retiennent les liquides et elle s'essouffle même au repos. Elle n'a presque pas pris de poids. Jérôme est vraiment inquiet. Il fournit des efforts pour ne rien montrer à son amour et il se confie à son père qui tente en vain de le réconforter. Le docteur Palmer la suit de près. Il lui prodigue les meilleurs soins qui soient. Il lui prescrit un tonique fortifiant et lui recommande une diète concentrée en fer. Elle, de son côté, écoute les directives du médecin à la lettre parce qu'elle est déterminée à mener cette grossesse à bon terme. Elle garde le lit vingt-quatre heures sur vingt-quatre.

Jacques-Bruno, son fils Frédéric et son petit-fils Jérôme travaillent énormément. Le village est frappé par de nombreuses affections contagieuses. Fièvres typhoïdes, scarlatines, diphtérie, méningite et pneumonie menacent la population. Comment est-ce possible que toutes ces affections déferlent sur Moraineburg simultanément? D'habitude, c'est une maladie à la fois. De plus, il y a eu un accident au moulin qui a fait plusieurs blessés et morts ; un homicide est survenu, un homme abattu par une balle et un suicide, une pendaison d'une fiancée éconduite par son cavalier.

Jérôme est rarement à la maison et quand il y est, il évite les contacts avec son épouse de peur qu'il soit porteur d'une bactérie ou d'un virus infectieux. Désirée déplore de ne pas voir autant qu'elle le voudrait son grand amour par contre, elle comprend. Elle savait ce dans quoi elle s'embarquait dès le départ. Elle sympathise avec tous les ménages éplorés. Jérôme parle souvent à sa mère qui est de *l'aut'e bord*, comme il dit, pour qu'elle intervienne auprès de Dieu de sorte qu'Il protège sa famille de la maladie et qu'Il garde sa Désirée en vie.

Les mois qui suivent sont pénibles pour Désirée. Ses souffrances sont intenses. Ses maux de tête sont presque intenables. Contrairement à ses autres bébés, celui qu'elle porte présentement a bougé plus tard et est moins actif que les précédents. Cela évidemment s'ajoute à ses soucis. Elle a l'impression aussi que la position du fœtus est bien différente. Malgré ses peurs, elle se met à rêver que les raisons de toutes ces différences viennent du fait que c'est peut-être un petit garçon qui est dans son ventre. Cela ferait tellement plaisir à Jérôme.

Courageusement, elle parvient au terme de sa grossesse. Marie-Rose est chez Désirée quand ses eaux crèvent. Compte tenu de la santé précaire de Désirée, sa belle-mère envoie Jeanine chercher le médecin. Il arrive rapidement et sera présent tout au long du travail qui perdure indéfiniment, semble-t-il. Désirée est forte psychologiquement et déterminée à voir la *binette* de son nouveau-né. Vingt heures plus tard, malgré tout ce qui joue contre la patiente, elle accouche d'une troisième petite fille, le 17 février 1909. Les cris et les pleurs stridents du bébé démontrent sa volonté de vivre.

Elle ressemble à ses deux sœurs et son poids est dans la moyenne. Elle est affamée et prend immédiatement le sein de sa mère. Jérôme et Désirée de même que toute la famille sont soulagés. Il y a eu plusieurs neuvaines de faites, plusieurs cierges qui ont brûlé et plusieurs messes qui ont été payées. La petite est baptisée le lendemain matin. On lui donne le prénom de Colombe parce qu'elle est comme un doux baume sur le cœur de tous. Elle procure enfin la paix à sa famille. Tout est bien qui finit bien.

Désirée va mieux et est heureuse du dénouement de cette épreuve. Tout se passe bien pour elle dans le mois qui suit. Ses joues ont repris des couleurs et elle a plus de force et d'énergie. Jérôme ressent un certain apaisement bien qu'il continue à être affairé hors de l'ordinaire, car les maladies contagieuses perdurent et font des victimes de tous âges à Moraineburg et dans la région avoisinante. Il adopte toutes les précautions pour ne pas transporter ces infections virales et bactériennes à la maison.

À la mi-mars, Désirée recommence à démontrer les mêmes symptômes que durant sa grossesse. Elle développe, en plus, une vilaine douleur à la gorge et a une toux sèche persistante. Le médecin vient l'examiner. Il attribue ce piètre état à la fatigue, conséquence de l'accouchement. La santé de Désirée se détériore. Elle a une fièvre élevée et de la difficulté à respirer. Le docteur Palmer a du mal à préciser le diagnostic. S'agit-il d'une pneumonie ou d'une maladie contagieuse différente comme la diphtérie? Étant perplexe, il persiste à suivre de près tous les développements. Ce qu'il ne comprend pas c'est que si c'était une affection transmissible, d'autres membres de la famille en seraient atteints. Il suggère tout de même à Jérôme de retirer ses petites filles de son foyer, d'autant plus que Muguette a aussi une grave faiblesse pulmonaire. C'est parfois cruel l'hérédité. Il les loge donc chez son père. Colombe doit être nourrie à la bouteille.

Le médecin espère que les symptômes s'estomperont en quelques jours. Malheureusement, au contraire, la condition de Désirée s'envenime. Le docteur, lorsqu'il l'ausculte, sent de la congestion accrue dans les poumons et de l'arythmie cardiaque. Elle ne peut plus rien garder dans son estomac, ni liquide ni solide. Elle est plus blanche que le drap sur lequel elle est étendue ; elle a le visage étiré ; les cheveux collés au crâne, conséquence des fièvres élevées. Elle est secouée par de violents frissons, son corps est recouvert de sueurs froides.

Voyant que les choses tournent au pire, Jérôme, avec l'accord de son père, demeure auprès d'elle jour et nuit. Elle est l'ombre d'elle-même. Elle n'a rien en commun avec la Désirée vive, dynamique, enthousiaste qu'il a mariée six ans auparavant. Elle met tous ses efforts à rester en vie. Le médecin confie à Jérôme qu'il craint une congestion pulmonaire et une myocardite. Dans ce cas, il n'y a presque rien à faire sauf s'assurer que la fin de son existence n'est pas trop douloureuse.

Jérôme envoie chercher le curé pour qu'il vienne donner l'extrême-onction à son épouse. Ce prêtre est sévère et austère. Il n'est pas rare qu'il fustige ses ouailles du haut de la chaire. Il les identifie claire-ment en les pointant d'un doigt menaçant et en criant violemment leur nom. Il s'en prend en particulier aux *courailleux*, aux ivrognes, aux femmes de mauvaise vie, aux *accotés* et aux couples mariés qui n'ont pas procréé.

En dépit de son caractère plutôt acariâtre, il est très près du peuple. Il existe une légende voulant que ce curé implacable et distant soit capable de miracle. Il est disponible aux familles malades. Il apporte un soutien aux médecins qui sont débordés dans les périodes d'épidémies. Il a par exemple lui-même nettoyé des gorges d'enfants atteints de diphtérie. Il n'a jamais contracté la maladie malgré cette proximité avec les gens affligés de ce terrible mal. Dans son for inté-rieur, Jérôme espère qu'il pourra aider sa femme.

Avec intensité et recueillement, le curé administre les derniers sacrements à Désirée. Il invoque le Ciel pour qu'il garde en vie la mère de trois filles. En retrait, il parle à Jérôme.

— Il ne faut pas te décourager. Continue à prier. Le Seigneur exauce toujours les prières, mais pas toujours comme on le souhaiterait.

Le commentaire du prêtre laisse Jérôme perplexe. Il le remercie tout de même d'être venu.

Les forces de Désirée continuent à s'amenuiser. Pour Jérôme, c'est un calvaire. Il ne peut se résoudre à perdre la femme de sa vie et il lui demande de se battre. Au bout de cinq semaines, il devient évident qu'il ne reste plus rien à faire. Jérôme amène ses deux filles les plus vieilles voir leur mère qui est inconsciente depuis trois jours. Elles déclarent à leur maman qu'elles l'aiment. Étonnamment, Désirée esquisse un sourire sans pourtant ouvrir les yeux. Jérôme reconduit ses filles chez son père et revient auprès de Désirée.

Il saisit sa main et, devant la froideur de celle-ci, il comprend que la véritable preuve d'amour qu'il peut manifester à sa femme en ce moment est de lui dire que c'est correct pour elle de partir. Quelques heures plus tard, en ce 25 avril 1909, Désirée Blanchette, épouse de Jérôme, mère de Muguette, Gabrielle et Colombe, rend l'âme. Elle laisse Jérôme veuf à 29 ans. Il vivra un désespoir profond. Ses proches se demandant quand et comment il pourra s'en remettre.

Désirée est exposée dans la maison de Frédéric. Comme ce fut le cas pour la mère de Jérôme, une foule défile devant la dépouille, des gens de Moraineburg, de Thompson, de Clearbrook et de Clady. Elle était une personne aimée et admirée de tous. Plusieurs de ses anciens élèves viennent lui payer leur hommage. La majorité indique qu'elle a changé leur vie. Elle savait les motiver, toutes et tous, peu importe leurs talents et leurs intérêts. Ils sentaient tous qu'ils comptaient pour elle.

La cérémonie à l'église est extraordinaire. C'est ainsi que ce chapitre de la vie de Jérôme se termine en lui laissant un grand trou au fond du cœur et le confrontant à de nombreux défis, entre autres, celui d'élever seul trois enfants en bas âges. Malgré son chagrin, il est déterminé à le faire, sans l'aide d'une femme, car il a toujours su qu'il ne pourrait jamais en aimer une autre autant que sa chère Désirée Payant.

PARTIE 2
De 1909 à 1960

CHAPITRE 9
La liste du curé de la paroisse du Très-Saint-Sacrement

Malgré toute sa bonne volonté, Jérôme n'arrive pas à faire son deuil et à se prendre en main. Ce sont les filles qui en souffrent. Tout son entourage est extrêmement alarmé pour lui et ses enfants. Même le métier qu'il a choisi depuis son adolescence ne l'intéresse plus.

Frédéric voyant l'immense détresse de son fils, après consultation auprès de son père, invite Jérôme à venir vivre chez lui. Jérôme prend un coup fort et fume comme une cheminée. Il mange à peine et souffre d'une insomnie chronique. Rien ne l'intéresse, ni son travail pour lequel il a une passion avouée ni ses filles. Jérôme est conscient qu'il doit changer d'air. Son logement lui rappelle à tous les instants la tragique perte de sa tendre épouse.

La vie lui apparait comme un vaste désert sans issue. Il accepte l'offre de son père. Pour ne pas être un trop gros fardeau, il propose à Frédéric de se débarrasser de ses vieux meubles et lui suggère de déménager les siens qui sont relativement nouveaux. Frédéric trouve que c'est une bonne idée. M. Asselin, le propriétaire de la résidence de Jérôme, ne lui fait pas de misère parce qu'il comprend la lourdeur de la peine qu'est celle de perdre un être cher. D'ailleurs, il sait qu'il n'aura pas de tracas à louer le logis. Il est bien situé et Désirée en a pris soin comme la prunelle de ses yeux.

Ce déplacement ne règle pas cependant le problème. Comme le dit l'adage populaire, *cela n'a fait que changer le mal de place*. Jérôme est devenu l'ombre de lui-même. Le travail n'arrive pas à lui changer les idées. Il manque de concentration, commet des erreurs et continue à noyer sa peine dans une forte consommation d'alcool.

Il a de la misère à regarder ses filles parce qu'elles lui rappellent trop leur mère et sa merveilleuse vie passée. Il est torturé par des sentiments ambivalents quand il fait l'effort d'observer la plus jeune. Il l'aime comme un père doit aimer son enfant, en revanche, au fond de son cœur, il se dit que peut-être Désirée ne serait pas morte si elle n'avait pas donné naissance à Colombe. La petite n'est pas facile depuis le décès de sa mère. C'est comme si sa personnalité avait complètement changé. Elle pleure sans cesse, est capricieuse pour la nourriture et ne semble se sentir bien en nulle part. Elle passe des bras de l'un à l'autre sans jamais se calmer.

Durant la journée, la chère sœur de Jérôme, Jeanine, amène les deux plus vieilles au magasin général familial où elle travaille. Les petites sont bonnes et aiment la compagnie. Elles s'amusent avec peu de choses. Jeanine s'occupe d'elles de retour à la maison. Elle les nourrit, fait leur toilette et les couche. Leur maman manque terriblement aux deux filles. Elles se rendent aussi compte que leur père les ignore. C'est plutôt difficile pour les hommes de prendre soin du bébé.

Jacques-Bruno suggère fortement à Jérôme de mettre son bébé *en élève* pour un temps. Il connait un couple qui n'a qu'un seul garçon âgé de 5 ans et qui, malgré beaucoup d'efforts, n'a pu avoir d'autres enfants. Il s'agit d'Élise et d'Armand Pellerin qui vivent en bas de la côte. Ils habitent une jolie maison. Colombe aurait sa propre chambre. Armand a un bon emploi avec la compagnie de train. Ce sont deux chrétiens fervents. Jérôme les connait bien parce qu'Armand prête main-forte au salon funéraire les week-ends pour renflouer ses revenus. Il a beaucoup de cœur à l'ouvrage.

Jérôme est épuisé physiquement et psychologiquement. Il n'arrive pas à trouver le sommeil, n'a toujours pas d'appétit et se console dans la bouteille. Bien qu'il ressente un inconfort par rapport au conseil de son grand-père, il n'est pas dans un état pour prendre une décision lucide. Il s'en remet à son père qui pense que c'est une bonne idée. Péniblement, Jérôme va chez les Pellerin pour leur demander s'ils lui rendraient ce service, moyennant une compensation pécuniaire raisonnable. Ils acceptent sans hésitation tellement ils sont fous de joie d'accueillir enfin un petit bébé chez eux.

Jérôme est soulagé. Pour lui, il est certain que ce sera une situation temporaire de six mois à un an au plus. Ce que Jérôme ne sait pas, c'est que son père avait fait les premiers contacts avec le couple. C'était de bons amis de sa défunte femme. Il a une grande confiance en eux. Sa seule crainte, c'est qu'ils tombent en amour avec la petite. Mais se dit-il *on traversera c'pont-là quand on s'ra rendu.*

Le cœur gros, Jeanine prépare les bagages de Colombe et avec son père, Frédéric, va déposer la petite chez les Pellerin. Ces derniers prendront bien soin de l'enfant, de fait, comme si c'était la leur, et ce, même si Jérôme ne pourra pas toujours respecter ses obligations financières. En effet, après les sévères épidémies connues l'année précédente, le commerce est plus lent et les paiements se font rares. L'économie en général a été lourdement touchée. De nombreux pères de famille sont décédés, des fermes ont perdu leurs employés et les récoltes ont été détruites. La main-d'œuvre manquant, la scierie a réduit de beaucoup sa production.

Sachant que sa plus jeune se trouve entre bonnes mains, Jérôme reprend un peu de son dynamisme. Ça lui donne la chance de se concentrer sur un problème pour lequel il entrevoit des solutions. Ce n'est pas comme la perte irrémédiable d'un être aimé. Il croit qu'il est temps d'investir dans la *business.* Il tente de convaincre son père qu'il devrait faire installer d'un téléphone, lui permettre d'être formé à l'embaumement et examiner la possibilité d'exposer de plus en plus les défunts dans leur maison. Il a entendu dire que certains de leurs compétiteurs avaient pris cette décision. Ça devenait populaire. Aux dires de ces derniers, cela allégeait le fardeau des familles endeuillées.

En ce qui a trait à une formation pour l'embaumement, à l'époque, la démarche pour obtenir la compétence était plutôt simple. Un vendeur de marchandises telles du liquide *formol*, des boyaux et des seringues, donnait un cours de deux jours. Et c'en était fait de l'acquisition de la qualification d'embaumeur. L'entente était que l'entrepreneur achetait exclusivement les produits nécessaires de cette personne par la suite.

Enfin, il trouve que leur corbillard est défraîchi et requiert des réparations coûteuses. Frédéric se montre ouvert à ses suggestions, mais dès qu'il en parle à Jacques-Bruno, ce dernier qui est réfractaire à la modernité et qui est grippe-sou refuse catégoriquement. Ce qui n'a rien pour remonter le moral de Jérôme. Il se sent complètement inutile. Il se terre dans son silence et dans sa peine.

Les trois sœurs grandissent bien. Muguette et Gabrielle accompagnées de leur tante Jeanine se rendent fréquemment voir Colombe. Elles sont toujours bien accueillies par Élise et son fils aîné est content d'avoir des compagnes de jeu. Les filles aiment aussi *catiner* avec leur bébé-sœur. Colombe est très bien traitée par les Pellerin. Elle est vêtue comme une princesse. Jérôme s'invente toutes sortes d'excuses pour s'esquiver de ses visites.

Les mois passent et Jérôme préoccupe énormément son entourage. Il mange peu, ne dort pratiquement pas et s'isole de plus en plus. Ce qui complique la situation, c'est que Jeanine a maintenant un cavalier, Paul-Émile Chartrand, un bon parti qui habite Clady. Elle trouve qu'elle n'a pas beaucoup de temps pour lui. Le curé de cette localité cherche une ménagère. Elle croit qu'elle pourrait faire un honnête travail. Elle demande à son amoureux qui est bedeau à cette paroisse d'en parler à l'abbé Saucier. Ce dernier accepte d'emblée cette proposition. Sa ménagère précédente est décédée subitement il y a trois mois déjà et il arrive à peine à se débrouiller seul. Patrice, un autre des fils de Frédéric, a pris la décision d'aller aider Didier Beauséjour. Il a toujours eu un vif intérêt pour l'agriculture.

Dorénavant, le domicile des Blanchette ne compte plus de femmes et Patrice, qui dépannait parfois au commerce, n'est plus autour. La *business* dépend maintenant d'un noyau dur composé de Jaques-Bruno, de Frédéric et de Jérôme qui, pour toute fin pratique, ne fait plus sa juste part du travail. Il y a toujours possibilité de faire appel à de fidèles employés, mais cela gruge dans les revenus. Le plus grand défi de la maison à ce moment est de savoir qui va prendre soin des fillettes. En ce qui a trait à ses enfants, Jacques-Bruno a sans cesse laissé toute la tâche à son épouse. Il est un peu découragé. Pour lui, les rôles dans un mariage sont bien définis. Les femmes passent leur temps dans la cuisine à faire à manger et à voir au bien-être de la marmaille et les hommes au travail comme gagne-pains. Une semaine après le départ de Jeanine, il confie à Frédéric ses soucis face aux malencontreuses circonstances dans lesquelles ils se retrouvent.

— I' est pas bon que l'homme soye seul. Jérôme est jeune, i' a toute la vie d'vant lui. Et p'is el temps est v'nu qu'lui et sés trois filles reforment une famille. Et p'is on a besoin de descendants mâles pour continuer la lignée et le commarce.

Frédéric lui répond qu'il ne pourra jamais convaincre Jérôme de s'intéresser à une autre femme. Son attachement incomparable pour Désirée était tout à fait hors du commun. Jacques-Bruno proteste fortement.

— P't-être, més dés fois, un mariage de raison peut s'transformer en mariage d'amour. Prends ma parole mon gars, j'en sés que'que chose. Mon mariage a été arrangé par mon pére. C'tat une alliance d'affére. La famille Lebrun éta't riche et mon père ava't emprunté beaucoup d'argent au vieux. Mon père espéra't qu'Adolpha, ma femme, héritera't une partie dés biens et ça réglera't la dette. Et c'é't c'qui est arrivé. J'ai appris à aimer ta mére. Une b'en bonne parsonne, une épouse qui faisa't b'en son dewoir même très b'en et une mére dépareillée. J'te jure qu'a sava't satisfaire un homme! J'te l'ava's jama's dit. En ava's-tu jama's douté?

Frédéric est forcé d'admettre qu'il n'aurait jamais deviné ça. Déterminé à persuader son fils, Jacques-Bruno continue dans cette lancée.

— T'sés mon Fred, les femmes meurent jeunes, une bonne *gang* en donnant naissance et d'aut'es frappées par dés maladies contagieuses parce que c'é't b'en connu, lés femmes sont plusse faibles de santé qu'lés hommes.

Frédéric n'est pas nécessairement d'accord avec son père, mais ne prononce aucune parole et laisse son père poursuivre.

— Pour aider sés fidèles, le curé Houde a fa't un registre de noms de femmes bonnes à marier. Dés chrétiennes pratiquantes de bonnes familles. Qu'ossé qu'tu dira's si on alla't l'rencontrer et woir c'qui pense d'mon idée.

Frédéric est un peu déconcerté. Ça fait seulement neuf mois que Désirée est décédée. Il sait cependant que quand son père a une idée dans la tête, comme on dit, *il ne l'a pas dans les pieds*. Il accepte d'effectuer les démarches en espérant que le curé ne soit pas d'accord puisque la période de deuil n'est pas encore terminée. D'habitude, le prêtre est à cheval sur les pratiques et les traditions. Pour lui, il n'y a JAMAIS d'exceptions.

Jacques-Bruno et Frédéric se sont mis sur leur trente-six pour aller au presbytère. Ils portent des complets de gabardine noire, des chemises blanches avec cols empesés, des cravates noires et leurs capots et chapeaux de chat sauvage. Jacques-Bruno se plaint de la météo dès qu'il met le nez dehors.

— Maudite hiver! I' fa't frette hein mon gars.

En route, ils parlent peu. Tous les villageois de la rue Principale les voient se rendre au presbytère. Toutes les maisons bourdonnent de la même question.

— Qu'ossé qui peut b'en s'passer chez lés Blanchette?

En arrivant à destination, les deux hommes sonnent la cloche et attendent patiemment que quelqu'un vienne leur répondre. Ils sont surpris de constater que c'est le curé lui-même qui les reçoit.

— Entrez, entrez, restez pas dehors. C'é't vraiment pas chaud.

Les deux hommes sont intimidés par le personnage légendaire qu'est le curé Houde. Ils se décoiffent et le saluent. Ce dernier se montre accueillant.

— *Dégrayez-vous* et suivez-moi dans mon bureau. Quel bon vent vous amène, j'devrais dire quel vent frigorifique vous a faits sortir? J'espère que c'é't pas une mauvaise nouvelle?

D'un air solennel, le doyen de la famille Blanchette prend la parole pour expliquer leur dilemme au curé.

— Oui p'is non m'sieur l'curé. Vous savez qu'Jérôme a été boulevarsé par la mort d'sa femme adorée. Ché's qui faut just' adorer el bon Yieu, més lui éta't en amour fou. Il s'en rema't pas et c'é't sés filles qui en endurent. On é't rendu just' dés hommes à maison depuis qu'Jeanine a accepté une b'en bonne *job* chez el curé de Clady. Jérôme ignore sés filles. Trop de mauva's souvenirs. Vous savez qu'on a eu à placer la plus jeune *en élève*. C'é't pas normal. J'ai pensé qu'vous pouvez nous aider. Chés qu'vous avez une liste de noms de bonnes femmes à marier. Qu'ossé qu'vous diriez si on r'garda't ça et proposa't un nom à Jérôme pour qui s'marisse el plus vite possible. I' faut changer son humeur. I' faut qui forme une famille. On sét pas c'qu'un homme désespéré peut faire. On 'na vu de toute sorte dans not'e méquier.

Frédéric trouve que son père va un peu loin, mais *Père et mère tu honoreras afin de vivre longuement.* (Commandement de l'Église) Il se tait. Le prêtre est d'accord avec Jacques-Bruno, ce qui étonne grandement Frédéric.

— Il n'est pas bon que l'homme soit seul. On voudrait pas que Lucifer le pousse à *forniquer* et puis il faut redonner leur père aux enfants. J'le vois à la messe tous les matins, mais pas à la confesse et pas à la communion. C'est facile de déduire qu'il est troublé. Il faut qu'il retrouve dans son cœur les vertus théologales de la foi, l'espérance et la charité. J'vais prier pour lui. Fred parle à ta femme qui est *l'aut'e bord*. Elle peut t'aider. J'crois beaucoup à la communion des saints. Moi-même, j'ai obtenu des faveurs de mes défunts parents.

Calmement, pesant chacun de ses mots, il poursuit.

— Pour c'qui est de trouver une femme pour Jérôme, j'ai d'excellentes personnes sur ma liste. Je recommanderais les trois noms en haut de ma liste. Il s'agit de Manon Masson, une jeune femme de 23 ans qui vit à Moraineburg, son père est forgeron, membre de la Ligue du Sacré-Cœur, sa mère est Dame de Sainte-Anne et la jeune femme est enfant d'Marie ; de Céleste Sigouin de Clady, son père est fermier lui aussi membre de la ligue du Sacré-Cœur et marguiller, sa mère est présidente du Cercle des fermières et Céleste, membre du Tiers-Ordre de Saint-Dominique. Enfin Germaine Brisson, orpheline de père et d'mère qui a été élevée par les Sœurs Grises. Elle est très bonne avec les enfants. Si jamais, Jérôme est intéressé à se r'marier, j'ai l'pouvoir de donner une dispense pour la publication des bans. Il faut sauver son âme ainsi que son moral. C'est une raison de force majeure.

Frédéric qui n'en revient pas reste silencieux. Jacques-Bruno remercie le curé et lui dit que Fred et lui vont en parler à Jérôme. Sur la liste, il y a un nom qu'il reconnait, celui de Céleste. Dans le passé, il a été ami avec son père. Du b'en bon monde! pense-t-il. Céleste est probablement encore célibataire parce que son père a une santé fragile. Sa mère qui est une femme solide a pris plusieurs des responsabilités de son mari. Céleste a dû laisser son emploi au bureau de poste pour venir en aide à sa mère. Elle a le sens des affaires et négocie bien avec les acheteurs des produits de la terre.

Une chose le chicote, c'est qu'il lui semble avoir rencontré la jeune fille avant, mais quand, il ne le sait pas trop. En route pour la maison, la mémoire s'active. Il se souvient qu'il avait invité toute la famille Sigouin au mariage de Jérôme et que c'est Céleste, âgée de 17 ans à ce moment-là, qui avait attrapé le bouquet de la mariée. Il se dit que c'est un bon présage et *qu'a va faire l'affaire!*

Frédéric est anxieux d'aborder la question avec son fils. Il décide de dormir dessus. Il demande un signe de sa femme pour qu'elle lui indique la route à suivre. Durant la nuit, il a un rêve surprenant. Désirée est étendue près de lui et lui parle de ses inquiétudes concernant Jérôme.

— I' faut qu'i' se r'saisisse. I' peut pas continuer comme ça. Fa's que'qu' chose mon vieux. D'mande conseil au curé Houde. T'sés qu'i' fa't dés mirâcles.

Quand il s'éveille le lendemain matin, il est étonné de trouver un beau mouchoir de coton bien empesé qui appartenait à sa défunte alors qu'il a passé son bras sous l'oreiller du côté où elle couchait. Il a sa réponse. Il va inviter son fils à venir prendre un verre avec lui à l'hôtel Main le soir même. Il veut se retrouver avec lui à un endroit neutre sans la présence de Jacques-Bruno qui est un peu trop *pousseux* à son goût. Si Jérôme se sent coincé, il n'écoutera absolument pas.

Lors de cette rencontre, Frédéric aborde d'abord la grande peine de son fils. Il lui explique qu'il comprend pleinement sa situation parce que lui aussi est en deuil de son épouse adorée. Ils ont tous les deux eu la chance d'aimer des femmes hors du commun.

— Ça arrive pas à toués hommes. Tu peux t'dire qu'au moins une fois dans ta vie, t'as connu l'amour. Mais là mon gars, i' faut que tu t'reprennes en main. Tés filles ont besoin de toé. J'pense qu'on a besoin d'aide. On é't qu'dés hommes dans maison et on sét pas vraiment comment s'y prendre avec dés enfants. Tu peux pas laisser Colombe chez lés Pellerin.

Jérôme interrompt son père pour réitérer son énorme désarroi.

— Chés que ça pas d'bon sense. Toués soirs avant de m'coucher, j'me dis que je va's m'brasser et que l'lendemain ça va b'en aller. Savez-vous quoi 'pa, j'me lève et j'sens un gros vide dans mon corps et mon cœur. Ma tête de son côté peut pas s'débarrasser de l'image de ma belle Désirée. Qu'ossé qu'vous suggèrez 'pa,?

Frédéric prend une grande respiration. Il espère que son fils va lui permettre d'aller jusqu'au bout.

— Ton grand-pére et moé on a parlé au curé. Son idée c'é't qu'tu trouves une femme. I' a même dés suggestions. Mon pére en conna't une et pense qu'a pourra't faire. P't'être que tu pourra's au moins la rencontrer. Qu'ossé qu'tu dira's si on l'invita't à maison?

Jérôme explique à son père ce que ce dernier sait déjà.

— Vous comprenez son pére que parsonne pourra jama's remplacer ma Désirée d'amour.

— Chés Jérôme. Mais tés filles ont besoin d'une mére. On a besoin de que'qu'une pour t'nir la maison. Ça s'peut qu'un jour, tu veuilles awoir d'aut'es enfants. I' faut que tu soyes pratique. J'ai rêvé à ta mére la nuit passée. A m'a dit de suivre lés conseils du curé. L'abbé Houde pense que c'é't la meilleure chose pour toé. I' peut même te donner une dispense pour la publication dés bans.

— On peut-tu au moins attend'e que l'deuil soit fini?

— Le curé pense que pour la santé d'ton âme et ta pa' d'esprit, i' vaut mieux aller plusse vite que plusse tard.

Ce n'est pas avec beaucoup d'enthousiasme que Jérôme répond.

— Ok d'abord. J'va's rencontrer celle que pépére pense qu'a va faire. J'veux qu'lés filles soyent là pour woir si la connexion est bonne.

C'é't pour elles que chu's prêt à penser à ça.

Étonnamment, Jérôme reprend du poil de la bête, ayant un nouvel objectif de vie. Il n'oubliera jamais Désirée. Elle désirait vraiment ses enfants, pour elle c'était très important. Il espère que de là-haut, elle soit fière de lui.

Frédéric va à nouveau au presbytère pour expliquer au curé la réponse de Jérôme. Il lui demande s'il peut communiquer avec la jeune femme de Clady et l'inviter à un repas chez les Blanchette en lui exposant la situation. Le curé envoie son bedeau à la maison de Céleste et une semaine plus tard, la rencontre a lieu. C'est Angelina qui a préparé le souper. Les hommes Blanchette sont complètement nuls en cuisine. Elle a apprêté un bon plat mijoté, un pot-au-feu au bœuf avec patates et carottes. Pour dessert, elle a confectionné une délicieuse tarte au sucre qu'elle servira avec de la crème fouettée à la vanille.

Le curé Houde participe à la rencontre. Il sent bien que Jacques-Bruno est fébrile, il espère que ça va fonctionner. Céleste se présente avec ses parents, sa sœur aînée Léonie et son mari Jérémie. Céleste a bien soigné son apparence. Elle est une belle femme. Elle a un joli minois ovale, des yeux noisette ornés de beaux cils. Elle est de taille moyenne, mais à cause de sa prestance, on la croirait plus grande.

Céleste a coiffé ses cheveux brun foncé en chignon souple. Elle a beaucoup de goût dans ses choix de vêtements. Pour l'occasion, elle porte une magnifique blouse en fine dentelle blanche, manches longues avec un col haut dans le cou et une élégante jupe noire. Ce soir-là, elle a mis un joli collier et des boucles d'oreilles de perles blanches. Tout est d'une grande simplicité, toutefois, très raffiné.

Jérôme ne voit rien de cela. Durant le repas, c'est surtout Jacques-Bruno qui prend la parole. Il vante les mérites de son petit-fils et pose beaucoup de questions pour mieux connaitre la jeune femme. Patiemment et généreusement, elle répond à toutes ses interroga-tions. Elle trouve que Jérôme parait bien malgré son regard plutôt triste. Elle comprend sa situation et n'a aucune prétention de remplacer sa première épouse. Elle constate que les petites filles sont charmantes et sait dans son cœur qu'elle pourra les aimer et en prendre soin comme il le faut.

Elle avait, plus jeune, pensé entrer au couvent. Ce qui l'avait retenue c'était son désir d'avoir des enfants. Elle exprime clairement et directement ses intentions. Elle est convaincante et lentement la confiance s'établit. Amélie, sa mère, qui, de toute évidence, est la cheffe de la famille, souligne que s'il y a mariage, elle veut s'assurer que sa fille sera bien traitée. Anatole, le père de Céleste, en bon *suiveux*, renchérit.

— Ouen! i' faut absolument que not'e fille soye b'en traitée.

La veillée se termine avec des au revoir et une promesse de la part de Jacques-Bruno qu'ils vont recevoir une réponse rapidement. Amélie insiste sur le fait qu'ils ne sont pas prêts à attendre indéfiniment.

Le curé y va d'une bonne recommandation sur la famille Blanchette. Du côté des petites filles, elles semblent avoir aimé leur soirée et font la bise à Céleste lorsqu'elle quitte le domicile des Blanchette. Jérôme ne serre ni la main de Céleste ni celles des autres membres de la famille Sigouin. Il refuse de discuter de la question pour l'instant. Il dit aux deux hommes que *la nuit porte conseil*.

À son réveil, Jérôme a une idée. Avant de décider de quoique ce soit, il veut parler à Julien et à Marie-Rose Payant. Il en fait part à son père qui n'est pas contre cette démarche. Julien a perdu son épouse au même âge que Jérôme. Il a réussi à se prendre en main de peine et de misère et à refaire sa vie. Il pourrait être de précieux conseils de même que sa deuxième femme qui est une personne très sensée.

Le dimanche qui suit, Jérôme se rend à Thompson avec Muguette et Gabrielle pour le dîner. Ils arrivent vers 11 h 30. Jérôme offre des conserves et le vin maison de son père à ses hôtes. Pour les plus jeunes, il apporte des chocolats aux patates confectionnés par sa sœur Émilie. Les filles sont charmées de pouvoir jouer avec les petits derniers de Marie-Rose, Marie et Gaston, qui sont à peu près du même âge qu'elles. Ironiquement, ils sont l'oncle et la tante des filles, ce qui était fréquent dans ce temps-là compte tenu des grosses familles ainsi que des nombreux veuvages et remariages.

Marie-Rose et Julien sont enchantés de voir Jérôme. Ils l'aiment profondément et savent tout ce qu'il a fait pour son épouse, la fille de Julien et la sœur de Marie-Rose. Ils le prennent dans leurs bras ce qui a comme résultat d'émouvoir Jérôme aux larmes. Même s'il ne les avait pas prévenus de sa visite, il y a suffisamment de bouffe pour les invités. Marie-Rose a cuisiné deux chapons cuits au fourneau, des patates en purée et du navet. Tout est délicieux. Pour dessert, elle a fait un bon pouding chômeur servi avec de la crème fraîche. Julien offre le vin de pissenlits de Frédéric.

Toutes et tous dégustent goulûment la nourriture savoureuse. Il y a longtemps que Jérôme n'avait vu ses filles manger avec autant d'appétit et de bonheur. Après le repas, Jérôme demande s'il peut jaser avec Julien et Marie-Rose seuls. C'est la grande sœur Isabelle qui s'occupera des enfants. À 13 ans, cela lui vient facilement compte tenu des son expérience avec ses frères et sa sœur.

Les adultes se déplacent au salon. Jérôme accablé sous le poids de l'émotion expose le plan de son père, de son grand-père et du curé Houde. Il leur parle de la situation complexe pour les hommes Blanchette qui depuis quelque temps sont sans femmes dans la maison.

— Nous sommes b'en bons comme entrepreneurs dans l'domaine funéraire. I' faut aussi erconnaitre nos manques. On a pas tellement de talents dans lés travaux ménagers et dans *l'élevage d'enfants*. Comme vous savez, on a dû prendre la pénible décision de placer Colombe. C'é't avec grande hésitation qu'on l'a faite.

Les grands-parents Payant ont visité la famille où est Colombe et félicitent Jérôme pour son excellent choix. Elle est dorlotée et traitée comme une princesse. Jérôme maintient tout de même que pour lui, c'était une solution temporaire. Désespérément, il poursuit son propos.

— Mon deuil est même pas fini. Chés absolument pas si j'pourrai m'en r'mett'e. J'peux pas épouser que'qu'une dans c'te situation citte sans 'i dire toute la vérité. Chés que chu's pas assez présent aux filles. As sont pas responsables pour la mort de Désirée et as méritent une bonne vie.

Julien et Marie-Rose écoutent attentivement. Après un court silence, Julien prend la parole en manifestant une compassion sincère.

— Jérôme, j'te comprends. J'ai vécu la même affére. J'éta's désemparé par le décès d'ma premiére femme. J'ai pensé mourir. J'ava's b'en dés enfants à m'occuper de. J'ai pris une bonne décision en m'rapprochant d'la famille de Désirée, ma premiére femme. J'ai développé une amitié pour Marie-Rose qui j'crés elle m'aima't d'amour. Tranquillement, a jasé avec moé, a m'a parlé de c'que ma Désirée voudra't pour le reste d'ma vie. Est-ce qu'a voudra't que j'soyes heureux? Avec b'en d'la patience, a respecté mon chagrin, a m'a aidé avec més filles qui l'ont vite adorée. J'pense souvent à ma Désirée. Marie-Rose a pas enlevé més souvenirs. A m'a just' aidé à apprécier la vie et la famille. T'sés mon gars, avant elle, j'ava's pardu toute intérêt. A m'a aidé à m'prendre en main et à ervenir sus un chemin drette. J'ava's pardu el goût du travail et asteur chu's fier de moé. En plusse, r'garde, tu peux deviner que j'm'ennuie pas trop la nuite. Tu peux l'woir dans ma nouvelle descendance.

Il n'y a pas deux êtres en apparence si opposés que Marie-Rose et Julien dans leur façon de s'exprimer. En revanche, pour l'essentiel et les valeurs, ils pensent pareil. Comme Désirée, la première épouse de Julien, Marie-Rose est bien instruite. Lui n'a pas eu la chance d'aller à l'école longtemps, mais il a du cœur au ventre.

C'est précisément à ce moment que Marie-Rose prend la main de Jérôme et le regardant dans les yeux, doucement elle lui explique.

— La fille de Julien et ma sœur, ta chère Désirée, t'aimait intensément. Quand elle me parlait de toi, elle ne voulait que ton bien et ton bonheur. J'pense que là où elle se retrouve aujourd'hui, elle t'aime encore plus et souhaite que tu sois heureux. Julien et moi on est passé par là après la mort de sa première femme. J'étais très éplorée par son décès. Jamais dans cent ans j'n'aurais cru que j'me marierais à Julien. Au début, je sentais que j'la trahissais en ayant les sentiments que j'avais pour Julien. Prends un moment pour regarder notre belle vie aujourd'hui. Prends le temps d'peser le pour et le contre. Ne t'laisse pas aveugler par ta peine. Pense à ce que ton épouse tant aimée voudrait pour toi et surtout pour vos enfants.

Après une courte période de silence, c'est au tour de Julien *d'ajouter son grain de sel.*

— Écoute mon gendre, on va êt'e d'accord avec ta décision et si tu décides de t'marier, invite-nous aux noces. On y s'ra. On t'apprécie b'en gros. On aura't pas dit ça quand j'tai poigné dans grange dés Beaulieu avec ma p'tite fille Désirée. J'créa's qu't'éta's tout un énergumène. Tu woés qu'on peut changer d'idée. À mon âge, chés qu'on apprend toués jours.

Jérôme passe tout l'après-midi dans sa belle-famille à jouer aux cartes et vers 4 h 00, il reprend la route pour Moraineburg. Cet interlude lui a procuré un grand bien. Il a beaucoup à réfléchir. Il a bien fait de consulter ses beaux-parents. Au moment de se coucher, comme son père, il demande à sa Désirée de lui faire signe. Ce soir-là, pour la première fois depuis la mort de sa tendre épouse, il réussit à dormir une pleine nuit de sommeil. Il rêve qu'il va marier Céleste. Au cours de la cérémonie, il entrevoit comme un ange qui veille sur le couple et l'assemblée. Quand la vision se rapproche de lui, c'est le beau visage de Désirée qu'il aperçoit.

Au matin, Jérôme décide de rencontrer Céleste seule pour lui parler de ses sentiments ou plutôt de l'absence de ses sentiments à son égard. Il veut qu'elle saisisse ses motifs, s'il va de l'avant avec cette union. C'est pour ses filles et uniquement pour ses filles qu'il serait prêt à envisager cette solution. Il dévoile à son père qu'il a besoin de faire cette démarche. Frédéric comprend son fils. Secrètement, il garde ses doigts croisés pour que le dénouement soit positif. Jérôme précise que, moralement, il ne serait pas honnête de berner la jeune femme.

Il demande au curé d'envoyer son bedeau, Séraphin Ladéroute, prévenir Céleste qu'il souhaite la rencontrer chez elle et tenter de savoir quand cela lui conviendrait. À son retour, l'employé du curé confirme avec Jérôme qu'elle est disposée à le recevoir n'importe quand, à sa discrétion. Le samedi suivant, Jérôme prend la route pour Clady, seul. C'est Jeanine qui est de passage à Moraineburg qui s'occupe des filles. Jérôme est nerveux, mais il a espoir qu'il fait la chose sensée.

En arrivant chez les Sigouin, il observe les alentours. La ferme est de taille moyenne avec une jolie petite maison en bois rond bien entretenue et des bâtiments en bon ordre. Descendant de la carriole, il se déplace lentement en redoutant ce qui va suivre. Puis soudain, *il prend son courage à deux mains* et frappe à la porte. Céleste fait partie d'une grosse famille. Plusieurs curieuses et curieux sont à la fenêtre pour inspecter le prétendant.

C'est le plus jeune, Hector, à peine âgé de 6 ans, qui vient lui répondre. C'est lui qui bouge le plus vite et se donne de l'importance en accueillant les visiteurs. Le père et la mère de Céleste se montrent polis. Habitent cette demeure, les parents de Céleste et presque toute leur marmaille, neuf des dix enfants de 26 ans à 6 ans sauf l'aînée, Léonie, âgé de 28 ans, qui est mariée et qui vit dans la maison voisine. Il les salue tous et demande à parler à Céleste seule. Les parents sont réticents de laisser leur fille rencontrer Jérôme en leur absence. Elle les rassure en disant que ça va bien aller. Elle invite Jérôme à la suivre au salon. Il s'agit d'une pièce bien décorée. Ils s'assoient face à face sur des fauteuils à la mode et confortables. Après avoir pris une grande inspiration, Jérôme dévoile le plus gentiment possible son message.

— Marci de m'ercevoir. Tu conna's més circonstances. Qu'ossé que j'vas' t'dire va p't-être sembler brutal, més c't'important qu'si on s'marie tu saches dans qu'ossé tu t'embarques. La franchise pour moé c'é't toute c'qui mène ma vie. Chu's veuf ça fa't moins d'un an. C'te femme-là, j'l'ai aimée comme un fou. J'pense pas pouwoir ressentir dés sentiments pareils pour une aut'e. J'veux pas t'faire d'la peine més c'é't ça la vraie vérité. Je r'fuse de t'faire des *accraires*. Le curé pense que j'ai besoin d'une femme dans ma vie pour m'aider à prendre soin d'més filles. T'sés qu'y en a une de placée en *élève* et c'é't grand temps qu'a r'vienne à maison.

Après une brève pause, il continue.

— On é't juste dés hommes, et on sét pas comment s'occuper d'enfants. On est b'en *busy* avec le commarce. Ça aussi faut qu'tu saches qu'mon méquier c'é't b'en compliqué. On e't dérangé n'import'en quand, à touées heures du jour et d'la nuite parce qu'la mort ça arrête jama's. Bon, la seule raison pourquoi j'me mariera's c'é't pour més filles. J'ai besoin de que'qu'une qui va lés aimer et en prendre soin. J'veux pas de que'qu'une qui s'en foutera't. T'es b'en r'commandée par el curé Houde. Ma sœur travaille au presbytère à Clady et a dit que t'es une b'en bonne parsonne. I'parait qu'tu viens d'une bonne famille.

Jérôme tente de reprendre son souffle. Être aussi transparent n'est pas facile.

— Si jama's tu penses qu'tu peux viv'e dans sés conditions, chu's prat à t'marier. Écoute-moé b'en, tu peux jama's t'attend'e que j'va's pouvoir t'aimer. Chu's prat à t'traiter comme i' faut, à êt'e *fair* avec toé, més pas plusse.

Céleste n'a rien dit durant ce long monologue. Elle n'a pas non plus donné d'indices quant à ses intentions. Calmement, elle dit.

— Merci Jérôme pour ton honnêteté. C'é't b'en apprécié. J'comprends. J'ai besoin d'penser à toute qu'ossé qu'tas dit avant de t'répondre. J'ai besoin d'en parler à més parents. J'aide beaucoup ma mére et i' faut que je soyes certaine qu'un d'més frères ou sœurs pourra prendre ma place. M'donnes-tu une semaine pour te rendre ma décision?

Jérôme trouve ça bien raisonnable. Il lui propose une rencontre chez elle le samedi suivant à la même heure. Ça semble lui convenir.

Durant la semaine, Céleste pèse le pour et le contre. Entreprendre une vie à deux dans ces conditions, ce n'est pas évident. Une existence en présence d'un mari qui ne peut lui prodiguer de l'amour, est-ce vraiment ce qu'elle veut? Céleste est une pratiquante dévote et pieuse. Elle croit dans les voies de Dieu. Il lui semble qu'elle a eu plusieurs signes du Créateur pour lui indiquer que ce mariage c'est la route qui lui est destinée.

En effet, pour elle, il n'y a pas de coïncidences. Constamment, l'action de la Providence et l'inspiration de l'Esprit interviennent dans la vie des humains. Déjà, quelques années plus tôt, lors des noces de Désirée et de Jérôme, elle attrapait le bouquet de la mariée. Elle n'a pas eu de prétendants depuis ce temps malgré la superstition bien connue que si tu attrapes le bouquet, tu te marieras dans l'année qui suit. Il faut dire qu'elle a été très occupée par son emploi au bureau de poste et après par l'appui apporté à sa mère.

Lors des discussions avec les membres de la famille concernant la ferme, sa mère annonce à Céleste que William est prêt à prendre la relève.

— Ça lui f'ra pas de tort d'awoir dés responsabilités. I' est un peu trop dans bouteille à mon goût. Pour c'qui est de Jérôme, on woé b'en que c'é't un bon parti. Un croque-mort ça fait d'l'argent. Toute le monde sét ça. J'crés sincèrement qu'tu vas pouwoir le charmer. Si tu décides de l'marier, t'as ma bénédiction et celle de ton pére.

Voyant ceci, Céleste est de plus en plus convaincue que Dieu veut qu'elle sauve les petites de Jérôme et leur apporte une certaine stabilité. Enfin, elle ne se cache pas qu'elle se sent attirée à l'homme. Elle espère que Jérôme pourra lui offrir tout au moins de l'amitié sinon de l'amour. La prière aidant, qui sait si un jour, le deuil terminé, Jérôme ne changerait pas de sentiments à son égard. Elle est décidée et prête à donner sa réponse à l'entrepreneur de pompes funèbres de Moraineburg. Sans préciser les détails, elle en avise sa famille. Sa sœur Léonie lui fait de sérieuses mises en garde.

— Es-tu certaine que tu peux être heureuse avec lui? El mariage c'é't déjà pas simple quand on est en amour, imagine quand-cé't que c'é't pas l'cas.

Céleste semble faire fi des commentaires de sa sœur convaincue que sa décision est la bonne.

— Chés en d'dans de moé que c'é't c'que j'dois faire d'ma vie! C'é't Dieu qui m'a montré le chemin.

Ses frères et sœurs se moquent d'elle dans son dos. Ils trouvent que leur sœur exagère du côté de la religion. Ils sont en quelque sorte heureux parce qu'elle va arrêter de leur rabâcher les oreilles avec sa piété qu'elle veut par tous les moyens leur imposer à tout prix.

— On sét b'en, c'é't une vra' sainte not'e sœur. A va enfin nous sacrer patience avec sés dévotions. On é't tanné qu'elle assaye de nous convertir à sés idées.

Tel que cela avait été convenu avec Céleste, Jérôme est au rendez-vous tôt le samedi suivant. Il a hâte d'en avoir fini. Céleste l'accueille avec un beau sourire et l'invite au salon. La pièce est bien illuminée grâce à un magnifique soleil qui rayonne de façon splendide en cette journée d'hiver. Elle prend la main de Jérôme qui est mal à l'aise, mais n'ose pas la retirer.

— Cher Jérôme, j'ai b'en réfléchi à la question et j'ai imploré el St-Esprit pour qu'i' m'éclaire. Oui j'veux t'épouser tout en compren-ant b'en c'que tu m'as dit lors de ta derniére visite. Chu's prête à accepter que t'auras d'la misère à aimer une aut'e femme d'amour. J'me dis que p't-être avec le temps, tu pourras au moins m'offrir de l'amitié. En tout cas, moé chu's prête à faire mon devoir d'épouse sans chigner. J'va's aussi aimer tés filles comme si elles éta'ent les miennes. Sais-tu c'qui m'a persuadée, c'é't ton honnêteté. Chés exactement dans qu'ossé que j'm'embarque. Quand veux-tu qu'on se marisse?

Jérôme est excessivement surpris et extrêmement renversé! Il ne s'attendait pas à une telle décision. Il déglutit avant de réagir.

— J'peux même pas t'garantir que j'pourrai t'donner mon amitié. Marci pour ta générosité.

Pour toute réponse, Céleste lève les épaules en signe de résigna-tion. Pour ce qui est de la date du mariage, Jérôme lui dit qu'il va consulter sa famille et le curé. Il insiste sur le fait que ce sera un mariage très simple et plutôt discret. Elle n'a pas de problème avec ça. Jérôme espère que les bonnes intentions de Céleste vont se main-tenir et qu'elle ne se lassera pas. C'est mal la connaitre parce que c'est une personne forte, déterminée et persévérante. Elle en a vu d'autres. Elle est habituée à relever la tête et à faire face courageusement aux intempéries de la vie. Elle fait preuve d'une ténacité remarquable qui frôle l'entêtement. Selon l'expression populaire, *elle a une tête de pioche.*

CHAPITRE 10
La nouvelle vie de Jérôme

———

Le 16 février 1910, la veille de l'anniversaire de naissance de Colombe, à peine dix mois après le décès de Désirée, Jérôme et Céleste s'épousent dans la sacristie de l'église du Très-Saint-Sacrement, et ce, dans la plus stricte discrétion, simplicité et retenue. Rien de comparable au premier mariage de Jérôme, pas d'extravagances vestimentaires, quelques invités, seuls les membres proches des deux familles, pas de réception, un humble souper chez Frédéric et pas de voyage extraordinaire ni de nuit de noces passionnée. Les parents sont présents, de même que quelques frères et sœurs qui ont pu se libérer de leurs engagements.

Il faut dire que la fratrie Blanchette remet beaucoup en question cette décision de Jérôme. Ils trouvent Céleste raide, froide et distante. Cette personne n'a rien à voir avec la magnifique et merveilleuse première épouse de leur frère. Ils ressentent qu'elle pourrait être dominatrice. Ils doutent que Jérôme puisse être heureux avec elle. Compte tenu des circonstances compliquées, ils gardent ça pour eux. Julien et Marie-Rose sont présents tels qu'ils l'avaient promis. Ils sont venus appuyer Jérôme. Ils ont l'air toujours amoureux. La famille de Céleste participe au repas. Il existe cependant un malaise évident entre les deux clans. Jacques-Bruno qui est content de ce qui se passe tente d'alléger l'atmosphère.

Céleste est comblée de recevoir le certificat de mariage. Elle avait presque désespéré que de former un couple soit possible pour elle. Sur le document, le curé a orthographié leur nom de famille différemment, Blanchet plutôt que Blanchette. Cela a été le point de départ pour le changement du patronyme. À partir de ce moment, Céleste signait fièrement son nom de femme mariée ainsi et plus tard elle exigera que le curé fasse de même sur les certificats de naissance de ses enfants. C'était une façon, bien qu'inconsciente, de rompre avec le passé.

Le souper est délicieux. Il a été préparé encore une fois par Angelina. Au menu, un rôti de porc servi avec des patates bouillies et persillées, des betteraves rouges marinées, du bon pain de ménage et de la graisse de rôt assaisonnée à la perfection. Pour dessert, elle a apprêté des pommes Mackintosh au four saupoudrées de sucre brun et accompagnées avec de la crème épaisse d'habitant. Comme d'habitude, Frédéric a sorti du vin de pissenlits.

On ne sent pas d'excitation ou d'effervescence, ni blagues grivoises, ni chansons à répondre, ni claquements sur les verres pour que les nouveaux époux s'embrassent. Céleste accorde beaucoup d'attention aux deux petites filles présentes. Elle leur offre de charmants cadeaux, une chaîne en or pour Muguette ornée d'un minuscule cœur et pour Gabrielle, un joli petit ourson en peluche blanc et noir. Les sœurs sont au comble de la joie. Amélie et Anatole, qui n'ont pas encore de petits-enfants, se laissent séduire par ces enfants au comportement impeccable. Céleste parle avec respect à Jacques-Bruno et à Frédéric. Elle est cordiale avec les frères et sœurs de Jérôme. Julien et Marie-Rose jasent avec Céleste. Ils la trouvent bien sympathique et elle leur inspire confiance en ce qui a trait à leurs petites-filles. Ils espèrent ardemment que Jérôme pourra connaitre un peu de bonheur avec elle.

Une fois que les invités ont quitté, Céleste prépare les filles pour le dodo, les couche et commence une nouvelle tradition, celle de leur lire une histoire enfantine tirée du recueil *Contes de ma mère l'Oye* de Charles Perreault et de leur chanter une berceuse dont celle de Brahms avant de souffler la chandelle pour la nuit. Muguette et Gabrielle apprécient beaucoup l'intérêt qu'elle leur porte. Enfin! Quelqu'une qui s'occupera d'elles.

Les époux montent à leur chambre au deuxième étage au fond de la maison, à côté de celle des filles. En silence, ils mettent leurs vêtements de nuit et s'allongent côte à côte sans aucun geste affectueux de part et d'autre. Devant cette réalité brutale, Céleste frissonne. Pour simples propos, elle souhaite bonne nuit à Jérôme. Il ne lui répond même pas. Voilà ce dans quoi elle s'est embarquée en toute connaissance de cause. Elle ne peut blâmer personne sauf elle-même. Elle n'est pas au bout de ses surprises et de ses déceptions.

Le lendemain matin, elle est levée avant les autres habitants de la maison. Quand les filles s'éveillent, elle fait leur toilette et les habille dans de jolies robes. Elle prépare du thé et s'apprête à cuisiner le déjeuner pour tout le monde. Une chose qu'elle n'a pas avouée, c'est que ça lui prend plein d'efforts pour réaliser des plats. Elle n'est pas une naturelle. Céleste est une femme de tête. Elle ne possède pas beaucoup d'habiletés manuelles et plus pratiques. Elle y arrive péniblement avec une concentration intense, mais quand on est responsable d'une maisonnée où se trouvent plusieurs adultes, son mari, son père et son grand-père de même que deux enfants ce n'est pas évident.

Jacques-Bruno la jase pendant qu'elle prépare le gruau, les rôties et les œufs. Son inattention d'un instant fait en sorte qu'elle brûle l'omelette. Nerveusement, elle s'éclate de rire, un peu comme cela peut se produire dans des moments critiques de la vie par exemple, quand on vient visiter un mort exposé ou pendant le sermon du curé. Jacques-Bruno lui montre alors sa vraie nature. Il s'exclame que gaspiller de la nourriture, ce n'est pas drôle. L'éclat de rire de Céleste s'intensifie, ce qui irrite davantage le vieil homme et il prononce des paroles offensantes dans les circonstances.

— C'é't jama's arrivé avec la premiére femme de mon petit-fils. Elle éta't bonne dans toute!

Saisie par ce commentaire déplacé et déplaisant, Céleste s'arrête de rire sur le champ. Plus tard, elle racontera cet incident à l'une de ses petites-filles. Elle mentionnera que cela l'a profondément marquée. Elle lui révèlera ce qui suit.

— T'sés, j'aima's ça rire avant de m'marier. Malheureusement blessée par lés paroles du grand-pére de mon mari, à partir de cte moment-là, j'ai commencé à pardre ma joie de viv'e. Chés que b'en dés parsonnes me trouvent sévère. Crés-moé, 'y a dés raisons pour ça. J'éta's pas comme ça au début de ma vie de couple!

Déterminée à réussir, Céleste s'est remise à la tâche et elle a servi un délicieux déjeuner à la famille. Bonne en résolution de problèmes, elle s'est dit qu'elle demanderait des conseils à Angelina qui semblait être un vrai cordon bleu. C'est la première et la dernière fois qu'elle a brûlé de la bouffe. Jérôme, après avoir avalé son repas, sans prononcer un seul mot, perdu dans une réflexion profonde, annonce qu'il compte aller chez les Pellerin pour récupérer Colombe. Céleste lui propose de l'accompagner. Ce dernier refuse catégoriquement et plutôt rudement. Il se rend à pied au domicile des Pellerin pour se calmer, car son cœur bat la chamade dans sa poitrine. Avant de partir, il a consommé un petit fortifiant pour se donner du courage.

Fébrilement, Jérôme frappe à la porte et c'est Élise qui vient lui répondre. La dame de la maison est souriante et contente de le voir. Elle lui mentionne cependant que Colombe fait une sieste. Nerveusement, il lui explique la raison de sa visite impromptue.

— T'sé Élise que j'viens de m'marier donc, chu's capab'e de r'prendre Colombe avec moé. Si tu prépara's sés afféres, j'viendra's la charcher demain. J'te r'marcie pour toute c'que t'as fa't pour elle.

Élise est abasourdie. Elle ne s'attendait pas du tout à ça. Elle appelle son mari en renfort. Elle éclate en sanglots et crie à Jérôme qu'il est inhumain de faire ça. Ils aiment cette enfant comme la leur, en ont pris soin avec tout leur cœur, sans aucun appui financier de sa part ou du moins vraiment peu. Elle lui témoigne sa peine et sa colère.

— Toé avec ta nouvelle femme, tu vas pouwoir awoir d'aut'es enfants, pas nous aut'es. Tu vas dewoir me passer sus l'corps pour nous l'enlever. T'as pas d'cœur! T'es presque pas v'enu la woir, a te conna't presque pas, a vat-êt'e pardue la pauv'e!

C'est au tour de Jérôme de perdre ses moyens. Naïvement, il croyait que ce serait facile. Armand lui montre la porte et lui dit que s'il continue à essayer de leur arracher la petite, il n'est plus le bienvenu et que s'il ose mettre les pieds sur leur terrain, il va appeler la police.

— T'as pas gardé ta part d'la *bargain*, tu nous as rarement donné d'l'argent, tu peux pas r'prendre Colombe comme si elle éta't une vulgaire affaire.

Jérôme sent la colère monter en lui.

— Si c'é't comme ça, tu peux p'us travailler pour les Blanchette. Croyez-moé, j'ai pas dit mon darnier mot. J'ai dés amis haut placés b'en renseignés sus la loi.

Sur ce, il s'élance à l'extérieur en claquant la porte. Il revient à la maison, *la queue entre les deux jambes*, selon l'expression populaire. De retour à son domicile, sa mine pitoyable en dit long. Extrêmement découragé, il ne voit pas d'issues à la situation. Céleste se dit que *c'est le bon moment pour faire un move*. Quand Céleste travaillait au bureau de poste de Clady, elle avait à maintes reprises, réussi à désamorcer des conflits. Elle avait la réputation de venir à bout même des clients les plus intraitables.

Elle propose donc de se rendre chez les Pellerin pour discuter avec eux. Jérôme lui manifeste son impatience d'un ton déplaisant.

— Pour qui qu'tu prends. Qu'ossé qu'tu peux faire de plusse que moé? Calmement, mais fermement, elle lui répond.

— P't-être que sans toute gagner, j'peux obtenir dés affaires. Dés fois, les gens sont moins menacés par une femme et plus polis avec une parsonne qui connaissent pas. Ça souvent marché quand j'travailla's à la poste. J'perds erien à essayer. J't'e l'offre de bon cœur!

Frédéric, trouve ça logique et suggère à Jérôme d'accepter. C'est avec réticence que Jérôme acquiesce. Déjà, il regrette sa décision d'avoir marié cette personne qu'il ne connait pas et qui semble se prendre pour une autre.

Céleste s'habille chaudement parce qu'il fait froid. Elle apporte le cadeau qu'elle avait acheté pour Colombe à l'occasion de son mariage, une jolie courte pointe rose et blanche confectionnée par le cercle des fermières de Clady et pour le couple, une tarte à la farlouche cuisinée par sa sœur aînée, Léonie. Peu de gens peuvent résister à ce dessert des plus savoureux. Elle a déjà préparé sa stratégie. Elle implore le Ciel de lui venir en aide. Les Pellerin sont pris au dépourvu par sa visite. Elle sait que l'effet de surprise est toujours efficace. Elle se présente gentiment et les remercie chaleureusement pour tout ce qu'ils ont fait et font pour la fille de Jérôme.

— Toute le monde chez lés Blanchette pense que vous faites une bonne *job*. J'comprends que ce sera't b'en dur de vous séparer d'un bébé qu'vous avez gardé depuis b'en dés mois déjà. Mais c'é't-tu possible de permette à Colombe de connaitre et de fréquenter lés Blanchette après toute, c'é't sa vra' famille. On pourra't-tu penser qu'lés deux familles fêtera'ent ensemble sa fête, Noël, le Jour de l'An, Pâques et les autres journées importantes pour elle? Accepteriez-vous de pas adopter Colombe même si Jérôme vous la laissa't en *élève*. Sera't-il possible que vous lui expliquiez que c'é't lui son pére et qu'i' l'aime beaucoup, moé itou? Est-que ça s'pourra't que quand a va êt'e plus vieille a vienne coucher chez nous et qu'ses sœurs viennent dés fois coucher icitte. I' m'semb'e que més propositions sont *fairs* pour toute le monde?

Élise et Armand ont écouté attentivement. Ils ne savent que répondre, cependant, ils demeurent courtois. Ils demandent à Céleste s'ils peuvent y penser. Toujours polie et empathique, Céleste accepte leur proposition.

— B'en sûr! J'peux-tu awoir vot'e réponse d'icitte quarante-huit heures. J'viendra's vous woir dans deux jours. C'é't-tu ok?

Les Pellerin trouvent ce délai raisonnable. Ils s'entendent donc sur la question. Céleste retourne à la maison satisfaite de sa démarche. Elle n'a cependant aucune idée de la décision à venir. Elle explique à Jérôme, à Frédéric et à Jacques-Bruno les propos qu'elle a tenus avec la famille qui accueille Colombe.

— Chés que c'é't pas parfa't, més c'é't mieux qu'une coupure parmanente!

Jacques-Bruno et Frédéric sont d'accord avec elle. Les prochaines quarante-huit heures s'écoulent lentement. Finalement, le moment arrive où Céleste se rendra chez les Pellerin. Elle demande à Jérôme s'il veut l'accompagner et il accepte.

Les Pellerin les reçoivent de façon plutôt amicale. Ils les invitent à se *dégrayer* de leurs vêtements et à les joindre dans la cuisine. La petite est réveillée et se promène dans sa marchette. Elle est très belle et gentille. Avec grande fierté, Armand leur mentionne que dans peu de temps, Colombe va marcher toute seule. Élise leur sert une tasse de thé et un morceau de la tarte que Céleste leur a offerte. Les Pellerin disent à l'unisson que c'est délicieux et Élise demande à Céleste si elle peut partager la recette. Armand se racle la gorge et timidement s'adresse à Jérôme et à Céleste.

— On veut d'abord te r'marcier Jérôme pour le bonheur inespéré qu'tu nous as fa't d'nous parmett'e de continuer à élever ta fille. On sait que c'é't toé l'pére et qu'tu vas toujours l'êt'e. On est prat à accepter toute c'que ta femme nous a suggéré. Pâques prochains, on fête ça toute ensemble. Vous pouvez v'nir icitte n'import'en quand pour woir Colombe. On changera jama's son nom, elle est et va rester une Blanchette.

Jérôme a les larmes aux yeux. Céleste veut *ajouter son grain de sel*.

— Moé d'mon bord, tout comme vous aut'es, j'va's l'aimée comme si elle éta't de moé.

Céleste s'enquiert si elle et Jérôme peuvent prendre la petite dans leur bras et le couple Pellerin accepte gentiment. Colombe fait de la belle façon à son père et à Céleste. Élise dit à l'épouse de Jérôme que c'est le temps pour Colombe de boire une bouteille de lait et elle lui demande si elle aimerait la lui donner. Céleste est enchantée. Pour elle, il s'agit d'un geste de confiance. Jérôme commence à voir sa nouvelle femme d'un autre œil réalisant qu'elle a de solides valeurs et plusieurs qualités.

Jacques-Bruno et Frédéric se montrent grandement satisfaits du dénouement des pourparlers. Ils pensent que bien que les choses ne soient pas parfaites, elles se sont améliorées. Leur petite-fille va les fréquenter.

La routine s'établit donc dans la vie du couple. Les trois générations qui pratiquent le métier de pompes funèbres ne chôment pas.

Un mort n'attend pas l'autre. Céleste est de plus en plus compétente dans l'entretien de la maison et la cuisson. Elle a su gagner le cœur de Muguette et de Gabrielle qui, en peu de temps, la considèrent comme leur mère. Jérôme constate qu'elle ne l'a pas dupé, elle est une femme de parole. Elle prend bien soin des enfants non seulement de leur bien-être physique, mais aussi de leur développement spirituel.

Elle initie les petites à la prière. Pour leur éducation catholique, elle fait l'acquisition de plusieurs statues qu'elle distribue un peu partout dans la maison. Elle a une grande confiance en Dieu, en Jésus-Christ, au Sacré-Cœur, en la Vierge Marie, à Saint-Joseph, à Saint-Dominique et à bien d'autres. Muguette sera la meilleure de sa classe pour répondre au petit catéchisme quand elle commencera l'école.

Céleste offre son aide à Frédéric pour la tenue des comptes de l'entreprise. Elle est très intéressée aux affaires. Pour la négociation des prix de vente des cercueils et des services funéraires, elle prodigue de sages conseils lorsqu'on lui demande. Quand il y a peu de morts et que le commerce est plus lent, elle fait des neuvaines. Que ça fonctionne ou pas, l'équipe des Blanchette l'encourage à le faire. Elle se renseigne aussi sur les méthodes de leurs compétiteurs dans les pompes funèbres. Elle souhaite que les Blanchette soient les meilleurs.

Pour ce qui est des relations intimes entre Jérôme et Céleste, elles demeurent les mêmes, c'est-à-dire inexistantes pour environ un an. Et puis, progressivement, ils se rapprochent. Jérôme apprécie beaucoup ses conversations avec Céleste. Elle a un bon jugement. Elle est excellente avec les filles et sait comment prendre son père et même son grand-père. Tout le monde s'habitue graduellement à sa présence.

Pour la fête de la Saint-Jean-Baptiste, Jacques-Bruno suggère d'organiser un *party*. Après une première hésitation, Jérôme décide d'aller de l'avant. Céleste et Élise planifient le menu, la célébration de Pâques ayant connu un grand succès.

Jérôme a remarqué que Céleste a une dent sucrée et qu'elle aime le chocolat. Il fait une demande spéciale à Élise. Voilà, le dessert est commandé. Pour le repas, il invite la famille de Céleste, les Blanchette, les Pellerin et les Payant. Carlos et Angelina, de même que leurs enfants, seront de la partie. Les filles sont ravies de voir leur sœur, le fils aîné des Pellerin, Jean-Émile, de même que leurs cousines, leurs cousins et leurs amis. Céleste est très motivée par l'organisation de la célébration. Elle planifie des jeux pour les enfants sans se douter que les adultes choisiront de participer également. Elle a prévu de les faire jouer à *colin-maillard*, à une course à trois jambes et à épingler la queue de l'âne ainsi que la ronde *Petit oiseau bleu*. Elle souhaite aussi, si l'atmosphère est propice, sortir son recueil de chansons.

Céleste se fait coquette. Elle porte une belle jupe aquamarine en coton fleuri et une blouse en dentelle bleu pâle ornée de perles noires. Elle qui au jour le jour n'accorde pas beaucoup d'attention à son apparence, mais plus à son devoir, s'est coiffée de façon à mettre en valeur ses cheveux bouclés. Ses yeux sont pétillants d'excitation. Jérôme, pour la première fois, remarque qu'elle peut être assez jolie.

La visite arrive en début d'après-midi en temps pour voir le magnifique défilé de la Saint-Jean. La maison des Blanchette est bien située sur la rue Principale et ils ne manquent rien du spectacle. Les enfants retiennent leur souffle quand ils aperçoivent le petit Saint-Jean-Baptiste, blond et bouclé, avec son agneau. Tous les jeunes garçons du village souhaitent être choisis pour ce rôle important.

C'est ensuite, place aux jeux. Petits et grands décident d'y prendre part. Toutes et tous sont compétitifs et visent le triomphe. Carlos a regagné son agilité et est l'un des participants les plus enthousiastes. Pour la course à trois jambes, il faut attacher ensemble deux des quatre jambes des équipes composées de deux coureurs. On commence par les enfants. C'est Muguette et Jean-Émile qui remportent la victoire.

Du côté des adultes, Céleste et Jérôme forment l'équipe qui a l'honneur d'arriver au premier rang lors de la course. Ils éprouvent beaucoup de plaisir et la proximité de Céleste ne semble pas déplaire à Jérôme. Pour le jeu de *colin-maillard*, Carlos fait la suggestion suivante. Si la personne dont les yeux sont bandés par un mouchoir réussit à trouver l'identité de l'individu qu'elle a touché, elle doit lui donner un câlin. Toutes et tous acceptent cette option.

Pour savoir qui commencera, on tire au sort. C'est Jérôme qui est désigné. Carlos avait une idée derrière la tête quand il a présenté sa proposition. Il souhaite un rapprochement entre Jérôme et Céleste. Il s'entend avec le reste des participants, pour que Jérôme touche Céleste. Il connait son parfum à l'arôme de muguets et il réussit le pari. Il doit donc faire un câlin à Céleste. C'est la première fois dans la vie du couple que cela se produit.

Le temps passe vite quand on s'amuse et c'est déjà l'heure du souper. Le menu est délicieux. Céleste s'est chargée de préparer un pâté aux légumes et au poulet accompagné d'une purée de patates avec sarriette tandis que pour sa part, Élise a apporté des marinades maison et le dessert, une surprise pour Céleste, un savoureux gâteau au chocolat. Céleste a l'air *d'une petite fille dans un magasin de friandises.* Pour les Canadiens français, la Saint-Jean c'est très important.

Céleste occupe les enfants en faisant des rondes avec eux et en jouant à cache-cache. Une nouvelle occasion pour Jérôme de voir combien Céleste est bonne avec les jeunes. Il se dit alors que c'est peut-être le temps de penser à avoir d'autres bébés. Il tente de chasser cette pensée parce qu'il se sent coupable comme s'il était en train de trahir Désirée. Malgré cela, il se prend à observer intensément sa femme à plusieurs reprises pendant la soirée. Tout a bien été planifié par Céleste et le repas se déroule agréablement au plus grand plaisir des convives.

Céleste a une très belle voix. Voyant que tout se passe bien, elle sort un recueil de chansons populaires et demande aux gens à participer au concert. Chanter en français est l'une des activités qui ont contribué à la conservation de la langue et de la culture en Ontario. Toutes les générations de Blanchette s'adonneront à ce plaisir. Une des descendantes sera même une vedette dans ce domaine en tant qu'auteure-compositrice et interprète.

Jérôme est aussi un bon chanteur et les invités remarquent que sa voix et celle de son épouse s'harmonisent joliment. Toutes et tous se joignent à la chorale improvisée. Chacun y va de son choix de chanson préférée. Jacques-Bruno, le ténor de la famille, s'en donne à cœur joie en entonnant *Partons la mer est belle*. Il est de toute évidence charmé de mettre son talent à profit. C'est lui qui a l'honneur chaque année de chanter le *Minuit chrétien* à Noël à la messe de minuit.

Il est ravi et se dit que c'est la première fois depuis longtemps que l'atmosphère est à la fête dans cette maison. Au moment du départ, tous les invités se donnent l'accolade. Céleste s'occupe du rituel de coucher les filles. Ce soir, elles sont trois parce que les Pellerin ont accepté que Colombe passe la nuit avec ses sœurs. Elle marche seule maintenant et ne fait plus *étrange* chez les Blanchette. Jérôme ira la reconduire le lendemain matin après le déjeuner.

La maison respire le bonheur. Céleste va rejoindre Jérôme qui s'est déjà allongé dans le lit. Étonnamment, pour une fois, il ne dort pas. Dans un élan de gratitude, Céleste lui donne un chaste baiser sur la joue. Jérôme lui demande de s'asseoir à côté de lui parce qu'il a quelque chose à lui dire. Il commence par la remercier pour tout ce qu'elle fait pour eux. Il lui révèle qu'il réalise qu'il a eu raison de l'épouser et qu'il a développé une grande amitié à son égard. Il lui indique que ce n'est pas encore de l'amour, mais qu'il a beaucoup d'admiration pour la façon dont elle aime et prend soin de ses filles. Il ajoute maladroitement qu'il considère qu'elle serait excellente comme mère de ses futurs enfants et lui demande si elle est toujours consentante à faire son devoir d'épouse.

Céleste est enchantée, ça fait longtemps qu'elle attend ce moment parce qu'elle, de son côté, est éprise de lui depuis le début de leur mariage. Elle s'exprime à la fois timidement et à la fois avec assurance.

— C'é't c'que j't'ava's promis, et j'tiens toujours ma parole.

C'est ainsi que pour la première fois, ils ont eu une relation sexuelle. Jérôme anticipait un rapprochement plutôt technique. Il a été surpris de voir que Céleste pouvait être une bonne amoureuse. Quand on aime sincèrement, les choses viennent tout naturellement.

Le matin, en s'éveillant, Céleste implore le Ciel d'être enceinte. Elle pense que mettre au monde un beau petit garçon ça ferait plaisir à Jérôme et ça ne ferait pas de tort au couple. Elle dit bonjour à Jérôme et lui rappelle l'incident qui s'est passé lors de son premier mariage.

— Est-ce que tu sés Jérôme que c'é't moé qui ava't pogné l'bouquat de Désirée le jour de vot'e mariage. Je croya's pas à cte moment-là que j'deviendra's ta femme. La vie est drôlement faite. Bon assez jasé, i' faut aller nourrir la famille. Marci pour la belle nuite et j'espère que j'pourrai t'faire de beaux enfants, aussi beaux et bons qu'toé.

Céleste est rayonnante et chantonne en faisant le déjeuner. Frédéric soupçonne que quelque chose vient de changer dans l'avenir du couple de Céleste et de Jérôme. Ceci le rassure et le rend plutôt satisfait.

CHAPITRE 11
Quelle belle et bonne surprise!

———————

Quelle joie pour toute la maisonnée! Céleste est en effet tombée enceinte dès sa première nuit intime avec Jérôme. Les filles sont au comble du bonheur de savoir qu'un petit bébé va faire partie de la famille. Le premier trimestre de la grossesse se passe bien sans aucun malaise ni aucun problème. Céleste enseigne aux filles à crocheter et à tricoter des vêtements pour l'enfant qu'elle attend. Elles adorent participer de cette façon à ce magnifique projet.

En septembre, Muguette commence sa scolarité. Elle est appliquée et sérieuse. Nul n'a besoin de lui rappeler ses responsabilités. Elle éprouve cependant de la difficulté. C'est une bûcheuse et elle persiste. Avec Gabrielle, elle joue à l'école. Céleste l'aide à faire ses devoirs et petit à petit, elle s'améliore. Les religieuses qui ont ouvert en 1896, avec l'appui du curé, l'*Académie du Christ-Roi,* sont engagées et dévouées. Elles ont un excellent rapport avec Céleste qui est connue pour sa dévotion intense et sa générosité exemplaire envers les œuvres paroissiales. Elles ne peuvent rien lui refuser et conséquemment elles donnent de l'attention soutenue à Muguette.

Le deuxième trimestre de la grossesse de Céleste est plus inquiétant. Elle a pris plus de poids que la moyenne des femmes enceintes, sa tension artérielle est élevée, elle a beaucoup d'albumine dans ses urines et elle fait de la rétention d'eau. Très émotive, elle a des sautes d'humeur inhabituelles. Le docteur Palmer n'aime pas ça.

Régulièrement, il effectue des prélèvements sanguins et urinaires. Malheureusement, ses soupçons sont confirmés. Céleste est diagnostiquée avec une condition de diabète de type 1. À l'époque, c'était presque un arrêt de mort. Il n'existait pas de remède pour contrôler la glycémie. La maladie redoutable attaquait les organes un à un. Il n'était pas rare que la personne atteinte perde éventuellement la vue et subisse des amputations.

Elle devra suivre un régime sévère pour éviter des hausses et des baisses abruptes de glycémie. Il faut qu'elle porte toujours sur elle du sucre au cas où elle aurait une diminution drastique de glucose. Ce ne sont pas de bonnes nouvelles, mais ayant pu établir le diagnostic rapidement, le médecin a confiance qu'il pourra contrôler la situation. Elle devra accoucher à l'hôpital des Sœurs par crainte de complications possibles dues à sa condition chronique.

Céleste est bien encadrée par le docteur et poursuit sa grossesse sans trop de problèmes, mais au moment où le travail commence, Jérôme, Frédéric et Jacques-Bruno sont débordés par un grand nombre de décès. Comme les morts continuent à être exposés dans les résidences des familles, elle n'a pas de moyens de les avertir parce qu'ils n'ont toujours pas de téléphone. Céleste est découragée et ne sait pas quoi faire. Elle décide d'aller frapper à la porte de ses voisins, les propriétaires du premier logement de Jérôme et de Désirée. Jean Asselin accepte généreusement de transporter Céleste à l'hôpital et son épouse, Gilberte, traverse chez les Blanchette pour garder les filles. Le fils aîné des Asselin court avertir le médecin. Céleste considère que c'est du bien bon monde!

Après un travail interminable, Céleste accouche, le 20 février 1912, d'un beau garçon aux cheveux foncés et bouclés de même qu'aux yeux noirs. Le bébé était plus gros que la moyenne comme c'était souvent le problème de femmes atteintes de diabète. Céleste, enchantée d'avoir pu donner un fils à Jérôme, en remercie le Seigneur Dieu. L'épouse de Jérôme porte un nom prédestiné parce qu'elle invoque constamment le Ciel et ses saints. Elle passe une semaine à l'hôpital pour qu'elle et le nouveau-né soient bien surveillés et encadrés au cas où. Le docteur Palmer est un professionnel des plus consciencieux.

Jérôme et Céleste continueront à faire grossir leur famille puisqu'ils auront cinq autres enfants soit un par année environ. Avec Antoine, Victor, Frédéric, Florent, Florence et Thomas constitueront leur progéniture. Les grossesses seront de plus en plus compliquées et cela laissera des séquelles sur sa santé physique et psychologique.

Jérôme s'est rendu au chevet de son épouse dès qu'il a eu un petit répit au travail. Et voilà, Céleste l'a encore surpris. Elle lui a donné un garçon. Il ne tarit pas d'éloges à son endroit. Il lui explique qu'il ne pourra pas venir la voir souvent. Ils sont débordés! Céleste est soucieuse parce que la facture de l'hospitalisation va être élevée. Jérôme qui est *au septième ciel* la rassure.

— T'en fa's pas ma femme, ça vaut toutes les *cennes*!

Avant de quitter l'hôpital, il lui donne un baiser. Le bonheur de Céleste est incomparable. Une semaine plus tard, Jérôme a été prévenu par le médecin que Céleste et le bébé sont prêts à revenir à la maison. Avec empressement, Jérôme les ramène au foyer. Il y a plus d'excitation dans la famille que quand Jérôme et Céleste se sont mariés. Jacques-Bruno est fier comme un paon d'être arrière-grand-père d'un garçon. Frédéric est ému aux larmes. Le désir secret de ces deux messieurs c'est que cette nouvelle génération pourra prendre la relève du commerce un jour.

C'est seulement la deuxième fois de sa vie que Jérôme voit son père verser des larmes. La première fois, c'était au décès de sa mère. Les hommes de ce temps-là, il faut le dire, étaient plutôt stéréoty-pés, pour ne pas dire machos. Muguette, Gabrielle et Colombe sont surexcitées. Elles s'écrient que c'est le plus beau poupon qu'elles n'ont jamais vu. Dès le lendemain du retour à domicile, c'est le baptême. Céleste, en grande dévote, veut protéger son bébé des limbes.

Le curé Houde préside la cérémonie. Selon la tradition, les par-rains et marraines des aînés d'une famille canadienne-française sont les grands-parents paternels. Puisque la grand-mère est décédée, ce sera la tante Jeanine qui la remplacera. Frédéric et sa fille prennent leur rôle au sérieux et répondent avec ferveur aux questions posées par le prêtre. La porteuse est Angelina.

Comme tout jeune Canadien français de ce temps, l'enfant aura d'abord le prénom de Joseph, en l'honneur du père adoptif de Jésus et puis de Frédéric, le prénom de son parrain, puis de Jean et Antoine. Dans la vie de tous les jours, on l'appellera Antoine. Sur le certificat de baptême, le curé a orthographié, à la demande de la mère, leur patronyme, Blanchet et non Blanchette. Pour Céleste, c'est un signe et elle convaincra Jérôme de changer l'épellation de son nom de famille à partir de ce moment. C'est la preuve concrète d'un virage dans leur existence.

Les parents de Céleste sont présents. Ils sont enchantés d'avoir un petit-fils. C'est leur premier garçon. Léonie a des jumelles ravissantes, toutefois, c'est toujours un point d'honneur quand un de vos enfants vous donne un mâle.

La cérémonie terminée, les participants se rendent chez Les Blanchet. Les maris de Jeanine et d'Angelina se joignent au groupe. Ces deux femmes ont préparé un délicieux souper en connivence avec Jérôme qui veut faire plaisir à son épouse. Au menu, il y a une soupe aux pois traditionnelle, un bœuf à la mode avec des glissants, une purée de navets et pour dessert un savoureux gâteau au chocolat. Le vin de pissenlits de Frédéric coule à flots.

Jacques-Bruno devient *pompette*. Il parle fort, il rit et raconte des blagues. Assise à la droite de l'aïeul, Céleste ne perd rien de la situation et étant prude, elle est un peu vexée par le comportement de Jacques-Bruno. Elle pense cependant que ce serait un bon moment pour lui adresser quelques demandes. S'il accepte, elle aura fait plaisir à son mari. Délicatement, elle dit à Jacques-Bruno qu'elle aimerait lui parler dans la salle d'entrée de la maison. Cette pièce deviendra éventuellement le cœur administratif du salon funéraire. Stratégiquement, elle *dresse la table* en amorçant la conversation ainsi.

— Pepére, êtes-vous contents d'avoir un arriére-p'tit-fils? Moé chu's b'en heureuse. Toute ça c'é't grâce à vous. Si vous aviez pas convaincu Jérôme de m'marier ça s'ra't pas arrivé. Chu's tellement excitée que j'ai l'goût de vous donner une accolade.

Jaques-Bruno tout ému ose dire.

— Enwoye ma fille. Oui chu's content, j'peux t'dire que chu's pas mal fière de toé et d'Jérôme.

— Pepére, j'ai que'chose à vous d'mander.

— Vas-y. À soér, j'peux rien te r'fuser.

Céleste ne fait ni une ni deux, et elle se lance dans le vide.

— Pepére, c'est à propos du commarce. J'pense que vous savez combien j'l'ai à cœur et comment j'trouve que vous faites du b'en bon travail toute la *gang*. J'pense que dés progras pourra'ent êtes faites qui rendra'ent lés afféres plus faciles et plus prospères. D'abord, est-ce que ce sera't possible d'awoir un téléphone? Ça vous permettra't d'êt'e avertis plus vite quand qu'y a un déças. Chés qu'plusieurs aut'es propriétaires de maisons funéraires en ont et lés clients aiment b'en ça. Ensuite, ce s'ra't bon que Jérôme étudisse l'embaumement. Ça prend pas de temps, deux jours seulement et ça s'passe icitte. Jérôme a mentionné qu'i' connaissa't un vendeur de produits d'embaumement qui ava't une bonne réputation. Chose étrange, i' porte le nom de Blanchet. I' é't pas parent avec nous aut'es. Jérôme a entendu dire qu'i' faisa't des bonnes *deals* concernant l'achat de sés produits aux gens qui avaient suivi sa formation

Elle est rusée Céleste, elle sait que Jacques-Bruno est proche de ses sous. Voyant qu'elle a toute l'attention de l'arrière-grand-père, elle continue.

— Comme vous savez, l'embaumement ça perma't de garder les morts plus longtemps et ça veut dire plusse de *cash*. Enfin, est-ce que ce sera't possible d'exposer lés morts icitte pour ceux qui l'veulent. Encore une fois, ça vous rendra't la tâche plus facile. J'ai d'jà pensé à dés façons d'organiser la maison. Plusieurs salons offrent cte service-là et b'en des clients choisissent ça. Vous rappelez-vous quand qu'on a pardu la *business* de deux familles riches, il y a un mois. Et b'en i's ont choisi d'aller chez Rioux en ville parce qu'i ava'ent pas besoin d'exposer leu's morts dans leu's maisons. C'é't pas parce qu'i's ava'ent pas de place. I's trouva'ent ça plus convénient. Une aut'e affére, le corbillard coûte cher en réparations, j'pense qui pourra't awoir dés avantages à penser à en ach'ter un neuf. Le beau-pére *bargaine* b'en. I pourra't nous awoir un b'en bon prix.

Jacques-Bruno est surpris par les requêtes, mais c'est un homme de parole. D'entrée de jeu, il s'est engagé, il va falloir qu'il donne suite.

— Si Frédéric et Jérôme sont *ok* avec toute ça, je l'chu's aussi. J'leu's en parle demain matin. Finit la *business* pour à soir. On r'tourne à fête.

Céleste retient à peine son immense satisfaction. Elle compte s'entretenir avec Jérôme au sujet de ses demandes dès ce soir quand les invités seront partis et qu'ils se retrouveront dans leur chambre. Elle sait que son mari sera content parce que ça fait longtemps qu'il souhaitait ces changements. Elle espère juste que le doyen Blanchet se souviendra de leur conversation le lendemain.

Quand elle dévoile la nouvelle à Jérôme, il est ravi. Il n'en revient pas des pouvoirs de persuasion de sa femme. Sa vie prend un virage pour le mieux. Il regarde le petit Antoine sommeiller paisiblement dans son berceau. Il ressent une sérénité qu'il n'a pas éprouvée depuis longtemps. Il rêve que son espérance sera comblée et que son père répondra positivement aux demandes de Céleste. Il devra patienter quelques jours pour en avoir des nouvelles. Il réalise bien que ça ne lui donnerait rien de pousser. Il comprend *que tout vient à point à qui sait attendre.* (Clément Marot)

En septembre 1912, l'éducation en langue française se voit frappée d'un terrible coup. Bien que depuis 1885, la loi imposait un enseignement en anglais dans les écoles de l'Ontario, ceci avait été peu respecté par les religieuses et religieux responsables de l'éducation dans les petits villages. Le Règlement 17 interdit formellement l'enseignement du français sauf dans les deux premières années de scolarité. Céleste et Jérôme, francophones convaincus et engagés, trouvent cette politique intolérable. Déjà que Muguette a de la difficulté à apprendre en français, qu'elle doit manquer souvent de ses classes à cause de sa condition pulmonaire, elle risque d'échouer carrément dans un tel contexte scolaire.

Courageusement, ils décident d'aller rencontrer le curé. Ils lui demandent s'il est possible de libérer les enseignantes et les enseignants de cette responsabilité civile puisque, selon eux, il s'agit d'une situation immorale. C'est un geste d'oppression de trop de la part des Anglais. C'est en quelque sorte décréter la disparition de la langue, de la culture et de l'âme d'un peuple. Le curé, tout à fait d'accord avec leur position, leur confirme qu'il a déjà fait appel à l'évêque Ducharme et qu'il attend sa réponse sous peu.

Fort heureusement, le prélat est sympathique à la cause et relève le personnel enseignant de cette obligation morale, stipulant que les catholiques sont redevables à Dieu et non aux dirigeants, surtout pas aux *boss* anglophones et protestants. Céleste et Jérôme sont soulagés. En remerciement, ils paient des messes à l'église. Le curé Houde en est très reconnaissant.

CHAPITRE 12
Un virage professionnel

———

Le père et le grand-père de Jérôme vont de l'avant avec les modifications à la *business* demandées par Céleste. Pour l'organisation de la maison, c'est un long processus. Il faut dessiner des plans pour scinder l'édifice en deux avec des entrées indépendantes. Une porte entre la cuisine et les salles d'exposition des dépouilles facilitera l'accès au travail pour les hommes. La partie où se feront les visites au corps contient deux grandes pièces pour accommoder deux familles à la fois, le cas échéant. Une bécosse réservée exclusivement aux visiteurs est bâtie dans la cour. Les rénovations vont bon train et le budget est respecté. La publicité pour ce changement se fera par des petites annonces dans les journaux et par le bouche-à-oreille. Les Blanchet misent sur leur bonne réputation.

Comme conséquence de la formation que Jérôme a suivie avec succès, il est dorénavant confiant dans ses compétences pour faire des embaumements convenables. Une salle doit être aménagée, des appareils achetés, dont une table d'embaumement. Une grande pièce située à l'arrière de l'édifice a été désignée à cet effet. Il faut également se procurer les articles nécessaires. Jérôme a tellement impressionné le vendeur de produits qui l'a aidé à se qualifier, que le marchand lui a promis de lui faire de très bons prix. Des armoires pour entreposer le matériel doivent être construites.

On procède à l'installation du téléphone du côté du domicile familial, à l'entrée. On fait aussi l'acquisition d'un pupitre. Cette partie de la résidence deviendra *de facto* le centre administratif de l'entreprise. La venue de ce moyen de communication moderne aura un impact significatif sur la maisonnée. Céleste acceptera même que certains membres de la famille s'absentent de la messe dominicale au cas où un client appellerait. Il ne faut rien manquer!

Les entrepreneurs de pompes funèbres Blanchet sont satisfaits et espèrent sincèrement que ces décisions leur amèneront une plus grande prospérité. Les aïeuls laissent de plus en plus de place à Jérôme. Jacques-Bruno est désormais uniquement en appui quand il y a trop de travail. Jérôme considère embaucher du personnel spécifiquement assigné au transport à l'hôpital des malades et des blessés ou encore pour la récupération des morts dans les foyers. Bien que quelques clients préfèrent toujours exposer les dépouilles à la maison, plusieurs voient des avantages à veiller au corps au salon funéraire.

Cela change la dynamique dans la petite famille de Jérôme. Lorsqu'il y a un mort au salon, il faut que les enfants calment leurs ébats par respect pour les personnes endeuillées. Jacques-Bruno et Céleste leur répètent sans cesse la même chose. C'est une rengaine plutôt frustrante pour des jeunes pleins d'énergie.

— Faites pas de bruit, 'y a un mort!

Il n'est pas rare aussi que les familles des défunts traversent du côté de la résidence dans le but de recevoir un peu de sympathie. Le salon funéraire ne chôme pas. Les conditions sanitaires en ce début du vingtième siècle font en sorte que plusieurs maladies virales et bactériennes circulent. Jérôme redouble de prudence parce qu'il ne veut pas contaminer les membres de son foyer. Une des situations pénibles qu'il vit, c'est le décès d'une mère et de son bébé mort-né. D'autant plus que Céleste est à nouveau enceinte et que ses grossesses peuvent être difficiles en raison de son état médical.

La famille de la victime demande que la mère et le petit soient exposés dans le même cercueil. Ce sont les yeux pleins d'eau que l'entrepreneur procède à l'embaumement. Le coroner lui explique que le sang de la mère et celui du bébé n'étaient pas compatibles. C'est un cas rare et c'est extrêmement triste que ce soit tombé sur cette famille. Le veuf se retrouve seul avec quatre enfants âgés de 5 à 2 ans. Jérôme compatit à son chagrin. Les visiteurs au salon sont impressionnés de l'excellence du travail de Jérôme.

Frédéric qui n'a pas la forme de sa jeunesse et qui ressent toutes sortes de malaises propose à son père que Jérôme devrait prendre en charge le commerce. Il lui confie qu'il considère léguer la demeure et l'entreprise à Jérôme au moment de son décès avec la condition que, si Jacques-Bruno lui survit, il pourra rester dans la maison aussi long-temps qu'il le souhaiterait. Ce dernier n'a pas d'objection. Frédéric ajoute qu'ils devraient penser prochainement à acquérir un nouveau corbillard parce que le véhicule actuel commence à souffrir d'usure. Étonnamment, Jacques-Bruno est d'accord avec la suggestion.

Frédéric fait l'achat d'une charrette avec les mécanismes les plus récents donc les plus efficaces et les plus résistants. La charge à transporter est tout de même assez lourde. Il faut prendre toutes les précautions. On ne souhaiterait pas un incident humiliant lors du déplacement du cercueil. Ensuite, il entre en contact avec un ébé-niste réputé, Ovide Boisvenus, pour qu'il construise une belle boîte en chêne qui recouvre le charriot et lui donnera le caractère appro-prié pour le service qu'il doit offrir. Il passe une commande spéciale à Ovide. Il désire que ce corbillard soit incomparable.

— Parsonne n'aura jama's vu rien d'pareil. Toutes lés familles voudront qu'leu's bien-aimés soyent transportés à leur dernier repos dans c'te marveille.

La *team* de chevaux qui seront attelés au nouveau corbillard seront les plus fringants et les plus magnifiques. Fred pense à Jérôme dont il est très fier pour une multitude de raisons, entre autres pour la façon dont il prend soin des bêtes, fidèlement, quotidiennement. Son fils les traite avec amour et respect.

Jérôme est comblé quand son père lui annonce la nouvelle. Céleste trouve que ce sont de sages décisions et promet de faire tout ce qu'elle peut pour l'aider. Elle sera responsable de la tenue de livres. Elle est très habile à jumeler la gestion de la famille à celle de la *business*. Bien que plusieurs habitants n'aient toujours pas de téléphone, l'installation de l'appareil chez les Blanchet est fort utile.

L'exposition des morts au salon est aussi de plus en plus populaire et plutôt pratique pour les clients et pour les entrepreneurs.

Céleste continue à s'attirer l'admiration et la fierté des hommes Blanchet en leur assurant une progéniture masculine supplémentaire. Elle a donné naissance à un deuxième fils, Victor, et se retrouve à nouveau enceinte.

Au début de l'été, il survient un tragique accident sur la rivière des Outaouais. En effet, au moulin, on fait le transport des billots sur des barges. Deux se sont frappées violemment en envoyant les arbres à l'eau de même que les travailleurs. Le tout résulte en un spectacle effroyable, les hommes se démenant dans les vagues, heurtés par le bois, entraînés par le courant, criant comme des déchaînés. Les témoins de l'événement frissonnent jusqu'au tréfonds d'eux-mêmes. C'est une scène de fin du monde! Peu d'entre eux savent nager. Des collègues courageux se jettent à leur rescousse, pour seulement être emportés dans la mêlée. L'un après l'autre, ils disparaissent dans les flots en *se débattant comme des diables dans l'eau bénite.*

Un *foreman* a appelé au salon funéraire expliquant tant bien que mal le drame. Jérôme, avec le renfort de son père et de son grand-père de même que Réal Poirier, un employé à temps partiel, se rendent rapidement sur les lieux. La police est aussi avertie de l'horrible spectacle. S'occuper de noyades n'est pas une tâche facile pour des entrepreneurs de pompes funèbres. Retirer un cadavre des eaux constitue un travail très ardu. Ici, le nombre de morts est accablant. Grâce à un curieux outil, on dirait un amalgame de plusieurs lignes à pêche, ils doivent récupérer les dépouilles et littéralement les hameçonner.

L'instrument bizarre comporte un tuyau en fer ou en cuivre horizontal auquel sont attachées plusieurs lignes avec grappin. Le tout est soutenu par un câble métallique robuste en forme de triangle, au haut duquel se trouve un fil unique qui aidera les entrepreneurs à manœuvrer l'appareil. Ils ratisseront le fond de la rivière pour en sortir les corps imbibés d'eau et excessivement lourds. Cela exige beaucoup de force et de précision.

Malheureusement les cercueils des noyers seront fermés. Cette situation rend évidemment le deuil plus douloureux pour les familles. Les Blanchet n'aiment pas ça non plus. Ils ont le sentiment d'un travail incomplet.

Comme une tragédie n'arrive pas seule, à la fin août 1913, un énorme incendie survient au moulin. La foudre frappe l'édifice de plein fouet. Encore une fois, les Blanchet ont à s'occuper des blessés et des morts. Plusieurs des survivants sont brûlés au troisième degré. Pour ce qui est des défunts, ils sont calcinés. Les corps seront à nouveau exposés dans des cercueils fermés, il n'y a rien d'autre à faire. Ce ne sont pas des circonstances simples à gérer.

En janvier 1914, Frédéric éprouve plusieurs malaises. Il se plaint de sévères douleurs à la poitrine et perd le souffle à rien. Les médecins soupçonnent un problème cardio-pulmonaire sans vraiment réussir à mettre le doigt sur un diagnostic précis. Il se sent continuellement fatigué, il a un teint gris terrible et il sue à rien. Il peut tordre ses vêtements. Lui qui n'a jamais été malade a un moral exécrable. Son entourage s'inquiète énormément. Le 6 juillet 1914, Céleste donne naissance à un autre garçon prénommé Frédéric au plus grand plaisir de son grand-père. Il prédit un avenir très prometteur à cet enfant. Cela lui donne un petit regain d'énergie.

À ce moment-là, les choses ne vont pas bien en Europe et la population redoute une guerre mondiale. Il y a de nombreuses situations politiques qui polarisent plusieurs pays, l'Allemagne est en conflit avec la Russie; la France veut récupérer l'Alsace-Lorraine perdue à l'Allemagne en 1870; le Kaiser Guillaume II est d'une nature belligérante. Les tensions provoquent diverses alliances puissantes de même que plusieurs rivalités qui donnent lieu à une course aux armements. Il ne manque qu'une étincelle pour mettre le feu aux poudres.

Le 28 juin 1914, le meurtre de l'archiduc de l'Autriche-Hongrie, François-Ferdinand, par un terroriste serbe, constitue l'excuse parfaite pour exacerber les tensions. La guerre est déclarée un mois plus tard par l'Autriche-Hongrie contre la Serbie, le 28 juillet 1914. La participation d'autres pays fait boule de neige. Le 3 août, l'Allemagne annonce la guerre à la France. Les alliés se mettent de la partie, la Grande-Bretagne et la Russie du côté de la France ; l'Italie du côté de l'Allemagne et de l'Autriche-Hongrie. En 1917, la révolution russe engendre la sortie de la guerre par la Russie alors que les États-Unis y font leur entrée.

En tant que colonie, le Canada doit automatiquement prendre part au conflit, une fois que l'Angleterre a dévoilé ses couleurs. Les Canadiens voient leur nourriture rationnée parce qu'il faut aider la mère-patrie. Plusieurs jeunes Canadiens semblent enthousiastes à participer aux hostilités, ils considèrent cela comme une opportunité de voyager. Cependant, certains Canadiens français le sont moins ; ils se sentent opprimés par les leaders anglophones du pays. Leurs droits et libertés sont menacés. En revanche, on peut lire dans certains journaux que d'autres Canadiens français éprouvent un attachement à la France et une certaine loyauté à l'Angleterre. Le Canada vivra sous les mesures de guerre décrétées par le premier ministre de l'époque.

La majorité des gens croient que cette lutte mondiale sera de courte durée d'autant plus que la façon de faire la guerre est complètement différente. Les avancées techniques considérables dans le développement d'armes nouvelles, des blindés, des avions de reconnaissance et de combats, des ballons dirigeables, de l'artillerie de longue portée et de fameux gaz asphyxiants donnent l'impression au monde entier que le conflit se terminera rapidement. L'histoire saura les contredire.

Durant cette période, Céleste redouble d'ardeur dans ses prières. Elle voit des jeunes de Moraineburg partir à la guerre et se sent désemparée. Dans ce petit village, tout le monde se connait. Le salon funéraire a desservi toutes les familles, c'est la réalité du métier. Elle rend grâce au Ciel du fait que ses enfants sont trop jeunes pour aller au combat qui selon elle vient directement de l'enfer.

Céleste porte les militaires dans ses prières. Elle espère qu'un prêtre sera au chevet des mourants. Elle va à la messe les neuf premiers vendredis du mois parce que selon la tradition chrétienne cela garantit la présence d'un prêtre à la mort d'un individu. Ses émotions sont *à fleur de peau*. Elle n'est pas tout à fait rétablie de son dernier accouchement. Sa glycémie est variable, ce qui joue sur ses nerfs et sur son tempérament. *Il faut la prendre avec des pincettes.* Les enfants en sont bien conscients et font tout pour ne pas lui déplaire.

Le jeune Frédéric, né le 6 juillet 1914, occasionne beaucoup de soucis à la famille parce qu'il a d'énormes problèmes à se nourrir. Il a un système digestif fragile. Céleste est contrainte à choisir les aliments qu'il consomme avec grand soin. Ce qui n'est pas facile en temps de rationnement. Il est très compliqué de déterminer ce qui lui cause ses inconforts, mais quand il mange quelque chose qui ne lui convient pas, il rejette son repas et a des diarrhées pour plusieurs jours. Il est pâle et chétif à la grande désolation de son grand-père qui mettait beaucoup d'espoir dans cet enfant qui porte le même prénom que lui.

Jérôme se sent impuissant devant l'état de santé de son père. Malgré toutes les tentatives des docteurs, il ne prend pas de mieux. Sa condition dépérit rapidement. Il est affaibli et ne peut pas faire d'efforts soutenus.

Frédéric-père, de son côté, se fait bien de souci pour son fils médecin dont il est si fier et qui s'est embarqué pour les vieux pays. Adélard écrit régulièrement à la famille et leur fait part des atrocités dont il est témoin. Jérôme se dit que s'il était toujours au Canada, il trouverait un remède aux maux de son père. C'est un praticien brillant qui s'est placé à la tête de sa classe. L'état psychologique de Frédéric se détériore à vue d'œil, lui si robuste, qui n'a jamais été malade de sa vie, désespère de ne pas se rétablir.

CHAPITRE 13
Le départ d'un géant

———

L'année 1915 amène aussi son lot de soucis. Le conflit mondial se poursuit et le rationnement se fait de plus en plus intensif et conséquemment exigeant pour les ménages. Il faut aider l'Angleterre en envoyant des denrées alimentaires pour le peuple anglais, mais surtout pour les vaillants soldats qui combattent l'adversaire. Les nouvelles provenant de l'Europe sont mauvaises. Les jeunes militaires vivent dans des conditions épouvantables, presque inhumaines dans les tranchées. Ils souffrent sous les violentes intempéries, tombent nombreux sous les balles ennemies et subissent les effets néfastes du gaz. Certains ne s'en remettront jamais. Ils éprouveront des perturbations psychologiques *ad infinitum*. Aucune autre guerre avant n'aura été aussi effroyable. À Moraineburg, on perd espoir que les hostilités se terminent un jour.

La vie de famille des Blanchet est parsemée d'événements suscitant des émotions variées. En février, Céleste découvre qu'elle est à nouveau enceinte. Elle se rappelle que pendant le temps des fêtes, Jérôme avait redoublé de tendresse et que leurs ébats amoureux ont été nombreux et plutôt passionnés. Quoique les grossesses soient difficiles pour Céleste, compte tenu de sa condition, elle a un sourire aux lèvres en songeant au début de son mariage. Les choses ont bien changé entre elle et Jérôme. Elle en remercie Dieu. Elle ne réalise pas que ce sera durant cette grossesse que de nouveaux problèmes médicaux feront surface et lui causeront de sérieuses complications et plusieurs soucis dans l'avenir.

Céleste n'a pas le temps de penser à ses bobos puisqu'un autre membre de la famille est mal en point. L'état de santé de Frédéric, son beau-père, a dégénéré. Déjà en janvier, un matin à son réveil, il courait après son souffle et ses vêtements étaient trempés de sueurs. Son teint était gris et sa peau poisseuse. Jérôme n'était pas à la maison parce qu'il était allé chercher un corps. Frédéric est descendu dans la cuisine de peine et de misère. Il était évident qu'il se sentait étourdi. Céleste, ayant toujours de bons réflexes, l'a aidé à s'asseoir et lui a mis des compresses d'eau froide dans le cou et sur le visage.

Haletant, il interpelle son père avec grande peine.

— J'me sens comme si j'va's me noyer. J'ai une grosse pression sus l'estomac et chu's à boutte de souff'e.

Réalisant l'urgence de la situation, Céleste téléphone au docteur Palmer qui ne tarde pas à se rendre chez les Blanchet. Juste en voyant la piètre mine de Frédéric, il comprend immédiatement qu'il faut agir rapidement. Il demande à Jacques-Bruno où est Jérôme.

— Appelez-le et dites-lui qu'il faut transporter Frédéric à l'hôpital des Sœurs de toute urgence. J'vais leur téléphoner pour les prévenir d'être prêts à recevoir un grand malade. De mon côté j'me rends tout de suite à l'hôpital.

Malheureusement, il est impossible de rejoindre Jérôme. Jacques-Bruno décide de reconduire son fils à l'hôpital. Céleste, jugeant que quelqu'un doit l'accompagner, demande à la voisine de venir garder les enfants. Elle sait que c'est une requête exigeante parce que Frédéric junior ne supporte pas les étrangers. Céleste se doute qu'il va pleurer tout le temps qu'elle sera éloignée de sa vue. Dans les circonstances, *il faut faire ce qu'il faut faire* et madame Asselin le comprend aussi.

Dès son arrivée à l'hôpital, le beau-père de Céleste est pris en charge par une équipe spécialisée. Le docteur Palmer demeure au chevet de son patient jusqu'à ce qu'il soit stabilisé. Il prévient Céleste et Jacques-Bruno qu'ils peuvent le voir chacun à leur tour, unique-ment pour quelques instants. Il leur explique aussi que ça ne leur sert à rien de rester à l'hôpital. Il est essentiel que Frédéric se repose parce qu'il n'y a pas de cure pour sa condition. Il faut améliorer son état et seul le repos peut lui donner un répit et contrôler ses symptômes. Il leur précise que le malade sera hospitalisé pendant une à deux semaines.

Inquiets, mais rassurés que Frédéric reçoive de bons soins, Jacques-Bruno et Céleste reprennent la route pour la maison. Durant le voyage, Céleste mentionne au doyen de la famille qu'elle va solliciter son groupe du Tiers-Ordre. Elle les priera de faire une neuvaine pour son beau-père. Elle lui suggère aussi que ce serait une bonne idée de demander au curé Houde de donner l'extrême-onction à Frédéric. Jacques-Bruno proteste en disant que son fils n'est pas à l'article de la mort. Céleste, déçue de sa réaction, essaie de le convaincre.

— Vous avez raison, mais ça fera't pas de tort.

Craignant que cela n'attire le malheur sur son fils ou l'énerve au plus haut point, il maintient sa position. Voyant que l'homme tient à son idée, elle n'insiste pas. Elle le connait trop bien. En elle-même, elle se dit, *tête de cochon un jour, tête de cochon toujours.*

Les enfants et la voisine sont heureux de voir Céleste arriver. Le petit Frédéric a les yeux pochés tellement il a chialé. Céleste remercie chaleureusement madame Asselin et la prévient que si jamais elle a besoin d'un service, cela lui ferait plaisir de lui rendre la faveur.

Céleste et Jacques-Bruno racontent à Jérôme tout ce qui s'est passé. Encore une fois, il regrette que la profession soit si *accaparante.* Il a toujours l'impression de manquer à son devoir familial. Son inquiétude est à son plus haut point. Il a une sensation bizarre dans le fond de son estomac qui lui laisse pressentir que son père n'en a pas pour longtemps en ce monde.

Frédéric revient à la maison au début février. Il a meilleure mine et semble avoir plus d'énergie. Il est tellement encouragé, qu'il ne respecte pas les consignes du médecin. Il s'ennuie de son métier au point qu'il reprend du service. Il fait les contacts avec les clients et ferme le salon le soir. Les familles veillent au corps jusqu'à 11 h 00. Il ne fait pas de somme l'après-midi comme le lui a suggéré le cardiologue et se couche tard. Ce n'est pas un homme qui croit aux médicaments, conséquemment il lui arrive souvent d'en oublier. Céleste mentionne à Jérôme qu'il faudrait que son père ralentisse, mais son époux fait la sourde oreille. Il espère de tout son cœur que Frédéric sera avec eux pour encore de nombreuses années.

— I' é't fa't fort mon pére. Tu vas woir, i' va nous enterrer toute la *gang*!

Au salon, le travail ne manque pas! La pauvre nutrition liée aux conditions de la guerre fait plusieurs victimes. Les systèmes immunitaires sont défaillants. Les gens meurent de faiblesse ou ils attrapent tout ce qui passe et développent plusieurs complications. Une chance que l'entreprise peut compter sur des employés fiables pour alléger la tâche des Blanchet.

Au début mars, alors que Frédéric-père s'apprête à aller chercher une dépouille, il a un malaise des plus sévères et s'effondre dans la cour. Céleste appelle le docteur Palmer qui se doutait bien que cela se produirait. À son arrivée chez les Blanchet, il administre des manœuvres de réanimation. Cela lui prend beaucoup de temps et il s'inquiète des conséquences possibles sur le corps du malade, particulièrement sur son cerveau. Jérôme le transporte à l'hôpital des Sœurs. Encore une fois, l'équipe spécialisée s'en charge.

Les constats sont terriblement sombres. Le cœur fonctionne à faible puissance, les poumons aussi et le retard de réanimation a provoqué un manque d'oxygène au cerveau. Frédéric est désorienté. Lui si robuste et si vaillant n'est que l'ombre de lui-même. Le groupe médical décide de consulter des collègues de l'hôpital protestant le *City Hospital*. Puisqu'il est hautement risqué de déplacer le malade, le docteur Thurston, cardiologue émérite, et son confrère, le docteur Brennan, neurologue réputé, se rendent à l'hôpital des Sœurs pour ausculter Frédéric. Depuis la création de l'hôpital anglais, il n'était pas rare que les deux hôpitaux collaborent malgré leurs différentes croyances religieuses. Ce qui leur importait c'était le bien-être des patients.

Les deux médecins invités pour une consultation plus poussée suggèrent au personnel de l'hôpital des Sœurs de rencontrer ensemble la famille. Le docteur Palmer est désigné comme porte-parole du groupe parce que les Blanchet le connaissent de longue date et ont confiance en lui. C'est intimidant pour le commun des mortels d'être en présence d'une équipe médicale qui a tendance à utiliser un jargon compliqué. Tous les adultes de la famille sont présents sauf évidemment Adélard qui est toujours au front. Ses frères et sœurs aimeraient bien qu'il soit là. Il saurait quoi faire lui! Pour eux, il est infaillible.

Le docteur Palmer leur signale avec beaucoup de sérieux que les conclusions demeurent les mêmes. L'état de santé de Frédéric est critique. Il leur indique que les ressources nécessaires pour aider à sa réhabilitation se trouvent à l'hôpital Saint-Sauveur de Montréal. Il soutient qu'il n'y a pas de garantie qu'en envoyant le patient à Montréal, il sera rétabli à cent pour cent. Il fait comprendre à la famille que Frédéric ne sera pas guéri, mais plutôt réparé pour un temps et que sa qualité de vie devrait être améliorée. En effet, à cette époque, il n'y avait pas de cure pour les cas de défaillance cardiaque, d'autant plus que les poumons de Frédéric sont excessive-ment hypothéqués.

La tâche de Jérôme est affreusement lourde au travail. Il peut laisser temporairement les rennes du commerce à l'un des fidèles employés, Réal Poirier, en revanche il ne peut pas s'absenter long-temps. Céleste a beau mettre tous les efforts pour le convaincre qu'elle peut assurer le bon déroulement en son absence, il a besoin d'être au contrôle du navire. Il accompagnera son père à l'hôpital, cependant il devra revenir à Moraineburg dans les plus brefs délais.

Émilie qui a épousé le fermier français pour lequel elle avait été d'abord servante propose qu'elle et Didier, son mari, sont disponibles pour passer tout le temps qu'il faut à Montréal au chevet de leur père. De fait, au début, tout le monde se moquait de Didier croyant qu'il ne réussirait pas. On le narguait dans son dos et on l'appelait le *gen-tleman-farmer*. On disait qu'il ne durerait pas un an. C'était bien mal le connaitre. Il a eu un succès remarquable et a fait fructifier ses inves-tissements. Sa terre est la plus productive de la région. Il a conclu de bonnes alliances d'affaires et les retombées financières sont énormes.

Le couple peut facilement s'absenter parce qu'ils ont beaucoup d'employés. Ils ont même une personne en permanence à la maison pour prendre soin de leurs trois enfants, un garçon de 7 ans prénommé Arsène et une paire de jumeaux, Judith et Jasmin âgés de 4 ans. Les Beauséjour profitent d'une existence de riches bourgeois prospères. La famille Blanchet se sent soulagée de savoir que Frédéric ne sera pas seul à Montréal. Céleste promet à tous qu'elle va prier de toutes ses forces pour son beau-père qu'elle affectionne particulièrement.

À l'hôpital Saint-Sauveur, tous les efforts sont déployés pour soigner Frédéric. Sa condition est extrêmement précaire. Le voyage l'a beaucoup fragilisé. Il est inconscient, respire difficilement et son cœur est faible. Il est traité par l'un des meilleurs cardiologues de l'époque, le docteur Émilien Gariépy. Ce dernier décide de nourrir Frédéric par intraveineuse. L'objectif premier est qu'il reprenne des forces. Le médecin est d'une franchise brutale avec Émilie et Didier et les prévient que la récupération sera excessivement lente. Le couple est patient et est prêt à prendre le temps qu'il faut pour accompagner Frédéric.

Émilie a raconté à son mari combien fantastique son père avait toujours été pour ses enfants.

— C'était notre roc. Il a travaillé fort pour que nous ne manquions de rien. Il ne se plaignait jamais. Contrairement aux hommes de sa génération, il était tendre avec nous. Il aimait beaucoup ma mère et était attentif à son égard. Il est vraiment trop tôt pour qu'il nous quitte. Espérons que le bon Dieu nous le laissera encore pour un bon bout de temps.

Didier avait remarqué que Frédéric était un homme hors du commun. L'époux d'Émilie a de bons parents qui ont assuré son aisance économique, mais les liens familiaux ne sont pas tissés aussi serrés que ceux des Blanchet. Il adore Émilie et se dit fortuné d'avoir pu intégrer un clan tel que celui des Blanchet. Ce sont des gens exceptionnels, et ce, de bien des points de vue.

Émilie et Didier communiquent régulièrement avec Jérôme qui se charge de transmettre des nouvelles au reste de la famille. Au début, les informations étaient loin d'être réjouissantes. Frédéric est demeuré inconscient pendant huit jours. Émilie et Didier assuraient une présence quotidienne à son chevet et tentaient de stimuler son cerveau en lui parlant, lui rappelant des souvenirs heureux, faisant miroiter l'avenir, lui lisant des livres et même en lui fredonnant de ses chansons préférées. Il était tellement un bon chanteur. Au cours des deux dernières semaines de mars, il y a eu une légère amélioration. Frédéric a repris connaissance et il peut se nourrir par lui-même. Il a confiance qu'il va s'en sortir. Après tout, il est fait fort et n'a jamais été gravement malade avant. Il se morfond cependant à l'hôpital et a hâte de retourner chez lui.

La famille encouragée par ces quelques progrès garde les doigts croisés. À Moraineburg, la vie continue. Jérôme travaille énormément. Céleste passe des moments difficiles du côté de la santé. Son diabète est instable. Elle se fatigue vite et ne peut pas appuyer Jérôme autant qu'elle le voudrait. Elle a pris un excès de poids et souffre de violentes douleurs à l'abdomen. Ses jambes sont trois fois la grosseur habituelle. La position du bébé lui semble étrange. Elle éprouve de l'anxiété, mais n'ose pas en parler à Jérôme *qui en a déjà assez sur son assiette.* Elle se dit qu'elle devrait aller consulter le docteur Palmer. Avec les enfants, elle n'a pas beaucoup de temps pour le faire. Il y en a toujours un qui a des bobos, rhumes, amygdalites, maux de dents, indigestions.

Quand elle réussit finalement à se rendre au bureau du médecin, il lui apprend que son état est plutôt inquiétant. Elle doit immédiatement se mettre au lit pour le reste de la grossesse, elle et le bébé sont à risque. Ce n'est pas une nouvelle qu'elle accueille avec joie. Elle se convainc que ce ne doit pas être si grave que ça, qu'elle va attendre pour voir si cela va se replacer. Elle ne réalise pas que sa tension artérielle est *dans le plafond*, que sa glycémie est extrêmement élevée et qu'elle pourrait être victime d'un accident cardio-vasculaire à tout moment. Pour ce qui est de ses douleurs abdominales, il n'y a rien que la médecine puisse faire pour le moment. C'est vrai que le fœtus semble avoir adopté une drôle de position, toutefois, autre que cela, le docteur ne peut rien voir.

Au bout d'un séjour d'un mois et demi à l'hôpital Saint-Sauveur, les médecins jugent que Frédéric est assez fort pour retourner chez lui, moyennant quelques adaptations à son comportement de tous les jours et la consommation de plusieurs médicaments pour le garder en vie. Frédéric est au comble de la joie et ne se rend pas compte que cette nouvelle produit une surexcitation qui, dans son état, pourrait avoir des conséquences graves. La veille du départ, il dort peu. Levé très tôt ce 15 avril 1915, il fait sa toilette et attend impatiemment Émilie et Didier. Le docteur Gariépy passe le voir pour lui rappeler les consignes. Le patient porte à peine attention aux propos du médecin, se persuadant qu'il se sent plus en forme que dans les derniers mois et qu'il ne va rien changer à ses habitudes. Il se retient cependant de partager ses pensées.

Didier et Émilie sont ravis de savoir que Frédéric serait bientôt de retour chez lui. Ils croient que cela fera un grand bien à son moral. Confiné dans sa chambre d'hôpital, Frédéric était comme *un ours en cage.*

À la porte de la chambre, Émilie, un sourire dans la voix, salue son père.

— Papa, n'est-ce pas merveilleux, on te ramène chez vous. Tu vas voir, ça va bien aller à compter de maintenant.

Elle est surprise de ne pas recevoir de réponse. En s'avançant dans la chambre, suivi de Didier, elle constate que son père est étendu sur le sol. Il semble inerte. Elle se précipite pour mieux voir ce qui se passe. Émilie étant une Blanchet a beaucoup courtisé la mort depuis sa petite enfance. Elle sait malheureusement reconnaitre les signes. La poitrine de son père ne bouge pas et ses yeux sont grands ouverts fixant dans le vide. Elle lance un cri de mort! Les infirmières accourent rapidement. Après avoir examiné Frédéric, elles ne peuvent que confirmer ce qu'Émilie redoute déjà.

Le docteur Gariépy arrive à son tour pour ausculter le corps de Frédéric. La vie est souvent ironique. La mort aussi. Elle est venue faucher Frédéric au moment où les choses semblaient aller mieux. Le médecin explique au couple que l'hôpital devra faire une autopsie pour certifier la cause du décès. Cela devra prendre quelques jours. Émilie est désemparée. Elle ne sait pas comment annoncer la nouvelle à ses frères et sœurs. Didier la rassure en lui offrant de se charger d'appeler Jérôme qui, à son tour, pourra transmettre les informations aux autres. Jérôme devra venir chercher la dépouille de son père. Didier ajoute aussi qu'il va falloir envoyer un télégramme à Adélard pour le prévenir. Il est conscient que, faute de temps, Adélard ne pourra pas être de retour au Canada pour les obsèques.

Le résultat de l'autopsie atteste que Frédéric a subi une crise cardiaque massive. Son cœur et ses poumons étaient dans un piètre état. Le médecin légiste ne comprend pas comment il a pu vivre si longtemps. Seule une volonté extraordinaire lui a permis de durer jusqu'à ce jour. Rien n'aurait pu le sauver. Didier et Émilie attendent que Jérôme vienne récupérer le corps avant de retourner chez eux. C'est avec une immense tristesse dans l'âme que Jérôme effectue son travail. Son père avait toujours été son héros. Il se trouve désormais orphelin et il ne sait pas comment il pourra vivre cela. Son grand-père est effondré sous le poids du chagrin. Jérôme doit rester fort pour lui et pour le reste de la famille qui est en proie au déni.

Ça prend un courage presque surhumain pour que Jérôme embaume son père. Les larmes aux yeux, il met tout son talent à rendre le corps le plus beau possible. Il habille Frédéric de ses vêtements du diman-che. Il lui choisit un somptueux cercueil. Les enfants commandent une grande quantité de fleurs en l'honneur de leur père. Les visites au salon sont nombreuses. Frédéric était apprécié pour sa rigueur, son excellence, son honnêteté et sa générosité.

Plusieurs témoignages en font état. Julien, le beau-père de Jérôme, rappelle que Frédéric lui a laissé tout le temps nécessaire pour rembourser les frais quand son jeune fils Yvan est décédé. La veuve Garneau explique que Frédéric a accepté des légumes, des fruits et des volailles comme paiement parce qu'elle n'avait pas d'argent lorsque son mari Honoré est mort. Gérard Lemire men-tionne que Frédéric a pleuré avec lui la perte de sa femme et de deux de ses enfants emportés par la fièvre typhoïde. D'autres ont précisé que, quand Frédéric devait transporter des blessés à l'hôpital, il était d'une douceur et d'une sollicitude incroyables. Son empathie en toutes circonstances était incomparable.

Jérôme trouve que *la barre est haute*. Comment pourrait-il poursuivre la profession dans la tradition de son père? S'il avait pu poser la question à son père, celui-ci lui aurait répondu que l'élève dépassait déjà le maître tellement Frédéric était fier du travail de Jérôme.

Le corps est exposé trois jours au cours desquels les visiteurs ne dérougissent pas. Il est impossible de fermer les portes à 11 h 00 du soir comme c'était la coutume. Heureusement que Céleste a eu de l'aide pour les goûters parce que sa condition médicale ne s'est pas améliorée. D'autant plus, qu'elle ressent des émotions excessives, ce qui n'est jamais bon pour son bien-être. Elle avait beaucoup de respect et d'affection pour Frédéric. Il l'a constamment traitée avec égard. Elle sait qu'il a joué un rôle important pour son union avec Jérôme.

Les enfants de Jérôme sont bien attristés par le départ de leur grand-père. Ils l'adoraient. Leur mère doit les consoler et, croyante comme elle est, leur expliquer que leur grand-père est au ciel et qu'ils peuvent toujours lui parler dans leur cœur. C'est l'occasion pour Colombe de revoir la fratrie Blanchet. En effet, il y a six mois, les Pellerin ont déménagé de Moraineburg pour aller habiter à Ottawa. Ce n'est pas de gaieté de cœur qu'ils l'ont fait. C'était pour le travail du père. Donc les enfants de Jérôme ne voient pas souvent leur sœur qu'ils adorent.

Les funérailles et l'enterrement sont magistraux. Jérôme s'est organisé avec le curé pour que tous les prêtres avec qui son père a œuvré dans son métier participent à la cérémonie. Pas moins d'une dizaine officieront avec le curé Houde. Les chorales de trois paroisses feront les frais du chant. Pour le cortège, Frédéric sera transporté dans le tout nouveau corbillard qu'il a commandé il y a quelque temps et qui vient tout juste d'être livré.

En effet, Frédéric, après avoir acquis une charrette très résistante, avait demandé à un ébéniste réputé de construire la boîte de bois qui recouvrirait la charrette. Cette boîte devait être bâtie de chêne avec dans le haut et dans le bas, de magnifiques moulures de lys et de feuilles de laurier. Évidemment, le corbillard devait être peinturé en noir, un noir luisant. Deux fenêtres permettant d'entrevoir le cercueil avaient été percées de chaque côté. Le véhicule devait être façonné solidement et devait durer plusieurs années. Frédéric n'anticipait pas que, dans peu de temps, cet énorme charriot tiré par une *team* de six chevaux serait remplacé par une automobile, moyen de transport qui gagnait rapidement en popularité. Jérôme qui avait horreur de laisser des dépouilles dans le charnier est soulagé de pouvoir mettre son père en terre.

Le cortège qui mène Frédéric à l'église et ensuite au cimetière est impressionnant. Jérôme et Jacques-Bruno avancent solennellement en avant de la procession, suivis de tous les membres de la famille, sauf Adélard qui est au loin et Céleste qui ne va pas bien. Des collègues de la profession de même que des notables de la place et certains politiciens provinciaux et fédéraux se sont joints au défilé. Enfin, probablement, tous les habitants du village prennent part au cortège. Les cérémonies à l'église et au cimetière sont émouvantes. Par la suite, la famille se retrouve pour un repas à la maison pater-nelle. Chacun y va d'anecdotes touchantes concernant le défunt.

Le chagrin de la famille est accru par l'absence d'Adélard. Étrangement, Frédéric a reçu une lettre d'Adélard le jour même de son enterrement. Toutes et tous sont curieux de connaitre le contenu de la lettre. La missive a pris beaucoup de temps pour arriver au Canada. Les propos d'Adélard démontrent qu'il ne sait pas encore que son père est mort. Ceci rend l'atmosphère bizarre. Jérôme demande à sa sœur préférée, Émilie, de faire la lecture de la lettre.

Le trémolo dans la voix, la femme rapporte les paroles de son frère.

Fleurbaix, 8 mars 1915

Très cher papa,

*Je suis très désolé de savoir que vous n'allez pas bien.
Encouragez-vous et soyez patient. Le rétablissement par
suite d'un problème cardiaque prend toujours du temps
parce que c'est difficile de diagnostiquer exactement la cause.
Ce n'est pas comme une brisure par exemple. Le malaise est
plutôt généralisé et imprécis. C'est souvent difficile pour la
personne qui en est atteinte de l'expliquer. Le mieux vous
pouvez décrire ce que vous ressentez, le plus facile cela sera
pour le médecin de vous soigner.*

*À l'hôpital Saint-Sauveur, vous êtes entre bonnes mains.
Assurez-vous qu'ils prennent votre pression tous les jours.
Quand vous retournerez à la maison, écoutez les directives
du médecin. Un petit oiseau m'a dit que vous faisiez à
votre tête continuant vos activités comme si de rien n'était.
Excusez-moi, je ne veux pas être impoli, mais je vous aime
beaucoup et je souhaite vous avoir longtemps parmi nous.*

*Il faut que vous modifiiez vos habitudes de vie. Je vous
demande de ralentir au travail. Le cœur c'est un moteur.
Si on le pousse trop, il va flancher à un moment donné.
Changez votre diète. Consommez le moins possible de gras,
de sel et de sucre et évidemment plus du tout de vin de
pissenlits. Jamais au grand jamais de tabac! Il faut éviter
par tous les moyens d'encrasser les tuyaux et l'engin principal du corps. Ça en vaut la peine. Vous allez en ressentir
les bienfaits.*

*Je vous dis qu'ici les choses sont plutôt infernales. Les
conditions sanitaires dans les tranchées sont inquiétantes
en plus des balles qui sifflent constamment au-dessus de la
tête des combattants. La température ne collabore pas non*

plus. Les pauvres soldats sont emprisonnés dans de la boue malodorante, ils n'ont pas accès à de l'eau potable et le gaz à la moutarde irrite les yeux et les narines. Un nombre important de militaires sont fauchés sous les balles, grièvement blessés ou pire, morts. Pas de temps pour l'embaumement ici. Ils sont immédiatement mis en terre, même pas le temps d'identifier les tombes. L'ennemi est vraiment sanguinaire et ne recule devant rien pour étendre sa domination.

Émilie est très émue par ce qu'elle lit. Ne pouvant étouffer un sanglot, elle passe la lettre à sa sœur, Désirée, qui prend la relève. Le ton de la missive se fait plus positif par la suite.

Heureusement, l'équipe médicale avec laquelle j'œuvre est formidable. Les gens agissent comme les professionnels qu'ils sont. J'admire leur compétence et leur dévouement. Un des plus grands défis auxquels nous avons à faire face, c'est la lenteur avec laquelle on reçoit les fournitures et les médicaments. C'est terrible quand on manque même d'analgésiques pour au moins soulager la douleur.

Papa, j'aimerais vous confier quelque chose. Je crois que je suis tombé amoureux d'une jeune infirmière française avec qui je travaille, Annie Guillard. En plus d'être jolie, elle est impressionnante. Il se peut que je ne revienne pas vivre au Canada. Je suis en pleine réflexion. Je compte la demander en mariage et je ne voudrais pas la forcer à quitter sa famille et à s'exiler si telle n'est pas sa volonté. Enfin, on jugera bien le moment venu.

Je sais que ça doit vous surprendre. Dans le passé, je n'étais pas intéressé par les filles. Ma seule et unique passion, c'était la médecine. La guerre m'a fait voir les choses sous un autre œil. J'ai compris combien la famille c'est important. Je m'ennuie de vous et de toute la famille. J'aimerais avoir une progéniture et être un aussi bon père que vous. C'est pour

ça qu'il faut que vous viviez longtemps pour me donner
vos meilleurs conseils. Croyez-moi, papa, Annie a toutes
les qualités. Elle est une jeune femme extraordinaire, jolie,
intelligente, très compétente et généreuse.

Les frères et sœurs d'Adélard sont sans voix, surpris par cette déclaration et tristes face à la possibilité que leur frère adoré ne revienne pas au Canada. Désirée rompt le silence en se demandant à haute voix si Adélard a inclus une photo à la lettre. En fouillant un peu plus dans l'enveloppe, elle découvre un cliché d'Adélard avec Annie. Toutes et tous se ressaisissent et comprennent d'emblée ce que leur frère voit dans cette personne. Ils se disent intérieurement cependant qu'ils espèrent que le couple décidera d'élire domicile au Canada. Désirée complète la lecture de la lettre.

Dites bonjour à toute la famille. Dites à chacune et à chacun
que je les aime beaucoup. Demandez-leur de prier pour
moi et tous mes camarades d'armes et pour que la guerre
se termine bientôt. Encouragez-les à m'envoyer de leurs
nouvelles. C'est réconfortant de recevoir des messages de par
chez nous. Papa, prenez soin de vous.

Bon, je dois vous laisser, le devoir m'appelle. Je ne vous l'ai
pas dit souvent, mais je vous aime et vous admire beaucoup.
Je n'aurais pas pu tomber sur un meilleur père que vous.

Adélard

Jérôme est touché par la correspondance de son frère. Il dit à haute voix ce que tout le monde ressent.

— Trouvez-vous pas ça étrange qu'Adélard pense que 'pa é't toujours en vie. Chés pas vous aut'es, mé moé ça m'donne *frette dans l'dos.* J'comprends pas qu'i' a pas r'çu l'télégramme que j'y ai envoyé!

CHAPITRE 14
À chaque jour suffit sa peine (Matthieu 6, 34)

———

Les prochaines années auront leurs lots d'épreuves successives assez particulières dans la vie des Blanchet. Le dicton anglais, *When it rains, it pours,* s'appliquera.

Tout d'abord, après le décès du père de Jérôme, Céleste ne se porte pas bien du tout. Elle doit être alitée pour le dernier mois de sa grossesse. Le médecin souhaiterait qu'elle séjourne à l'hôpital. Elle s'y oppose formellement. Elle allègue qu'elle désire rester près de sa famille, alors que dans les faits, elle trouve la dépense exagérée. Elle a confiance que Dieu lui viendra en aide.

Jérôme embauche une jeune femme de 18 ans, de bonne réputation, pour prendre soin des enfants et se charger des travaux domestiques. Son père est employé au salon. Il s'agit de Marie-Lise Paradis, la fille d'Urgèle. Les deux aînées de Jérôme, maintenant âgées de 11 et de 8 ans, sont très aidantes. Muguette qui ne réussit pas bien à l'école préfère les travaux ménagers et a beaucoup de talent de ce côté. Son père la taquine et lui dit qu'elle sera bonne à marier. Il est difficile de garder Céleste dans sa chambre parce qu'elle aime que les choses fonctionnent à sa façon. Le contrôle, cela fait partie de son essence. Avec les années, les expériences de la vie et les épreuves, elle s'est forgé une personnalité assez forte et peu flexible.

Le bébé Frédéric est de tempérament capricieux, il chigne, il rage, il veut sa maman. Il a aussi toujours beaucoup de problèmes avec son système digestif. Il ne tolère presque aucune nourriture. La canicule estivale de 1915 semble exacerber ses malaises. Céleste l'entend se lamenter et elle se morfond de ne pouvoir rien faire. Le petit dernier a été plutôt gâté par sa mère, ce qui n'aide pas. Céleste souffre terriblement de la chaleur. Elle a très mal aux jambes et à l'abdomen. Elle craint pour la vie du fœtus qu'elle porte. Fort heureusement, la Providence en a décidé différemment. Elle donne naissance à un autre gros garçon, le 15 août.

L'accouchement a duré un long moment. L'enfant se présentait par le fessier, ce qui n'a pas facilité le travail. Céleste se dit que c'est probablement pour cette raison qu'elle trouvait que le fœtus était mal placé dans son ventre. Jérôme et Céleste donnent le nom de Florent au nouveau venu. C'est un bébé affamé. Céleste a du mal à satisfaire son appétit, ce qui retarde son rétablissement. Marie-Lise continue son travail pour un bon bout de temps. Les deux femmes s'entendent bien. Marie-Lise a une nature accommodante. Les deux plus vieilles de la famille éprouvent beaucoup de plaisir à se trouver en compagnie d'une jeune fille de 18 ans. Muguette veut tout apprendre d'elle parce que son ambition de carrière est de devenir une servante dans un ménage.

Jérôme a du mal à se remettre du décès de son père. Bien qu'il ait l'appui de Jacques-Bruno et de plusieurs excellents employés, il n'a plus le même intérêt pour la profession. Tout ce qu'il faisait c'était pour que son père soit fier de lui. Céleste a beau lui dire que du Ciel, Frédéric veille sur lui, il réplique à son épouse que ce n'est pas pareil. Ce qui n'aide pas non plus c'est que la *business* est lente. Sa femme qui se stresse facilement concernant l'entrée d'argent fait des neuvaines afin qu'il y ait des morts. Quand il y a des dépouilles au salon, Céleste amène ses enfants les voir et leur explique que les défunts sont la source de financement du métier.

— Vous savez c'è't grâce aux morts qu'on peut mettre du pain su' la table. D'mandez au petit Jésus qui continusse à nous en enwoyer.

De son côté, Jérôme n'est pas le même quand il n'est pas de service. Il a besoin d'être stimulé par des défis professionnels. Les prières de Céleste sont exaucées et le commerce a de nouveau des clients. Jérôme reprend goût à son travail. Il a une nouvelle passion, les automobiles. Il rêve du jour où il pourra avoir une ambulance et un corbillard motorisés. Céleste peut vaquer à ses occupations comme avant, tout en se permettant d'aller prendre le thé avec des voisines.

La sortie préférée de Céleste est une visite chez madame Hélène Maisonneuve qui vit à quelques maisons du salon. Elle habite une jolie demeure bien entretenue. *On pourrait manger sur son plancher.* Ce qui est étonnant, c'est de voir cette dame quotidiennement *tirée à quatre épingles,* toujours bien coiffée alors que son mari est le forgeron du village. À cause de son métier, il est constamment couvert de saleté noir charbon de la tête aux pieds. À les regarder, on comprend bien que les contraires s'attirent. Les voisins s'amusent en se disant qu'elle doit le faire déshabiller sur la galerie pour qu'il se débarrasse de ses vêtements souillés. De jeunes garnements épient ses va-et-vient pour vérifier si c'est bien le cas.

Les dames s'assoient dans le salon coquet d'Hélène. Elles dégustent un thé bien fort et de délicieux biscuits cuisinés par l'une de ces dames, à tour de rôle. C'est presque une compétition entre elles pour voir qui aura la meilleure recette. Elles s'amusent à partager les potins du village.

Elles s'entretiennent sur la femme d'un des notables du village qui se prend pour quelqu'une d'autre alors que son hygiène personnelle laisse à désirer. Céleste ne se prive pas d'émettre des commentaires négatifs.

— Les parsonnes se tiennent loin d'elle tellement qu'a pu la pisse et la sueur.

Elles se demandent quand un de leur voisin, Alfred Malenfant, intentera un procès, contre qui et pour quelle raison. Hélène y va d'une remarque un peu forte.

— Je ne comprends pas, il ne gagne jamais. C'est son péché mignon. La dernière fois, il s'en est pris à madame Lamoureux. Il semble qu'la fumée sortant d'sa cheminée salissait sa maison et le forçait à la peinturer à chaque année. Il voulait qu'elle paye la peinture. C'est vraiment pour lui causer du troub'e parc'que, avec ses *connexions*, il peut avoir la peinture au prix du gros.

Céleste et Hélène s'inquiètent pour la famille voisine des Maisonneuve, les Tassé. Un des enfants est atteint d'une maladie congénitale dégénérative qui le relègue à un fauteuil roulant. Le jeune âgé de 10 ans perd graduellement l'usage de ses membres. C'est un garçon d'une gentillesse incroyable. Il ne se plaint jamais. Les médecins ont déclaré qu'il ne vivrait pas au-delà de l'adolescence. Les deux amies se disent qu'elles vont prier pour lui et les siens parce qu'il est possible que des frères et sœurs souffrent éventuellement de la même condition. Quel malheur terrible pour des parents! À l'unisson, elles s'exclament.

— Y'a rien de pire que d'voir ses enfants mourir!

Enfin, elles commentent sur les Leclair qui vivent dans la rue Saint-Luc, rue juste en face du salon funéraire. Cette famille garde ses distances d'avec le reste des habitants et les gens font toutes sortes de spéculations à leur sujet. Le père est employé par le mari d'Hélène. Cette dernière explique à Céleste que son époux n'aime pas qu'on parle contre son salarié parce que c'est un travaillant très fiable.

— J'comprends pas mon vieux. Chuis inquiète qu'il se laisse tromper par M. Leclair. Du monde qui cache des choses, c'est pas correct. Vous comprenez Céleste, mon mari n'est pas allé à l'école longtemps. Je dois dire qu'il est bien bon dans son métier. Le monde vient de partout pour ses services.

Avec un soupir qui en dit long, elle ajoute que son mari vante toujours M. Leclair. Elle cite le jargon de son époux.

— I' é't pas jaseux, mais i' fait une b'en bonne *job*. I' fa't plusse d'ouvrage dans une journée que n'important qui qu'j'ai connu. Créyez-moé, c'é't la jalouserie qui fa't placoter l'monde. On n'a pas besoin d'être *friendly* pour réussir dans vie. J'en conna's b'en des gars qui sont avenants, més qui sont paresseux comme le yiâb'e! C'é't pas son cas. J'ai jama's rencontré un bonhomme aussi fort qu'Odon Leclair. I' court toutes sortes de légendes à son sujet. I' para't qu'i' peut transporter au grenier chez eux, entre sés dents, deux sacs de cinquante livres de farine.

Céleste ajoute son point de vue sur ce qu'elle a entendu au sujet de Sophie, l'épouse d'Odon.

— Est née et a grandi à Moraineburg. Est dev'nue orpheline de pére très jeune. Sa mére s'é't r'mariée avec un vieux bougon attaché à l'argent. Son frére Jos et elles ont dû trouver un emploi quand i's éta'ent b'en jeunes.

Hélène renforce avec d'autres détails.

— Il parait qu'elle en a arraché. Le vieux gardait la miche de pain sur ses genoux et les enfants avaient droit à une seule tranche. Il n'y avait pas de beurre pour beurrer le pain, seulement du saindoux. Les gens racontent que quand elle allait à l'église à certains temps du mois, elle laissait sa trace de sang sur le banc parc' qu'elle n'avait même pas des guenilles pour absorber son sang de jeune fille. Ça pourrait expliquer sa gêne envers les villageois. Les gens ne comprennent pas non plus pourquoi on voit rarement leurs enfants.

De retour à la maison, la conscience de Céleste la tracasse. Elle promet qu'elle devra se confesser d'avoir *mangé du prochain*. Elle oublie que pour qu'une confession soit valable, il faut avoir le ferme propos de ne pas recommencer. Aux visites subséquentes chez Hélène, rien ne changera. Les dames récidiveront à leur grand plaisir. C'est plus fort qu'elles et c'est leur distraction préférée.

Ainsi la vie se passe tranquillement sans trop d'incidents jusqu'au mois de juin 1916. Le petit Frédéric se fait de plus en plus capricieux par rapport à ce qu'il mange. Il fait des crises et pleure abondamment en s'écriant qu'il a un gros mal au ventre. Tout le monde autour de Céleste lui dit d'ignorer le comportement de son fils. Jacques-Bruno lui fait des remontrances.

— Tu l'gâtes trop! Ça pas d'bon sense que tu y fasses dés r'pas spéciaux. Tu fa's pas ça pour lés aut'es et i's commencent à êt'e jaloux et à penser que t'és aime moins.

L'intuition d'une mère ne se dément pas. Céleste sait que quelque chose ne va pas avec son petit Frédo comme elle l'appelle affectueusement. Au cours de la nuit du 19 juin, l'enfant a développé une violente fièvre. Il s'est mis à vomir et à avoir la diarrhée. Il se tord de douleur et pleure à perdre haleine. Céleste tente d'appliquer les conseils des vieux en lui donnant des bananes et du pain sec pour arrêter le trouble intestinal. Rien ne marche! Il ne peut même pas garder de l'eau et sa température corporelle augmente. Cela dure depuis trois jours.

Contre les avis de tous, Céleste fait venir le médecin qui n'aime pas du tout le teint du malade qui est pire que blême, il est verdâtre. Le docteur Palmer demande à Céleste si Frédéric urine toujours. Céleste est navrée de répondre que non, mais que les selles du gamin sont liquides et vertes. Le médecin prend la peau du ventre du patient et l'étire au maximum. Il constate qu'il est évident que Frédo est complètement déshydraté et que sa condition est préoccupante. Il confirme à la mère que c'est plutôt sérieux. Ce n'est pas un caprice d'enfant. C'est une grave gastroentérite. Elle doit tout faire pour le réhydrater le plus vite possible, si non... Il n'ose pas prononcer les mots fatidiques. Le médecin ajoute qu'il ne faut pas que le reste de la famille attrape la maladie. On doit garder Frédéric isolé.

Céleste se rappelle sa conversation avec Hélène et prie Dieu de ne pas lui enlever son garçon chéri. Pour une raison inconnue, elle a toujours eu une affection particulière envers ce petit. Elle se demande si c'est parce que quelque part en dedans d'elle, elle savait qu'il aurait une existence différente des autres. Malgré tous ses efforts, Céleste ne réussit pas à faire baisser la fièvre et à réhydrater l'enfant. Il vomit sans arrêt et a des selles liquides et verdâtres. Il souffre de violentes douleurs au ventre.

Durant la nuit, il semble s'être calmé. Céleste qui est épuisée s'assoupit pour quelques instants en récitant son chapelet. Elle est éveillée par la lumière du matin qui s'infiltre dans la chambre. Tout est silencieux. Elle s'approche de son fils croyant qu'il se sent mieux. Elle lui murmure affectueusement des mots doux.

— Bonjour Fredo, j'espère qu'ça va mieux mon trésor? J't'aime tellement mon beau.

Malheureusement, elle s'aperçoit qu'il ne respire plus. Bouleversée, elle lance un cri de mort. Toute la maisonnée est réveillée sur le champ. Jérôme se précipite au chevet de son fils pour lui aussi constater son décès. Les parents sont désemparés. Frédéric s'est éteint le 23 juin 1916. Ses sœurs et frères sont vraiment attristés en particulier Muguette qui avait un rapport spécial avec lui.

La tâche d'entrepreneur est rendue presque intolérable pour Jérôme. Ce sont les larmes aux yeux et le sanglot dans la gorge qu'il embaume son fils. Puisque cela est contraire à la tradition, les employés ont tout fait pour prendre la relève. Jérôme a violemment refusé. C'est son dernier geste d'amour envers son petit. Il éprouve des remords n'ayant pas accordé foi aux intuitions de Céleste.

Encore une fois, tout le village s'est déplacé pour exprimer ses condoléances à la famille Blanchet. Quelques jours après l'enterrement, Jérôme reçoit une autre mauvaise nouvelle. Un militaire vient lui porter un télégramme qui annonce qu'Adélard manque à l'appel. Jérôme est effondré. Il se demande quand cessera le malheur qui s'acharne sur sa famille. Il espère ardemment qu'Adélard sera retrouvé. C'est un être d'exception.

Le 23 décembre 1916, un incendie dévastateur ravage l'église de Moraineburg. Les villageois font tout pour récupérer le maximum de statues et de pièces religieuses, calices, ostensoirs, encensoirs, ciboires et autres objets de culte. Jérôme et son grand-père sont aux premiers rangs. Ils sont alors témoins d'un incident pour le moins troublant. Le curé Houde qui avait bâti l'église de ses mains et au prix de ses sueurs ordonne au feu de s'arrêter et c'est ce qui se produit sur le champ. La carcasse extérieure est sauvée au plus grand soulagement des paroissiens. Les habitants de Moraineburg s'agenouillent et remercient Dieu. Ils ne regarderont plus jamais le curé de la même façon.

Le père Houde mobilise la population pour la reconstruction de l'édifice et il y participe lui-même. L'ouverture se fera au mois de mars 1920. D'ici là, les messes, les sacrements et les cérémonies religieuses seront célébrés à l'église de Clearbrook. Le village avait d'ailleurs été affilié à cette paroisse dans les débuts de son existence. Le curé entreprend également la construction d'un immense presbytère. Une fois le travail terminé, les habitants de Moraineburg qualifieront cet édifice de château. Non seulement l'extérieur de pierres, les mêmes que celles de l'église, mais aussi les grandes vérandas aux deux étages captent l'attention. L'intérieur est splendide avec ses fenêtres panoramiques, laissant entrer beaucoup de lumières, ses boiseries magistrales et ses planchers de magnifiques céramiques.

Céleste tombe de nouveau enceinte au mois de janvier 1917. Comme d'habitude, le diabète rend la grossesse compliquée. Le docteur Palmer n'est pas content. Il lui avait dit qu'il serait préférable d'attendre. Non seulement sa santé physique est précaire, mais depuis le décès de Frédo, son attitude est réellement négative. Elle ne laisse rien passer aux enfants. À tout moment, ils se sentent comme s'ils *marchaient sur des coquilles d'œufs*. Elle a souvent des prises de bec avec Jacques-Bruno qui lui non plus n'a pas un tempérament facile. Jérôme n'en peut plus. Il demande au docteur Palmer s'il croit qu'un jour il y aura un traitement pour la maudite condition dont Céleste est atteinte. Le médecin lui confie qu'il a entendu dire que les recherches avançaient bien de ce côté. Jérôme implore le petit Jésus de ne pas perdre sa seconde femme qu'il a appris à aimer.

Certains incidents survenus au Portugal ravivent la dévotion de Céleste. Il appert qu'à Fatima, la Vierge se manifeste à trois jeunes bergers exceptionnellement fervents considérant leur bas âge. Le premier événement a eu lieu le 13 mai. Elle espère que ce serait un signe que la guerre sera bientôt terminée. Ce conflit est l'œuvre du Malin et seul un messager de Dieu peut aider à régler la situation.

Elle prie ardemment afin que Marie l'accompagne dans cette grossesse. Elle lui demande aussi de lui donner une fille. C'est bien beau des garçons, toutefois elle serait due pour que le *fruit de ses entrailles* lui assure une présence féminine dans la famille. La Vierge se manifeste aux enfants durant six mois, toujours à la même date, le 13. Oh! miracle, Céleste est exaucée au-delà de ses espérances. En effet, elle donne naissance à une jolie fille, le 13 octobre 1917, jour de

l'apparition finale. On lui donnera le nom de Florence chose surprenante puisque leur fils dernier né s'appelle Florent. Il faut croire que
Céleste trouve vraiment ce prénom mignon.

Jérôme reçoit des nouvelles d'Adélard qui a été gravement blessé. Il
est toutefois apte à revenir enfin au Canada. Il devrait être rapatrié
bientôt. Il ne sera pas seul à faire le voyage, car la jeune infirmière
dont il avait parlé dans la lettre expédiée au moment du décès de
leur père l'accompagnera. Annie a fait des mains et des pieds pour
retrouver son amoureux. Elle en a appelé de tous ses contacts qui travaillaient dans les différents hôpitaux au front. Adélard a été blessé
sévèrement à la tête et a perdu temporairement la mémoire. Après
plusieurs mois de recherche, elle l'a finalement trouvé. Elle a alors
constaté la gravité de la situation. Elle a tellement craint pour la vie
de l'homme qu'elle aimait que dans un geste ultime d'amour, elle
l'a épousé. Jérôme verra que les circonstances sont plus compliquées
que cela au moment de leur arrivée au pays.

En effet, Adélard est dans un très mauvais état quand il regagne
Moraineburg. Il est confiné dans un fauteuil roulant ayant perdu
l'usage de ses jambes. Annie est enceinte, évidemment la grossesse
date d'avant le mariage. Jérôme n'est pas en mesure de comprendre
ce qui a pu pousser son frère à agir ainsi, lui habituellement si logique
et rationnel. L'enfer que les deux époux ont vécu à la guerre ne peut
pas être décrit. Ils avaient besoin de la proximité de l'un de l'autre
pour se sentir en vie alors qu'autour d'eux tout éclatait.

Annie, au cours d'une conversation privée avec Jérôme, lui explique qu'il n'y a aucune raison physique pour la paralysie de son frère.
Elle lui indique que c'est probablement un cas de *shell shock*. Avant
d'être blessé, Adélard a perdu beaucoup de patients, ce qu'il ne se
pardonnait pas. De fait, il a été fauché lors du bombardement d'un
hôpital de fortune. Des barbaries semblables étaient intolérables pour
un grand humaniste comme lui. Elle juge bon de prévenir Jérôme.

— Le chemin de la guérison va être assez long parce que c'est compliqué de mettre le doigt sur la cause réelle de son état. Adélard se replie sur lui-même et parle à peine. Je lui donne autant d'appui que je peux. Je l'aime tellement.

Une belle célébration de Noël est organisée. Toute la fratrie de Jérôme et la mère de Céleste ainsi que ses frères et sœurs sont conviés à la fête avec leur progéniture. Les filles de Jérôme de son premier mariage sont bien sûr présentes incluant Colombe pour le plaisir de son père et de ses sœurs qui n'ont pas l'occasion de la voir souvent. Les enfants de Céleste considèrent ces trois filles comme leurs sœurs propres. Ce qui est beau aussi, c'est que Céleste n'a jamais fait de différence entre ses enfants biologiques et les trois filles du premier mariage de Jérôme. Elle mettra beaucoup d'énergie pour maintenir de bonnes relations avec ces dernières, la plus grande partie de sa vie.

Le père de Céleste a quitté ce monde à la fin novembre. C'est la raison pour laquelle le frère de Céleste, Alcide qui habite Détroit, peut être des leurs. Il a d'abord déménagé à Windsor pour ensuite s'exiler aux États-Unis. Il est dans le domaine de l'automobile et il fait *la grosse piasse,* se vante-t-il. Quelques années plus tard, une sœur et un frère suivront son exemple. Édouard travaillera dans le secteur de la construction et Suzie dans la vente au détail.

Tous sont heureux d'être enfin réunis. Chaque famille y est allée de son imagination pour concocter de bons plats. Didier a été le plus généreux puisque sa ferme continue à bien produire. La basse-cour et l'étable sont pleines d'animaux et il a fait boucherie à l'automne. Il offre une dinde bien dodue et un gros rôti de bœuf de croupe. Il apporte aussi plusieurs légumes racines. Les autres ont fait ce qu'ils ont pu. Ils ont fourni tourtières, confiture aux canneberges, salade de choux et tartes variées. La bouffe c'est plaisant, mais de voir qu'ils sont bien en vie leur procure beaucoup de joie. Heureusement que le père de Jérôme a donné sa recette de vin de pissenlits à ses enfants, car il y a la prohibition d'alcool en Ontario depuis 1916. Les hommes Blanchet et Sigouin s'en réjouissent parce qu'ils n'ont pas souvent l'occasion de prendre un coup compte tenu de la loi en vigueur.

Les gens n'ont pas perdu le goût de chanter. Chacun y va de son morceau préféré. Sous la direction de Muguette, les enfants présentent une mime amusante sur l'air de *C'était un petit avocat*. C'est évidemment Antoine qui tient le rôle principal. Il est alors loin de se douter qu'un jour il sera notaire.

Noël pour les Canadiens français de cette période souligne la naissance de Jésus. Il y a des rassemblements familiaux sans échanges de cadeaux. Le vrai gros *party* a lieu au Jour de l'An et les enfants reçoivent des surprises dans leur bas de laine. Le plus souvent, ce sont des fruits qui leur sont offerts et des petites bricoles. Cette année, c'est Didier qui sera l'hôte de la fête. Avec son drôle d'accent français, il leur fait une promesse.

— Ça va *swigner*! Je vous l'assure.

Annie qui a une merveilleuse personnalité est superbement bien accueillie. Le bébé d'Adélard et d'Annie est dû à la fin janvier. Jérôme a convenu avec le couple que ce n'était pas nécessaire de révéler la date de leur mariage au reste de la famille, surtout que Céleste qui est si pratiquante en serait plutôt choquée. Adélard, depuis son retour au Canada, voit un psychologue et un psychiatre régulièrement sans grand succès. Son état de santé ne semble pas s'améliorer. Il est taciturne et silencieux. Ses nuits sont parsemées de terribles cauchemars. Ses jambes sont toujours paralysées. Annie fait tout pour lui restituer sa joie de vivre d'antan. Tous ses efforts restent nuls.

La naissance de ses jumeaux, Amélie et Loïc, donne à Adélard l'énergie nécessaire pour s'ouvrir à ses thérapeutes. Ce qui a le plus contribué à son désarroi, c'est la perte de patients dans des conditions inhumaines. Il n'y avait même pas assez d'analgésiques pour soulager leurs douleurs atroces. Il n'aurait jamais imaginé un désastre de cette envergure compte tenu des progrès de la médecine. Il espère ne plus jamais être replongé dans un calvaire d'une telle ampleur. Il est loin de se douter qu'une des plus terribles conséquences de la guerre va voyager jusqu'au Canada laissant des familles complètement anéanties, la grippe espagnole.

Un mois plus tard, il effectue ses premiers pas. Le jeune couple peut quitter la maison de Jérôme et regagner le domicile d'Adélard, à Ottawa. La route reste longue pour un rétablissement total. Par chance, les premiers pas sont faits physiquement et psychologiquement. Après un an de convalescence, Adélard reprendra sa pratique. Il participera à la recherche pour arrêter la progression de la grippe espagnole.

À la mi-janvier 1918, Céleste souffre de sévères douleurs à l'abdomen et de pertes sanguines vaginales abondantes. Adélard lui suggère de voir son médecin immédiatement. Le docteur Palmer la réfère à un gynécologue qui, après des examens exhaustifs, découvre une tumeur de la grosseur d'un pamplemousse dans l'utérus. À l'époque comme aujourd'hui d'ailleurs, la peur du cancer était omniprésente et la recherche était évidemment moins avancée, à ce moment-là, sur ce mal effrayant. Le docteur Palmer avait beau dire à Céleste de ne pas s'énerver, elle ne pouvait s'en empêcher. Elle, si catholique, redoutait aussi de ne plus être capable de faire son devoir d'épouse et d'avoir d'enfants.

Céleste est hospitalisée et subit une opération dans les meilleurs délais. Fort heureusement, le médecin a pu retirer la tumeur en laissant l'utérus intact. Bien que la masse soit bénigne, l'intervention a été majeure et la récupération va être lente. Le couple ayant été plus que satisfait du travail antérieur de Marie-Lise lui demande de leur prêter main-forte pour six mois. Les enfants l'aiment énormément surtout les filles qui discutent de mode avec elle. Elles rigolent beaucoup.

La guerre perdure en Europe, cependant on commence à entendre des rumeurs indiquant que les Allemands prennent enfin du recul. Le peuple canadien regagne l'espoir que le conflit finira prochainement. À Moraineburg, les mères et les épouses de militaires ont hâte de revoir celles et ceux qu'ils chérissent et qui ont eu la chance de survivre. En effet, plusieurs femmes avaient rejoint les rangs de l'armée. Ce ne sera qu'en novembre 1918 que la fin provisoire de la guerre surviendra annonçant la victoire des Alliés. Le traité de Versailles signé le 28 juin 1919 terminera officiellement les hostilités. Les victimes du terrible massacre se comptent par millions, des morts, des infirmes et des désœuvrés. Le gaz à la moutarde a des effets négatifs permanents. Plusieurs combattants ne seront que l'ombre d'eux-mêmes quand ils reviendront au pays.

Les habitants de Moraineburg sont tout de même soulagés et se disent qu'enfin la vie reprendra son cours normal. Les ménages pourront peut-être recommencer à mieux se nourrir. On en a assez des piètres rations. Pour longtemps, les gens ne voudront pas manger de *bines* et de soupane. Le magasin général dont Jérôme a hérité au décès de son père a souffert dramatiquement financièrement. Du vivant de son père, c'étaient surtout les enfants de ce dernier qui travaillaient au magasin. En ce moment, Jérôme a des employés, ce qui ajoute au fardeau économique. De plus, il fait beaucoup de crédit. L'homme d'affaires espère ardemment que les choses se replaceront rapidement, sinon il aura de dures décisions à prendre.

La guerre n'a pas dit son mot final. La grippe espagnole a depuis quelque temps déjà commencé à faire des ravages chez les membres des forces armées aux États-Unis et en Europe. Le virus a été transporté en Europe par les soldats américains après l'entrée en guerre des États-Unis, en avril 1917. Cette maladie, hautement infectieuse, se répand à une vitesse incroyable et rejoint les troupes sur le front.

Les camps militaires ont été un terreau fertile à la propagation. Les combattants qui ont pris des bateaux pour revenir au pays étaient infectés par la grippe. Ce virus mortel et ses fortes fièvres attaquent violemment les poumons qui accumulent une quantité considérable de liquide. D'autres symptômes tels que la coloration bleuâtre des lèvres et des oreilles de même que de virulentes douleurs dans le corps, en particulier à la tête et au dos, sont aussi ressentis. Les personnes frappées peuvent parfois saigner par différents orifices corporels. La congestion nasale et une toux tenace accompagnent fréquemment la maladie.

C'est un virus cruel et imprévisible. Les derniers moments d'une victime peuvent arriver en quelques jours seulement ou quand l'affection se transforme en pneumonie, conséquemment l'agonie est plus longue. Partout dans le monde, des familles entières sont atteintes et même décimées. Souvent, les enfants survivent alors que les parents en meurent. Le nombre de décès est invraisemblable. On pensait que la guerre avait fait bien des dégâts, mais l'épidémie bat des records.

De façon générale, ce sont les personnes de 20 à 40 ans qui sont fauchées. Plusieurs années plus tard, la science a découvert que ce virus était de type H1N1. Une des hypothèses présentées pour expliquer pourquoi cette tranche d'âges est le plus touchée viendrait du fait qu'elle n'a jamais avant été exposée à ce genre de grippe. L'histoire démontre que ce type de virus foudroyant, d'envergure pandémique, c'est-à-dire répandu à l'étendue du globe, se produit une fois par siècle.

Dans la région de la capitale canadienne, les écoles et les endroits publics sont fermés, incluant les lieux de culte. L'impensable est arrivé! Même une partie de hockey des Canadiens de Montréal a dû être annulée, le 10 janvier 1919. Malheureusement, c'était dans le cadre d'une finale en vue de la coupe Stanley et le trophée leur a ainsi glissé entre les doigts. Seule une cause majeure peut entrainer une telle décision. L'histoire se répétera en 2020 et en 2021 à cause d'une autre pandémie, la COVID-19.

Comme mesure sanitaire de protection contre la propagation de la grippe espagnole, le port du masque est fortement recommandé. Les gens ne sont pas tous d'accord avec les choix des leaders politiques et médicaux, et il y a plusieurs contestations de citoyens alléguant que leurs droits et libertés sont enfreints. La tâche des médecins et des infirmières est tellement gigantesque qu'ils tombent d'épuisement d'autant plus qu'il y a pénurie au sein du corps médical. Plusieurs docteurs et garde-malades ne sont pas encore rentrés d'Europe. Adélard est impliqué à fond de train dans la recherche pour trouver un traitement efficace contre ce fléau. Les antibiotiques et les vaccins n'existent pas. Il est aussi difficile d'identifier la nature de la maladie.

Annie reprend du service malgré les conditions risquées dans les hôpitaux. La propagation est empirée parce que les malades s'entassent dans de grands dortoirs. Les lits sont séparés par des cloisons de simples draps suspendus entre chaque patient. Il est compliqué de désinfecter les couvertures et les jaquettes. Les masques que doivent porter les infirmières sont confectionnés de trois couches de gaze habituellement utilisé pour faire des pansements. Les masques sont peu épais et placés sous le nez, ce qui ne protège pas beaucoup contre la projection de postillons. C'est une désolation incomparable.

Pour Annie, être soignante c'est une vocation, elle ne peut ignorer sa conscience. Fort heureusement, elle n'attrapera pas le virus, mais souffrira d'épuisement extrême, la tâche étant gargantuesque. Elle sera également affectée psychologiquement par la perte de nombreux patients. Non seulement fait-elle preuve d'un grand professionnalisme, mais aussi de beaucoup de compassion, ce qui rend plus difficiles les séparations des suites des multiples décès.

Pendant qu'Annie se donne corps et âme à son travail, Colombe emménagera chez elle pour aider avec les jumeaux. Elle les adore. Elle est responsable et dévouée malgré son âge. Elle sait depuis toujours ce qu'elle veut faire de sa vie. Se marier, fonder une famille et avoir une ribambelle d'enfants. Puisqu'elle a été placée par Jérôme alors qu'elle était encore bébé, peut-être souffre-t-elle d'un trouble de l'attachement et cherche-t-elle à compenser?

Du côté de Moraineburg, la population n'est pas épargnée. Le salon funéraire déborde. Les médecins recommandent que les morts soient inhumés le plus rapidement possible. Jérôme doit embaucher du personnel supplémentaire pour fabriquer des cercueils. Le village en entier vit sous le règne de la terreur. Les habitants de Moraineburg parleront bien des années plus tard de cette pandémie dévastatrice.

Céleste, fidèle à elle-même, souffre d'anxiété. Elle craint que Jérôme transmette le virus aux membres de la famille. Elle lui fait prendre des précautions sanitaires drastiques pour qu'il se désinfecte avant de rentrer à la maison. Tous les résidents du domicile doivent se laver les mains cent fois par jour. Elle interdit aux enfants Blanchet d'âge scolaire d'aller à l'école aussi longtemps que l'épidémie est dans le village.

Elle a convaincu Jérôme de leur payer un tuteur, un enseignant de leur connaissance à la retraite, Albert Sauvageau. Il est de la vieille école et fait preuve d'une sévérité exagérée. Les enfants ont besoin de *se tenir les fesses serrées et les oreilles droites avec lui.* Il informe ses élèves qu'on apprend beaucoup de choses dans les journaux. Le jour même, Antoine, qui est très éveillé, demande à Céleste de s'abonner au quotidien *Français.* Ce qu'elle fait sans hésiter. Il n'y a rien de trop bon pour l'éducation des enfants.

Céleste redoute tellement que ses enfants contractent la maladie qu'elle fait la promesse solennelle à Dieu qu'elle lui confiera ses enfants. Ils deviendront tous religieux ou religieuses. Céleste suit l'évolution du virus dans le journal. Antoine lit les actualités avec sa mère. Comme il veut tout savoir, il pose beaucoup de questions.

— Pourquoi est-ce qu'on appelle cette maladie la grippe espagnole? Est-ce parce que les gens qui l'ont attrapée changent leur façon de parler?

Avec un sourire en coin, Céleste lui répond en citant l'extrait d'un article.

— De fait, le virus a été désigné de ce nom parce que ce sont les Espagnols qui ont eu le courage d'en parler les premiers dans la presse.

On peut se demander pourquoi ils ont pris cette initiative. Le roi espagnol a contracté la maladie et cela a fait les manchettes et traversé les frontières. L'Espagne était un pays neutre et n'avait pas à s'inquiéter de la guerre, ne participant pas aux combats.

À Moraineburg, les religieuses sont débordées de travail puisqu'elles se chargent des orphelines et des orphelins qui n'ont plus de familles. Des dortoirs ont été aménagés à l'Académie du Christ-Roi. Elles font appel aux dons généreux de la communauté pour des vêtements et de la nourriture. Elles s'engagent dans des recherches actives pour trouver des foyers aux enfants recueillis sans grand succès. Les gens sont plutôt méfiants et toutes sortes de mythes circulent au sujet de la maladie terrifiante.

La famille Pellerin qui a gardé des contacts avec les Blanchet vit une rude épreuve. Leur filleul préféré qui revient de la guerre transmet le virus à sa femme et à sa fille unique. Le père et la petite s'en tirent bien. La mère qui est faible de santé est excessivement souffrante. Elle délire pendant un long moment parce qu'elle a développé une sévère pneumonie accompagnée d'une violente fièvre. Tous craignent pour sa vie. Miraculeusement, elle s'en remet avec quelques séquelles. Ses poumons ne seront plus jamais les mêmes et son cœur a subi un stress énorme.

Les Blanchet sont soulagés de savoir que Colombe habite chez Adélard et Annie. Jérôme lui parle occasionnellement au téléphone, mais les frais de *longue distance* sont onéreux. Comme d'habitude, Céleste se préoccupe de leurs finances et suggère à Jérôme de *modérer ses transports.*

D'un autre côté, un homme immensément important pour Jérôme, Julien, le père de sa première femme, décède du virus quoiqu'il soit plus âgé que les personnes qui habituellement en meurent. Il avait plusieurs conditions médicales chroniques qui ne l'ont pas aidé. Marie-Rose veut absolument que ce soit Jérôme qui l'embaume même s'ils vivent à Thompson. Elle a fait des arrangements avec l'entrepreneur de la place. Jérôme se sent dans l'obligation d'acquiescer à cette demande malgré les protestations véhémentes de Céleste.

— Ch'us tout à fait contre! C'é't trop risqué.

Les médecins ont été catégoriques et ont formellement proscrit de procéder à l'embaumement des victimes de la grippe. Jérôme n'écoute ni sa femme ni les directives de la santé. Par chance, le geste généreux reste sans conséquences néfastes. Céleste est tellement enragée qu'elle interdit à Jérôme d'approcher les enfants pour un certain temps et lui ordonne de faire chambre à part.

Le fléau s'atténuera en juillet 1919. La population lance un grand soupir de soulagement et passe un été relativement relaxe. Le virus est sournois et ne laisse qu'un bref repos aux habitants de la terre.

L'amour c'est plus fort que tout et Céleste et Jérôme ont repris leurs ébats passionnés au printemps. Céleste se trouve à nouveau enceinte. Elle en remercie le Ciel parce qu'elle croyait que, suivant son opération, la maternité était à jamais derrière elle. Le bébé est dû au mois de février 1920. Étonnamment, la grossesse semble se dérouler mieux que les autres. La glycémie est davantage contrôlée. Il faut ajouter que Céleste collabore plus avec le médecin et qu'elle peut compter sur l'assistance de Marie-Lise pour les gros travaux ménagers.

Au salon funéraire, le boulot est redevenu normal. Jérôme en profite pour réaliser son rêve et s'achète une automobile à tout faire, c'est-à-dire pour la famille, le service ambulancier et comme corbillard. Il est *aux petits oiseaux*. Toute la maisonnée s'en réjouit parce qu'elle passe de longues heures à faire des tours d'autos, de courts voyages sans but… juste pour le plaisir de se déplacer *en machine*. Même si cela peut sembler bizarre de se promener dans une voiture qui sert de fourgon mortuaire, ils y montent tous allégrement et chantonnent tout le long de la randonnée.

En novembre-décembre 1919, la grippe espagnole refait son apparition. C'est le retour à la peur et au travail acharné de Jérôme et de son équipe. Jacques-Bruno est toujours là en appui même s'il a plus de 90 ans. Le salon peut aussi compter sur de loyaux employés. C'est une période épuisante. À la fin janvier 1920, Florent qui est âgé de 4 ans et demi manifeste les premiers symptômes de la grippe. Il est fiévreux, congestionné et se plaint de douleurs à la tête. En peu de temps, sa respiration devient de plus en plus laborieuse.

Le fidèle docteur Palmer vient à son chevet. Il l'ausculte avec minutie. Il est dubitatif quant à son diagnostic. L'inflammation semble concentrée dans les bronches plutôt que dans les poumons. Il recommande aux parents de prendre des mesures pour réduire sa fièvre et le soulager en lui préparant *une mouche de moutarde* pour libérer les bronches. Il ne peut pas confirmer si c'est la grippe espagnole ou non. Il conseille cependant à Céleste de porter un masque afin d'éviter d'être en contact avec les sécrétions de Florent au cas où.

Céleste est atteinte psychologiquement, et ce, profondément. Elle ne pourrait pas supporter de perdre un autre enfant. Elle se culpabilise beaucoup parce que tout le long de la grossesse de Florent, elle avait souhaité avoir une fille. Florence, c'était le nom qu'elle avait alors choisi. Le garçon prend du mieux après quelques jours et demande à manger. La famille est enchantée.

Cette nuit-là, sa température augmente et il râle d'une façon étrange. On rappelle le docteur Palmer. Ce dernier constate qu'il y a eu une rapide détérioration de son état. L'infection s'est répandue dans les poumons. En l'examinant, il réalise qu'ils se sont engorgés de liquide et que la bronchite a dégénéré en pneumonie. Le petit ne reprendra pas connaissance avant sa mort. Il rendra l'âme trois jours plus tard. Il a succombé à une bronchite et à une pneumonie si l'on s'en fie au certificat de décès.

Bien que la légende familiale prétende qu'il est mort de la grippe espagnole, rien de cela n'a été confirmé dans les registres. Personne d'autre dans la maison n'a attrapé la maladie de l'enfant. Tout cela reste un mystère. Céleste n'a pas quitté le garçon d'une minute et elle est épuisée. Elle n'a pas respecté son régime alimentaire et sa glycémie est variable. Le médecin lui recommande de se mettre au lit et de ne pas se rendre aux obsèques. Sachant qu'elle ne peut plus rien faire pour ce petit, elle décide de se consacrer au bébé qui s'en vient.

Jérôme est attristé au plus haut point d'autant plus que les funérailles de son garçon ne peuvent pas être célébrées à Moraineburg puisque l'église est toujours en reconstruction. Comme l'histoire se répète, la dépouille de Florent devra être déposée dans le charnier parce que le sol est gelé. Chaque fois que Jérôme ira porter un mort au cimetière durant l'hiver 1920, il ouvrira le cercueil de son fils. Cela ajoutera à son chagrin de façon exponentielle. Il va jusqu'à demander au curé s'il peut ramener le corps à la maison. Il essuie un refus catégorique. En effet, le prêtre, toujours aussi direct et abrupt, ne mâche pas ses mots.

— Écoute Jérôme, reviens-en! C'était la volonté de Dieu que Florent quitte votre domicile pour l'Au-delà. C'est ton devoir chrétien de l'accepter. D'ailleurs dans le charnier, ce n'est pas ton fils qui est là. Ce n'est qu'une carcasse de chair. Son âme est au ciel.

Céleste donne naissance à Thomas, le 15 février 1920, deux semaines après le départ de Florent. Ce sera son dernier bébé. L'accouchement s'est bien passé. Elle croit qu'un ange veillait sur elle, son cher Florent. La mère et l'enfant se portent bien et Céleste peut reprendre ses activités assez rapidement. Jérôme ne comprend pas que son épouse ne semble pas affectée par le décès de Florent. Elle est envahie par un immense déni. Elle refuse d'en parler. C'est comme si cela n'était pas arrivé.

Jérôme croit que l'état de Céleste serait le signe d'une bombe à retardement. L'éclatement ne sera que plus dramatique. Ça ne se peut pas que Céleste ne soit pas touchée! De son côté, son bouleversement personnel est presque insoutenable. Grâce à des efforts surhumains, il prend sur lui et garde la face devant sa femme et sa famille. Les deux ne perdent rien pour attendre.

CHAPITRE 15
Des années troublantes

———

Les années vingt sont des années d'effervescence à tous les points de vue partout dans le monde. La technologie et la science font des avancées spectaculaires. Le domaine de l'automobile au Canada prend de l'expansion et l'aviation son envol. La recherche progresse de façons remarquables. La culture et les arts évoluent rapidement. La radio et le cinéma font des pas de géants. Les cabarets se multiplient pour le plus grand plaisir des jeunes danseurs. On est ici loin *des sets carrés*. On s'adonne au *fox-trot*, au *charleston*, à la valse langoureuse et au *tango* sensuel. L'urbanisation prend de l'essor. L'économie semble *renaitre de ses cendres*.

La mode féminine vit une transformation majeure. Il y a un vent de libération. Les robes se raccourcissent pour mettre en évidence les mollets des femmes, les corsets disparaissent pour laisser la place à des robes aux lignes plus droites et décontractées, moins ajustées. Les bottillons sont rejetés au profit de jolis escarpins. Les bas de soie sont un *must* pour agrémenter les tenues élégantes. Les rôles changent aussi. Les femmes peuvent se retrouver sur le marché du travail et dans quelques pays incluant des provinces canadiennes, elles obtiennent le droit de vote.

Céleste qui dévore le journal *Français* est très scandalisée. Où s'en va le monde, directement vers sa perdition. Elle est très stricte avec ses enfants. Ils ne doivent pas tomber dans les pièges de Satan. Elle est cependant curieuse et intéressée par les progrès techniques. Au fond de son cœur, elle rêve de travaux ménagers simplifiés. Elle en a assez du poêle à bois et de la glacière. Ah! Si seulement quelqu'un pouvait trouver des solutions à ces aberrations!

À Moraineburg, le mois de mars 1920 est témoin d'un événement mémorable, la réouverture de l'église Très-Saint-Sacrement. Le curé Simon-Pierre Houde n'y est pas allé avec *le dos de la cuillère*, ni pour la rénovation, ni pour la cérémonie solennelle. Le Cardinal Frémont, l'unique cardinal francophone du Canada, qui répond rarement aux invitations à l'extérieur de la ville de Québec, et l'archevêque d'Ottawa, Mgr Gauvreau, sont présents. Les curés des paroisses environnantes et de nombreux notables, députés et ministres fédéraux ainsi que provinciaux assistent à cette célébration hors de l'ordinaire. Céleste et Jérôme qui sont impliqués dans l'église et dans la communauté sont assis avec les dignitaires. Céleste a du mal à cacher sa fierté et son émoi.

L'église est magnifique. Le curé Houde a réussi son pari. Il s'agit d'un grand bâtiment pouvant accommoder près de mille personnes avec des bancs de bois solides, bien construits au vernis reluisant. L'édifice compte trois jubés stratégiquement situés, l'un de chaque côté et l'autre en arrière. Le plafond est orné de différentes scènes de la Bible. Le chemin de croix est une œuvre d'art de même que les vitraux qui peuvent rivaliser avec ceux des cathédrales et des basiliques de l'Europe. La paroisse a reçu des dons de superbes statues. Que dire des deux autels latéraux magnifiquement illuminés? Celui de gauche est consacré à Sainte-Anne et celui de droite à la Vierge Marie. En ce qui a trait à l'autel central, il est majestueux et met en valeur une imposante statue du Sacré-Cœur.

Les gens ont du mal à se concentrer sur la prière tellement il y a de détails à observer. Le curé Houde est un visionnaire exceptionnel et il espère que dans l'avenir, l'église sera désignée comme un site patrimonial. Un de ses joyaux n'est rien de moins qu'un orgue Casavant au son incomparable. Le maître chant qui est aussi l'organiste n'en croit pas sa chance.

Après la célébration religieuse, tous les participants sont invités à prendre, au sous-sol de l'église, un repas préparé par les dames de

Sainte-Anne. Céleste s'est organisée pour avoir une conversation avec le cardinal. Ses amies ne finiront pas d'en entendre parler. C'est comme si elle s'était rapprochée du Ciel.

Au début de 1922, Céleste change complètement de tempérament. Elle se fâche encore plus rapidement, bougonne sans cesse et donne des signes de désespoirs. Même la prière ne réussit pas à la consoler. Elle recommence à avoir de sévères douleurs à l'abdomen. Pour ce qui est de son état d'esprit, le docteur Palmer pense qu'il s'agit d'une accumulation de tous les deuils qu'elle a vécus en particulier celui de Florent de même que les nombreuses grossesses à répétition. Selon lui, elle avait refoulé des sentiments de culpabilité face au décès de Frédéric et de Florent. En plus, elle n'avait pas pris le temps requis pour récupérer, s'étant jetée dans la routine le plus vite possible après la naissance de Thomas. Le médecin ajoute aussi que le diabète a souvent un effet sur le caractère des personnes qui en sont atteintes.

En ce qui a trait à ses maux de ventre, le docteur Palmer la réfère à un gynécologue. Elle a déjà eu des problèmes de ce côté dans le passé et selon son expérience, il n'est pas rare que cela se reproduise. Le spécialiste constate que les organes féminins de Céleste sont en piètre état. C'est la conséquence des grossesses presque tous les ans. Le médecin s'enrage à voir cela se produire trop fréquemment chez les couples catholiques. La doctrine catholique leur prescrit de faire des enfants et souvent les femmes n'ont pas la chance de se rétablir d'une grossesse, qu'une autre arrive. Il est urgent que sa patiente subisse *la grande opération* comme on disait dans le temps.

Durant son séjour à l'hôpital, Céleste entend parler d'une recherche au sujet d'un médicament qui aide beaucoup les gens souffrant de diabète en régularisant leur métabolisme. En effet, le docteur Frederick Banting et son étudiant Charles Best ont découvert l'insuline. Elle en discute avec le docteur Palmer qui lui promet de s'informer et de voir comment cela pourrait lui être utile. À l'hôpital, Céleste se familiarise avec la radio. Elle jouit beaucoup de cette distraction.

L'être humain est plein de paradoxes. Contrairement aux hauts cris que Céleste lance par rapport aux changements sociétaux qu'elle appelle dévergondages scandaleux, elle n'est pas réfractaire à tous les progrès de la technologie. Elle convainc Jérôme d'acheter une radio. Elle a tellement aimé cela quand elle était hospitalisée qu'elle croit que ce sera bien utile à la famille. Elle déclare avec insistance.

— C'é't bon pour l'éducation dés enfants. Lés nouvelles c't' important. Et p'is ça va empêcher nos jeunes de sortir et d'faire dés mauvaises rencontres!

Sans hésitation, Jérôme acquiert une radio au plus grand plaisir de toute la famille. La musique envahit la maison. Les gens sont à l'affût des nouvelles et Céleste ne manquerait pas ses radioromans pour tout l'or au monde. Le foyer Blanchet est le premier à Moraineburg à acheter un tel appareil. Ils n'ont pas lésiné sur la dépense, se procurant *la Cadillac* des radios. Jérôme, de son côté, veut moderniser le commerce.

— I' faut rester compétitif et aussi mieux sarvir lés clients. J'vas ach'ter deux automobiles pour le commarce, un beau corbillard et une voiture consacrée au transport dés malades et dés blessés. Comme ça, on va êt'e plus efficace et on va impressionner encore plusse la clientèle.

Au cours du séjour de Céleste à l'hôpital, Suzie, sa sœur, qui vit aux États-Unis et qui travaille dans un magasin de grande surface, a envoyé des magazines de mode à Gabrielle. Celle-ci aimerait bien pouvoir se procurer des vêtements tendance et adopter une coiffure comme celle des modèles, mais Céleste dit à Jérôme que ce sont des tenues de débauche et qu'elle serait très mal à l'aise s'il acquiesçait à une telle demande. Les gens de Moraineburg sont plus traditionnels.

Colombe vient les visiter au mois de juin pour la Saint-Jean et elle a une allure tout à fait transformée. Les Pellerin n'ont jamais pu lui dire non et ils l'ont beaucoup gâtée. Elle porte une robe typique de l'époque, plutôt courte qui descend juste sous le genou, de magnifiques bas de soie, et elle a chaussé de jolis escarpins avec un petit talon. Comme bijou, elle s'est parée de longs colliers de fausses perles. Elle a fait couper ses cheveux et a adopté un style à la garçonne et oh! scandale, elle a étendu une légère couche de rouge à lèvres sur sa bouche.

Céleste est dans tous ses états et se promet de dire à Jérôme, quand ils se retrouveront seuls, que cela n'a pas d'allure pour une jeune fille de 13 ans. Elle a l'air beaucoup plus vieux. Elle répète à tout un chacun.

— Ça pas de bon sense! A va dévargonder més enfants. Est b'en trop jeune pour s'attriquer comme ça!!! Chu's çartaine qu'les gars vont l'achaler. Ch'sera's pas surpris qu'a fasse un enfant avant même de s'marier!!!

Céleste n'est pas au bout de ses peines. Avec fougue, Colombe raconte aux enfants qu'elle a la joie et le privilège d'aller souvent au cinéma.

— J'adore les p'tites vues! Lés actrices et lés acteurs sont telle... mment beaux. J'aimera's donner un bec à Rico Vitalli. Vous savez pas c'que vous manquez. I' faut convaincre popa d'vous emmener en ville pour woir ça. Lés gars, vous aimeriez les vues d'cowboys.

Elle a appris beaucoup de danses modernes en visionnant autant de films que possible. Elle délaisse ses études pour le plaisir. Elle propose aux jeunes de leur enseigner des pas de danse à la mode, mais Céleste le lui interdit formellement.

— C'é't des danses du yâb'e. Tu montras pas ça à més enfants.

Colombe est très vexée et à son tour réplique d'une voix aiguë et de façon impolie.

— T'es pas ma mére et t'es juste une vieille qui conna't rien.

Frustrée elle se tourne vers son père.

— Si c'é't pour êt'e comme ça, je r'viens p'us!

Céleste ne peut se retenir et prononce des paroles qui dépassent sa pensée.

— Tant mieux! Bon débarras!

Les autres invités arrivent et l'atmosphère se calme surtout qu'il y a de bien beaux garçons parmi les visiteurs et Colombe en est folle. Céleste l'a à l'œil et elle se promet de rabâcher les oreilles de Jérôme au sujet de sa fille qui s'en va directement en enfer. Le curé Houde l'a dit dans son sermon de dimanche dernier.

Du haut de sa magnifique chaire, en érable solide, superbement sculpté, il a prononcé des paroles excessivement négatives par rapport à la société actuelle.

— On traverse des années de perdition! L'influence du Mal est partout! Une menace constante pour notre jeunesse!

Céleste qui est distraite pour le moment, mais qui a la rancune facile, se promet d'en parler à ceux qu'elle considère comme les parents de Colombe, les Pellerin. Elle pense que c'est probablement inutile, se doutant qu'ils viendront à la défense de la jeune fille.

— I' vont en faire une putain!

Deux incidents malheureux surviennent en 1923. Tout d'abord, depuis quelque temps, Jacques-Bruno démontre des signes de son âge. Il a eu 100 ans, tout le monde en est fier, lui le premier, toutefois il est plus souvent las. Il dort beaucoup. Il a moins d'appétit et a perdu du poids. Céleste fait tout ce qu'elle peut pour le motiver à déguster ses petits plats préférés qu'elle prépare avec beaucoup d'amour. Elle n'a aucun succès! Il a aussi de fréquents trous de mémoire et souffre parfois d'incontinence. Enfin, il perd souvent l'équilibre, fait des chutes et a subi plusieurs blessures pas trop graves à date.

Jérôme tient un conseil de famille avec ses frères et sœurs et il est convenu que Jacques-Bruno serait mieux dans une maison de vieillards. Jérôme qui a de nombreuses *connexions* lui trouve une place rapidement dans un excellent foyer, celui des Lafleur, à environ 35 milles de Moraineburg. Même si les soins y sont extraordinaires et les employés remplis de bienveillance à son égard, Jacques-Bruno n'y est pas heureux et ses traits de caractère désagréables font surface.

Il n'aime pas la nourriture, son lit est inconfortable selon lui, la couleur des mûrs lui déplait, enfin tout y est pourri. C'est son seul sujet de conversation quand il a de la visite. Ses enfants sont assidus. Tous les jours, quelqu'un vient le voir, mais il n'est jamais satisfait. Il s'affaiblit à vue d'œil. Il ne serait pas réaliste de le ramener à la maison parce qu'il a trop de besoins qui requièrent des compétences spécialisées et médicales. Une belle nuit, Jacques-Bruno s'éteint. Le médecin dit tout simplement à la famille qu'il est mort de vieillesse.

— Il a eu une belle vie et il a quitté not'e monde comme il a vécu, doucement, sans grandes douleurs.

Quoiqu'il ait eu un tempérament bien particulier, tous l'aimaient. Son absence va laisser un énorme vide dans la maison et dans le commerce. Il ne travaillait plus beaucoup. Il était quand même considéré comme la clé de voûte de la famille et de la *business*.

La maison funéraire Blanchet a déployé un maximum d'efforts pour que le centenaire soit traité avec les égards qui lui sont dus. La dépouille repose dans le cercueil le plus cher et le plus sophistiqué du salon. Le commerce des cercueils a bien changé depuis qu'ils sont fabriqués en usine. Le coût d'achat est plus dispendieux qu'à l'époque où ils étaient bâtis sur place. La marge de profits est cependant plus élevée. On est loin du modèle utilitaire. Les clients jouissent d'une plus importante variété de choix. Certaines pièces, dont les plus chères, sont des œuvres d'art.

La salle d'exposition déborde de bouquets de fleurs. Un grand nombre de visiteurs viennent lui rendre hommage. Il faut dire que chaque habitant de Moraineburg s'enorgueillissait d'avoir un citoyen âgé de 100 ans au sein de sa population. Le curé qui admirait le vieillard lui a offert des funérailles à la mesure de l'homme.

Par malheur, quelques mois plus tard, le moulin qui engageait beaucoup de travailleurs ferme ses portes. MacPherson a décidé qu'il était préférable de relocaliser la scierie de l'autre côté de la rivière pour avoir un meilleur approvisionnement de bois. C'est la consternation totale à Moraineburg. Plusieurs des employés déménageront, dont Carlos, le grand ami de Jérôme. Ceux qui n'auront pas pu suivre, tenteront ou bien de trouver du travail à la carrière ou tristement auront à faire face au chômage. La prospérité du village en souffrira. Aux dires de plusieurs, l'économie de la place ne se relèvera pas de ce drame désolant.

Tout ne peut pas toujours aller mal. Le docteur Palmer confirme à Céleste que l'insuline pourrait lui être bénéfique. Il y a un *hic* cependant. Cela peut prendre un bon moment avant de découvrir la dose appropriée et il est nécessaire de considérer les risques associés. Dans les débuts, elle est susceptible de ressentir plus de malaises que de bienfaits. Elle et un membre de la famille devront apprendre comment faire les injections. Le médicament est très coûteux. Il va falloir que pour un bout de temps, elle ait de l'aide pour se consacrer à une surveillance étroite du traitement. Cela peut prendre jusqu'à six mois pour stabiliser sa condition. Il est critique de bien équilibrer la posologie, le cas contraire pourrait entrainer la mort.

Céleste a aussi accumulé beaucoup de deuils aggravés par l'émotivité variante d'une personne atteinte du diabète et hypothéquant ainsi sa résistance physique. Qu'à cela ne tienne, elle est prête à affronter les défis. Quand Céleste est déterminée, rien ne peut l'arrêter. Jérôme la trouve bien téméraire et le lui dit. Faisant fi de ses mises en garde, elle tente de lui expliquer les contraintes presque insupportables causées par cette condition chronique.

— Écoute mon mari, tu sés pas comment c'é't difficile de viv'e jour apras jour avec c'te satanée maladie. Si y'a que'qu' chose qui peut aider, j'vas l'prendre. P'is astine-toé pas avec moé!

Muguette, qui vient d'avoir 19 ans, apporte constamment de l'aide à la maison, toutefois ce n'est pas assez. De surcroît, récemment, la jeune femme a reçu une offre pour un poste de ménagère au pres-bytère à Clearbrook et les parents l'encouragent à accepter cette opportunité intéressante. Le couple s'entend qu'il faut faire quelque chose pour faciliter la situation de Céleste. Gabrielle, Antoine et Victor peuvent assez bien se débrouiller. Ils vont à l'école et sont des élèves studieux. Gabrielle cuisine bien et les garçons aident déjà à la *business*. Ils démontrent tous les deux qu'ils possèdent un bon sens de responsabilité. Les deux plus jeunes, Florence et Thomas, sont loin d'être autonomes et requièrent de l'attention de tous les instants. Il faut penser à une solution en ce qui les concerne. Marie-Lise est maintenant mariée et elle a sa propre vie donc elle n'est plus une option.

Jérôme décide de recourir aux services de l'épouse d'Horace Paradis, Françoise, une amie de Céleste, qui appuie les parents qui en ont besoin. Florence et Thomas seront placés dans cette famille pour six mois. Au début, le frère et la sœur trouvent cela dur. Le développement de l'attachement à la mère durant la petite enfance est incontournable. Une séparation aussi courte soit-elle, peut entrainer des conséquences irréparables pour le reste de la vie des personnes qui la subissent. Jérôme a tout de même pris la précaution de choisir un excellent foyer et les Blanchet entretiennent des relations étroites avec les Paradis.

Plus le temps s'écoule, plus les enfants s'adaptent à leur nouveau milieu de vie. Il s'agit d'un endroit apaisant, aimant et stimulant. Ils ont plus de liberté qu'au salon funéraire où Céleste s'acharne à leur répéter la vieille rengaine *faites pas de bruit, 'y a un mort!* Ils peuvent s'ébattre, rire aux éclats, somme toute se comporter à la manière d'enfants de leur âge. Thomas et Florence garderont toujours des rapports affectueux avec cette famille. Florence et ses futurs enfants continueront à fréquenter les Paradis. Elle les considère comme de la parenté.

En 1924, Céleste perd sa sœur préférée, Reine-Marie, âgée d'à peine 33 ans. Elle est décédée de la tuberculose. La famille soupçonnera que cette maladie est une séquelle directe de la grippe espagnole. Reine-Marie avait énormément souffert au moment de l'épidémie. Sa vie ne tenait alors qu'à un fil. Céleste croyait que c'était grâce à ses prières si elle avait survécu. En effet, Céleste s'était investie dans une panoplie de dévotions.

Céleste regrettera amèrement le décès de cette sœur qui pour elle était en tous points parfaite. C'était une personne généreuse et affable. Céleste ne conservera aucun lien amical avec le veuf de sa sœur. Reine-Marie était la seconde femme d'Armand Lamothe, un homme rustre et violent. Le couple était sans enfant, ce qui facilitera la rupture.

En 1925, Gabrielle termine sa scolarité. Elle a un sens organisationnel remarquable et elle est excellente en français et en arithmétique. D'une grande maturité pour son âge, elle possède beaucoup d'entregent. Son rêve est de devenir secrétaire. Elle fréquente un petit ami de garçon, André Fleury. Son père est propriétaire d'une boucherie. Durant les vacances d'été, elle réussit à se négocier un emploi chez M. Fleury. Elle cumule plusieurs fonctions, dans le fond, elle dépanne selon les besoins. Elle travaille à la caisse, s'occupe de la comptabilité, prépare des affiches publicitaires, conseille les clients, et elle s'adonne à toute autre tâche qu'on peut lui assigner. Son succès en toutes circonstances est remarqué.

Ça y est, elle a la piqûre. Ce qu'elle adore, c'est d'œuvrer dans le vrai monde. Malheureusement, à l'épicerie, elle remplaçait des employés permanents durant leurs vacances. M. Fleury n'avait pas les moyens d'ajouter du personnel même s'il la trouvait exceptionnelle. Il la prévient cependant qu'il va parler d'elle à ses clients parce que ce serait trop triste de gaspiller une perle comme elle.

Le juge de paix de Moraineburg est mis au courant de ses talents. Il vient tout juste de perdre sa secrétaire. Gabrielle pourrait sûrement faire l'affaire. Il transige régulièrement avec Jérôme. Il sait que les Blanchet sont des gens fiables. Après avoir rencontré Gabrielle en entrevue, et ayant été extrêmement satisfait, il l'embauche sur le champ. Cette dernière est *aux petits oiseaux*. Ses parents n'ont de choix que de dire oui. C'est une grande fierté pour eux de penser que leur fille travaille pour une personne importante comme le juge. Gabrielle, pour une raison ou une autre, a toujours été proche de Céleste. Tous les membres de la famille l'affectionnent particulièrement. C'est un être doté d'une sensibilité et d'un charisme impressionnants.

CHAPITRE 16
La grande dépression

———

La vie suit son cours. Les enfants grandissent, l'insuline améliore énormément l'état de santé de Céleste et pour le commerce c'est la routine pour ne pas dire une certaine prospérité jusqu'à ce que survienne un incident catastrophique pour le monde entier.

En effet, le 24 octobre 1929, un autre fléau, celui-là d'ordre économique, frappe la planète par suite du *Krach* de la bourse de New York. Cette journée a été qualifiée par les historiens de *jeudi noir*. Les conséquences seront dévastatrices partout sur la terre. Les prix sont en chute libre et plusieurs grandes entreprises et banques font faillite. Le chômage rejoint des sommets rarement atteints. Les années précédentes avaient donné l'impression que les affaires étaient florissantes et beaucoup de gens ont fait des investissements avec de l'argent emprunté. Plusieurs croyaient sincèrement faire fortune. De nombreux individus ont frivolement *étiré l'élastique monétaire* jusqu'à ce qu'il brise.

Le désastre financier sera suivi et, de ce fait, aggravé par une sécheresse cauchemardesque dans les provinces de l'ouest du Canada. Le pays dépend beaucoup de ses exportations de ressources naturelles. L'économie mondiale est au ralenti, donc les marchés sont pénalisés. Les agriculteurs de l'Ouest, les jeunes, les hommes d'affaires modestes, les sans-emploi sont particulièrement touchés. Les gens n'ont pas l'argent pour acheter des biens, pour payer des services ou pour rembourser de vieilles dettes. Plusieurs perdront leur logis. C'est l'apparition d'itinérants et de camps de chômeurs. Le marasme s'étendra sur plusieurs années, jusqu'au début de la Deuxième Guerre mondiale.

Moraineburg n'est pas épargné. Plusieurs entreprises doivent fermer leur porte, les emplois se font rares et de nombreux habitants sont *jetés sur le trottoir*. Les cultivateurs qui ont des fermes prospères sont avantagés parce qu'ils peuvent être autosuffisants. Jérôme doit ajuster ses affaires en conséquence. Au salon, évidemment, le travail ne manque pas. Les situations financières précaires n'arrêtent pas la mort, au contraire, elles en profitent. Les pauvres gens qui ont du mal à se procurer de la nourriture souffrent de maladies liées à la malnutrition et d'autres à la désespérance et à la honte.

Malencontreusement, Jérôme doit faire beaucoup de crédit. Les ventes à son magasin général se font rares et les quelques transactions qu'il y fait ne sont pas payées sur le champ. La seule chose qui semble rentable est le commerce de cercueils et du charbon. Encore là, il doit être d'une extrême patience pour que les clients s'acquittent des paiements. Mais, c'est une évidence, tout le monde a besoin de se chauffer et toutes les familles perdent des êtres chers. Il est vraiment à court de liquidité à ce moment. Il se voit donc confronter à de dures décisions. Mettre du pain sur la table et réduire au maximum son endettement deviennent ses priorités. Quand Jérôme est anxieux, il ne fait pas toujours de bons choix de santé. Il fume beaucoup et prend un coup fort. Pensant à sa famille, il se ressaisit et cherche conseil auprès de son épouse.

Il a de longues discussions avec Céleste. Le couple se dit que les Blanchet ont été privilégiés dans le passé. Il pèse de long en large le pour et le contre. Jérôme explique que cette fois, ils ne peuvent s'en sortir sans agir.

— J'veux faire pour le mieux ma vieille. C'é't la première fois d'ma vie que c'é't si grave. J'peux p'us continuer comme ça. On va êt'e enterré dans lés dettes.

Céleste sait poser les bonnes questions.

— Qu'ossé qu'é't la *business* la plus sûre?

Poser la question c'est y répondre. En effet, elle est assez futée cette Céleste.

Jérôme n'hésite pas et confirme ce que Céleste sait déjà.

— C'é't l'salon.

Céleste continue sur sa lancée.

— Crés-tu qu'tu peux avoir un prix raisonnable pour le magasin? Si oui, ce s'ra't la meilleure solution!

Après avoir tergiversé pendant un long moment, c'est avec un énorme regret que Jérôme décide de se délester du magasin. Céleste lui force la main compte tenu de leur situation financière chancelante.

— I' faut pas qu'tu tardes trop sinon on va vra'ment êt'e dans l'troub'e.

Jérôme est un négociateur astucieux ayant bien appris de son père. Il obtient un montant respectable pour la transaction. Il est convenu qu'il conservera la vente de cercueils et de charbon. Ce ne sont pas des objets de luxe. D'ailleurs, personne ne peut se permettre autre chose que le nécessaire et pour certains même cela n'est pas possible. Malgré son chagrin, parce que le magasin était dans la famille depuis longtemps et faisait la fierté de son père, Jérôme rassure sa femme.

— I' falla't faire c'qu'i' falla't faire. On va s'garder la tête sus l'eau pour un boute. Mais i' faudra't pas qu'ça dure longtemps.

Au moins, il n'a pas à demander de l'assistance sociale, le *relief*, comme plusieurs autres citoyens. Céleste encore une fois attribue ce nouveau malheur qui assaille violemment le monde entier aux mœurs libres des années vingt. Elle répète sans cesse les mêmes histoires aux membres de sa famille.

— C'est toutes lés débauches dés darniéres années qui ont causé la punition du Ciel. J'vous l'ai toujours dit qu'i' faut pratiquer la religion pour qu'lés affaires aillent b'en dans l'monde.

Les enfants sont bien *tannés* de l'entendre *radoter* comme ils disent. Ils ne sont pas au bout de leur peine de ce côté parce qu'avec les années, ses obsessions religieuses vont s'accentuer. Elle sera de plus en plus préoccupée par la religion et la peur du courroux de Dieu. Cette attitude sera la source de bien des conflits avec sa progéniture.

Pour les ménagères de ces années-là, les défis en cuisine restent grands. Il faut confectionner de la *bouffe* peu coûteuse qui remplit les ventres. Les foyers qui peuvent s'obtenir de la nourriture optent pour les mets copieux et peu dispendieux, soupane, soupes, *bines*, pain de viande et pommes de terre, pouding au pain, chocolat aux patates, plats de saucisses, d'oignons et de patates que la populace appelait *poor man's meal*. Céleste qui ne savait pas cuisiner au début de son mariage se débrouille bien. Elle réussit à garder les estomacs de sa famille bien remplis.

Pour ceux et celles qui n'arrivent pas à se procurer le moindre aliment, ils sont, au début de la crise, pris en charge par la ville, la paroisse et les religieuses. À Moraineburg, ils travaillent ensemble. Le curé met à la disposition des pauvres le sous-sol de l'église converti en soupe populaire. La municipalité contribue financièrement à l'achat des victuailles et les sœurs et quelques femmes charitables, dont Céleste, cuisinent. Le couvent accueille ceux qui n'ont pas de toit pour la nuit. À mesure que la situation s'envenimera, différents paliers de gouvernement s'en mêleront. Ce sera le début de l'appui au chômage sous différentes formes et de l'assistance sociale.

En 1931, Antoine âgé de 19 ans vient d'entrer à l'Université d'Ottawa. Il compte obtenir un baccalauréat ès arts. C'est grâce à un donateur anonyme et aux épargnes faites en travaillant à des emplois d'été variés qu'il peut poursuivre ses études. C'est un jeune homme intellectuel et brillant. Le plan de Céleste c'est qu'il devienne évêque un jour. Antoine en a décidé autrement parce qu'il aime bien les filles qui déambulent sur le campus. Se marier et bâtir une famille, cela lui plairait bien. Durant ses périodes libres, il se promène à Ottawa où il a pris goût au cinéma. Les distractions ne l'empêchent aucunement de réussir dans ses cours. Il gagne de nombreux prix et il est repéré par les pères oblats.

Ils s'y prennent de toutes les façons pour le convaincre de devenir prêtre. Antoine est astucieux et veut terminer ses études donc il se montre conciliant avec eux. De fait, ce n'est qu'un jeu. Lors d'une de ses sorties au cinéma, son regard croise celui d'une superbe jeune fille qui vit dans l'ouest de la ville d'Ottawa. Elle a la taille fine, des yeux perçants, des jambes ravissantes. Elle porte une élégante tenue à la mode agrémentée d'un joli chapeau cloche. Comme Antoine est reconnu pour avoir beaucoup d'entregent, il l'aborde poliment et lui propose d'aller boire une limonade. Il est beau garçon et se présente bien. Elle accepte son invitation.

C'est le début d'une magnifique histoire d'amour. Il se garde bien d'en parler à sa mère sachant qu'il n'en entendrait pas la fin. Il a un plan cependant parce qu'il n'a pas la chance de voir sa blonde souvent. Son souhait c'est de demeurer à Ottawa au cours de sa dernière année d'étude espérant se trouver une chambre dans une maison pas loin de chez sa belle. Il décroche un emploi d'été dans le bureau du notaire de Moraineburg et met tous ses sous de côté.

Il réussit son pari et les choses progressent. Il courtise la charmante Gilberte Grenon toutes les fins de semaine. Ses parents aiment bien Antoine qui est un jeune homme si distingué et instruit. Ils croient qu'il aura un bel avenir. Un soir que les amoureux vont faire une balade à pied, Antoine s'enhardit et prend la main de Gilberte. Un courant électrique traverse tout son corps. Il conclut dès lors qu'ils sont faits l'un pour l'autre. Lors d'une future visite à Moraineburg, il en parlera à son père et à sa mère.

Victor pour sa part est un passionné comme son père pour tout ce qui est en lien avec le salon funéraire. Il travaille au côté de Jérôme en poursuivant ses études pour obtenir un jour le diplôme qui lui permettra de pratiquer ce métier. Il aimerait être de la prochaine génération qui reprendra les rênes du commerce. Son père le trouve bien bon. Thomas aussi est fasciné par le domaine. Il ne quitte pas Victor d'un poil. Il peut rester assis des heures à l'observer faire son boulot.

Jérôme et Victor ont souvent des enterrements à Clearbrook. À ces occasions, Muguette les invite à manger au presbytère. Ils sont reçus comme des rois malgré la pénurie de denrées. Les fermiers du village se montrent généreux avec le curé. Muguette est une redoutable cuisinière et réussit des merveilles avec pas grand-chose. À l'occasion d'une de ces visites, alors qu'ils sont assis sur *la galerie* avec le curé et Muguette, l'une des voisines des Blanchet passe avec une amie. Alberte Asselin fréquente un jeune homme de Clearbrook. La famille de ce dernier est à l'aise et fait de bonnes affaires dans la vente d'automobiles. Les remarquant, elle s'arrête pour les jaser. Elle présente sa compagne au groupe, Juliette Junot.

— C'est ma meilleure amie. Elle est voisine de chez mon *chum* et sa sœur a épousé le plus vieux de la famille. C'est comme ça que j'l'ai rencontrée. Depuis, on est inséparable. Juliette étudie à Ottawa à l'école Normale. Elle va devenir enseignante. C'est toute une *bol*.

Victor, habituellement réservé, entame une discussion avec les deux jeunes filles. Il s'est toujours bien entendu avec Alberte avec qui il a grandi. Pour le moment, c'est plutôt Juliette qui l'intéresse. Au bout de la conversation, Alberte mentionne que Juliette vient souvent la rejoindre à Moraineburg. Peut-être que Victor et elle auront l'occasion de se revoir. Victor est ravi. Il est loin de se douter que lors de la prochaine visite de la jeune fille à Moraineburg, ils entreprendront une fréquentation qui durera dix ans.

Gabrielle poursuit son travail chez le juge. Il la trouve indispensable. Elle cumule de plus en plus de responsabilités. Non seulement accomplit-elle des tâches de secrétariat, mais elle est de précieux conseil quand le juge fait face à des dilemmes en apparence insurmontables. Son sens d'analyse et son jugement sont justes. Elle continue à fréquenter André Fleury qui est fonctionnaire à Ottawa au gouvernement fédéral. Les choses sont sérieuses entre eux. En septembre 1931, ils se fiancent. Les Blanchet et les Fleury sont tout à fait à l'aise avec cette situation. Gabrielle est très fiable et fait preuve de beaucoup de maturité pour son âge. André l'a toujours bien traitée. Ce dernier a déjà un logis à Ottawa.

Le juge est celui qui est le plus déçu de penser que Gabrielle pourrait quitter son emploi en se mariant. Il ne voit pas comment remplacer une personne aussi efficace. Gabrielle le rassure avec son ton calme et confiant.

— Faites-vous en pas. En attendant la date du mariage, j'peux entrainer une autre secrétaire. J'peux même vous aider à la choisir.

Chés de quoi vous avez besoin! Comprenez-moé, j'veux juste vous r'mercier pour m'avoir donné une chance et pour avoir eu foi en moi. Mais c'é't l'temps que j'fonde une famille. J'aime assez les enfants! On en veut beaucoup!

André et Gabrielle s'épousent en mai 1932. Ils forment un couple harmonieux. Malheureusement, ils n'auront pas d'enfant. Ils seront cependant une tante et un oncle merveilleux pour leurs neveux et nièces.

Les Blanchet sont loin de se douter qu'ils assisteront à un autre mariage dans les prochains mois. En effet, en juillet, lors d'une visite impromptue à Moraineburg, Colombe annonce fièrement qu'elle se marie le mois suivant. Céleste et Jérôme ne comprennent pas. Pourquoi une telle urgence? D'autant plus qu'ils n'ont jamais même rencontré le jeune homme. Colombe les informe qu'ils n'ont rien à faire, rien à débourser, juste à être présents.

Céleste s'inquiète de Colombe depuis les incidents du début des années vingt. Elle pensait qu'elle suivait un peu trop la mode et les mœurs d'émancipation. Elle a de plus toujours trouvé que les Pellerin n'étaient pas assez sévères avec elle. D'ailleurs, la jeune fille avait de tout temps été plutôt indépendante et parfois même impertinente, *polissonne* selon Céleste. Cette dernière sent qu'il y a anguille sous roche. Elle a imaginé certains changements physiques chez Colombe. Il lui semble que ses seins et son ventre sont plus arrondis. Ses yeux brillent d'une étrange lumière. Elle soupçonne que la jeune fille est enceinte et sans façon, elle ose le mentionner à Colombe qui le prend mal.

— Voyons donc. Pour qui que vous m'prenez. J'ai pas été élevée comme ça!!!

Céleste sera démentie quand le premier enfant arrivera bel et bien neuf mois après le mariage. Encore une fois, le jugement téméraire de cette fervente pratiquante aura des répercussions négatives sur les relations familiales. Jérôme et Céleste feront acte de présence à la cérémonie religieuse du mariage, mais ne seront pas de la fête au plus grand chagrin de Jérôme et de sa fille. Céleste a aussi de fortes opinions sur le mari de Colombe qu'elle n'a vu que pour une heure et ne lui a même pas parlé. À tort, elle le trouve plutôt fendant. Pendant plusieurs années, il y aura un froid entre Colombe et Céleste et les Blanchet la fréquenteront à peine. Ça prendra un nouveau drame dans la famille pour que les rapports s'adoucissent.

Céleste qui a toujours considéré les filles du premier mariage de Jérôme comme les siennes est certes déçue qu'aucune d'entre elles n'entre en religion. Elle se console en pensant à Muguette, qui au moins elle, vit à proximité d'un curé. C'est une jeune femme pieuse et bien vue dans la communauté.

Céleste n'est pas au bout de ses surprises, car Antoine s'est présenté au mariage de sa demi-sœur avec une jolie dame à son bras. Céleste est exaspérée. Antoine a terminé ses études avec brio et a décroché un bon emploi dans l'enseignement à Ottawa. Il se sent prêt à affronter le monde entier. Sans en parler à ses parents, il invite sa promise à venir prendre le repas dominical à Moraineburg, le dimanche suivant. Au cours du souper, il annonce gaillardement à la famille qu'il est fiancé, qu'il compte se marier l'été prochain et qu'il vivra à Ottawa. Jérôme, bien qu'étonné, félicite son fils. Céleste pour sa part se retranche dans un silence glacial. Elle craint pour l'âme d'Antoine. Cette jeune femme a l'air d'une tentatrice selon elle. Elle ne lui voit aucune qualité. Elle se promet d'avoir un entretien avec son fils. Ce dernier, qui n'a d'yeux que pour Gilberte, est complètement inconscient de ce qui se passe.

Après le départ des invités, Céleste, fidèle à elle-même, rabâche les oreilles de son mari au sujet de sa déception.

— Ça s'peut pas! J'ai toute fait pour encourager sa vocation sacerdotale. J'lui ai acheté le nécessaire pour qu'il joue à la messe, j'y ai organisé un autel dans sa chambre avec un crucifix, le Sacré-Cœur et la Vierge Marie. J'y ai lu dés textes des Saintes-Écritures. J'ai forcé Antoine à aller à la messe toués jours, j'y ai montré b'en dés prières. I' sarva't si b'en la messe. J'ai fa't dés neuvaines, dés retraites fermées, chu's allée à messe presque toués jours, toute ça pour que Jésus l'attire. On l'a envoyé au p'tit séminaire. Rien, rien, j'ai rien obtenu!! J'en r'viens juste pas. P'is i' a choisi une fille d'la ville. C'é't pas du monde comme nous aut'es. J'm'habituerai jama's.

Jérôme ne dit pas grand-chose. Il se demande en lui-même comment une personne si pieuse peut toujours critiquer si facilement son prochain. Timidement, il réplique à sa femme.

— Ma vieille, tu devra's 'i donner une chance. A m'a parru b'en *smarte* quand j'i' ai parlé. P'is le p'tit Jésus aime pas ça quand on fa't dés calomnies, dés médisances et dés faux jugements. El curé l'a dit.

Céleste est dans tous ses états.

— Ah b'en c'é't l'boutte. Tu prends leu' part p'is tu m'fa's dés r'montrances. J'en r'viens pas. J'ai pas dit mon darnier mot!

Le lendemain, Céleste ordonne à son mari de la conduire à Ottawa. Elle se présente à la résidence d'Antoine et l'enjoint à la suivre à l'extérieur. Elle déverse alors toute sa colère sur lui.

— T'és rien qu'un ingrat. Les Oblats ont payé tés études et toé tu leur ris au nez. T'as choisi une fille d'la ville qui é't belle, mais sét probablement pas comment t'nir une maison. C'é't pas c'que j'voya's pour toé dans vie. J'ai l'air de quoi moé aux yeux du bon Yieu. J'ava's promis que tu sera's un prêtre. Tu vas m'faire mourir. J'veux rien sawoir de c'te fille-là. T'auras pas une *cenne* noire de nous aut'es pour le mariage. Arrangez-vous!

Jérôme qui a été témoin de la scène fait un geste à Antoine de ne pas s'en faire. Elle lui semble gentille la fiancée d'Antoine. Rien que personne ne peut dire au jeune homme ne lui fera changer d'idée. Il est en amour fou avec cette femme qu'il trouve ravissante et intelligente. De plus, il a déjà eu l'occasion de goûter à sa cuisine et tout est délicieux. Elle est une excellente couturière et confectionne presque tous ses vêtements qui sont du dernier cri et qui lui vont superbement. Non, selon lui, elle n'a aucun défaut.

Le froid entre le jeune couple et Céleste durera un bon moment. Par orgueil, la mère d'Antoine sera au mariage, toutefois elle prendra un certain temps avant de les inviter chez elle. Heureusement, Antoine gardera contact avec Gabrielle, Colombe, Victor, Florence et Thomas.

Les enfants ont le don de rapprocher les personnes. À la naissance de sa première petite-fille, Céline, la grand-mère se ravisera et les relations renoueront. Avec les années, elle sera près de cette bru.

Jérôme avait bien raison de dire qu'elle est pas mal *smarte* et douce comme une soie. Elle sait prendre Céleste par le bon bord.

La nouvelle mission de Céleste c'est de travailler sur sa fille et sur son plus jeune, ses derniers espoirs. Elle est exigeante envers Florence qui, à cause de sa mère, développera un problème de conscience et une santé mentale fragile. C'est une sensible Florence qui ne veut faire de peine à personne, surtout pas à sa mère, peut-être une séquelle de la séparation vécue dans sa petite enfance. Céleste est souvent négative avec elle. Elle trouve sans cesse qu'elle ne fait pas grand-chose de bien. Céleste est plutôt tolérante avec Thomas et lui laisse passer bien de mauvais coups. Thomas prend parfois avantage de sa mère qui ne s'en rend même pas compte. Elle est aveuglée par sa croyance que cet enfant est un bébé miracle, un cadeau du bon Dieu.

Pendant ce temps, la crise économique se poursuit. Le chômage atteint des sommets jamais vus. La population en souffre. Plusieurs personnes frappent aux maisons privées pour demander l'aumône. Céleste se rappelle sans cesse les paroles de l'évangile. *Donner aux plus petits et aux plus pauvres c'est comme donner à Jésus.* En revanche, ses dons sont toujours calculés. Quand une quêteuse ou un quêteux se présente à la porte sollicitant de l'argent, elle les invite à sa table et leur offre soit un bol de soupane, un bol de soupe ou des bines. Pas question de leur donner des sous pour qu'ils s'achètent des objets de vice, des femmes de joie, des cigarettes ou de la boisson. Céleste semble vouloir sauver les âmes de l'humanité tout entière.

Florence est une jolie adolescente. De petite taille, elle a un beau teint olive, des yeux noisette et une chevelure brune ondulée. Elle est d'une grande douceur et a beaucoup d'empathie. Fidèle à son signe astrologique, la balance, elle déteste les confrontations et privilégie la paix à tout prix. Comme le reste de la famille, elle possède une voix mélodieuse. Malheureusement, elle a tendance à se sous-estimer et doute constamment de sa valeur.

À l'école, de la même manière que sa sœur Muguette, elle est une bûcheuse, mais ne réussit pas très bien. Elle se trouve dans la même classe qu'Henriette Leclair, qui elle est première de classe comme tous les enfants Leclair. Cette dernière pose des gestes qui rabaissent les élèves. Florence avec son âme tendre se sent inférieure. Elle se dit dans son for intérieur, je ne voudrais jamais me rapprocher ni de cette fille ni des membres de sa famille. Ils sont tous *fra's chiés*.

Ce qui surprend, c'est que la famille Leclair est l'une des plus pauvres du village. Le père est atteint de troubles respiratoires graves et a dû laisser son emploi. La forge c'est un endroit propice aux infections pulmonaires. Les Leclair ont été très éprouvés, ayant perdu deux enfants en bas âge, Robert et Roberte et une petite de 7 ans, Marguerite.

Marguerite est morte d'une péritonite. Les frais d'hospitalisation ont été onéreux. Bizarrement, le plus jeune de la famille, Michel, a eu des problèmes médicaux semblables et a été hospitalisé pendant plusieurs mois. On a craint pour sa vie. Il a même subi une greffe d'intestins d'animaux. Une solution novatrice pour l'époque! Encore là, le coût des soins de santé a été astronomique. La famille retire du *relief*. L'existence est plutôt paradoxale et le succès académique n'est pas nécessairement lié à la richesse.

En 1933, à la fin de sa dixième année scolaire, Florence demande à sa mère de quitter l'école. Avant que Céleste lance les hauts cris, elle lui explique qu'elle désire entrer en religion comme Agnès Paradis, Sœur Sainte-Agnès-d'Assise. Agnès est l'aînée de la famille où la jeune fille avait été placée quand elle était petite. Florence veut joindre les sœurs de Sainte-Geneviève. Cette congrégation fondée en France a récemment immigré au Canada. La fondatrice Mère Saint-Jean-de-la-Croix est la supérieure du couvent d'Ottawa. Florence prend Céleste au dépourvu. Elle ne peut qu'acquiescer au souhait de sa fille. Fière comme un paon, elle s'empresse d'appeler le curé pour lui apprendre l'excellente nouvelle.

— Imaginez m'sieur l'curé, ma fille va êt'e religieuse. J'en r'viens pas. Més rêves ont été exaucés. Quand l'bon Yieu farme une porte, i' ouvre souvent une f'nêtre.

Le chemin est long pour devenir religieuse. Le point de départ est un entretien rigoureux entre la sœur supérieure et Florence. L'interrogatoire veut dans les faits vérifier les vraies raisons pour lesquelles une jeune fille souhaiterait confier sa vie à Dieu. Il est évident que Florence respecte les vertus théologales et qu'elle est prête à se conformer aux vœux d'obéissance, de pauvreté et de chasteté. Sa marraine, Sœur Sainte-Agnès-d'Assise, n'a que des bons mots à son égard. Malgré tout, quelque chose d'imperceptible inquiète la supérieure.

Florence semble vulnérable et ultra-sensible. Aura-t-elle la capacité et l'engagement requis pour s'adapter aux règles exigeantes du couvent? La religieuse croit aussi que peut-être Florence espère tout simplement s'éloigner de sa famille, se libérer de sa mère. À la question, pourquoi voulez-vous entrer en religion, Florence a répondu sans hésitation.

— Je l'ai toujours su, ma mère aussi. Oh! s'il vous plait ma sœur, j'veux m'retirer du monde et consacrer ma vie à Jésus.

Mère Saint-Jean-de-la-Croix, réfléchit pendant plusieurs jours. Elle décide de tenter sa chance parce qu'avant de faire les vœux per-pétuels, il y aura le postulat et ensuite le noviciat. Elle conclut que la jeune fille semble sincère et que ce n'est pas à elle de juger de ses intentions. Finalement, elle contacte les Blanchet. C'est Céleste qui prend l'appel téléphonique. Quand la religieuse lui dit que Florence est acceptée, elle répète sans arrêt combien elle est contente que Dieu ait exaucé ses demandes.

— Vous savez ma sœur, j'aura's voulu que toutes més enfants soyent des religieux. Pour le moment, seule Florence a compris et a répondu à l'appel. Nous s'rons là pour supporter vos œuvres et vous woirez qu'elle a une belle dote.

Quand Céleste annonce la nouvelle à sa fille, elle l'étreint, geste de tendresse qu'elle ne prodigue pas souvent. Céleste garde une distance avec ses enfants. C'est la mentalité du temps. Ce qui compte c'est le respect des enfants envers leurs parents.

— Chu's b'en fière de toé. Hein! mon Jérôme on é't-tu chanceux d'awoir une bonne fille comme ça.

Florence ressent une grande satisfaction, celle de faire enfin plaisir à sa mère qui, depuis d'aussi loin qu'elle se souvienne, a eu peu de mots positifs à son endroit. Elle n'est jamais assez bonne pour elle. La veille de l'entrée de Florence au couvent, tous les enfants Blanchet sauf Colombe sont rassemblés pour une célébration qui commence par une longue prière. S'ensuit un souper modeste plutôt goûteux. Céleste énonce une ribambelle de compliments sur sa fille.

— Vous voyez comme elle est un superbe exemple de piété et de foi au bon Yieu. Prie pour eux aut'es qui ont rien compris.

Florence se sent mal à l'aise et dit simplement à ses frères et sœurs.

— J'espère que vous viendrez m'visiter au couvent.

Quand Florence revêt l'habit religieux, Céleste est émue aux larmes. La robe de sœur sied bien à Florence. Elle accentue la beauté de son minois. Florence choisit le nom de Sœur Saint-François-d'Assise. Elle admire ce saint qui a tout abandonné pour se consacrer à une vie de dénuement dédiée à Dieu. Son souhait le plus intime est de pouvoir l'imiter le plus possible, plaçant ainsi la barre haute.

La jeune postulante, bien qu'elle y mette tout son cœur et des efforts considérables, a du mal à s'habituer au quotidien du couvent. Florence a des émotions *à fleur de peau* et elle est excessivement scrupuleuse. La sœur supérieure par ses attitudes et ses comportements rappelle à Sœur Saint-François-d'Assise celles de sa mère et cela contribue à accentuer les doutes de Florence. Dès qu'une erreur est commise, peu importe la nature et la gravité, les sœurs doivent se confesser devant toute la communauté. Les pénitences imposées sont des plus humiliantes, par exemple laver le plancher avec une brosse à dents aux yeux et aux sus de toutes les résidentes du couvent.

Florence prie intensément afin que Dieu lui vienne en aide et pour qu'elle s'améliore dans la vie de sainteté. Elle ressasse sans cesse les commentaires négatifs de sa mère à son égard. Elle avait cru naïvement que les choses seraient tout autres au sein d'une congrégation. Sœur Sainte-Agnès-d'Assise était, en toutes circonstances, tellement sereine. La religieuse a eu une éducation familiale bien différente de celle de Sœur Saint-François-d'Assise. Elle oublie que la vie chez les Paradis était calme et bienveillante pour les enfants. La mère était douce et tendre. Les valeurs chrétiennes étaient présentes, mais ce n'était pas une obsession. C'était plus le respect des valeurs d'amour et de miséricorde. Leur Dieu était un Dieu aimant et non punitif.

D'un côté positif, Florence apprend beaucoup. Elle est exposée à énormément de culture. La sœur supérieure est poète et publie plusieurs recueils. Sœur Saint-François-d'Assise raffine aussi ses compétences de ménagère en expérimentant de nouvelles recettes. La table pour les repas est toujours dressée avec classe et bon goût. Ces riches expériences, elle ne les aurait pas vécues à Moraineburg. Cette communauté propose l'éducation aux jeunes filles. Comme la fondatrice vient de la France, elle croit à l'enseignement précoce. Le couvent accueille donc les filles à partir de 5 ans pour leur offrir le jardin d'enfants. Florence, qui est dotée d'un sens d'observation aiguë, découvre les bienfaits de ce programme, car il s'agit d'une innovation au Canada. Enfin, Florence s'est liée d'amitié avec des femmes extraordinaires.

À Moraineburg, Thomas est toujours ratoureux avec sa mère. Il l'a autour de son petit doigt. Elle est extrêmement protectrice de lui. Parfois, il se sent étouffé et a soif de liberté. Un beau jour d'hiver de 1934, il décide, sans en demander la permission, d'aller patiner sur l'étang qui se trouve derrière la maison. Il est bon patineur et s'en donne à cœur joie. Hélas, la glace est fissurée. Il trébuche et se fait mal à la hanche droite. Craignant la colère de sa mère, il choisit de ne rien dire malgré une douleur insoutenable qui se répand à toute la jambe. Il fait de la température et constate qu'un liquide jaunâtre épais coule de sa plaie. Il marche avec grande peine. Il ne peut plus cacher la situation à qui que ce soit.

Sa mère s'aperçoit bien que quelque chose ne va pas. Tout énervée, elle cherche à savoir auprès de son fils ce qui se passe.

— Qu'ossé qui t'arrive mon beau Thom? J'espère que t'as pas po'gné la polio. Tu boites beaucoup.

Il répond d'un ton plutôt exaspéré. Il adore sa mère, mais la trouve un peu trop couveuse.

— 'Man, j'ai pas la polio. Chu's tombé sur la glace en patinant en arriére. J'pensais qu'c'était pas grave, là ça fait vraiment mal. J'voula' pas t'énarver, c'é't pour ça que j'ai rien dit.

Céleste est dans tous ses états. Son inquiétude dépasse sa colère. Comme d'habitude, elle pense au pire. Elle n'ose pas regarder la hanche de son fils par pudeur, mais elle lui ordonne de mettre ses bottes, son paletot et sa tuque. D'un ton qui en dit long, elle demande à Jérôme de les conduire chez le médecin *subito presto*. C'était une bonne idée qu'il les accompagne parce que le verdict n'est pas rose. Thomas s'est cassé la hanche et puisqu'il a attendu pour en parler, il y a maintenant de l'infection et une vilaine plaie qui se sont développées. Ils se rendent donc à l'hôpital pour traiter la fracture. La situation est devenue compliquée en raison du retard entre le moment de l'accident et l'administration des soins. Il faut d'abord régler l'infection avant de procéder à des interventions chirurgicales et de poser un plâtre.

La convalescence sera longue et il ne pourra fréquenter l'école durant trois mois. Thomas doit déjà mettre des efforts considérables pour bien faire en classe. À l'instar de son père, il ne voit pas l'intérêt d'apprendre une foule de choses qui ne l'aideront pas à faire de l'argent dans la vie. Son seul désir est tout simplement de devenir entrepreneur de pompes funèbres. Comme bien d'autres Blanchet avant lui, il possède un talent naturel pour réussir dans ce métier.

Antoine lui fait comprendre que pour réaliser son rêve, il doit terminer une dixième année pour ensuite obtenir son diplôme d'embaumement. Un de ses bons *chums*, Régis Leclair, lui offre son appui. Il change les idées à Thomas qui trouve le temps long et *dont la mèche est plutôt courte* en ce moment. Régis va aussi l'aider à réussir sa dixième année.

Thomas doit être félicité d'avoir persévéré. Son plus gros problème, quand il a repris sa scolarité, vient du fait qu'une de ses enseignantes, assez *cute* d'ailleurs, était à peine plus âgée que lui. Il a marché sur son orgueil et a persisté. Cela lui a permis d'atteindre son rêve. Thom est devenu un entrepreneur de pompes funèbres d'une réputation enviable. Toutefois, en raison du retard du traitement médical, Thomas va boiter, et ce, au plus grand regret de sa mère. Elle le surprotégera pour le reste de sa vie.

En mars 1934, la paroisse vit un choc important. Son fondateur, son curé légendaire s'éteint. Il avait subi un AVC quelques mois plus tôt et était peu présent dans l'église. Lui, si robuste et si fort, avait perdu beaucoup de poids. Il n'avait plus l'usage de son côté droit et se déplaçait en fauteuil roulant. Toutes les messes étaient célébrées par le vicaire, l'abbé Saint-Hilaire.

Pour Jérôme, l'embaumement du curé Houde est un défi de taille. Il veut lui redonner son allure du passé, celle d'une personne solide pour que les paroissiens en gardent le meilleur des souvenirs. Victor qui a déjà son diplôme d'embaumeur l'assiste dans cette tâche considérable et le résultat s'est avéré assez étonnant. Tout le monde les félicite pour leur excellent travail. Il faut dire que pour la plupart des habitants de Moraineburg, ce prêtre était un saint, un géant qui savait tout faire. En se remémorant la reconstruction de l'église et du presbytère, les villageois répètent que le curé Houde avait été à la fois architecte, ingénieur et artisan. Les gens rappellent aussi qu'il faisait des miracles.

Les paroissiens le voyaient comme la stabilité du village, un roc sur lequel s'appuyer en tout temps. Évidemment, ils oubliaient les semonces que le curé leur livrait en chaire. Ils se soucient de savoir qui va le remplacer. Plusieurs souhaitent que ce soit le vicaire actuel, ainsi la continuité sera assurée. L'archevêque pour sa part avait des vues différentes. Il nomme plutôt l'abbé Renaud Chartier, un Français de France.

La communauté en a entendu parler parce qu'il est présentement curé d'un petit village avoisinant. Il est arrivé au pays avec son bedeau et sa cuisinière, le couple Piché. Déjà, le commérage va bon train.

— Comment qu'on va faire pour le comprendre, i' parle pas comme nous aut'es. On s'ra b'en mieux avec une parsonne de che' nous.

Jérôme, qui a eu affaire à lui lors de funérailles dans sa paroisse, leur demande de lui donner une chance.

— I' éta't b'en aimé. I' parait qu'i' é't doux d'approche et un b'en bon confesseur.

Au couvent, avec toutes les exigences de la vocation, Florence devient de plus en plus obsédée par la religion. Elle se confesse tous les jours, craint l'enfer et pense qu'elle ne sera jamais assez bonne pour Dieu. Elle s'imagine constamment avoir fait des péchés. Elle craint continuellement d'entrer en tentation. C'est sûr que la discipline excessive du couvent n'aide pas. Les longs et compliqués examens de conscience font voir le mal partout. Sœur Saint-François-d'Assise souffre de crises d'anxiété débilitantes et d'insomnie perpétuelle au cours desquelles elle pleure sans arrêt et ressasse des idées de plus en plus noires. La sainteté est devenue une fixation incontrôlable pour la jeune religieuse.

Florence se trouve minable et incapable d'obtenir le respect des autres. Elle est une moins que rien. Elle ne mange plus et s'isole régulièrement. Les palpitations cardiaques violentes qu'elle ressent lui font croire qu'elle va mourir et elle s'imagine qu'elle ira directement en enfer. Elle sait en elle-même qu'elle ne peut plus rester au couvent, mais éprouve une peur bleue du jugement de sa mère qui encore une fois va lui dire qu'elle a échoué.

La directrice des novices, Sœur Saint-Augustin, voit bien que quelque chose ne va pas. Elle a un entretien avec la jeune novice. Sœur Saint-François-d'Assise ne s'ouvre pas beaucoup. La religieuse expérimentée observe cependant son interlocutrice. Elle remarque les yeux cernés, les traits tirés, les nouvelles rides au front, le léger tremblement des mains, la perte de poids. À son entrée au couvent, Florence était radieuse, avait le pas léger et le sourire aux lèvres.

La religieuse la revoit au chalet de la congrégation. Elle est debout dans un canot riant avec ses consœurs, insouciante, ne semblant rien redouter malgré le risque évident de la possibilité de faire chavirer l'embarcation et de tomber à l'eau avec sa grande robe de laine d'autant plus qu'elle ne savait pas nager. Aujourd'hui, elle a devant elle une personne terriblement transformée.

Sœur Saint-Augustin l'aborde tout doucement. Elle ne veut pas l'effrayer, mais elle ressent qu'il faut absolument l'aider.

— Je crois que vous n'allez pas bien. Je vais demander une consultation avec le médecin du couvent.

Pour toute réponse, Florence hoche la tête et lève les épaules. Entretemps, la supérieure du couvent, Sœur Saint-Jean-de-la-Croix, après un long échange avec la directrice des novices, appelle Céleste pour lui parler de sa fille. Ne sachant pas ce que la religieuse lui veut, Céleste s'énerve un peu.

— Qu'ossé qui s'passe. Pourquoi vous m'appeler? Florence as-tu faite que'qu'chose de pas correct?

Sœur Saint-Jean-de-la-Croix tente de la rassurer et surtout elle souhaite prendre les moyens pour que la mère ne prête pas de mauvaises intentions à sa fille.

— Non, madame Blanchet. Florence obéit *au doigt et à l'œil.* Je crois cependant que la vie de couvent n'est peut-être pas pour elle. Elle ne se sent pas bien, même si elle ne se plaint jamais. Elle a maigri, a les traits tirés, elle pleure tout le temps. Elle a des dévotions exagérées. Nous allons la faire voir par un médecin. Je voulais juste vous tenir au courant. Vous et votre famille n'avez rien remarqué lors de vos visites au parloir?

Céleste répond que non, tout semblait normal. Après quelques consultations, le médecin indique à Sœur Saint-Augustin que Sœur Saint-François-d'Assise souffre d'une sévère dépression. Il pense que Florence avait des prédispositions avant son entrée au couvent, mais il ne peut pas le confirmer hors de tout doute. Il ajoute que peut-être les exigences spirituelles que s'impose la jeune sœur peuvent avoir entrainé cette détresse psychologique. Elle a besoin de changer d'air, au moins pour quelque temps. Quand elle aura repris des forces physiques et mentales, elle sera davantage en mesure de décider du reste de sa vie.

Sœur Saint-Augustin partage les renseignements avec Florence. Cette dernière s'effondre dans une terrible crise de nerfs.

— Mais c'é't pas possible. Ma mère va être pas mal déçue et elle va m'en vouloir beaucoup.

— Écoutez ma fille, vous n'avez pas à prendre une décision tout de suite. Vous avez besoin d'un changement d'air et de repos. Quand vous verrez plus clairement, vous pourrez faire le meilleur choix pour vous et non pour votre mère. La vie religieuse n'est pas la seule voie vers le Ciel. Être une bonne épouse et une mère de famille responsable sont des états tout aussi élogieux. Voulez-vous que la supérieure du couvent appelle vos parents pour qu'ils viennent vous chercher?

En guise de réponse, la jeune femme hoche la tête. Le jour même, Jérôme vient prendre sa fille. Il est tendre et affable avec elle.

— Ma douce, c'é't pas la fin du monde. Je va's êt'e aux *p'tits oiseaux* que tu soyes de retour chez nous.

— Merci 'pa. Chuis pas certaine que 'man va penser la même chose. Son père la calme.

— Écoute moé b'en Flo. On pourra't pas d'mander mieux qu'toé comme fille. T'es bonne, t'es une parsonne gentille, t'haïs la chicane. Ta mére t'aime. C'é't juste qu'est b'en religieuse et a s'attend à la même affaire de toute le monde. Dans l'fond, est pas méchante. J'vas t'dire un secret, dés fois j'ignore sés commentaires. Tu devra's faire la même chose.

Malgré les inquiétudes de Florence, le retour à la maison s'est tout de même bien passé. Céleste a bien vu la désolation dans laquelle se trouvait sa fille. Elle lui a donné tout son espace. Céleste avait eu un entretien avec le curé Chartier. Il lui a parlé de l'amour de Dieu et de la façon dont Jésus accueillait toujours les petits, les pauvres et les malheureux. Elle a suivi ses conseils. D'ailleurs, ce prêtre aidera Florence à prendre la meilleure décision pour sa vie à venir. Il a une approche très différente du curé précédent qui était sévère et menaçait les paroissiens de la colère de Dieu. Le pasteur Chartier est tout en compassion et en empathie. Malgré son attitude conciliante, il a lui aussi beaucoup de charisme. Il y a constamment une grande filée devant son confessionnal et ses sermons sont toujours réconfortants.

Puisqu'il est un Français, les gens qui redoutaient sa venue au début et qui craignaient de ne pas comprendre son accent se vantent fièrement à qui veut l'entendre.

— I' parle-tu b'en not'e curé. On é't-tu chanceux de l'awoir!

La nature humaine est et restera éternellement étonnante.

CHAPITRE 17
La grande noirceur

———

Florence consulte régulièrement le curé Chartier pour ses nombreux cas de conscience. Il se montre compréhensif et bienfaisant. Il l'aide à réaliser que la vie de couvent n'est probablement pas pour elle. Quand elle donne finalement sa décision à sa mère, il y a quelques flammèches. Céleste cependant n'est pas fâchée d'avoir de l'appui de Florence. Elle se dit intérieurement que tout au moins elle pourra convaincre sa fille d'entrer dans un Ordre laïc, peut-être celui des capucins puisque cette dernière est très dévote à Saint-François-d'Assise et à Saint-Antoine-de-Padoue. Pour Florence, c'est une grande libération. Elle commence à voir *la lumière au bout d'un tunnel* excessivement sombre.

Florence et Thomas sont près l'un de l'autre. Thomas confie tous ses secrets à sa sœur. Il est intéressé à une jolie jeune fille de la place, Prudence Chagnon. C'est une vraie beauté comme tous les membres féminins de sa famille. Elle est élancée, a les yeux et les cheveux bruns. Il sait qu'il a beaucoup de compétition, car plusieurs gars du village voudraient la fréquenter. Les femmes de la famille Chagnon sont hautement convoitées.

Sa mère n'aime pas beaucoup cette famille, c'est le plus grand souci de Thom. Les parents de la jeune fille possèdent un commerce de meubles. Selon les cancans supposément rapportés à Céleste, ils font des magouilles. Les produits vendus ne sont pas toujours de la qualité qu'ils prétendent. Jamais Jérôme n'aurait toléré de telles façons de faire quand il était propriétaire du magasin général. On dit que seul l'argent intéresse les Chagnon. Céleste a souvent tendance à exagérer et à écouter ce qu'elle veut bien entendre. Plusieurs citoyens de Moraineburg vantent les mérites des achats effectués chez Chagnon.

Thomas est impatient de faire accepter ses amourettes par sa famille. Il se confie à Florence à ce sujet. Elle lui explique dans les termes d'un proverbe populaire que répétaient les religieuses quand elle était à l'école.

— *Patience et longueur de temps, font plus que force ni que rage.*

Il continue à rencontrer sa belle en cachette sans en parler à ses parents. Victor pour sa part fréquente toujours Juliette. Il souhaiterait bien l'épouser prochainement. Les deux jeunes gens sont réalistes, réfléchis et sérieux. Ils veulent commencer leur vie de couple sur une base financière solide. Ils se disent que compte tenu de la dépression économique, ce n'est peut-être pas le bon moment. Pour renflouer ses épargnes, Victor propose à son père d'aller travailler en ville au salon Rioux. Il explique à Jérôme que le propriétaire l'a approché à plusieurs reprises quand il l'a rencontré à l'hôpital alors qu'il allait reconduire des blessés ou cueillir des dépouilles. Il l'a questionné longuement sur ses compétences et son expérience. Il lui a offert un salaire acceptable et a fait miroiter des possibilités d'avancements. Son père qui envisageait de lui léguer un jour le commerce et qui aime bien travailler avec lui tente de le dissuader.

— Tu peux pas m'faire ça Vic, j'ai besoin de toé. J'te voya's comme l'héritier de *la business*.

Victor se fait convaincant dans sa réponse.

— Écoute 'pa, j'pars pas pour toujours. Vois ça comme l'occasion de m'perfectionner et d'apprendre de nouvelles affaires. En attendant t'as toute l'aide qu'i' faut de Thom. I' est b'en bon et tu l'sés.

Son père essaie une nouvelle tentative.

— Tu crés qu'tu vas awoir de meilleurs r'venus, mais t'aura's aussi plusse de dépenses. Si tu t'loges en ville, ça va t'coûter plus cher qu'icitte. On t'charge presque pas de pension.

Victor a pensé à tout.

— Ils m'ont offert le logis en haut du salon gratuitement. Ça m'coûtera pas un sou noir.

L'échange plutôt malaisant se poursuit.

— Oui ma's tu woiras presque pas ta blonde qui vit à Clearbrook?

— J'ai d'mandé au propriétaire du salon si j'pouvais emprunter une voiture pour aller voir Juliette et i' m'a répondu qu'oui, si ça nuisait pas à mon travail et si je payais le gaz. J'ai fait mes calculs et c'é't possible.

Voyant que l'idée de son fils est déjà faite et faute d'arguments supplémentaires, Jérôme accepte en réalisant bien qu'il ne pourrait pas lui donner le même salaire et les mêmes avantages qu'un salon funéraire de la ville.

— J'espère vraiment qu'c'é't just' pour un temps. C'é't toé que j'veux à tête du salon.

Céleste a des sentiments ambivalents concernant le départ de Victor. D'une part, elle voit bien que Jérôme est déboussolé. D'autre part, elle est contente de voir que Thomas prendra une place plus importante dans le commerce. Après tout, il boite depuis son accident et il a besoin de sa chance. Thomas est le préféré de Céleste, Victor est celui de son père. Florence est désolée du départ de son grand frère qui était son confident. Il s'était montré excessivement compréhensif au pire de sa dépression. Il la rassure en lui disant qu'elle peut lui téléphoner n'importe quand. Florence proteste en indiquant que les appels *longues distances* sont coûteux. Jamais à court de solutions, Victor lui suggère alors de correspondre avec lui. Ce que Florence fera de façon assidue.

Les nouvelles à la radio et dans la presse écrite peignent un portrait plutôt sombre de l'état du monde. La dépression économique semble languir indéfiniment et les médias allèguent que le spectre d'un deuxième conflit militaire mondial se pointe à l'horizon. Ça va vraiment mal dans plusieurs coins de la planète. On rapporte que le triste sort avec lequel l'Allemagne s'est retrouvée à la fin de la Première Guerre a laissé ce peuple fier, humilié et vengeur.

La crise financière a donné naissance à de nouveaux mouvements politiques fascistes. Ce sont les cas de l'Allemagne, de l'Italie, et de l'Espagne. Ces dictatures totalitaires adoptent une approche protectionniste. Une profonde peur du communisme se fait sentir. Des militaires japonais préconisent une idéologie de suprématie de leur patrie au-delà de leurs frontières dans le Pacifique. Ces pays choisissent des politiques d'armement et font de sérieux investissements dans ce sens.

Un certain Adolphe Hitler, à la tête du Parti national-socialiste des travailleurs allemands, retient l'attention du monde entier. En 1933, il est chef du parti nazi et est nommé chancelier par le président de la République. Son mandat est de freiner le communisme. Son parti croit à la perfection et à la supériorité de la race aryenne. Hitler profite de cette prise de position pour démontrer un immense antagonisme et une haine féroce envers la population juive qu'il dit considérer comme inférieure. Il instaure des mesures effroyables pour les exterminer. Hitler veut dominer le peuple allemand et le convaincre de ses idéologies radicales. Avec l'appui de ses adeptes, il met en place une stratégie de propagande de mauvaise foi. Il affiche bien rapidement sa volonté de tout contrôler, même les pensées et les valeurs des gens.

Le 10 mai 1933, au grand désarroi des érudits et de l'élite de l'Allemagne, Hitler avec sa garde rapprochée procède à une destruction massive de livres. C'est un geste symbolique qui en dit long. C'est une tactique infâme pour tenir le peuple le plus ignorant possible et censurer l'information.

Il est aussi question de Mussolini, Président du Conseil du royaume d'Italie, dans les actualités. Il envisage de constituer un empire colonial en Éthiopie et en Europe du Sud.

Régis Leclair, un fanatique de la littérature française, cite à qui veut l'entendre des vers de Victor Hugo dans son poème l'*Expiation* pour souligner l'horreur qui gronde aux portes du monde. *Comme une onde qui bout dans une urne trop pleine.*

Envenimant encore plus la situation, en 1934, Hitler se fait appeler le Führer, c'est-à-dire le dirigeant ultime, le guide. Étonnamment, l'indifférence se poursuit dans plusieurs pays sur tous les continents. Une seule voix *crie dans le désert* concernant la menace imminente, le parlementaire britannique, Winston Churchill. Quand ils comprendront l'ampleur du danger, il sera trop tard!

Céleste suit les nouvelles de près à la radio et dans les journaux. Elle reçoit maintenant deux quotidiens, l'un français et l'autre anglais. Elle a du mal à croire que la situation dans le monde soit si terrible. Elle ne prend pas de risque et continue ses dévotions. Toute la famille récite le chapelet avec le cardinal de Québec qui anime une émission radiophonique tous les jours après le souper à 7 h 00.

C'est alors qu'Adélard, le frère de Jérôme, qui a été impliqué activement dans la recherche médicale depuis la grippe espagnole, s'apprête à entreprendre un voyage en Angleterre. Il va participer à un colloque sur le combat des virus. Un des conférenciers invités est Alexander Fleming, un bactériologue réputé, qui a découvert la pénicilline en 1928. Annie, la femme d'Adélard, et ses enfants vont l'accompagner et ils en profiteront pour aller visiter sa famille en France. Les jumeaux ont hâte de faire l'expérience d'une aventure à bord d'un paquebot. Aux dires d'Adélard, la rencontre en vaut vraiment la peine. Il ne veut plus jamais revivre une pandémie comme la dernière.

Adélard tire profit au maximum de cette activité professionnelle hors du commun. Cela lui permet de comprendre clairement le virage important que prend la médecine. Il établit plusieurs contacts avec de nombreux collègues de partout au monde. De ce côté-là, il est pleinement satisfait. Il sent cependant une certaine tension en Angleterre. Le pays n'a pas oublié les désastres de la Première Guerre et tente de minimiser les risques et les dangers. Même les chefs d'état anglais ont peine à croire que la population mondiale voudrait encore une fois se livrer à une guerre meurtrière.

Les journaux sont tapissés d'articles qui traitent d'Hitler et des menaces qu'il profère contre ses ennemis. On parle aussi de persécution de la race juive. De plus, il est mention de sa stratégie de propagande à l'intérieur du pays. Les historiens diront de ces messages, *plus le mensonge est énorme, plus il est convaincant.*

En France, on sent encore plus de fébrilité. Les parents d'Annie, Jules et Anouk, sont sur les épines. Ce sont des gens libéraux qui ont des amis dans toutes les couches de la société et de toutes les religions. On entend dire que s'il y a un conflit, les Allemands s'en prendront violemment aux Juifs. Jules et Anouk ont des connaissances proches d'eux incluant le patron de Jules qui sont juifs. Dans les bistros et les cafés, on ne parle que de ça.

Les parents d'Annie habitaient le nord de la France durant la Première Guerre, dans un village situé près des tranchées. Ils n'ont pas oublié le vacarme causé par l'explosion d'obus. Le plus jeune de leur fils qui était militaire, un officier dévoué, a été capturé avec son régiment. Il a réussi à s'évader de peine et de misère. Il a raconté les tortures qu'il a vécues. Il n'a plus jamais été le même après cela, lui qui était un brillant scientifique à qui l'on prédisait une carrière flamboyante. Il n'a pas été le seul à souffrir des effets de la guerre. Plusieurs jeunes gens du village se sont suicidés après le conflit.

Très anxieuse, Anouk répète son message à qui veut l'entendre.

— Non, il ne faut pas que c'la recommence. Je ne sais pas si je pourrais passer au travers et mon mari non plus. L'humanité ne doit absolument pas laisser immoler d'autres jeunes! C'est trop terrible!

La famille d'Adélard a tout de même un beau moment chaleureux avec les grands-parents français. Les jumeaux sont charmants. Annie se régale de la bonne cuisine de sa mère et ils adorent les dégustations de vins délicieux. Le couple canadien apprécie particulièrement la baguette et les fromages fins.

— On n'en trouve pas comme ça au Canada.

— Tout à fait d'accord avec toi mon amour.

De retour au Canada, Adélard et Annie partagent les renseignements lus et entendus au cours de leurs déplacements. L'Europe semble bien loin pour les Blanchet. Didier, le beau-frère de Jérôme, confirme aussi que ses parents, dans leur correspondance avec lui, se montrent des plus inquiets. Ils ne comprennent pas pourquoi les hauts dirigeants européens ne redoutent pas la disparition de la démocratie en Allemagne d'autant plus que depuis le 14 juillet 1933, le parti nazi est devenu le parti unique de ce pays.

Ce mouvement ressemble de plus en plus à une dictature. Il gagne des adeptes dans plusieurs nations. Au Canada, des groupes fascistes voient le jour un peu partout. Les gens en ont assez des vieux partis politiques qui, aux yeux du peuple, n'ont pas su gérer efficacement la crise économique. De fait, les Canadiens français qui adhèrent à cette idéologie veulent sauvegarder la race et la langue à tout prix et s'assurer que les immigrants, surtout les Juifs, ne leur voleront pas leurs emplois.

Il y a même des échos à Moraineburg. Ça se parle sur le perron de l'église. Le grand Jos Moisan a assisté à plusieurs assemblées de chemises noires à Montréal et tente de convaincre les villageois de se joindre à ce courant politique qui vise à protéger les Canadiens français contre l'envahissement d'étrangers. Il réussit à en rallier une minorité. Le reste de la population lui fait la sourde oreille sachant que le grand Jos *change d'idée comme il change de chemise*. Il a tendance à suivre pour un moment les modes populaires, mais ce n'est jamais pour longtemps.

Les gens du village n'hésitent pas à émettre leur opinion sur Moisan.

— Il aime s'entend'e parler. *Ça entre par une oreille et ça sort par l'autre!*

Moraineburg a accueilli un marchand juif qui a francisé son nom, de Robinovitch, il est devenu Robineau. Il parle un bon français. Il possède un magasin de vêtements. C'est là qu'on trouve les meilleures aubaines. Les gens le considèrent comme l'un des leurs. Céleste encourage ce commerce.

La chaudière se réchauffe de plus en plus en Europe. Au mois de mars 1936, l'Allemagne reprend la Rhénanie. Le 15 mars 1938, c'est l'invasion de la Tchécoslovaquie. Toujours en 1938, l'Autriche est annexée. Le 1er septembre 1939, l'Allemagne envahit la Pologne. La France et l'Angleterre lancent un ultimatum à l'Allemagne sans succès. C'en est fait de la paix. Ces deux pays déclarent la guerre à l'Allemagne le 3 septembre. C'est le début d'une conflagration interminable. Hitler, sans vergogne, continuera son avancée et ce sera l'invasion de plusieurs nations jusqu'à la Russie un peu plus tard. Le Canada emboîte le pas à la France et à l'Angleterre le 10 septembre.

L'anxiété monte à Moraineburg. On anticipe qu'il y aura des privations similaires à celles connues au cours de la Première Guerre et de la crise économique. Les gens en ont assez! Les Canadiens français sont de bons vivants et la bonne table est une grande source de plaisir. Plusieurs pères et mères redoutent de voir le départ de leurs enfants pour contribuer à l'effort de guerre. D'un autre côté, certaines familles perçoivent l'enrôlement dans l'armée comme une occasion d'améliorer leur bien-être financier. Ce sera le cas de la famille Leclair. Trois des enfants deviendront militaires. Deux iront de *l'autre bord* et un restera au Canada.

En ce qui a trait aux hommes Blanchet, Antoine, qui est toujours enseignant, sera dans la réserve. Victor et Thomas étant entrepreneurs de pompes funèbres sont considérés comme fournissant des services essentiels. Les morts n'attendront pas la fin de la guerre. Ils obtiendront des exemptions temporaires renouvelables. Céleste se dit que bien que le commerce soit très exigeant, même énervant parfois, il offre tout de même des avantages. Elle sera sur les épines chaque fois que la date de renouvellement se pointera à l'horizon. Thomas sera désolé de voir partir son grand *chum* Régis quoique ce dernier demeurera *posté* au Canada. Le caporal Leclair traversera le pays d'un bout à l'autre pour son entrainement et ses affectations militaires.

Victor et Juliette se sentent prêts à s'épouser. Victor en informe ses parents qui, avec les années, se sont habitués à Juliette et sont contents pour leur fils. Une seule chose cependant, Victor ne veut pas revenir au salon funéraire de Moraineburg. Juliette a obtenu un poste d'enseignante à Ottawa. Le salon funéraire Rioux a pris de l'expansion. Il s'est affilié au salon Gagnon. Ils ont offert une promotion à Victor comme gérant chez Rioux et Gagnon. Il espère éventuellement pouvoir acquérir son propre commerce. Cette promotion lui permettra d'améliorer le budget du couple.

Toutefois, Jérôme est très désolé. Victor l'encourage en lui répétant que Thomas est devenu aussi compétent et efficace que lui et que compte tenu de ses circonstances particulières à la suite du fâcheux accident dont il a été victime, il est préférable qu'il travaille pour son père. Petit à petit, Jérôme se fait à l'idée et force est d'admettre que Thomas est excellent.

Malgré les contraintes du rationnement, le mariage de Victor et de Juliette sera des plus réussis grâce à la contribution, encore une fois, du fidèle Didier, beau-frère de Jérôme et oncle des époux. La mariée est ravissante dans sa belle robe et son voile de satin blancs. Juliette a une bonne nature et cela se reflète dans la sérénité de sa figure. Elle inspire confiance. Victor est un homme très élégant et il fera honneur à sa réputation. Plusieurs filles de Moraineburg sont déçues de perdre un si beau parti.

La guerre, aussi tragique soit-elle, suscite un élan économique positif. Les usines d'armements poussent *comme des champignons*. L'armée procure de l'ouvrage à plusieurs personnes. Le départ des hommes dans les forces armées donne la place aux femmes sur le marché de l'emploi. Non seulement les usines leur offriront-elles des opportunités, mais le gouvernement en embauchera plusieurs dans des postes au service de la Cause.

Au salon funéraire Blanchet, la vie continue. Le travail se maintient. Jérôme laisse beaucoup d'espace à Thomas. En plus de ses talents d'embaumeur, il a une belle approche avec les familles et il a un sens des affaires remarquable. En 1940, il se fiance avec Prudence à la grande déception de Céleste. Mais Thomas saura la convaincre que c'est un excellent choix.

— Écoute 'man, est pas rien qu'belle, est *smarte*. A fait la cuisine à merveille, est une excellente couturière et une merveilleuse jardinière. Pense à toute l'argent qu'elle va m'faire épargner. A veut aussi une trâlée d'enfants. Crois pas toutes les racontars à propos de sa famille. C'ét du b'en bon monde.

Encore une fois, Thomas avec son charme a réussi à la persuader.

Céleste de son côté l'encourage à avoir de longues fiançailles. Ils sont bien jeunes, tous les deux, pense-t-elle.

— En amour, i' faut pas aller trop vite. La vie à deux ça peut êt'e b'en long quand on s'arrange pas b'en.

Un des fils Leclair, Guillaume, à peine âgé des 21 ans, s'enrôle en 1941. Céleste aime bien cet homme même s'il est membre de la famille Leclair. Elle trouve qu'il n'est pas comme les autres Leclair qui ne parlent pas au monde. Lui, il est sociable, avenant et généreux. Il a travaillé à temps partiel au salon funéraire et il avait toujours le temps de venir la jaser. Il la complimentait souvent sur ses vêtements et sa nourriture.

— C'é't-tu triste qu'un gars si fin doive aller sarvir le pays. Chés pas qu'ossé qu'sa fiancée Lucille Lamoureux va faire. Elle adore Guillaume. On woé b'en qu'est folle de lui. A 'y a même acheté un char. J'aur'as fa't pareil à sa place, des gars comme ça on n'en trouve pas à toués coins de rue. Ah! si j'éta's plus jeune et pas mariée!!

Céleste se ressaisit et se dit qu'elle va devoir confesser cette mauvaise pensée. Elle va se racheter en priant pour lui.

Les frères Leclair qui, au début de leur carrière militaire, s'entrainent un peu partout au Canada devront revenir à Moraineburg en décembre 1941 à la suite du décès de leur père, Odon. Il a été emporté par un œdème pulmonaire et de l'asthme pernicieux. S'étant rencontrés à la gare d'Ottawa, les trois soldats ont décidé de marcher jusqu'à Moraineburg. Tout le long de la route, ils se sont rappelé des souvenirs d'enfance. Leur père était sévère et privé. Il fallait se tenir bien droit, sinon c'était la *strap*. Il leur chantait constamment une rengaine.

— Les gars, pour viv'e heureux, vivons cachés.

C'était intéressant de constater que leur père, même s'il n'avait pas beaucoup d'instruction, pouvait résoudre des problèmes complexes d'algèbre. Cela donnait la plupart du temps lieu à de longues discussions parce qu'il avait des stratégies non conventionnelles pour arriver aux bonnes réponses. Évidemment, les jeunes préféraient suivre les méthodes modernes de leurs enseignants.

Céleste voit les hommes Leclair passer au coin de la rue. Elle a dû admettre que les trois frères sont de beaux gaillards. Elle se demande aussi s'ils vont tous survivre au combat. Le père est enterré le lendemain matin, sans embaumement, pas de visites au salon, seul un simple cercueil gris, le cercueil des pauvres et un cortège vers l'église. Céleste n'a pu s'empêcher de passer un jugement plutôt méchant.

— I' é't mort comme i' a vécu. Un ignorant dés bonnes maniéres. Sa femme a même pas assisté à sés funérailles. Est restée cachée chez eux!

Les trois frères ont repris le chemin du combat. Avant de monter à bord du train, Guillaume a salué Régis.

— So long Reg. On se r'verra après la guerre.

Guillaume accède rapidement au grade de lieutenant, à la grande fierté de sa famille et de ses frères-soldats. Il était enseignant avant son départ et avait aussi été à l'emploi de la Gendarmerie Royale. Lionel est sergent et Régis est caporal. Après l'entrainement préliminaire au Canada, Lionel s'embarquera pour l'Afrique du Nord. Guillaume ira combattre en France après avoir passé deux ans dans un camp militaire situé dans le sud de l'Angleterre pour se familiariser avec l'offensive du Jour J.

Céleste pense souvent à Guillaume. Elle se rappelle la journée où il a reçu ses ordres. Sa première réaction a été d'aller voir Céleste. Il était blanc comme un drap et démontrait une émotivité *à fleur de peau*.

— Madame Blanchet, j'pars pour l'Angleterre le 4 février 1942.

Céleste avait tenté de le rassurer.

— T'en fa's pas mon beau Guillaume, j'va's prier pour toé. Toute va b'en aller. La seule chose, on va manquer ton beau sourire et ton bon travail. Écris-moé si tu peux.

Céleste tiendra parole et tous les jours suivant le départ de Guillaume pour l'Angleterre, elle fera des prières pour lui. Ce dernier correspond assez souvent avec Céleste. Il lui décrit son camp militaire situé dans une charmante ville au sud-ouest de Londres, ses rencontres, la vie quotidienne en Angleterre. Il lui avoue ses craintes et lui confie qu'il a le pressentiment qu'il ne reviendra pas au Canada. Elle le rassure en lui disant qu'il est fort et intelligent. Il va libérer les démocraties du joug des Allemands.

Un bon jour, il lui raconte qu'il a fait la connaissance d'une jolie Anglaise au club des officiers. Il est impressionné parce qu'elle parle un excellent français. En plus d'être brillante et distinguée, elle est charmante. Elle vient d'une famille bien. Il répète que la vie est courte et qu'il a besoin de se sentir vivant sinon il va devenir fou. Céleste soupçonne que quelque chose se passe qu'elle n'avait pas prévu. Guillaume voit régulièrement sa belle Anglaise et elle semble prendre de plus en plus de place dans ses lettres. Et arriva ce qui devait arriver. Il lui annonce qu'il se mariera le 20 juillet 1943 avec Janet MacMillan.

Intègre et honnête comme il est, il écrit aussi la nouvelle à sa fiancée canadienne. Lucille Lamoureux et sa mère sont estomaquées et répandent toutes sortes de chimères à ce sujet. La mère répète à qui veut l'entendre qu'elle savait qu'il était volage et trop fin pour être vrai. Lucille est effondrée. Elle ne se consolera jamais et continuera à aimer son cher Guillaume jusqu'à son dernier souffle.

Madame Lamoureux ne cesse de critiquer Guillaume et lui prête de mauvaises intentions.

— I' doit l'avoir mis enceinte. Ma fille l'aima't comme une folle. A l'a trop gâté. J'y' ava's dit ma's a m'a pas écoutée.

Céleste n'aime pas les racontars qui se propagent dans le village. Elle veut en avoir le cœur net. Dans sa prochaine lettre adressée à Guillaume, elle lui pose carrément la question.

> *Pourquoi tu t'és marié? T'as laissé une fiancée en arriére.*
> *Tu te doutes que des commérages malfaisants se répandent*
> *comme un feu d'broussailles dans Moraineburg. Moé je les*
> *cré's pas, mais j'aimera's les arrêter.*

Dans sa réponse qui a beaucoup tardé à venir parce qu'il est en entrainement intensif, Guillaume lui explique.

Madame Blanchet, vous me connaissez et vous savez comment j'ai été élevé. Mon père était sévère et il fallait se comporter comme des gentlemen en tout temps. Jamais je n'aurais mis une fille enceinte en dehors du mariage, mais je crains pour mon avenir. J'ai donc choisi de me marier pour rester fidèle à mes valeurs. Si Dieu le veut maintenant que je suis marié, je pourrai faire un enfant dans des conditions appropriées. Si ce n'est pas sa volonté, c'est OK aussi.

Céleste est soulagée et s'assure de mettre un terme aux ragots. Céleste peut être féroce face à l'injustice. Quand elle aime, elle aime. Quand elle vous a de travers, vous n'avez aucune chance.

Au même moment, Céleste et Jérôme ont à faire face à d'autres inquiétudes. Muguette qui est dans la fin trentaine a des problèmes pulmonaires de plus en plus graves. Elle est au repos depuis plusieurs mois. Le médecin indique qu'elle ne pourra plus jamais reprendre son travail, au plus grand chagrin du curé de Clearbrook. Elle est atteinte de consomption. Elle est tout le temps au bout de son souffle et elle crache du sang. Elle n'a pas d'appétit, est très émaciée et ressent continuellement une extrême fatigue. C'est comme si les problèmes de santé de son enfance resurgissaient.

Jérôme est découragé parce que ses symptômes lui rappellent ceux de sa belle Désirée. Il amène sa fille consulter de réputés spécialistes. Leur réponse est toujours la même.

— Elle a trop attendu. Il est trop tard. On ne peut plus rien faire pour la guérir.

En effet, Muguette n'est pas une *plaignarde* et manifeste une attitude plutôt stoïque devant la souffrance. Il lui reste peu de temps à vivre. Très chrétienne, elle fait des adieux à tout le monde et a des mots encourageants pour toutes et tous.

— J'va's veiller su' vous quand j's'rai en haut.

Thomas est particulièrement touché. Muguette lui a en quelque sorte servi de mère, car Céleste a été malade suivant sa naissance. Céleste prend soin de Muguette jusqu'à son dernier souffle comme si elle était de son sang. Elle avait promis à Jérôme au moment où elle avait accepté de se marier qu'elle s'occuperait bien de ses filles.

Le 18 décembre 1943, Muguette s'éteint. Toute la famille en est grandement attristée. C'est Thomas qui est chargé de l'embaumement, son père n'ayant pas la force de le faire. Ce sera une tâche des plus pénibles pour Thomas. Embaumer un mort, c'est un processus exigeant encore davantage lorsqu'on travaille sur le corps d'un être aimé. Comme il est sous le choc de l'émotion, la procédure semble se passer au ralenti. Il est conscient de chaque geste qu'il pose.

Il faut d'abord dévêtir la dépouille. Thomas enlève les habits de sa sœur avec une grande délicatesse et un respect énorme. Il pense à Muguette qui par choix n'a jamais songé au mariage et n'a jamais eu d'enfant. Son corps est terriblement maigre. Comme on dit, *elle n'a que la peau et les os*. Comment une si bonne cuisinière a-t-elle pu en arriver là?

Thomas se remémore sa petite enfance. Elle a été extrêmement présente dans sa vie. Il ressent sa beauté et sa douceur. Il revoit la belle photo de lui assis sur ses genoux. Il a environ 1 an. Elle porte sa jolie robe marine ornée d'un collet de dentelle d'un blanc pur et bien empesé. Il se souvient des délicieux desserts qu'elle lui concoctait au grand déplaisir de Céleste qui craignait toujours que ses enfants soient atteints du diabète. Des larmes glissent malgré lui sur ses joues.

Délicatement, il procède à l'injection du liquide à base de formol. Le sang s'écoule alors de la dépouille. L'objectif est de conserver le corps jusqu'à l'inhumation. À chaque goutte qui s'égoutte de ce pauvre corps, l'entrepreneur a des soubresauts de douleur. Il se dit qu'il a été très privilégié d'avoir une sœur comme elle. Comment pourra-t-il vivre sans plus ne jamais la voir ou lui parler? Chaque fois qu'il avait un enterrement à Clearbrook, elle le recevait au presbytère. Elle lui cuisinait ses plats préférés. Il lui demandait conseil sur tout. Tendrement, il nettoie ensuite le corps en préparation pour son exposition.

Le sort a le don de faire un clin d'œil ironique à la vie. Il n'y a pas si longtemps, lui semble-t-il, c'est elle qui lui donnait son bain quand il était bambin. Elle était d'une patience d'ange et le laissait l'éclabousser avec énergie. Finalement, il habille la dépouille, lui coiffe les cheveux et ajoute du maquillage. Il contemple ce beau visage si bon, si tendre et n'en pouvant plus il éclate en sanglots.

Muguette n'avait jamais été une femme vaniteuse. Ce qui comptait pour elle c'étaient des valeurs supérieures aux choses terrestres. Toute sa vie a été au service des autres. C'est peut-être pour cela qu'elle n'a pas prêté l'attention qu'il aurait fallu à ses problèmes de santé. Il dépose ensuite Muguette dans un cercueil. Il a choisi le plus beau de leur inventaire. Il espère que son père appréciera le résultat. D'habitude, la préparation d'un corps prend en moyenne deux heures. Thomas réalise qu'il a passé un plus long moment avec sa sœur tant aimée. Il ne le regrette pas parce que cela en valait la peine. Il baise le front de Muguette et lui fredonne une de ses chansons préférées qu'elle lui avait apprises.

— *Il y a longtemps que je t'aime, jamais je ne t'oublierai.*

Le corps est exposé pendant trois jours. Comme pour tous les décès de la famille Blanchet, le salon est inondé de gens, non seulement de Moraineburg, mais aussi des villages avoisinants. L'approche accueillante de Muguette avait conquis bien des individus. On manquera d'espace pour disposer les nombreux bouquets de fleurs. Sur le cercueil, on a placé une belle gerbe de roses rouges et blanches offerte par ses frères et sœurs. Tous l'ont adorée. Évidemment, celle qui est le plus touchée c'est Gabrielle. Quand leur mère est décédée, elles ont été soudées pour l'éternité, car elles ont vécu des moments vraiment pénibles avant l'arrivée de Céleste dans leur existence.

Colombe est présente pour l'occasion. Selon son souhait, elle a une grosse famille. Elle a déjà sept enfants et compte bien continuer. Elle montre fièrement les photos de sa progéniture et explique ses choix de vie à tous.

— Une mère a un cœur assez grand pour avoir une trâlée d'enfants.

La cérémonie religieuse est magnifique. Muguette a demandé que ce soit Antoine, Victor et Florence qui interprètent les cantiques qu'elle a préalablement sélectionnés. Ils y mettront toute leur âme. Leurs voix seront éraillées quand ils entonneront le chant de sortie.

— *Au ciel, au ciel, au ciel, j'irai la voir un jour…*

Le curé de Clearbrook qui est venu célébrer avec le père Chartier n'a que des éloges pour celle qu'il appelle une brave fille, travaillante et pieuse. Bien que Muguette ne soit pas l'enfant biologique de Céleste, cette dernière la pleure amèrement. Elle n'hésite pas à vanter publiquement ses mérites.

— C'éta't une b'en bonne parsonne!

C'est un dur coup pour Jérôme non seulement parce qu'il aimait profondément sa fille, mais parce que ça lui a rappelé le calvaire qu'il avait vécu au moment du départ de sa première épouse.

Comme à l'accoutumée, les funérailles sont suivies d'un repas chez Céleste. En mémoire de Muguette, elle a cuisiné ses plats préférés. Le menu comprend un gros chapon rôti, gracieuseté de Didier qui, malgré le décès de sa femme, il y a quelques années, reste en bons termes avec sa belle-famille. Complètent le repas, des patates pilées garnies de sarriette, des pois et des carottes de même qu'un bon gâteau au chocolat. Les curés ont été invités à se joindre à la famille. Toutes et tous y vont d'un souvenir précieux de la défunte. De façon générale, tous les gens mentionnent qu'elle est partie bien trop jeune.

Pour Florence qui est si sensible, c'est un rude coup. Elle répète avec conviction qu'elle croit que les médecins ont fait un mauvais diagnostic. Selon elle, Muguette est morte d'un cancer du poumon. Elle a une fixation terrible sur la situation. Ses parents craignent qu'elle ne retombe en dépression.

CHAPITRE 18
Volte-face

———

Florence n'a pas beaucoup de loisirs. Certes, elle aide à l'entreprise mortuaire sans grande passion. Elle nettoie le salon et la salle d'embaumement. À ces occasions, elle a toujours une crainte irrationnelle de se contaminer. En plus de l'appui qu'elle apporte au commerce, Florence offre un soutien généreux aux deux enfants handicapés de la famille Tassé qui habite à deux maisons du domicile des Blanchet. Elle donne un répit à la mère pour qui l'état de santé de ses jeunes est grandement désolant. Elle a déjà perdu un fils, victime de cette terrible condition, et elle voit bien que les deux autres dépérissent. Dieu merci, trois de ses enfants ont été épargnés. La vie de cette famille est excessivement lourde du point de vue émotionnel.

Florence est aussi présente aux deux aînés d'Antoine et de Victor. Ils aiment bien venir passer du temps chez leur grand-mère Céleste. Dans les faits, ce qu'ils préfèrent c'est toute l'attention que leur tante leur donne. Elle connait bien sa nièce, Céline, fille d'Antoine et son neveu, Mario, fils de Victor. Céline est un enfant d'une grande douceur. Elle adore jouer à la madame et qu'on lui raconte des histoires. Mario, *intelligent comme un singe*, selon Florence, doit constamment occuper ses méninges. Avec lui, elle joue aux cartes, aux dominos et aux dames. Il s'acharne à provoquer les adultes. Florence ne tombe jamais dans le piège.

Florence tricote et fait de la broderie avec beaucoup d'adresse.

Le passe-temps dont elle raffole le plus est la lecture de romans *à l'eau de rose.* Son auteur préféré est Delly. Les scénarios sont tous pareils. Une pauvre orpheline rencontre par hasard un prince qui en devient amoureux. La famille de ce dernier a bien du mal à accepter la romance. Avec patience, il convainc ses parents que c'est la femme pour lui. La fin est toujours prévisible, *et ils vécurent heureux et eurent beaucoup d'enfants.*

Thomas pense que sa sœur doit trouver d'autres occupations hors de sa routine monotone pour se changer les idées. Il lui apporte un feuillet sur l'effort de guerre que tout citoyen devrait déployer. Le document mentionne que n'importe quel geste, aussi anodin soit-il, peut aider. On y parle du moral défaillant des troupes et on y suggère de correspondre avec un militaire. Thomas lui propose d'écrire à son grand ami Régis Leclair qui, pour le moment, est *stationné* dans l'ouest du pays.

Florence lui rappelle qu'elle n'a rien en commun avec cette personne et qu'elle ne veut rien savoir de cette famille.

— Ils sont *fra's chiés* et se pensent meilleurs que tout le monde!

— B'en voyons Florence. J'te d'mande pas de t'marier avec lui. I' s'agit juste de l'encourager dans ces temps difficiles. Tu t'souviens pas comment i' a été bon pour moé quand j'me suis cassé la hanche? Pa' disa't qu'i 'était b'en *smart* quand i' nous aida't au salon. Ça demande pas grand-chose, juste lui envoyer des nouvelles d'icitte une fois de temps en temps.

— J'vais y penser. Si je l'fais, i' a pas besoin de corriger mes fautes d'orthographe ou de grammaire. I' parle comme un grand livre. Ses mots sont compliqués, i' récite des vers. Ça m'impressionne pas. T'sés comment les enfants Leclair sont bons à l'école. Sa sœur Henriette m'a assez rabaissée quand j'éta's dans sa classe. A l'a sauté des années. Malgré ça, jeune comme elle était, a restait toujours première. Les sœurs la vantaient tout l'temps. Le curé Houde a même modifié son baptistère pour qu'a commence à enseigner plus jeune.

— J'te rappelle Florence qu'i's ont vécu la grosse misère et son travail a aidé la famille à survivre. J'te dis, assaye-le, si ça va pas, t'arrêteras. Ce s'rait très chrétien de l'faire.

— I' é't b'en plus jeune que moi. De quoi est-ce que je pourrais b'en lui parler?

Thomas a le dernier mot.

— Quatre ans c'é't pas une si grande différence que ça. T'exagère ma sœur. P'is, chu's sûr qu'avec toute ce qu'i' a vécu, i' é't plus *mature* que son âge.

Florence réfléchira un bon moment. Elle ne souhaite pas correspondre avec Régis. Chaque fois qu'elle a rencontré ce garçon séduisant qui ressemble à une vedette de cinéma, elle a été mal à l'aise. Il a un sens de l'humour assez caustique et la réputation d'être volage. Il se vante d'ailleurs d'avoir fréquenté trois filles, dont l'une, de mœurs douteuses, le même soir. Elle l'a entendu raconter plusieurs anecdotes à Thomas concernant ses fréquentations. Il appert aussi que son orgueil l'a incité à provoquer le directeur de l'école secondaire à un combat de boxe. Écrire à un tel personnage, non merci! C'est un drame qui lui fera changer d'idée.

L'actualité de juillet 1944 est palpitante. Avec le débarquement des troupes en Normandie en juin dernier, l'espoir d'une victoire des Alliés renaît. Plusieurs Canadiens français participent à l'offensive, dont le régiment de La Chaudière. Des hommes de Moraineburg en font partie. On ne connaît pas encore dans la paroisse l'identité des personnes qui y ont combattu. Avec le nombre de gars d'ici qui sont partis, on se doute qu'il doit y en avoir. Les villageois en sont fiers tout en redoutant les conséquences les pires.

À Moraineburg, l'été 1944 est magnifique. Plusieurs journées de soleil consécutives, une bonne chaleur, pas trop d'humidité. Les habitants en profitent au maximum. Un bel après-midi de la mi-juillet, Céleste s'installe sur la galerie pour lire ses journaux. Elle n'a pas eu le temps de le faire le matin parce qu'elle était bien occupée. Florence vient la rejoindre avec un livre intéressant et entame une conversation avec sa mère.

— 'Man, la cuisson du *bouilli* avance bien. Le gigot de bœuf et le morceau de lard salé sont superbes. Chuis certaine qu'la viande va être bien tendre. On est chanceux qu'les carottes et les choux rangés dans notre caveau l'été dernier se soient miraculeusement bien conservés. Ces bons légumes mijotent doucement. Plus tard, j'irai ajouter les belles fèves jaunes qu'madame Lamoureux t'a données. Son jardin produit beaucoup cette année et plus rapidement que dans le passé. Au dîner de dimanche prochain, tout l'monde va s'régaler. C'est l'fun de voir notre famille à chaque semaine. J'ai vraiment manqué ça au couvent.

Les deux femmes continuent leur lecture quand soudain leur attention est détournée. Un véhicule militaire *officiel* se dirige dans la rue Saint-Luc. Les femmes savent ce que ça veut dire. Elles se demandent devant quelle maison, il s'arrêtera. Les hommes de trois de ces familles livraient combat à l'extérieur du Canada. Il s'agit de Laurier Routhier, Philippe Poirier, Lionel et Guillaume Leclair.

Soudainement, Céleste et Florence de même que Lucille Lamoureux qui, elle aussi est sur sa galerie chez elle, entendent un cri strident de femme. Florence et Lucille décident en même temps d'aller voir au coin de la rue ce qui se passe. Henriette Leclair est sur le trottoir. Elle tient un bout de papier dans ses mains. Sa mère sort aussitôt et après avoir compris le message de sa fille, elle s'effondre de tout son long.

Henriette essaie de la réanimer sans succès. Florence s'empresse d'aller chercher Thomas et l'enjoint à se rendre chez les Leclair pour vérifier quel est le problème. Lucille et Florence se doutent que les nouvelles ne sont pas bonnes. Les femmes se demandent lequel des jeunes Leclair est concerné. Thomas tente à son tour de porter secours à Sophie Leclair. Il reconnait les symptômes et croit qu'elle a fait une syncope. Il s'informe auprès d'Henriette sur ce qui est arrivé. Elle lui précise qu'elle a appris une mauvaise nouvelle à sa mère et que cette dernière a été bouleversée.

Thomas prend les choses en main. Il avise Henriette qu'il va aller appeler le médecin, lui recommande de ne pas bouger la patiente et de peut-être lui mettre un oreiller sous la tête. L'un des docteurs Palmer, le père, le fils ou la fille, suggérera probablement de transporter Sophie à l'hôpital. Il la rassure, car si c'est le cas, il s'en occupera lui-même. Après examen, le médecin annonce que Sophie a fait une thrombose et qu'elle doit être hospitalisée pour un séjour indéterminé. Il faut évaluer les dégâts en profondeur et lui permettre de se rétablir. Ce qui est primordial c'est de s'assurer qu'il n'y aura pas de séquelles graves.

Le métier est toujours ce qui a préséance chez les Blanchet. Même si Thomas en meurt d'envie, il ne pose pas de questions. Il avait déjà pris soin d'aller chercher son véhicule pour transporter Sophie à l'hôpital. Il se veut réconfortant avec Henriette.

— J'viendrai t'donner des nouvelles à mon retour d'l'hôpital.

Plusieurs curieux se demandent ce qui arrive. Fidèles à eux-mêmes, les Leclair restent secrets. Comme promis, Thomas passe chez les Leclair à son retour d'Ottawa. C'est Robert qui vient répondre à la porte. Thomas explique que sa mère a repris conscience et que son élocution est bonne. Elle peut bouger tous ses membres, c'est de bon augure. Il indique à Robert que si jamais ils souhaitent obtenir plus d'informations concernant leur mère, ils sont bienvenus à venir téléphoner au salon. Thomas offre aussi de les conduire à l'hôpital s'ils veulent aller la visiter. Robert le remercie chaleureusement.

Thomas tente alors sa chance en lui demandant quelle nouvelle ils avaient reçue des militaires. Robert *prend son courage à deux mains* et partage des renseignements avec Thomas. Ils se connaissent bien parce que tous deux fréquentent une des filles Chagnon.

— Les seules informations que nous avons c'est que Guillaume est tombé au champ de bataille, le 10 juillet, à Carpiquet en Normandie. Ce sont les seuls détails que nous avons. C'est bien triste d'autant plus que son épouse est enceinte. Elle attend un enfant pour le mois de novembre.

Thomas informe sa mère et sa sœur de la tragédie. Céleste pleure abondamment et, en haletant, exprime son immense tristesse.

— Je l'aima's tellement. J'en r'viens jus'e pas. C'est Régis qui va êt'e triste. Ils éta'ent la plupart du temps ensemble. Régis éta't en admiration devant son frère. Chés pas comment i' va s'en r'mettre.

Thomas, en allant chercher madame Leclair à l'hôpital, réalise que le drame est énorme pour elle. Elle éprouve un sentiment de culpabilité incroyable et elle révèle la cause à son conducteur. Sa voisine, Antoinette Bertrand, il y a quelque temps, lors d'une conversation qui a commencé de façon anodine, lui a posé une question plutôt bizarre. Sophie raconte toute l'anecdote à Thomas.

— Ma'm Leclair, j'crés que l'bon Yieu veut un d'vos enfants. Vot'e plus jeune a été b'en malade avec une péritonite, i' é pas encore fort, i' peut même pas lever sés livres d'images, i' é't blême comme un cadâvre, i' é't maigre comme un maringouin. Vous savez combien c'te maladie est traître puisqu'a tué vot'e p'tite Margot. Une p'tite fille si fine et si vive d'esprit. Trois aut'es de vos fils sont dans l'armée. Deux l'aut'e bord, su' les champs de bataille. Si vous aviez à en donner un au bon Yieu, ce sera't qui?

Sophie est bouleversée par la question. Elle n'en croit pas ses oreilles, tourne les talons et retourne à la maison sans dire un mot. Elle est furieuse. Durant la nuit, elle ne dort presque pas et quand elle somnole, elle est terrifiée par des cauchemars atroces. Elle est tellement préoccupée par ses pensées. Elle réfléchit. Est-ce que ce serait une punition du Ciel puisqu'elle et son mari étaient cousins germains? Le curé Houde leur avait signé une dispense, mais… comment répondre à la question impossible de madame Bertrand?

Elle admet à Thomas qu'elle est arrivée à une décision.

— Michel est mon plus jeune. I' devrait rester avec moé longtemps. Lionel et Régis vont ervenir à maison. Guillaume a fait d'aut'es choix. I' va probablement rester en Angleterre. Si j'ai à choisir…

Elle ne finit pas sa phrase, mais Thomas a tout compris. Il la réconforte en lui disant que cette conversation restera entre eux. Son fardeau est assez lourd pour le moment. Il parle de ses expériences.

— De toute façon, c'est parsonne de nous aut'es qui décide. Chuis proche d'la maladie et des morts depuis longtemps. J'ai transporté des blessés très maganés à l'hôpital en croyant qu'i's allaient sous peu se r'trouver sus ma table d'embaumement et i's s'en sont sortis. J'ai aussi conduit des jeunes vigoureux qui avaient un simple mal de ventre et faisaient c'qu'on croyait être une indigestion aiguë. Que'ques-uns étaient hospitalisés durant des mois avant de s'en r'mettre, d'autres mouraient en que'ques jours. Vous en savez que'que chose. Margot qui est décédée si jeune, à peine 7 ans et Michel qui à 11, 12 ans est passé proche. Non, si y'a une leçon qu'mon métier m'a appris, c'est que quand c'est ton heure, c'est ton heure. Saviez-vous, madame Leclair que c'é't mon oncle Adélard qui a trouvé la solution qui a sauvé Michel. Ouen! c'é't lui qui a suggéré une greffe d'intestin de chat pour 'i donner une chance d'avoir une vie normale. C'é't drôle la vie hein! Oui l'bon Dieu a des vues que nous aut'es les humains on comprend pas toujours.

Sophie mentionne à Thomas que pour sa facture, il faudra qu'il parle à Henriette.

Thomas lui donne rapidement la réplique.

— Écoutez madame Leclair. On s'connait depuis longtemps. Régis et moé on é't comme deux frères. Considérez que j'ai agi comme un bon samaritain. l'aura pas de facture.

Sophie est émue aux larmes. Ils ne sont peut-être pas si pires qu'elle pensait les Blanchet.

Toute la communauté est attristée par la mort bouleversante de Guillaume. Tout le monde l'adorait. Il avait le tour avec les gens. Les villageois ne peuvent s'enlever de l'idée qu'il était bien trop jeune pour disparaitre si tragiquement.

— C'est vra' *qu'only the good die young*.

Toutes et tous sont curieux cependant de savoir ce qui est arrivé à leur beau lieutenant Leclair. D'aucuns répandent la nouvelle que ce n'est pas vrai qu'il est mort. Il manque plutôt à l'appel. C'est plus facile pour eux de vivre dans le déni. Finalement, un des hommes qui était sous les ordres du lieutenant Leclair et qui a participé à l'offensive en Normandie, Laurier Routhier, écrit à sa tante et lui raconte comment Guillaume a été tué.

Il explique qu'avant de partir pour l'assaut de Carpiquet, Guillaume était nerveux et lui avait dit qu'il croyait que son heure était venue. C'était bien normal, un si jeune lieutenant responsable d'une section. C'était la première fois qu'il était au commande-ment et la première attaque en action à laquelle il avait à faire face. Guillaume a été fauché sur le champ de bataille et presque tous les hommes sous ses ordres. Le soldat précise que son lieutenant n'avait pas eu le temps de se creuser un trou quand l'énorme pluie de bombes est survenue. Il a été trouvé avec son révolver à la main et son casque protecteur sur son visage. Il ne montrait aucune blessure externe. L'obus est tombé tellement près de lui qu'il est mort des suites de l'extrême bouffée d'air causée par l'explosion massive. C'est tout l'intérieur de son corps qui a pris le coup. Il ajoute que c'était un bon commandant.

Évidemment, la nouvelle se propage dans le village *comme une trainée de poudre* moyennant quelques exagérations. D'emblée, il est devenu un héros alimentant l'imaginaire de bien du monde. Les gens en parleront encore bien des années après. Il sera omniprésent dans la vie de Régis qui se nourrira des beaux souvenirs de leur jeunesse et les partagera avec sa progéniture. Quant à Lucille Lamoureux, elle choisira d'être proche des enfants de Régis. Jamais elle ne dénigrera l'homme merveilleux dont elle a été si amoureuse. Pour elle, *c'est à la vie, à la mort*.

C'est ce malheur qui a incité Florence à écrire à Régis lui offrant ses plus sincères condoléances. Elle a envoyé la lettre à l'État-Major qui a vu à l'acheminer au caporal Leclair. La missive a mis un certain temps à lui parvenir. Il a été assez touché par cette correspondance.

Moraineburg,
Le 1ᵉʳ septembre 1944

Cher Caporal Leclair,

J'espère que vous allez bien. Vous serez peut-être surpris de recevoir une lettre de ma part. C'est Thomas qui m'a encouragée à vous écrire. Je sais que nous ne nous connaissons pas beaucoup et que nous avons quelques années de dif- férence. Mon frère vous a en grande estime. Il m'a expliqué comment vous l'avez aidé quand il a eu son fameux accident qui l'a gardé au lit pendant plusieurs mois.

Je tenais à vous dire ma grande peine suite au décès de votre frère. Je vous offre mes condoléances. Vous savez que ma mère aimait beaucoup Guillaume. Il avait le tour de lui remonter le moral. D'ailleurs, la plupart des habitants de Moraineburg regrettent son départ.

Si cela peut vous distraire, ça me ferait plaisir de vous donner des nouvelles du village à l'occasion. C'est comme vous voulez. J'espère ne pas avoir fait trop de fautes. Je ne suis pas aussi bonne que vous en français.

Merci de ce que vous faites pour le pays.

Florence Blanchet

Dans sa réponse, le jeune homme a manifesté une vive reconnaissance envers Florence et s'est vidé le cœur dévoilant de bons souvenirs qu'il avait vécus avec son frère.

Régina,
Le 25 novembre 1944

Chère mademoiselle Blanchet,

Merci pour votre lettre. J'ai apprécié vos condoléances. Excusez-moi si ma réponse a mis tant de temps. C'est l'État-Major qui a tardé à faire la distribution du courrier. Comme vous avez pu le constater, j'ai indiqué l'adresse où je me trouve en ce moment. Évidemment, je vais vivre bon nombre de déplacements. Je vous tiendrai au courant.

Si vous le permettez, je souhaiterais vous parler un peu de mon enfance avec mon frère bien-aimé. Nous étions plutôt espiègles et nous avions une vive imagination. Nous avons joué plusieurs tours à notre voisine, madame Lebeau. Croyez-le ou non, nous avons enfermé ses poules dans sa bécosse et nous avons uriné dans le pot prévu pour recueillir

*l'eau d'érable de l'arbre qu'elle avait entaillé. Elle a vite fait
de se plaindre à notre père sans se douter que nous étions les
coupables. Lui, connaissant bien nos plans de singe, nous
a grondés.*

*Comme d'habitude, Guillaume avec son charme, s'est sauvé
de la punition et c'est moi qui ai écopé. Mais Guillaume était
un bon gars. Il caressait un grand idéal. Il croyait fermement
qu'il s'en allait défendre les démocraties de ce monde.*

*Vous avez raison, mon frère avait une grande confiance
en madame Blanchet. Ces deux êtres si différents savaient
se comprendre.*

J'espère ne pas vous avoir ennuyée avec mes souvenirs.

*N'hésitez pas à me donner de vos nouvelles. Ça va me
changer de la routine.*

À bientôt,

Caporal Leclair

Ils continueront à s'écrire jusqu'à la fin de la guerre. C'est le cœur
de plus en plus palpitant que Florence espère les lettres du jeune
homme. Comme tous les Leclair, Régis a une belle plume. Il nourrit
l'imaginaire de Florence, lui décrivant brillamment tous les endroits où
il était déployé. Elle lui racontait tout ce qui se vivait à Moraineburg.
En peu de temps, ils sont passés du *vous* au *tu*, et les lettres sont dev-
enues progressivement plus personnelles. C'est ainsi que petit à petit,
elle change d'opinion sur lui. Elle confie à Thomas que Régis a pris
beaucoup de maturité et fait preuve d'une gentille délicatesse.

— On partage les mêmes valeurs, la famille, la religion, la loyauté
et la fidélité. C'est une belle âme d'une grande sensibilité malgré des
apparences de fierté exagérée.

Dans sa dernière lettre, avant son retour, il lui demande

élégamment si elle souhaite le fréquenter quand il sera de retour à Moraineburg. Il ignore combien de temps cela prendra pour obtenir son congé de l'armée. Il sait cependant qu'il veut revenir à la vie civile et il explique que c'est principalement à cause d'elle. Ça fait déjà belle lurette qu'elle est conquise et accepte spontanément.

En guise d'assentiment, elle offre à Régis, lors d'une de ses visites à Moraineburg, un livre consacré à la Vierge Marie intitulée *La vie cachée de Notre-Dame* de Joseph Ledit. Elle prend soin d'y inscrire une belle dédicace.

Cher caporal,

Puisse ce petit livre nous aider, à nous deux, à bien préparer notre cher bonheur futur sous les yeux de notre cher modèle, la très Sainte-Vierge.

Ta brune amie,

Florence

Régis, pour sa part, ajoute son grain de sel.

Chère Florence,

Si cachée soit la vie de Notre-Dame, symbole d'humilité, c'est un modèle sans précédent à suivre pour forger son bonheur familial, pour avoir confiance en l'avenir, et pour avoir droit à la vie paisible au foyer.

Caporal Leclair

Contrairement à ses habitudes, Florence n'a même pas consulté sa mère au sujet de ses futures fréquentations. Après tout, elle est une adulte. Elle est bien assez grande pour prendre ses décisions. C'est Thomas qui est ravi de la situation. Florence, moqueuse, ne dévoile pas tout son jeu à son frère. D'un air narquois, elle lui explique en lui faisant un clin d'œil et en affichant un énorme sourire.

— Fais-toi pas d'idées trop vite, on verra b'en comment ça va s'passer. Rappelle-toi que j'avais dit que j'marierais jamais un Leclair!

Thomas n'est pas naïf. Il voit bien que sa sœur a fait volte-face et qu'elle éprouve des sentiments amoureux envers son beau caporal. Qui l'eût cru! Il se félicite d'avoir persévéré.

CHAPITRE 19
Une vie plus normale?

———

Céleste sera désolée pour le reste de sa vie du départ de Guillaume. Elle n'arrive pas à y croire. Fort heureusement, de meilleures nouvelles se pointent à l'horizon. Les parents d'Annie ont décrit à leur fille la frénésie de la libération de Paris en août 1944. Ils réitèrent cependant les atrocités qui ont été vécues par les Français, en particulier la population juive. Ils racontent entre autres l'horreur des rafles en 1941 et 1942. Ce n'était que le début de la persécution. Ils ont perdu de nombreux amis. Ils révèlent à leur fille qu'ils ont hébergé dans leur maison de campagne, en Provence, de jeunes enfants juifs. Ils expliquent qu'ils se disaient que si la situation avait été la même pour les jumeaux d'Annie, une âme charitable aurait eu la générosité de les aider.

La famille Blanchet espère donc que c'est la fin de la grande noirceur et que leur vie pourra enfin connaitre un peu de normalité. Les hostilités se termineront le 8 mai 1945 avec la capitulation de l'Allemagne et pour le Japon le 2 septembre 1945. L'immense sentiment de soulagement est assombri par la prise de conscience que 42 000 soldats canadiens ont perdu la vie.

Les combattants, petit à petit, reviennent chez eux. En cette fin de guerre, Régis, qui était un policier militaire, doit accomplir certaines tâches administratives avant de remettre les pieds à Moraineburg. Florence est impatiente de le revoir.

La mère de Céleste décède en 1946 de vieillesse et d'usure. Sur son lit de mort, elle implore Céleste de prendre soin de ses deux frères célibataires, William et Omer. Elle donne sa parole à la mourante et la tiendra jusqu'à la fin de ses jours. Tous les dimanches, ils participeront au dîner de famille chez Céleste.

Régis est de retour à Moraineburg en juillet 1946. Quand il se présente chez les Blanchet, Céleste est plutôt surprise de voir qu'il demande à parler à Florence et non à son grand *chum* Thomas. Florence toute rougissante arrive sur ces entrefaites. Il est encore plus séduisant que dans ses souvenirs. Il est de taille imposante, mince, juste ce qu'il faut, avec de larges épaules carrées. Son visage est sculpté à la manière de celui d'une vedette de cinéma. Il a des cheveux épais noirs comme l'ébène et des yeux noirs perçants. Sa démarche est fière et il affiche un perpétuel sourire en coin qui lui confère un charme irrésistible.

Lui, de son côté, la trouve ravissante. Il ne se souvenait pas qu'elle était si élégante. Il admire ses attributs physiques. De petite taille, elle a de magnifiques cheveux bruns bouclés et de grands yeux noisette. Son teint olive lui donne une allure exotique. Elle ressemble beaucoup aux filles de Jérôme de son premier mariage. Régis la perçoit comme étant douce et plutôt tendre. Elle a revêtu une jolie robe rose pâle qui lui sied à merveille et chausse de beaux escarpins blancs qui accentuent ses belles jambes droites.

Régis l'invite à faire une promenade. Ils jasent comme s'ils s'étaient vus la veille. Au cours de leur conversation, il explique à Florence que l'armée a un programme pour aider les ex-militaires à trouver de l'emploi. Il compte entreprendre activement la recherche d'un boulot et il a hâte d'avoir du travail pour pouvoir planifier les prochaines étapes de sa vie.

— Tu sais Florence, j'ai vraiment apprécié notre correspondance. Ça m'a donné espoir. Je trouve qu'on s'entend bien et que tu me comprends. Les aumôniers militaires m'ont présenté plusieurs jeunes filles de bonne famille, lors de mon passage dans différentes villes, mais aucune n'était aussi plaisante que toi.

Florence est touchée par ce commentaire. Elle avoue que, de son côté, elle a pris un grand plaisir à lire ses lettres.

— Tu écris aussi bien que tu parles. En attendant qu'tu trouves un emploi permanent, chuis certaine que tu pourrais travailler au salon. Tu sais combien Thom t'apprécie. C'est lui qui m'a convaincue de t'écrire. Chuis contente de l'avoir écouté. J'dois t'confesser que j'n'avais pas une bonne opinion de toi et de ta famille. Puisque vous êtes tous si intelligents et si éduqués, j'vous croyais orgueilleux et distants. Je m'trompais. Tu sais que j'avais juré que je ne fréquenterais jamais un Leclair.

À son retour à la maison, Florence flotte. Elle a un large sourire. Elle a aussi droit à un traitement assez froid de la part de sa mère et à une séance d'interrogation corsée du genre troisième degré. Céleste crie à s'époumoner.

— Qu'ossé qu'cet énergumène te voula't? Dis-moé pas que tu t'intéresses à lui? Un Leclair? Ça s'peut pas! Toé p'is Thom vous allez me rend'e folle! Vous avez le don d'choisir dés mauva's partis provenant de familles étranges.

Calmement, Florence répond à sa mère.

— Écoute 'man. Après la mort de Guillaume, j'ai correspondu avec Régis. J'ai appris à mieux l'connaitre. C'é't pas un énergumène. C'é't un homme distingué qui a beaucoup de cœur au ventre. Laisse-moi t'dire qu'il est très croyant et un très bon pratiquant. J'aimerais ça le connaitre davantage. Donc, que t'aimes ça ou pas, on s'est entendu qu'on s'fréquenterait et … si j'deviens vraiment amoureuse de lui, j'vais considérer le mariage. J'rajeunis pas tu sais. J'aime beaucoup les enfants et j'veux pas attendre trop tard.

Céleste est tellement étonnée de l'assurance avec laquelle Florence a prononcé ces paroles qu'elle reste bouche bée pour un instant, mais ne se gêne pas pour livrer amèrement le fond de sa pensée.

— Qu'ossé qui t'arrive ma fille? J'te r'conna's pas!

Régis trouve en un rien de temps un emploi dans une boulangerie d'Ottawa, *MacCauley-Latour*. Il se présente bien et a d'excellentes recommandations de ses commandants. Dans l'armée, en tant que police militaire et selon ses supérieurs, il était à son affaire, respectait ses échéanciers et travaillait bien en équipe. Ils ajoutent qu'il apprend vite, est doué d'un bon jugement et a une résistance physique remarquable. Toutes des habiletés requises dans le métier de pâtissier! De plus, comme bien des Canadiens français vivant en Ontario et ayant été au secondaire scolarisé en anglais dans tous les sujets sauf le français, il est bilingue.

Il brûle d'impatience d'annoncer la nouvelle à celle qui est devenue sa blonde, mais qu'il appelle ma brune amie. Il est tellement content qu'il la soulève de terre et lui donne un baiser rapide sur les lèvres. Avec grande fierté, il s'exclame d'un air coquin.

— Tu vois, je n'aurai pas de difficulté à soulever les grosses poches de farine. Mais crains pas, je n'ai pas l'intention de les embrasser.

Son commentaire la fait rire aux éclats. Oui, Florence est de plus en plus amoureuse de Régis. Ce dernier n'a pas encore dit à sa famille qu'il fréquente Florence. Quand il annonce la nouvelle à sa mère, il est surpris de sa réaction.

— J'ai rien cont'e Florence. C'é't une bonne femme. Est douce et charitable. Est plus vieille que toé, mais depuis l'armée, t'és beaucoup plusse sérieux. C'qui m'inquiète c'é't celle qui pourra't dev'nir ta belle-mére. Céleste est difficile. Toute le monde sét ça. Elle a souvent comméré à not'e sujet avec son amie Hélène Maisonneuve. Chés pas si a va t'accepter. Mais t'és un grand garçon.

Les fréquentations de Régis et de Florence seront assez longues. Le père Blanchet aime bien Régis. Il reconnait toutes ses qualités. Cette partie-là est facile. Les frères de Florence sont contents pour leur sœur qui n'a jamais paru aussi rayonnante et heureuse. Après tout ce qu'elle a traversé, elle mérite le bonheur. Le plus content c'est Thom. Lentement, au cours des dîners dominicaux, Régis amadoue Céleste d'autant plus qu'il apporte des gâteries de la boulangerie. Elle demeure toujours friande de sucreries. Ce qu'elle préfère ce sont les beignes nappés de sauce au chocolat.

Thomas et Prudence se marient en juin 1947. Céleste serre les dents à cette occasion. Elle n'est pas confortable avec la famille de la jeune épouse. Dans son esprit, ce sont des voleurs et des tricheurs. Ils jouent leurs clients deux fois sur trois. Elle ne base ses jugements que sur des ouï-dire. Céleste, malgré ses nombreuses dévotions, n'hésite jamais *à manger du prochain*. Elle voit bien cependant que Thomas est *aux petits oiseaux*. Toutefois, elle parle à Jérôme de ses inquiétudes sur un ton très intransigeant.

— L'avenir saura b'en vous prouver qu'j'ai raison.

Jérôme en grand sage se tait, mais encore une fois, il pense que cette fervente catholique se prononce plutôt sévèrement sur les autres. Il n'est pas au bout de ses peines face au caractère de sa femme. Il y aura en effet un froid important entre le couple et Céleste. Cette dernière n'est jamais satisfaite des choix des conjointes de ses fils. Thomas, amoureux fougueux, ne tolérera pas l'attitude et les propos de sa mère envers sa tendre épouse. Le jeune ménage ira rejoindre Victor à Ottawa. Il travaillera au même salon funéraire que son frère.

Cela est un dur coup pour Jérôme qui se demande comment il va faire dans l'exécution de son métier *pour garder la tête hors de l'eau*. Un triste fossé est ainsi créé entre lui et sa femme. Il ose marmonner son mécontentement.

— *Tête de cochon un jour, tête de cochon toujours!*

Céleste sera bien heureuse quand en mars 1948, Prudence donnera naissance à des jumeaux, Loïc et Amélie. Elle marchera sur son orgueil et suppliera Thomas de revenir à Moraineburg. Elle mettra la faute sur Jérôme.

— Ton pére rajeunit pas. I' peut pas s'passer de toé. I' m'a même glissé à l'oreille que si tu r'vena's tu pourra's hériter du salon à sa mort. Tu peux pas manquer c'te chance-là!

Thomas et Prudence sont pratiques. Cette possibilité d'avenir est attrayante. Ils décident de revenir à Moraineburg. Ils font l'acquisition d'une maison située juste de l'autre côté de la rue du salon au coin des rues Principale et Saint-Luc. Cela donne à Céleste la chance de câliner et de gâter les magnifiques bébés.

Thomas a choisi les prénoms de ses aînés pour faire plaisir à son oncle Adélard, son oncle préféré. Ce sont deux très jolis poupons. Loïc ressemble comme deux gouttes d'eau à Thomas bébé et Amélie à Prudence. Ce sont des enfants agréables. Céleste est sous leur charme. Prudence et Thomas auront encore quatre enfants, trois garçons et une autre fille.

Céleste va réaliser avec le temps que son fils disait vrai. Prudence a toutes les qualités d'une bonne femme de maison. Elle cuisine et coud comme une professionnelle. Excessivement économe, elle gère le budget du ménage avec grand soin et beaucoup d'astuce. Il y a une chose qui fatigue sa belle-mère cependant. Tous les samedis soir, beau temps, mauvais temps, elle sort avec ses amies de fille et ses deux sœurs comme si elle était toujours célibataire. Cela va à l'encontre des valeurs traditionnelles de Céleste. Tous les samedis soir, Céleste lancera les hauts cris.

— C'é't-tu possible d'êt'e sans dessein comme ça. Laisser ses enfants pour aller faire on sét pas trop quoi!

Florence et Régis se fiancent en mai 1948. La bague est sobre. Régis n'a pas fait de folie, mais Florence est au comble de la joie. Elle adore cet homme qui n'a que des gestes délicats à son égard. Le mariage est prévu pour le mois de septembre 1949. Malgré ses craintes, Céleste se lance *à fond de train* dans les préparations des noces. Sa fille sera très belle. Elle choisira des vêtements uniques et haut de gamme. Pour le banquet, Florence suggère l'Institut Sainte-Geneviève. Elle a gardé d'excellents contacts avec les religieuses. Céleste trouve cela intéressant et plutôt original et, il faut le dire, économique.

Victor de son côté a entrepris des recherches pour devenir propriétaire d'un salon funéraire. Il demande conseil à son père. Trois options s'offrent à lui. Jérôme visite les endroits avec lui et procède à une analyse du marché pour voir ce qui serait le plus profitable. Finalement, il suggère à Victor de faire l'achat d'un salon à Brackley, sur la rive québécoise. Moraineburg est à 10 milles. Un traversier assure la navette vers la rive ontarienne. Jérôme s'enorgueillit du tournant que prend la carrière de son fils. Lui et son épouse ont bien géré leurs finances et ne sombreront pas sous le poids de dettes.

En mars 1949, Jérôme se plaint de douleurs à la bouche. Sa langue lui semble continuellement ulcérée. Il souffre énormément quand il mastique ou avale sa nourriture. Céleste lui propose toutes sortes *de remèdes de grand-mère*. Elle en va d'une première suggestion.

— Mon vieux, rince ta bouche avec d'l'eau tiède et du sel apras chaque repas. Ça réussit à tous coups à enlever lés ulcères.

Jérôme essaie ce traitement pendant un mois. La douleur non seulement perdure, mais elle augmente. Jérôme n'ose pas manger. Céleste n'est pas à court d'idées.

— Bon, j'ai une autre solution. Rince-toé la bouche avec d'l'eau tiède et du jus de citron. Ça marchait tout l'temps quand j'éta's petite. Ma mére éta't la meilleure pour nous guérir.

À peine, un essai de deux jours et Jérôme ne peut plus s'endurer. Il ne veut tout de même pas aller voir le médecin pour un petit bobo. Ça va sûrement passer, songe-t-il. Durant la nuit, Jérôme n'arrive pas à dormir et lance des gémissements tellement la douleur est sévère. Lui, habituellement si *tough*, pense sa femme. Elle lui suggère de consulter un docteur. Ça fait assez longtemps que ça dure. Devant son refus catégorique, elle lui propose un autre traitement.

— Si tu veux, j'peux t'mettre que'ques gouttes de peroxyde à l'endroit où ça t'fa't mal. I'a rien comme ça pour désinfecter. I' faut pas que tu l'avales!

À bout de nerfs, Jérôme est prêt à tout pour soulager cet horrible supplice.

— Ma femme, chu's prat à toute essayer. J'en peux p'us!

Cette dernière suggestion ne procure pas de meilleurs résultats que les autres. Face à tous ces échecs, Céleste décide d'examiner de plus proche la bouche de son mari. Lorsqu'il tire la langue pour montrer à Céleste où il a mal, elle est estomaquée. Le long de sa langue, du côté droit, il y a une lésion énorme de couleur blanche et rouge où pullule ce qui semble être un liquide jaunâtre, du pus peut-être. À l'arrière de sa langue, elle voit comme une bosse. Elle semonce Jérôme.

— I' faut qu't' ailles woir le médecin. J'aura's dû te r'garder avant. Lés r'mèdes de grand-mére, j'crés pas que c'é't c'qui t'prend. On s'en va tu suite chez l'docteur Palmer.

Céleste se sent impuissante et craint le pire. Elle va même jusqu'à penser que ce pourrait être le cancer. Leur voisin, monsieur Lamoureux, est mort au printemps d'un cancer du nez et sa lésion ressemblait à celle de Jérôme.

C'est la fille du docteur Palmer, Angie, qui les reçoit. Malgré sa jeune carrière, elle a déjà une excellente réputation. *Tel père, telle fille!*

La passion pour cette profession coule dans les veines des Palmer. Son grand-père, son oncle, son père et son frère sont docteurs. Selon les habitants de Moraineburg, elle possède plusieurs qualités. En toutes circonstances, elle est accueillante, calme, empathique et elle connait toutes les avancées dans le domaine de la santé. Thomas qui fait souvent affaire avec les docteurs dans son travail la trouve exceptionnelle.

Céleste prend la parole et d'un ton plutôt énervé, explique que le mal de Jérôme la rend soucieuse. La jeune médecin procède à un examen minutieux. Si elle est inquiète, rien ne parait sur sa figure. Elle suggère que Jérôme rencontre un de ses collègues qui est spécialisé dans de tels cas. Elle omet de leur dire que c'est un oncologue. Cette étape est cruciale pour préciser le diagnostic et pour trouver le remède approprié.

— Ce n'est peut-être pas grave, toutefois ça fait un bout de temps que la plaie est apparue. Il est préférable que ce soit quelqu'un qui s'y connait bien qui effectue un examen en profondeur. On doit en avoir le cœur net. Je vais demander à notre secrétaire de prendre un rendez-vous pour vous. Elle vous appellera pour vous donner tous les renseignements.

Le couple quitte le bureau confiant que Jérôme se trouve entre bonnes mains.

CHAPITRE 20
Un bonheur aigre-doux

———

En attendant l'appel de la secrétaire de la docteure Palmer, Céleste discute avec Florence du choix de sa tenue pour le mariage.

— Qu'ossé qu't'aimeras porter pour tés noces? T'as toujours eu du bon goût.

— J'y ai b'en pensé. J'aimerais quelque chose de moins tradition-nel. On s'marie à l'automne, je préférerais un tailleur à une robe à *frills*. T'sés que c'est pas mon genre.

— Ok ma fille. J'veux quand même que ça soit *classy*. J'ai vu dans l'journal, la reine mère en Angleterre qui porta't un beau costume de laine bleu, une jupe droite au genou et un manteau trois-quarts assez ample. La beauté du manteau c'est que chaque manche était ornée de fourrure, du renard j'crés. Tu s'ras b'en belle dans ça.

Florence qui ne veut pas faire de folie, précise.

— Je l'ai vu aussi. C'est très beau, mais ça doit coûter cher. I' fau-drait pas exagérer. Vous êtes pas *la banque à Jos Violon*.

— Inquiète-toé pas ma fille. T'es bonne pour moé. Tu mérites c'qui a de mieux. Chés exactement où aller magasiner, chez Godin. C'é't un b'en bon couturier qui fa't du linge sur mesure. I' a dés p'tites maniéres un peu fatiquantes, més i' é't b'en bon. Régis aussi devra't s'faire faire un habit sur mesure.

— 'Man, chés pas si Régis aurait l'argent pour ça? De toute façon, i' é't beau dans n'importe quoi!

— Ça c'é't vra'. J'aimera's vous offrir ça comme cadeau. C'é't égoïste. J'veux que vous soyez lés plus beaux mariés de l'année. Je l'admets pas souvent, més chu's b'en orgueilleuse et j'aime le beau.

Florence lui promet de parler à Régis. Étonnamment, il accepte l'offre. Il est conscient et fier de son apparence. Céleste indique à Florence qu'elles pourront aller magasiner prochainement.

— Ton pére doit awoir un rendez-vous chez un docteur en ville dans pas grand temps. On devra't en profiter et *faire d'une pierre deux coups*. On va y aller toé p'is moé, on va choisir que'ques tissus pour l'habit de Régis et i' pourra y aller avec Thom plus tard. J'veux aussi un complet pour Jérôme.

Florence est d'accord tout en se demandant pourquoi son père doit consulter un médecin à Ottawa. Ça l'inquiète un peu. Elle a remarqué qu'il n'a pas sa forme habituelle.

Une semaine plus tard, la secrétaire du spécialiste, docteur Voyer, communique avec Jérôme. Il est attendu à son bureau dans deux jours. Céleste, Florence et Jérôme prennent place dans la voiture familiale. Les automobiles sont un péché mignon de l'entrepreneur. Celle-ci est une magnifique Cadillac qu'il utilise aussi pour le commerce. À cette époque, elles sont énormes, bâties solidement et offrent beaucoup de confort aux passagers. Jérôme dépose les femmes chez Godin et lui se rend au bureau du médecin.

La mère et la fille expliquent à Louis-Charles Godin ce qu'elles aimeraient comme vêtements. Pour Florence, une réplique du costume de la reine mère et pour Céleste, une belle robe noire en dentelle et un manteau de couleur assortie. Il est tout excité à l'idée de réaliser de nouveaux chefs-d'œuvre. L'humilité ne lui vient pas naturellement. Il fait des esquisses pour les dames qui sont tout à fait satisfaites. Il mentionne à Florence qu'à cause de son teint olive, un vert menthe lui conviendrait mieux qu'un bleu pâle. Le costume sera en lainage de cachemire.

— C'est cher, mais ça ne froisse pas et ça dure longtemps. Pour votre manteau, Céleste, je suggère la même chose. Je sais que vous adorez le noir, mais pourquoi ne pas choisir un beau gris avec une bordure noire? Vos accessoires pourraient aussi être noirs. J'ai un copain qui vend des chapeaux, des sacs à main, des souliers et des gants. Il a un goût incomparable. Une fois que vos vêtements seront terminés, il pourrait venir ici pour l'essayage et vous proposer ce qu'il y a de mieux. Florence pour votre blouse, j'aimerais vous confectionner une petite merveille en soie.

Les femmes sont ravies. Céleste prend Louis-Charles de côté pour lui parler du prix. Habituellement, elle tente de *bargainer*, pas cette fois. Il est ensuite question du complet de Régis. Le couturier écoute consciencieusement et fait un croquis de la tenue du futur marié. Encore une fois, cela plaît à Céleste et à Florence. Enfin, on porte l'attention sur l'habit de Jérôme. De nouveau, Louis-Charles capte bien les demandes.

De son côté, Jérôme a une consultation chez le docteur Étienne Voyer. Il s'agit d'un Français dans la quarantaine. Il est élancé, a les cheveux blonds et les yeux bleus. Plusieurs diplômes ornent le mur de son bureau. Il a un accent du sud de la France. Au début, il interroge son nouveau patient sur ses habitudes de vie et sur ses antécédents médicaux. Jérôme explique qu'à part des petits virus et des lendemains de brosses, il n'a jamais été malade de sa vie. Gentiment, le spécialiste poursuit le questionnement.

— Vous aimez prendre un pot?

Jérôme ne comprend pas.

— Vous buvez de temps à autre de l'alcool?

Jérôme répond sans hésitation.

— Juste pour les grandes occasions!

Il oublie que pour un temps, après le décès de Désirée, c'était plus souvent que pour les grandes occasions.

Le médecin lui parle de la référence de la docteure Angie Palmer. Jérôme confirme tout ce qui se trouve dans le rapport. Le spécialiste procède ensuite à un examen en profondeur de la bouche du malade. Il l'interroge sur l'ordre de grandeur de la douleur. Il voit bien que la personne qu'il a devant lui est pâle et a les traits tirés. Le patient lui explique que depuis le début, il y a environ trois mois, le mal s'est intensifié et rien ne peut le soulager. Le médecin lui demande s'il fume et depuis quand. Jérôme répond qu'en effet il aime fumer et qu'il chique aussi le tabac. Avec un soupir, Jérôme précise que ça fait bien longtemps qu'il a commencé. Le docteur est préoccupé sans toutefois le laisser voir. Calmement, il informe Jérôme des étapes à venir.

— Il faut pousser l'examen plus loin pour vraiment déterminer quel est le problème avant de choisir le traitement approprié. Je vais, si vous êtes d'accord, faire quelques prélèvements qu'on va envoyer à un laboratoire pour une analyse plus détaillée. Cela devrait prendre environ deux semaines, donc en sortant, dites à ma secrétaire de vous fixer un rendez-vous dans trois semaines.

Jérôme est découragé.

— Ça veut dire que j'v'as continuer à souffrir. J'en peux p'us! J'ai b'en d'la misère à faire mon travail. J'dors pas…

— Je vais vous prescrire des antidouleurs. Il ne faut pas excéder la dose. On se revoit dans trois semaines.

Le temps d'attente semble interminable pour Jérôme. Il doit se ressaisir, car il ne veut pas énerver Céleste. Elle a assez de peine à contrôler sa glycémie. Il passe chercher Céleste et Florence chez M. Godin. Il se montre positif.

— J'ai b'en aimé l'docteur. I' e't b'en *smart*. I' m'a donné des *pulules* et veut me r'voir dans trois semaines.

Céleste est estomaquée. Irritée au plus haut degré, elle ne peut s'empêcher de s'exclamer.

— Ça s'peut pas! C'é't b'en long! La prochaine fois, j'i' va's avec toé.

Excessivement troublée, elle ne prononce aucun autre mot, pour le reste de la route. Elle pense, *tout ce qui traîne, se salit!* Encore une fois, l'idée du cancer surgit. Il y en a tellement autour d'eux et la plupart du temps, il n'y a rien à faire. Le grand ami de Thomas, à peine âgé de 30 ans, le charmant René Villemaire est décédé du cancer de la rate. Il a laissé une jeune veuve et trois enfants. Thom a été bien dérangé par ce malheur. L'embaumement a occasionné des soucis à Thomas étant donné qu'il y avait eu une autopsie. Il a pris un bon coup une fois le travail fini et il est venu verser des larmes sur l'épaule de sa mère. Des membres de la famille de Jérôme en sont décédés. En effet, ce fléau médical a fauché Émilie et Pascal il y a quelques années. Céleste se console en priant Saint-Jude, le patron des causes désespérées.

Le soir, dans leur chambre, Jérôme demande à sa femme pourquoi elle semble mécontente.

— Chu's pas choquée, chu's tracassée. Jérôme, t'és l'amour de ma vie. Depuis le premier jour où j't'ai rencontré, j'ai su que c'ta't avec toé que j'voula's passer ma vie et awoir dés enfants. T'és toute c'que j'aime dans un homme. T'és beau, bon, honnête, généreux. T'és un bon pére, un excellent embaumeur et tout un homme d'affaires. J'pourra's pas viv'e sans toé. T'és la plus belle chose qui m'est arrivée.

Jérôme est ému par cette déclaration. C'est la première fois que Céleste lui révèle si ouvertement son attachement à lui. À son tour, il prend la parole.

— Céleste, combien d'fois, tu t'és énarvée pour rien. Toute va êt'e correct. Moé aussi chu's content que tu soyes ma femme. Au début, j'pensais pas que j'pourra's t'apprécier autant. *J'brâllais* toujours Désirée. Més, j'ai appris à t'connaitre. T'as tenu parole et t'as traité mes filles comme si c'éta't lés tiennes. T'as été mon bras droit dans l'commarce. Tu m'as donné dés beaux enfants. T'as enduré mon pére qui éta't pas toujours facile. P'is t'és pas mal bonne dans l'*lite*.

Il la prend dans ses bras pour la rassurer. Céleste est émue aux larmes. Elle puise assez de force de lui dire.

— Tu m'as jama's dit ça!

Jérôme trouve suffisamment d'énergie pour taquiner Céleste.

— Y'é't jama's trop tard pour b'en faire. Couche-toé p'is dors ma Céleste. Tu vas woir, toute va b'en aller.

La secrétaire du spécialiste, mademoiselle Gracia Letang, appelle Jérôme à peine une semaine après sa première visite au cabinet du docteur Voyer. Jérôme est surpris, mais ne dit rien. Elle lui demande de passer au bureau le lendemain. Jérôme précise qu'il ne peut pas, ils ont trois morts d'exposés. Impossible de laisser Thomas seul avec cette charge de travail. La secrétaire insiste sur le fait que c'est très important qu'il acquiesce à la requête du médecin. Après tout, il n'y a rien de plus précieux que la santé. Jérôme lui dit qu'il sera là et communique avec quelques employés pour venir appuyer Thomas au salon.

Jérôme et Céleste se présentent au cabinet du docteur Voyer le lendemain matin à 9 h 00, comme requis. Céleste, hautement anxieuse, frotte ses mains sans arrêt et lance de profonds soupirs. Jérôme lui réitère un message positif.

— Tu woés toujours le pire. Moé j'pense que c'e't bon qu'i' a trouvé le problème si vite.

Mademoiselle Letang est aussi française. Elle a l'accent parisien, parle rapidement et Céleste a du mal à la suivre. Elle les dirige gentiment vers le bureau du médecin. Quand il les accueille, il a l'air grave. Il ne passe pas par quatre chemins pour leur donner des nouvelles.

— Je vais aller droit au but. La lésion et la bosse que vous avez dans la bouche c'est un cancer, peut-être causé par le tabac. La bonne nouvelle, c'est que nous l'avons découvert tôt. Je vais faire une biopsie pour voir l'étendue du cancer sur votre langue et dans votre bouche. On pourra ensuite décider des options de traitement. Probablement qu'on devra faire une opération. Vous devrez possiblement vous soumettre à des séances de radiothérapie. Il est aussi primordial de ne plus fumer, chiquer du tabac ou boire de l'alcool. Tous ces produits pourraient aggraver votre condition.

Céleste prend la parole avec un ton qui ne cède aucune place à la négociation.

— Faites-vous en pas docteur, j'va's y woir!!!

Céleste et Jérôme sont abasourdis. Ils n'osent dire un mot. Jérôme n'a que 69 ans. Le docteur Voyer leur laisse absorber le choc et leur demande s'ils ont des questions. Céleste supplie le médecin.

— Dites-nous la vérité docteur, c'é't-y b'en grave? I' va-tu mourir?

L'oncologue répond que c'est bien trop tôt pour parler de mort.

— Je vous l'ai dit, je crois qu'on prend c'là à temps. On va bien le soigner et probablement que dans un an, on n'y pensera plus. J'ai fixé un rendez-vous pour une biopsie à l'hôpital des Sœurs dès cet après-midi, pour vous éviter trop de déplacements. Quand on aura une vue d'ensemble, on planifiera l'opération. Ma secrétaire va vous donner les renseignements concernant la salle où s'effectuera la biopsie. C'est moi-même qui m'en chargerai. Je vais aussi envoyer mes rapports à la docteure Palmer pour la tenir au courant.

Céleste décide de parler à Angie parce qu'elle trouve le spécialiste avare de commentaires. Dans son for intérieur, elle sent qu'il ne leur dit pas tout. Jérôme de son côté est envahi par des idées noires. Il se souvient que les médecins avaient dit la même chose à son frère et à sa sœur qui étaient bien plus jeunes que lui. Pourtant, Émilie, qui était atteinte d'un cancer des ovaires, n'a duré que six mois après avoir reçu son diagnostic et elle a souffert le martyre. Pour Pascal, cela a été fulgurant. Un cancer de l'œsophage l'a emporté en trois mois. Les docteurs avaient attribué la cause du cancer de son frère au tabagisme et à la consommation d'alcool. Drôle de coïncidence. Il essaie de se ressaisir. Il a toutefois grande peine à se débarrasser de ces images atroces et angoissantes.

En route pour la maison, après la biopsie qui a occasionné des douleurs supplémentaires à Jérôme, Céleste lui dit avec fermeté qu'il faut absolument avertir les enfants. Jérôme proteste prétextant qu'il serait préférable d'attendre d'avoir plus de renseignements. Céleste ne démord pas et l'informe qu'elle fera l'annonce de sa maladie dimanche prochain au cours du repas familial.

— Y'a rien à ajouter. Un point c'é't toute. C'é't une question de respect pour not'e progéniture. I' sont p'u' des enfants.

Pour l'occasion, Céleste invite aussi Colombe. Il y a longtemps qu'elle n'a pas mis les pieds à Moraineburg. Céleste insiste sur le fait que c'est essentiel qu'elle soit là. Colombe prévient Céleste que, si elle assiste au repas, elle doit amener ses sept enfants et quelqu'un doit venir la chercher ainsi que la reconduire parce que son mari travaille à l'extérieur de la ville. L'épouse de Jérôme est déterminée. Il faut que tout le monde soit présent. Elle est prête à faire des concessions.

— On va s'arranger. On a une nouvelle très sérieuse à annoncer à la famille.

Céleste a réussi à convaincre tous les enfants de Jérôme de participer à la rencontre. Les petits-enfants mangent en premier. Il y en a des tout petits qui commencent à peine à marcher. Ce sont les jumeaux de Thom, Amélie et Loïc, Micheline la plus jeune d'Antoine, David, le deuxième enfant de Victor. Prudence et Juliette sont de nouveau enceintes. Prudence donnera naissance à un autre fils et Juliette à une fille.

Gabrielle qui n'a pas d'enfant s'occupe des plus vieux alors que les mères nourrissent les bambins. La belle tablée est composée de Céline et Patrice, enfants d'Antoine, de Mario, fils de Victor et des enfants de Colombe, Raymond, Gérard, Gilberte, Marc, Alexandre, Gaston et Gustave. Ils n'ont presque pas, jusqu'à ce jour, fréquenté leurs cousins et cousines. Ils ne se montrent pas timides pour autant.

Les enfants parlent et rient fort. Ils se fichent bien des dépouilles exposées de l'autre côté du mur. Une fois qu'ils ont terminé leur repas, les plus vieux s'installent dans le salon attenant à la cuisine et s'amusent bruyamment. Les garçons jouent aux *cowboys* alors que la douce Céline lit dans un coin. Ils se chamaillent, se bousculent et courent dans le corridor adjacent au salon funéraire. Les *pow-pows* raisonnent jusque de l'autre côté du mur. Un des employés vient prévenir Thom. Ce dernier interrompt le jeu des garçons et les aligne sur le sofa.

— Que j'vous voye bouger d'un poil, j'traverse chez nous de l'aut'e bord d'la rue et j'ramène ma *strap*.

À multiples reprises, les adultes leur ont rappelé de ne pas faire de bruit parce qu'il y a des morts. Les enfants de Colombe ne comprennent pas pourquoi on leur répète sans cesse cette consigne. À un moment donné, Raymond a osé dire.

— Parler fort, ça dérange pas les morts, i' sont morts!

Mario qui vit aussi dans un salon funéraire lui apprend en long et en large comment les choses se déroulent.

— Chez nous, c'é't le refrain quotidien de més parents. C'é't b'en, b'en tannant. J'me suis fait punir b'en dés fois parce que j'écoutais pas. C'é't b'en long de toujours se r'tenir! Vous êtes b'en chanceux de pas avoir à endurer ça.

Au tour des adultes de s'attabler. Ils constatent que Jérôme n'a pas sa forme habituelle. De semaine en semaine, il perd du poids, son teint est gris, il ne mange pas et il parle à peine. Il porte continuellement sa main au côté droit de son visage. Lui, si attaché à ses petits-enfants, leur donne peu d'attention. Il semble avoir du mal à s'endurer. Florence et Thomas connaissent les allées et venues de leur père chez un médecin de la ville et en ont glissé un mot aux autres membres de la famille.

Au moment du dessert, Céleste s'adresse au groupe.

— Vous avez r'marqué que Jérôme *feel* pas. Eh b'en, y'a une bonne raison pour ça. I' a un cancer à la langue. Le spécialiste a dit d'pas s'énarver parce qu'la maladie a été découverte à temps. I' va êt'e opéré et apras i' va r'cevoir d'la radiation. Le docteur a dit que l'année prochaine, on n'y pensera't même p'us.

Il y a un lourd silence autour de la table pour un bon moment. C'est comme si les invités ont reçu *un coup de masse*. Chacune et chacun y vont de leur imagination et la plupart contemplent le pire scénario. Antoine rompt le mutisme.

— 'Pa est fait fort. Il n'a presque jamais été malade. Vous allez voir, il va s'en remettre.

Son épouse renchérit dans le même sens.

— Chuis certaine qu'il va *swigner* au mariage de Florence.

Une des personnes les plus attristées par la nouvelle est Régis. Il se confie à Florence.

— Tu sais ma belle brune amie, je m'entends bien avec ton père. Il a été généreux avec Guillaume et moi en nous offrant des emplois à temps partiel alors que chez nous *on tirait le diable par la queue*. Je lui ai souvent demandé conseil. Guillaume avait confiance dans ta mère, bien moi, c'est comme ça avec ton père. J'avoue que depuis que j'ai perdu mon père, je le considère un peu comme un second père. J'espère vraiment qu'il va s'en remettre.

Jérôme n'est pas au bout de son supplice. Il aura de plus en plus de douleurs aiguës. Il subira de nombreuses opérations et participera à de longues et pénibles séances de radiation. Les médecins font tout ce qu'ils peuvent sans grand succès. Céleste n'est pas surprise parce que, quand elle a rencontré Angie, celle-ci lui a dit d'avoir confiance, mais de s'attendre au pire avant une rémission. Céleste n'en a glissé mots à personne. Elle respecte la volonté de Jérôme. Florence et Thomas qui fréquentent leur père tous les jours voient bien qu'il dépérit à vue d'œil. Pour les activités du commerce, il laisse presque toute la place à Thomas qui d'ailleurs réussit très bien.

Antoine n'est plus dans l'enseignement depuis quelques années. Il est vendeur d'assurance et s'est qualifié comme *notary public* de l'Ontario. Jérôme a toujours été un homme prévoyant. Il a été témoin de plusieurs décès liés au cancer et considère maintenant que le moment est venu de faire son testament. C'est à Antoine qu'il assigne cette tâche. C'est plutôt simple. Il lègue tout à sa femme qui devra prendre les rênes du commerce après son départ. Thomas s'occupera du travail au jour le jour moyennant un salaire prescrit par Jérôme et à la mort de sa mère, il deviendra propriétaire de l'entreprise familiale. Dans le document, il demande à Céleste de garder contact avec les filles de son premier mariage.

Jérôme, bien conscient de l'état de santé précaire de Céleste, se soucie d'elle. En plus de la menace constante du diabète, elle a une tension artérielle plus élevée que la normale et souffre d'angine de poitrine. De plus, sa nervosité habituelle est aggravée par son inquiétude obsessionnelle concernant la santé de son homme. Il est certain qu'elle pourra bien administrer le commerce. Ça la tiendra occupée. Elle aura cependant besoin d'appui psychologique pour gérer son deuil.

Jérôme ne peut s'empêcher de revivre les émotions ressenties au départ de sa belle Désirée. Compte tenu du tempérament intense de sa deuxième femme, il redoute que sa réaction soit pire que la sienne. Elle est tellement amoureuse de son mari. Il demande de rencontrer Régis, car il a une idée en tête. Quand le fiancé de sa fille se présente au salon, Jérôme l'invite à s'asseoir et d'un ton solennel lui révèle le fond de sa pensée.

— Reg, j'ai une énorme faveur à te d'mander. J'prends pas de mieux et j'ai b'en peur que j'*tougherai* pas la *run* longtemps. Céleste va awoir b'en du mal à accepter ça. J'charche un moyen de lui ren'de la vie plus *easy*.

Régis proteste.

— Voyons père Blanchet, vous en avez pour plus longtemps que vous pensez.

— Reg, t'oublic mon méquier. La mort j'conna's ça. Écoute un peu c'que j'ai à te d'mander. Acceptera's-tu de vivre icitte, dans ma maison avec Céleste? Florence est bonne pour elle, elles se comprennent b'en. P'is j'imagine que vous allez awoir dés enfants. Ça distraira't ma veuve de sa peine. P'is ça s'ra pas facile dans més derniers moments. J'aimera's qu'a soit pas seule à prendre soin de moé. On pourra't installer une chambre pour moé et Céleste dans not'e salon à côté de la cuisine et vous auriez toute vot'e privé en haut.

Régis est surpris que Jérôme lui demande ça à lui.

— En avez-vous parlé à votre femme et à votre fille? Ce sont elles les personnes concernées.

— Reg, chu's pas fou, j'conna's la parsonnalité d'ma femme. Est pas toujours facile, ma's est pas méchante. C'é't pas l'moment d'lui en parler parce qu'a r'fuse de woir la vérité en face et a lés émotions *à fleur de peau*. I' faut *la prendre avec dés pincettes*. Avant d'aborder la question avec Flo, j'voula's awoir ton consentement. Chés que j'vous en d'mande beaucoup. Mais viv'e avec elle pourra't aussi vous donner un bon coup de main financier. Céleste est b'en généreuse avec sés enfants et sés p'tits-enfants.

Régis est un peu déconcerté. Cependant, il n'en fait rien voir. M. Blanchet a un bon cœur et il passe un dur moment. Régis prend la parole.

— Écoutez père Blanchet, si le pire arrive, on traversera le pont à ce moment-là. Parlez-en à Flo et si elle est d'accord, je l'appuierai. Ne vous en faites pas avec ça. Mettez tous vos efforts pour vaincre la maladie.

Jérôme est soulagé. Il en parle à Florence le soir même et elle donne son accord. Il lui demande de ne pas en glisser un mot à sa mère ou à ses frères pour le moment. Il lui relate la conversation qu'il a eue avec Régis.

La peine côtoie souvent le bonheur. La mort *flirte* parfois avec la vie. C'est ainsi que l'existence de Jérôme a pris un tournant négatif dans ces derniers temps. Celle de Florence en prendra un vers le positif prochainement. C'est ainsi que le chagrin et le bonheur cohabiteront dans les cœurs des Blanchet.

La fameuse journée des noces de Régis et de Florence est enfin arrivée. Le lundi 5 septembre 1949, Régis et Florence s'épousent. Dans le cadre de son cheminement spirituel en vue du mariage, les scrupules de Florence refont surface. Pour elle, s'engager lors d'un sacrement, c'est du sérieux. Elle doit se présenter à la célébration avec un cœur pur. Elle va à la confesse la veille et y retourne le jour même.

Ce sera une journée inusitée. D'abord, la cérémonie religieuse a lieu à 6 h 00 du matin pour accommoder Jérôme qui ne se porte pas bien et se fatigue très vite. On veut aussi qu'il puisse communier avant de prendre ses médicaments. Il s'agit d'une petite noce, seule la famille proche des deux côtés est présente.

La mariée est ravissante et superbement élégante dans son magnifique tailleur de cachemire vert menthe dont les manches sont ornées de renard bleu. Comme accessoires, Florence a choisi un chapeau à large rebord et des escarpins de suède noirs. Elle porte des gants de *kid* souple, noir et blanc. Au lieu d'un bouquet, Florence tient un missel blanc décoré de longs rubans et de fleurs miniatures. Le marié, de son côté, a considérablement d'effet dans son complet à double boutonnage noir rayé d'une mince ligne blanche. Il a opté pour un couvre-chef de type *fédora* gris, qui lui donne fière allure. Plusieurs jeunes filles du village envient Florence. Quel bon parti! Florence sait combien elle est chanceuse. Elle est follement amoureuse de son beau Régis.

Le groupe se rend à l'Institut Sainte-Geneviève pour un déjeuner délicieux préparé par les religieuses. C'est un menu à la française qui leur est proposé puisque la sœur fondatrice vient de France. Les invités dégustent du jus d'orange fraîchement pressé, des crêpes Suzette, des croissants au beurre, de la baguette, des fruits frais et du fromage importé. Le café est exceptionnel. Toutes et tous se régalent, en particulier certains petits-enfants, dont Céline, Patrice et Mario.

Une fois la réception terminée, Florence et Régis se rendront à Montréal pour un bref voyage de noces.

Ils ont choisi cette destination parce qu'ils comptent rendre visite à une tante célibataire de Régis, Gloria. Elle a habité chez les Leclair pendant un certain temps et les a aidés lorsque leur situation financière était chancelante. Elle travaillait à l'usine de mica de Moraineburg. Elle a déménagé à Montréal quand la manufacture a fermé ses portes. Gloria, semble-t-il, été dure avec les enfants. Elle avait un tempérament plutôt dominateur. Mais, qu'à cela ne tienne, elle a tout de même rendu des services considérables à la famille Leclair.

Florence revient à la maison au bout d'une semaine plus radieuse que jamais. Régis est un excellent amoureux. Intellectuel comme il est, il a effectué de nombreuses lectures pour bien comprendre la différence entre les femmes et les hommes quand il s'agit de faire l'amour. Il a été tendre et patient calculant chacun de ses gestes pour s'assurer de plaire à son épouse. Il a réussi son pari.

Le jeune couple s'installe au deuxième étage de la maison familiale Blanchet. Leur intimité est ainsi protégée. Ils seront tout à fait à l'aise pour se livrer librement à leurs ébats amoureux. Cet étage est spacieux. En plus de la chambre principale, il y a un espace commun où ils peuvent s'asseoir, lire, discuter. De plus, l'étage compte cinq autres chambres et une salle de bain des plus modernes. Quand les enfants viendront, ils pourront avoir des activités familiales à leur guise.

Florence collaborera avec sa mère pour la confection des repas et la tenue de la maison. Céleste est enchantée de cette situation et Jérôme en est énormément reconnaissant. Son cancer a progressé rapidement et les médecins lui donnent moins d'un an à vivre.

À la fin octobre, Florence ressent des nausées le matin et elle a sauté une période menstruelle. Elle n'ose pas s'exciter trop vite, mais elle soupçonne qu'elle est probablement enceinte. Elle décide de patienter un autre mois avant de vérifier son hypothèse. Céleste n'est pas dupe et se doute de la condition de sa fille. Il y a quelque chose qui a changé. Elle a les yeux plus brillants que d'habitude. La croyance populaire veut qu'une femme qui porte un bébé soit plus radieuse que d'ordinaire.

En novembre, une consultation auprès d'Angie Palmer confirme l'heureuse nouvelle. Elle recommande à Florence de voir un gynécologue d'Ottawa, le docteur Lemire. Jérôme, Céleste et Sophie Leclair sont comblés. Sophie a déjà une petite-fille en Angleterre qu'elle n'a jamais rencontrée. Régis espère qu'il aura un fils qu'il prénommera Guillaume en l'honneur de son frère adoré tombé au champ de bataille, en Normandie.

La grossesse se passe assez bien. Le docteur Lemire trouve cependant que Florence prend beaucoup de poids. Il la suit de près pour la glycémie. Il se sent rassuré parce qu'il n'y a pas de signes de diabète.

L'état de Jérôme s'aggrave. La radiation ne semble pas fonctionner. Il souffre de plus en plus et même la morphine ne peut le soulager. Il ne mange pas et ne dort pas. Céleste est aux petits soins avec lui. Elle l'aime tellement. Elle redouble ses dévotions espérant un miracle.

Au mois de mai 1950, Jérôme s'éteint. Sa famille est terriblement attristée. C'était tout un homme, tout un époux, tout un père. C'était un directeur de pompes funèbres des plus talentueux. Les villageois viennent en grand nombre lui rendre hommage. Des articles élogieux sont publiés dans les journaux de la région. De plus, un film est tourné du défilé funéraire et de la mise en terre.

Des personnes de notoriété publique et politique assistent aux funérailles. Jérôme a partagé ses dernières volontés avec Thomas. Pour la cérémonie à l'église, il veut des chants inspirants de la part de la chorale. Il souhaite aussi que les prêtres avec qui il a eu l'occasion de travailler célèbrent ensemble sa messe de funérailles. Il demande que son corps soit transporté à l'église dans le corbillard à chevaux acheté par son père. Ses garçons et Régis seront les porteurs du cercueil.

Il avait enjoint Thomas à suivre cet autre conseil.

— Écoute mon gars. T'sés comme moé que c'é't très *tough* émotionnellement d'embaumer un membre d'la famille. J'veux pas que

Victor ou toé ayez à passer au travers de cte supplice. Tu m'créras pas parce que c'étaient més pires compétiteurs, mais j'vous suggère de *dealer* avec le salon Rioux et Gagnon pour la direction funéraire. I' sont bons, pas autant qu'lés Blanchet, més dans lés circonstances, c'é't la meilleure solution.

Tous ses désirs seront respectés. Jérôme laissera un vide considérable dans le cœur de ses proches. Suivant l'enterrement, Céleste a prévu un rassemblement familial. Cette dernière est complètement secouée par les circonstances et a besoin d'avoir sa bande autour d'elle. Il reste un mois à la grossesse de Florence donc ce sont des voisines généreuses qui se sont chargées du repas. Régis a aussi apporté des pâtisseries de chez *MacCauley-Latour*. Selon la coutume, chacune et chacun partagent leurs souvenirs. Céleste raconte comment son mariage, un mariage de raison, au début, est devenu une belle histoire d'amour. Victor et Thomas rapportent quelques incidents cocasses survenus entre eux et leur père dans leur profession.

CHAPITRE 21
Une enfance plutôt unique

———

Le 23 juin 1950, Florence donne naissance à une petite fille. La vie est parfois bizarre. C'est un 23 juin que Céleste avait perdu son fils Florent.

La médecine expérimente une nouvelle façon de rendre le travail menant à l'accouchement plus facile en réduisant les douleurs ou tout au moins en faisant en sorte que la patiente ne se souvienne pas des maux ressentis. Les futures mamans reçoivent de fortes doses de médicaments. La science démontrera que cette approche peut avoir des effets secondaires néfastes sur la santé mentale des mères. Florence avec sa grande fragilité psychologique en sera victime ultérieurement.

Pour le moment, c'est le bonheur qui habite le cœur des parents et de leurs familles. Même Sophie qui sort rarement de Moraineburg se rendra à l'hôpital pour voir sa petite-fille. Quand elle se présente à la pouponnière, les infirmières lui apportent un beau poupon blond au teint rose. Tant chez les Blanchet que chez les Leclair, on a les cheveux brun foncé, même noirs. Sophie leur dit de bien vérifier le nom du nouveau-né parce qu'elle serait surprise que sa petite-fille soit blonde et ait un teint si pâle. Ce n'est pas dans les gènes de la famille. Elle n'a pas tort. Finalement, Sophie rencontre sa véritable petite-fille, un mignon bébé bien rond qui pèse huit livres et a une chevelure épaisse d'un noir ébène.

Après un séjour d'une semaine à l'hôpital, Florence revient à la maison. Toujours obsédée par la religion et la peur de l'enfer, elle demande à Régis d'organiser le baptême de leur enfant pour le samedi suivant. Ils ont déjà décidé qui seraient la marraine et le parrain, sa grand-mère Sophie et Michel, le jeune frère de Régis à peine âgé de 15 ans. Malgré ce fait, Michel qui a frôlé la mort possède une maturité hors du commun. La porteuse sera Henriette, la sœur de Régis. Les parents donneront les prénoms de Marie, Muguette, Marguerite, en l'honneur des deux tantes qui sont décédées avant la naissance de l'enfant.

Puisque Régis et Florence ont pris l'engagement auprès de Jérôme de cohabiter avec Céleste, Marguerite passera les dix premières années de sa vie chez sa grand-mère dans un logis attenant à un salon funéraire. Elle sera d'ailleurs témoin des défis que peut poser le fait de vivre avec une grand-mère dotée d'une personnalité intense et autoritaire. Céleste veut toujours bien faire, toutefois, fréquemment son tempérament fort prend le dessus. Ce qui dérangera le plus Marguerite, ce seront les conflits entre Régis et Céleste. L'enfant adore son beau papa et ne tolère pas de le voir attaqué, souvent sans raison, selon elle. Évidemment, elle ne réalise pas que sa tête et son cœur de petite fille ont un parti pris. Régis a parfois des idées arrêtées, il a la parole facile, il se montre passionné quand il débat ses points de vue et il a un sens de l'humour vraiment abrasif.

Marguerite est très aimée. Les attentes sont aussi plutôt élevées à son égard. Les Leclair sont vus comme des gens d'une intelligence supérieure, qui réussissent bien à l'école. Les deux clans, tant les Blanchet que les Leclair, exigent un comportement exemplaire de leur progéniture. Il faut *marcher au doigt et à l'œil*. Dans les faits, cela veut dire obéir en tout temps, être polie, avoir un langage impeccable. Pas toujours facile d'être enfant quand absolument aucune erreur n'est permise.

Marguerite donne des signes de précocité intellectuelle, au plus grand plaisir de sa famille. Elle commence à parler plus tôt que la moyenne des enfants, s'intéresse aux livres, aux connaissances et à l'écriture. Un de ses premiers mots est indicateur de son goût pour l'apprentissage.

— Des c'ayons, des c'ayons!

Elle aime collectionner des crayons avant même qu'elle puisse prononcer ses r. Elle mimique les gestes des adultes. Quand ses parents lui racontent des histoires de leur vécu, elle est ravie. Très jeune, on lui parle de la petite sœur et du frère de Régis, Marguerite, morte d'une péritonite et Guillaume qui s'est sacrifié pour la patrie. Elle chérira toute sa vie cet homme sans jamais l'avoir rencontré personnellement. C'est seulement par les souvenirs des gens dans son entourage qu'elle l'aura connu. Céleste et Florence lui font aussi les éloges de son grand-père, Jérôme, décédé un mois avant sa naissance et de la chère Muguette partie bien trop vite.

Margot, comme on la surnomme tendrement, a hérité de beaucoup de leadership et d'une personnalité assez forte. Il n'est pas facile de la convaincre de faire tout ce qu'on lui demande. Quand elle ne gagne pas, elle pleure à chaudes larmes. C'est son outil de manipulation de prédilection. Elle a de plus vite compris qu'elle peut exercer un contrôle sur son environnement.

C'est un enfant qui a du mal à s'endormir le soir. Pour l'aider, Régis a commencé à lui chanter une variété de chansons en la berçant. Elle aime bien ça et en abuse. Il peut passer la moitié de la nuit à la bercer et à lui fredonner ce qu'elle demande. Quand il croit qu'elle s'est enfin assoupie, il essaie de la déposer dans son lit. Malheureusement, ses tentatives ont rarement du succès. La petite fille a le sommeil très léger. Dès qu'elle ouvre les yeux, elle répète toujours la même rengaine.

— Papa, berce.

La santé de Céleste n'est pas très bonne. Après le décès de Jérôme, elle s'est mise à manger ses émotions et elle consomme beaucoup trop de sucre. Sa glycémie atteint des sommets jamais vus. Sa condition cardiaque s'aggrave. Les parents de Marguerite ne veulent pas perturber le repos de Céleste, car Margot gémit quand son père ne fait pas ce qu'elle demande. Elle adore son papa et l'a *enroulé autour de son petit doigt*.

Marguerite souffre de constipation chronique, une autre forme de contrôle pour une fillette. Elle se plaint beaucoup de maux de ventre,

ce qui inquiète la maisonnée compte tenu de l'historique de périto-
nites chez les Leclair. La docteure Angie est généreuse et fait plusieurs visites à domicile. À un moment donné, elle dirige Marguerite
vers un pédiatre d'Ottawa, le docteur Boudreau. Il propose un
régime pour alléger sa condition. L'enfant doit boire beaucoup d'eau
et le matin prendre un grand verre de jus de tomate, manger des
fruits ainsi que de la céréale de son. Chez les Blanchet et les Leclair,
le synonyme de déjeuner c'est du sucre, du sucre et encore du sucre.
Inutile de dire que Margot collabore peu et son problème la suivra
toute sa vie.

Marguerite a de beaux cheveux bouclés. Céleste lui fait des *frisettes*
tous les jours. La fillette crie sans cesse qu'elle lui tire les cheveux.

— Arrête memère, tu m'fais mal!

Exaspérée, Céleste, sans demander l'avis des parents, lui fait
couper la tignasse. Florence qui est victime d'une fausse couche de
jumeaux a les émotions *à fleur de peau*. Elle explique à Céleste qu'elle
est déçue que cette dernière ait pris cette décision au sujet de sa fille
sans les consulter. Florence et Régis trouvent que Céleste joue plus
souvent le rôle de parent que de grand-mère. Céleste est en furie et
crie à tue-tête à sa fille.

— T'és b'en contente quand j'prends la décision d'y acheter du
linge sans t'en parler, més là, parce que ça fa't pas ton affaire, tu
m'critique. J'éta's tannée de l'entendre chialer toés matins que l'bon
Yieu amène. A braillera p'us. C'é't réglé. J'veux p'us en entend'e parler.

D'année en année, les tensions se multiplieront entre le couple et
Céleste. Cela n'aide absolument pas à la santé mentale de Florence.
La fausse couche la fait sentir amoindrie, elle a l'impression qu'elle
a failli à la tâche. Semble-t-il de plus que les fœtus étaient ceux de
garçons. Un des plus grands désirs de Régis est d'avoir des fils.

En 1953, Florence accouche d'une autre fille, un beau gros bébé
de dix livres au teint rosé. Florence répétera que sa deuxième était
son plus joli poupon. On lui donnera les prénoms de Marie, Lise,

Anita, Angélique en l'honneur de certains membres décédés de la famille de Céleste. La marraine et le parrain seront Céleste et son frère célibataire William. La porteuse est l'épouse d'Antoine. Angélique sera la préférée de Céleste. L'accouchement n'a pas été facile d'autant plus que le bébé se présentait comme un siège. La convalescence de Florence sera assez longue.

En 1954, Céleste décide de faire un virage vers la modernité. Elle acquiert des électroménagers et un téléviseur. Elle est l'une des premières à Moraineburg à faire un tel choix hormis les propriétaires de magasins de meubles. Toute la famille a développé rapidement un goût pour la télé. Céleste aime particulièrement les joutes de hockey qu'elle écoute avec Régis. C'est l'un des meilleurs moments qu'ils passent ensemble. La lutte est un autre de ses programmes préférés. Elle admire les flamboyants lutteurs canadiens-français. Le dimanche, il y a des émissions de variétés aux chaînes française et anglaise. Céleste change de poste quand il y a des danseuses en petite tenue. Elle n'accepte pas ce qu'elle considère de l'indécence. Elle commente amèrement.

— Ça s'peut-tu tant *de montre en fesses*. C'est scandaleux!

Céleste achète aussi un gros corbillard motorisé, dernier cri. Il faut que la *business* affiche sa prospérité. Étrangement, madame se fait conduire par un employé du salon dans cette mégavoiture, les dimanches après-midi, parfois allant nulle part, parfois visitant sa bonne amie, Mrs. Simpson, qui vit à Clearbrook. Cette femme jouit d'une existence aisée et possède une riche propriété. Les villageois trouvent cela pour le moins insolite. Céleste ignore volontairement les commentaires et se complait dans son confort et sa notoriété.

— J'me sac'e b'en de c'que lés gens disent. I's sont just' jaloux!

Les deux grand-mères de Marguerite, qui ont le même âge, sont très différentes de ce côté. Sophie préfère le statu quo. Il n'y a tou-jours pas d'eau chaude dans la demeure. Elle fait le lavage dans une cuve en bois. Elle a toujours son poêle à bois et sa glacière. Enfin, il n'y a pas de salle de toilette dans la maison, mais une bécosse au fond de la cour. Éventuellement, ses enfants la persuaderont et c'est Régis et Michel qui creuseront le sol pour installer un réservoir sceptique et une salle de toilette en bonne et due forme.

C'est à cette occasion-là que Marguerite a compris pourquoi le village s'appelle Moraineburg. Les frères ont eu beaucoup de peine à piocher au pic et à la pelle parce qu'ils frappent des couches de pierres en quantité considérable. Michel, qui raffole de faire l'éducation de sa filleule, Marguerite, lui explique que le mot moraine signifie que les glaciers en fondant ont laissé un dépôt de roches sur la région. C'est encore son parrain qui enseignera à Margot comment utiliser un dictionnaire.

Marguerite a passé les trois premières années de sa vie, en tant que fille unique, recevant une attention soutenue. Au début, elle s'adaptera difficilement à la nouvelle venue, sa petite sœur Angélique. Elle fera tout pour ne pas perdre sa place en usant parfois d'arrogance avec les adultes de son entourage, rien pour plaire à sa grand-mère, offusquant aussi l'orgueil de Régis qui veut des enfants parfaits.

À l'approche des 4 ans de Marguerite, Florence a une idée de génie. Elle se dit que probablement Margot profiterait de fréquenter un jardin d'enfants. Cela occuperait son cerveau et lui apprendrait à socialiser avec ses pairs. La discipline ne lui ferait pas de tort non plus. Florence s'est familiarisée avec un tel programme quand elle était au couvent. Régis est absolument d'accord. Elle décide d'aller en parler aux Sœurs Grises de Moraineburg.

Le projet est reçu avec beaucoup d'hésitation de la part des religieuses. Elles jugent que la majorité des habitants ne comprendraient pas la pertinence de se séparer de leurs enfants à un si jeune âge. Florence revient un peu désolée à la maison. Céleste, en bonne femme d'affaires, et ayant vécu des déceptions semblables dans le passé, propose une stratégie intéressante à sa fille.

— Flo, peut-être si tu t'informa's auprès de tés amies pour sawoir si elles seraient prêtes à enwoyer leurs enfants au jardin d'enfants, peut-être que ça aidera't. Suggère aux sœurs d'ouvrir un jardin d'enfants privé. I' faudra't qu'lés parents payent. La supérieure pourra't aussi parler à sœur Saint-Jean-de-la-Croix à l'Institut. Peut-être que ça marchera't?

Florence trouve cette approche astucieuse. La démarche réussit et en septembre 1954, Marguerite, exceptionnellement, entre à 4 ans au jardin d'enfants qui est habituellement offert aux enfants de 5 ans. L'enseignante, Sœur Saint-André, a rencontré Margot à quelques reprises et elle est sûre qu'elle peut bien faire dans le programme. Elle le confirme d'ailleurs à Florence.

— Vous avez une petite fille très éveillée.

— Oui, en effet, on l'a remarqué. Elle ne sait pas toujours tenir sa place cependant et est plutôt émotive. Nous espérons que vous pourrez l'aider de ce côté. Un peu de discipline, ça ne lui fera pas de tort.

Florence et Régis avaient vu juste. Le programme sera particulièrement bénéfique à leur fille. À la fin de l'année, la mère d'une des camarades de classe de Marguerite demande aux religieuses si elles peuvent ouvrir une première année privée. La Loi sur l'éducation stipule qu'un enfant doit avoir 6 ans le 1er septembre pour pouvoir fréquenter la première année. L'anniversaire de naissance de sa fille est le 3 septembre. Après réflexion et en admettant l'immense succès du jardin d'enfants, les sœurs décident d'aller de l'avant. Elles parlent à Florence et à Régis les informant qu'elles croient fermement que Margot est prête pour ce niveau scolaire. Ayant constaté combien l'éducation précoce avait été avantageuse pour Marguerite et jugeant que l'atmosphère à la maison s'était améliorée, ils ont accepté la proposition. Fréquenter l'école à temps plein évitera des confrontations entre Céleste et Margot.

La décision s'avérera opportune malgré quelques imprévus. D'abord, Marguerite et Angélique ont attrapé toutes les maladies infectieuses qui rôdaient autour des enfants de Moraineburg cette année-là, coqueluche, picote et rougeole. À cette époque, ils pouvaient être assez mal en point. Marguerite a dû s'absenter plusieurs jours et même des semaines de ses classes.

Céleste a démontré un tout autre côté de sa personnalité par rapport aux filles. Avant qu'elles soient souffrantes, Céleste avait l'air et agissait plus à la manière d'une matrone que d'une grand-maman. Elle avait pris beaucoup de poids au cours des années à cause des grossesses répétées et non espacées. Son visage plutôt carré avait une apparence de dureté, probablement en raison des mauvaises surprises que lui avait envoyées la vie. Ses cheveux coupés courts étaient toujours recouverts d'un *net* comme elle disait. Les marques d'affection étaient presque inexistantes. Elle portait la plupart du temps des vêtements noirs, ce qui lui conférait encore plus un air sévère.

Durant la convalescence de ses petites-filles, elle en a pris soin avec grande patience. Elle a proposé aux parents d'installer les enfants dans sa chambre à coucher attenante à la cuisine, autrefois le salon familial. Fidèlement, jour et nuit, elle s'est assurée de leur donner leurs médicaments selon les ordres du médecin. Comme les gamines avaient même des boutons dans la bouche, elles ne pouvaient pas manger de nourritures solides. Céleste leur a préparé des œufs battus avec du lait, du sucre et un peu de brandy qu'elle leur servait au lit.

Heureuse coïncidence, des jus de légumes commerciaux ont fait leur apparition à ce moment-là. Elle s'en est procuré pour ses petites patientes. Elle leur donnait des bains d'éponge quotidiennement et changeait les draps et les taies d'oreiller régulièrement. À sa manière, elle a démontré combien ces deux enfants étaient importants pour elle. Malheureusement, les filles étaient trop jeunes pour apprécier les gestes de *meméré* à leur juste valeur.

En même temps que les fillettes étaient terrassées par les maladies enfantines, Régis et Florence vivaient leur propre drame. Florence, pour une deuxième fois, a fait une fausse couche et comme l'histoire a tendance à se répéter, encore cette fois, elle a perdu un couple de jumeaux masculins. Sa grande sensibilité a de nouveau pris le dessus. Pour elle c'est un échec de plus.

Au mois d'avril, c'est la préparation à la première communion à l'école et il y a plusieurs réunions de parents. Puisque Florence n'a pas la force ni le courage de se déplacer, Régis assure la relève. C'était une période où les rôles au sein d'un couple étaient encore traditionnels. Régis est la plupart du temps seul parmi un groupe de femmes qui elles, de leur point de vue, ne trouvent pas cela déplaisant. Régis est toujours très séduisant et plutôt charmant, pour ne pas dire charmeur.

C'est alors qu'il est confronté à un défi de taille. Les enfants doivent démontrer qu'ils savent toutes leurs prières, le *Notre Père*, le *Je vous salue Marie*, le *Je crois en Dieu* et l'*Acte de contrition*. Marguerite les connait toutes par cœur. Les religieuses insistent que non seulement, elle doit pouvoir les réciter, mais comprendre et expliquer les concepts de confession, de communion et de confirmation.

Dans ces années-là, les enfants recevaient aussi le sacrement de confirmation en première année d'école. C'était le pape Pie X qui en avait décidé ainsi. Habituellement, les jeunes avaient atteint l'âge de 7 ans qu'on qualifiait d'âge de raison ou s'en rapprocher. Ce n'était pas loin de la vérité. Plus tard, des chercheurs démontreront que dans le cheminement de l'être humain, c'est en effet vers cet âge que l'on commence à différencier le bien du mal.

M. l'abbé Lalande, vicaire à la paroisse du Très-Saint-Sacrement, doute qu'un enfant de 5 ans soit capable de saisir ces notions abstraites. Il en a glissé un mot à Sœur Saint-André. Cette dernière révèle à Régis que le prêtre va rencontrer tous les élèves. Elle espère que Marguerite le convaincra de sa compréhension. Eh bien! la jeune Leclair a eu droit à deux séances avec le père Lalande. Il remettait en question les réponses données lors de leur première conversation. N'empêche que Marguerite a réussi à lui prouver qu'elle était prête. Pour sa première communion, Marguerite reçoit deux cadeaux très précieux, une montre ayant appartenu à sa tante Muguette et la robe blanche de première communion de la petite Marguerite morte avant de pouvoir la porter. Il va sans dire que la famille se sent émue dans ces circonstances.

Céleste, malgré sa rigidité, est tout de même consciente que Marguerite est exceptionnelle. Elle ne le lui mentionne pas, car ça pourrait lui monter à la tête comme les autres Leclair. Fière d'elle, sa grand-mère l'amène souvent avec elle quand elle va prendre le thé chez des amies, entre autres, chez Hélène Maisonneuve. Marguerite adore cette jolie maison qui a un magnifique salon pour recevoir la visite et où l'on n'a pas besoin de se taire ou de ne pas faire de bruit. C'est bien tannant de partager son chez-soi avec un salon funéraire.

Durant les grandes vacances d'été, Margot profite de toutes les occasions pour s'évader chez sa grand-mère Leclair avec sa sœur, Angélique. Il y a une immense cour et une vieille *shed* où elle peut jouer avec ses amies. Aucunes personnes endeuillées ne sont assises sur la véranda. Les enfants sont libres de s'amuser à leur guise. Bien que Sophie soit de sa génération et qu'elle ne soit pas cajoleuse, elle permet à Margot de lui coiffer ses beaux longs cheveux blancs. Elle lui fait aussi une poupée avec une serviette roulée ornée d'un joli ruban simulant la séparation entre la tête et le corps. Marguerite a plusieurs poupées chez elle, toutefois rien ne lui fait autant plaisir que de dorloter cette poupée.

Une des sources constantes de conflit entre Florence et Céleste, c'est la présence au dîner dominical des deux frères célibataires de Céleste qui se comportent comme deux vieux garçons endurcis. William qui boit beaucoup sent la *tonne* lorsqu'il se présente à la maison alors que tous les enfants de Jérôme et de Céleste sont membres du mouvement Lacordaire. Tout le monde a eu une mauvaise frousse face à la terrible maladie qui a emporté Jérôme. Florence trouve que sa mère a deux poids deux mesures. Quant à Omer, il chique le tabac et il crache à côté du *spittoon*. Qui est chargée de nettoyer le dégât? Florence! Évidemment, quand les deux femmes ont une prise de bec, Régis intervient pour défendre son épouse et ça ne finit jamais bien.

À un moment donné, après une pareille chicane, Régis a claqué la porte et n'a pas donné signe de vie pour une semaine. L'inquiétude et la tension étaient palpables dans la maison. Marguerite était tellement en colère contre sa grand-mère qu'elle a décidé de *paqueter* ses affaires et a tenté de convaincre sa mère de déménager. C'était un peu drôle, car la jeune avait choisi une toute petite boîte qui ne pouvait contenir que quelques objets. Elle voulait souligner la problématique et son malaise. Régis est rentré le vendredi suivant.

Il avait été hébergé chez Gabrielle et André Fleury. Florence lui a expliqué combien elle et les filles étaient inquiètes et l'a prié de ne plus recommencer.

À une autre occasion, Régis revenait d'une visite de chez sa mère, avec les enfants, et pour une raison qu'on ignore encore à ce jour, les fillettes souffraient d'une grande somnolence. Elles ont demandé de faire une sieste qui s'est prolongée hors de l'ordinaire. Évidemment, cela était complètement à l'opposé de leurs habitudes. Elles refusaient catégoriquement de se reposer l'après-midi.

Céleste, fidèle à elle-même, a laissé entendre qu'il s'était sûrement passé quelque chose d'irrégulier chez Sophie Leclair et qu'elle espérait qu'il n'y aurait pas de conséquences graves. À ces propos, Régis a *pété un plomb*.

— Qu'est-ce que vous insinuez madame Blanchet, que ma famille aurait empoisonné mes filles? Voyons donc, pour qui vous nous prenez? Je sais que vous n'avez jamais porté les Leclair dans votre cœur. C'est insultant!

Et Régis a décidé de bouder pendant trois semaines n'adressant pas un seul mot à son entourage pour cette période. C'est la maladie qui a permis de rétablir la communication. Pauvre Régis passera une année terrible du côté de la santé. Tout d'abord, durant l'entrainement dans l'armée, il est tombé les fesses premières sur un piquet de clôture. Des suites de cet accident, il a développé des abcès infectés au rectum. Il s'était déjà fait opérer avant, mais le problème est revenu encore pire. Le médecin a décidé qu'il fallait agir dans les meilleurs délais pour qu'il n'y ait pas de complications. Pour cette première intervention qui s'est bien déroulée, il a été traité au *City Hospital*. Ce fut cependant plutôt inconfortable.

Un mois plus tard, un samedi matin, Régis s'éveille avec de violentes douleurs au côté droit du ventre, accompagnées de vomissements et de diarrhée. Il fait aussi beaucoup de fièvre. Angie Palmer, après l'avoir ausculté, indique à Thom qu'il a besoin d'une opération.

— Il faut le conduire à l'hôpital immédiatement. Il souffre d'appendicite et je redoute que si on attend, cela pourrait dégénérer en péritonite. On connait l'histoire des Leclair.

Régis est transporté de toute urgence au nouvel hôpital de l'Est d'Ottawa. L'intervention dépassera le temps habituellement prévu. Son séjour à l'hôpital sera plus long. Thom le visite le soir même de la chirurgie. Il constate que Régis, bien qu'il soit encore pas mal sous l'effet de l'anesthésie, est très agité et que son lit est taché de sang, beaucoup de sang. Il en avertit les infirmières de qui il est bien connu étant donné son métier. Après vérification, les garde-malades ayant réussi à arrêter l'hémorragie disent à Thomas que Régis a besoin d'une transfusion de sang, mais que l'hôpital n'a pas son type de sang en réserve. Qu'à cela ne tienne, Thom qui est du même type sanguin décide sur le champ d'aider son grand *chum* et beau-frère.

Pendant ce temps, Céleste s'en fait démesurément parce qu'elle sait dans le fond que sa fille a marié un bon gars. Elle prie jour et nuit pour que Régis ne meure pas. Marguerite commence à montrer des signes d'anxiété. Elle aime tellement son père et ne voudrait pas le perdre. Voyant cela, Céleste l'encourage à prier avec elle.

À son retour à la maison, Régis n'est toujours pas en grande forme. Il continue à avoir des maux d'estomacs et des vomissements. C'est Céleste qui prend le téléphone et appelle le médecin. La docteure Angie recommande une radiographie de la vésicule biliaire. Et vlan! Régis a besoin d'une troisième opération qui le laissera amaigri. Lui qui pesait cent soixante-quinze livres ne fait maintenant que cent dix-sept livres. Ses réserves immunitaires sont presque nulles. Il se voit contraint à avaler un bon tonique.

Régis est un homme fier et trouve qu'il s'est suffisamment absenté du travail. Il réintègre son emploi trop vite et quelques semaines plus tard, il est terrassé par une terrible pneumonie. Il séjourne de nouveau à l'hôpital. C'est en ambulance qu'il s'y rend parce que sa condition est trop grave. Après avoir subi un long traitement et avoir presque épuisé sa patience, Régis se rétablit. Cette fois, les médecins ont fait preuve d'extrême prudence et il n'aura pas de rechute.

Florence et ses filles ont été écrasées sous le poids des épreuves.

Elles se réjouissent de constater que Régis a repris la forme. Le mauvais sort attend Florence au tournant.

En juin 1955, la docteure Angie convoque Florence à son bureau. Celle-ci est intriguée. À son arrivée, Angie lui dit sur un ton solennel qu'elle doit lui communiquer une information confidentielle. Il est absolument essentiel de garder ce renseignement pour elle-même jusqu'à avis contraire.

— Madame Leclair, je crois que l'hiver dernier, lors de la célébration du Nouvel An chez votre mère, vous avez mentionné à votre sœur Gabrielle qu'elle n'avait pas l'air bien.

— En effet, elle était pâle, elle a à peine mangé et était moins enjouée que d'habitude. J'ai aussi remarqué qu'elle prenait une grande quantité d'aspirines. Quand j'lui ai signalé que j'm'en faisais à son sujet, elle m'a répondu que c'était rien. J'ai laissé ça comme ça.

Ne passant pas par quatre chemins, la médecin explique.

— Eh bien! ce n'est pas rien. Votre sœur est atteinte d'un cancer du foie. Elle vient tout juste d'être diagnostiquée. On ne connait pas encore l'ampleur de son état, mais comme vous savez, le foie est un organe vital. Elle va probablement être opérée.

Très émotive, Florence est fébrile et ne peut contenir sa peine quand elle réplique à la docteure.

— Maudite maladie! Gabrielle mérite pas ça, c'est tellement une bonne personne. Combien de temps a-t-elle?

La docteure Angie lui mentionne qu'on ne le sait pas encore. Si c'est pris à temps, elle peut durer plus longtemps. Si elle a trop tardé, ses chances sont moins bonnes. La médecin renchérit.

— C'est Gabrielle qui demande que vous n'en parliez à personne, même pas à votre mari, jusqu'à ce qu'on en sache davantage sur la maladie. Elle a confiance en vous et sait que vous respecterez ses vœux. Soyez forte pour elle.

À partir de ce moment, Florence se montre solide et ne laisse rien paraître du lourd secret qu'elle porte. Il y a sûrement une raison pour laquelle Gabrielle a décidé de lui confier cette terrible nouvelle. Florence s'occupe le plus possible pour se changer les idées. Ça ne sera pas long cependant avant que la docteure ne la convoque à nouveau à son bureau. Gabrielle est passée sous le bistouri à la fin octobre 1955. Après analyse de l'état des choses, il est clair que sa condition est critique. Angie professionnellement et calmement fait une mise à jour à Florence.

— Madame Leclair, votre sœur a été ouverte et refermée sans que le chirurgien ne puisse retirer quoi que ce soit de la masse cancéreuse. La maladie est trop avancée. Si madame Fleury est chanceuse, elle pourra vivre jusqu'à six mois, toutefois je dois vous avouer qu'elle souffrira beaucoup. Vous saurez que la fin approche quand elle contractera une jaunisse. Son mari demande que vous attendiez encore avant de partager la nouvelle. Gabrielle refuse de subir la pitié des gens. C'est déjà assez sombre comme ça. De plus, vous connaissez Gabrielle mieux que moi. Les besoins des autres passent toujours avant les siens. M. André communiquera avec vous quand il l'aura persuadée que c'est le temps de prévenir la famille.

Sans protester, quoique dévastée, Florence quitte le bureau de la docteure Palmer. Elle ne souhaite pas se rendre chez sa mère tout de suite. Elle décide d'aller faire un tour chez sa belle-sœur, Prudence. Ses cinq enfants la distrairont. Prudence est toujours pleine de projets, elle pourra lui en parler. C'est comme si Florence veut sentir la vie plus forte que la mort. Ça fonctionne bien.

Prudence étale à Florence les derniers vêtements qu'elle a confectionnés pour sa marmaille. Ils sont magnifiques. Prudence coud comme une professionnelle. Elle annonce aussi à Florence qu'ils vont apporter des modifications à leur demeure. Ils vont agrandir la chambre des garçons et construire un solarium attenant à la cuisine, à l'arrière de la maison. Ce sera une aire de jeu pour les enfants. Avec enthousiasme, Prudence prévient Florence de leur plan d'avenir.

— La famille est b'en partie, mais on veut d'autres enfants.

Elle offre un thé à sa belle-sœur de même qu'un délicieux morceau de tarte au citron garnie de crème fouettée. Après avoir fait des câlins aux enfants et avoir exprimé sa gratitude à Prudence, Florence retourne chez elle. Sa mère se demande bien où Florence est allée, mais cette dernière ne laisse rien entrevoir.

Régis connait bien sa femme et sait que quelque chose la tracasse. Il ne pousse pas. Pour se distraire, Florence reprend ses bonnes œuvres auprès des Tessier. Ils ont perdu un de leur garçon à 16 ans et le plus jeune, Raoul, qui se prépare à sa première communion, est aussi atteint de la fameuse condition musculaire congénitale. Il est déjà en fauteuil roulant. Avec ses filles, Florence fait des marches avec Raoul. Il a une personnalité agréable. Il est facile de voir qu'il est extrêmement fragile. La journée de sa première communion, il demande à Florence de le prendre en photo avec Margot et Angélique. Heureusement, ce sera un beau souvenir pour les Leclair, puisqu'il mourra quelques mois plus tard.

En février 1956, l'état de santé de Gabrielle se détériore. Elle contracte la jaunisse. Les médecins ont bien expliqué à André que cela indique la fin. Il téléphone à Florence et lui dit qu'elle peut partager son secret avec le reste de la famille. C'est le dimanche, au repas, qu'elle annonce la mauvaise nouvelle. Ses émotions sont *à fleur de peau*. Tout le monde présent est bouleversé, incluant les petits enfants qui chérissent leur tante Gabrielle. Elle avait une façon de leur donner de l'importance qui les rendait heureux. Florence explique que si les gens veulent faire leur adieu à Gabrielle, c'est le temps.

— André a dit de l'appeler pour fixer un moment. Gabrielle est consciente qu'il ne lui reste que peu de temps et souhaite vous voir tous grands et petits.

Thom offre un tour d'auto à la famille de Régis et de Florence qui n'a pas de véhicule. Régis, Florence et les filles entrent timidement dans la maison. Marguerite se souviendra toute sa vie de ce moment. Sa tante est étendue sur le divan, dans le salon. Elle porte une jolie robe de chambre rose. Ses magnifiques cheveux longs sont coiffés d'une belle tresse qui pend sur son épaule droite. Son teint est d'un jaune moutarde. En voyant la petite pour qui Gabrielle avait un faible, une larme coule sur sa joue. Marguerite ne sait trop que dire, mais elle murmure avec douceur.

— J't'aime beaucoup ma tante Gabrielle. J'espère que tu vas aller mieux.

Ces paroles innocentes émeuvent aux larmes les personnes présentes. La visite ne dure que quelques minutes pour ne pas fatiguer la malade. Le 3 mars 1956, Gabrielle meurt à l'âge de 50 ans. Elle laissera un énorme vide dans la famille. Tout le monde l'adorait, particulièrement Céleste. Gabrielle ressemblait beaucoup à son père, physiquement et dans sa manière d'être.

Thomas et Victor collaboreront à l'embaumement de leur sœur. Ils réussiront à lui restituer son teint d'autrefois et à reproduire la coiffure élégante qui la caractérisait, une superbe chevelure longue toujours attachée en chignon impeccable. Jamais un cheveu déplacé. Évidemment, ils se remémorent de merveilleux souvenirs. Ils ont tellement de peine qu'ils brisent leur engagement de Lacordaire. Tout le monde va leur pardonner compte tenu des circonstances attristantes.

C'est la première occasion qui est donnée à Marguerite et à Angélique de voir une personne qui leur est chère dans un cercueil. La porte entre leur domicile et le salon funéraire est habituellement fermée quand un corps est exposé. Compte tenu de la situation actuelle, on la laisse ouverte de sorte que la famille peut aller visiter Gabrielle à n'importe quel moment.

Angélique, âgée de 3 ans seulement, ne comprend pas trop ce qui se passe. Elle voudrait bien que sa tante Gabrielle lui parle. Elle a une idée. Elle possède une poupée qui a deux visages, l'un triste et l'autre drôle. Elle se faufile dans le salon funéraire, monte sur le prie-Dieu pour jaser avec Gabrielle.

— R'garde ma tante, est b'en drôle ma catin.

Voyant que cela n'apporte aucun résultat, elle retourne à la cuisine en répétant à tous.

— A dort b'en dur ma tante Gabrielle.

André est sur les lieux. Ému par le désir de la petite de communiquer avec sa tante, il prend Angélique dans ses bras en murmurant.

— C'est OK ma *coucousse*. Elle n'est plus avec nous, mais elle est dans nos cœurs.

Pour l'occasion, Colombe loge chez Céleste. C'est la première fois que les filles de Florence rencontrent cette tante. Elles constatent qu'elle a une physionomie semblable à celle de Gabrielle et qu'elle a la même voix.

La journée de l'enterrement, les parents de Marguerite lui disent qu'elle est assez grande pour suivre le cortège funèbre à pied. Elle prend cela très au sérieux. Elle trouve son oncle Thom très beau dans son *coat* à queue et son chapeau haut de forme. Il s'avance de façon solennelle. Dans sa tête de petite fille, elle croit que tous les directeurs funéraires doivent boiter, que c'est un prérequis pour faire ce métier.

Florence démontre beaucoup de courage pendant que Gabrielle est sur les planches. Le lendemain de l'enterrement, elle s'effondre brutalement. Elle a mal partout et pleure sans arrêt. Elle en veut à tout l'univers qui permet à de si bonnes personnes que Gabrielle d'être atteintes de cette *verrase* de maladie qu'est le cancer. Elle raconte à Régis que ça fait longtemps qu'elle était au courant de la situation, mais qu'elle avait promis d'en garder le secret. Régis a une écoute empathique et la console tendrement. Le fait d'en parler aide Florence à se rétablir.

CHAPITRE 22
Les derniers milles

———

En janvier 1957, Régis a une promotion, il devient *foreman* chez *MacCauley-Latour*. Il éprouve un haut degré de fierté. Un petit Canadien français qui monte les échelons dans une compagnie anglaise, c'est plutôt rare. Il y a un hic cependant. Il doit travailler de nuit. Lui qui, depuis les débuts de son emploi, voyageait par autobus, doit maintenant songer à l'achat d'une voiture. Il n'y connait pas grand-chose, donc il demande l'aide de Thomas qui fait affaire avec le garage Charrette. Régis ne veut pas faire de folie. On lui propose une automobile compacte anglaise. Régis est heureux de sa transaction. La famille profitera énormément des promenades du samedi en campagne. Le changement d'horaire exigera tout de même des adaptations de part et d'autre. L'augmentation salariale et les conditions de travail améliorées sont toutefois bienvenues.

Il faut croire que le couple a trouvé moyen de s'ajuster puisque Florence tombe enceinte au mois de juin. Par précaution, elle ne le crie pas sur tous les toits. Elle préfère attendre pour voir si cette fois-ci, elle gardera le bébé. De nouveau, elle espère donner un fils à Régis.

Un samedi soir de juillet 1957, Thom entre en coup de vent chez Céleste. Rapidement, il explique qu'il y a eu un drame au chalet des Patry. Le *chum* de Thalia, la sœur de Prudence, Rodrigue Patry, manque à l'appel. Il était parti en chaloupe seul l'après-midi. Il n'en est jamais revenu. Les gens s'en souciaient peu parce que c'est un excellent nageur. La noirceur venue, on a demandé à un voisin d'aller explorer le lac. Malheureusement, quand il est rentré, il a dû les informer qu'il avait trouvé la chaloupe vide, à la dérive.

Ce qui aggrave le tout, c'est que ce jeune homme est aussi le père de l'enfant de Thalia, enfant qui a été conçu hors du mariage. Les familles ont bien tenté de cacher la situation, mais à Moraineburg, tout se sait et pour l'époque, cela était scandaleux. Thom explique que les recherches ne pourront être faites de nuit. La police précise qu'il faudra attendre le lever du jour, ce qui ajoute au désespoir de ses proches. Thomas a dû faire appel à une gardienne pour ses enfants parce que, fidèle à ses habitudes, Prudence est sortie. Il ignore où elle est. Il se rend immédiatement au chalet des Patry.

Ce sera une nuit blanche pour toute la maisonnée chez Céleste. Malgré leurs incartades, Thalia et son ami de cœur sont du bon monde et il y a maintenant un orphelin de père de plus sur la terre. Thomas a du boulot devant lui. Tôt le lendemain matin, après la découverte du corps par la police, il doit hameçonner la dépouille. Ce qui peut prendre un certain temps. Comme on dit dans le langage populaire, c'est une question de *touch and go*. Tel que c'est le cas pour toutes les noyades, le cercueil devra être fermé. Thomas déteste cela. Il sent que son travail n'a pas été mené à terme et ne peut être fait à la hauteur de ses buts.

Au cours de l'exposition du corps, il y aura beaucoup de va-et-vient chez Céleste. Le drame a touché au plus haut point les membres de la famille Chagnon et Patry. Ils vont chercher consolation auprès de Céleste et de Florence.

Alors que Thomas fait rouler rondement et efficacement le salon à Moraineburg, Antoine a installé sa famille à Épière, un petit hameau à 18 milles de Moraineburg. Il a beaucoup de succès dans la vente d'assurance de même que le notariat. Parce qu'il a un nombre impor-tant de clients à Moraineburg, il effectue l'aller-retour entre les deux endroits régulièrement. Le 30 octobre 1957, il a plusieurs rendez-vous dans son village natal, le premier étant prévu pour 9 h 00 du matin. Chaque fois qu'il passe par là, il en profite pour arrêter voir sa mère.

Antoine est une personne habituellement ponctuelle. Ce matin-là fait exception à la règle. Céleste tente de rester calme, mais à 11 h 00, elle demeure sans nouvelle de son fils. Elle donne un coup de fil à Gilberte qui lui confirme que son mari a quitté leur domicile à 8 h 15. Elle lui explique qu'il avait peut-être des clients à rencontrer en cours de route. À l'heure du dîner, c'est toujours le silence.

Dans l'espoir de voir arriver l'auto d'Antoine, sa mère s'installe dans la porte d'entrée. Quelle n'est pas sa surprise d'apercevoir un remorqueur tirer la voiture de son fils devant la maison! Le véhicule ne ressemble plus qu'à un tas de ferraille. Elle panique en se disant que personne ne peut sortir intact d'un tel accordéon métallique. Elle rejoint la cuisine dans tous ses états. Rien ni personne ne peut la calmer.

— Vous comprenez pas, 'y a rien de pire que d'pardre un enfant. 'Y a rien de pire que devenir orphelin en bas âges. Bon Yieu faites que'que chose.

Florence tente de la rassurer sans grand succès. Céleste s'empresse d'aller voir Thomas dans la salle d'embaumement et lui confie son désarroi.

— Mon beau Thom. Chés qu't'es b'en connu d'la police provinciale à cause de ton méquier. Pourra's-tu lés appeler pour awoir dés nouvelles concernant l'accident d'Antoine?

Thomas donne immédiatement suite à la demande de sa mère. Au même moment, une auto de police dépose Antoine devant le salon funéraire. La météo était mauvaise, beaucoup de pluie et la chaussée glissante. Antoine allait un peu vite. Il a perdu le contrôle et a heurté un poteau téléphonique. Par bonheur, il a eu plus de peur que de mal, même pas une égratignure. Céleste est soulagée. Elle peut enfin respirer et exprimer à son fils ce qu'elle ressent.

— Comme mon pére disa't, *vaut mieux arriver en r'tord qu'mort.* Chu's b'en contente de t'woir. Viens manger.

En mars 1958, Florence accouche de ce qui sera la plus jeune des petits enfants de Céleste. Thom a six enfants, Victor quatre et Antoine trois. Les frères Blanchet comptent des garçons parmi leurs descendances. Florence espère qu'elle pourra en dire autant. Pour les naissances précédentes, c'est le gynécologue Lemire qui s'est occupé d'elle. Cette fois-ci, c'est Angie Palmer qui l'accompagnera. Florence réitèrera par la suite que cela a été sa grossesse la plus facile et qu'elle a reçu les meilleurs soins médicaux.

Elle est anesthésiée pour les derniers milles de l'accouchement. Quand elle se réveille, restant tout de même sous l'effet de la médication, elle répète le même message aux garde-malades.

— Régis va donc êt'e content c'est un garçon.

Après avoir entendu cette affirmation plusieurs fois, la docteure Palmer se dit que sa patiente rêve et lui pose une question.

— Avez-vous vu votre bébé madame Leclair?

Cette dernière répond que non. Alors une infirmière lui apporte un beau poupon qui ressemble beaucoup au plus jeune frère de Régis… mais ce n'est pas un garçon, c'est une belle petite fille. En voyant son bébé, Florence est complètement conquise, oublie sa hantise et serre la petite dans ses bras. Régis ne sera pas déçu. Il est content que la grossesse et l'accouchement se soient bien passés et que le bébé et sa femme soient en bonne santé. Étonnamment, comme c'est le cas dans bien des familles, la benjamine sera la préférée de son père. Les parents lui donneront les prénoms de Prudence, sa marraine, d'Agnès, en l'honneur de Sainte-Agnès-d'Assise et de Gabrielle en mémoire de la tante tant aimée, sœur de Florence.

À l'automne, la santé de Céleste commence à battre de l'aile. Sa tension artérielle est élevée et sa glycémie aussi. Elle fait quelques mini-thromboses qui heureusement ne produisent pas de répercussions sérieuses sauf pour son caractère qui ne s'améliore pas. Elle est souvent colérique et s'inquiète démesurément. Elle s'imagine que le commerce périclite et demande avec insistance à tout le monde de prier.

— Si on veut manger, ça prend des rev'nus donc des morts.

Florence se rappelle que quand elle et ses frères étaient petits, leur mère les amenait voir les dépouilles en leur disant que c'était grâce à elles s'ils vivaient confortablement. C'était une véritable hantise pour elle.

— Pas d'morts, pas d'manger dans vos assiettes!

Malgré son état de santé chancelant, la doyenne du clan Blanchet voudra célébrer Noël avec ses enfants et leur famille, comme si elle avait un pressentiment. Régis et Florence s'occuperont du menu. Régis confectionnera les tourtières et les tartes aux pommes, au sucre et à la farlouche. Florence apprêtera de la dinde avec des patates pilées assaisonnées de sarriette, des pois et carottes, une salade jardinière et des atocas. Régis emprunte toujours un énorme rouleau à pâte de la boulangerie où il travaille quand il cuisine à domicile. Il est costaud et il n'a que faire des rouleaux à pâte traditionnels juste bons pour les mains fines des cuisinières.

L'avant-veille de Noël, alors que Régis est à l'œuvre dans la cuisine, Thomas entre en trombe. En général, quand il fait cela, c'est de mauvais présages. Il a la figure toute déconfite. Florence se demande ce qui se passe. Thom leur annonce une triste nouvelle.

Un de leurs grands amis à lui et à Régis a eu un accident meurtrier. Gaston Charrette, le plus jeune des enfants du propriétaire du garage avec lequel Thomas et Régis font affaire, s'est fait happer par un véhicule sur la route 17. Il était tard le soir et ironiquement son auto est tombée en panne. Comme on dit, *cordonnier mal chaussé*. Il a choisi de marcher pour aller chercher de l'aide et il a été heurté. Le ou la responsable a quitté la scène de l'accident. Gaston a passé la nuit, une nuit plutôt froide, sans obtenir du secours. C'est vers 4 h 30 du matin qu'une voiture de patrouille de la police provinciale l'a trouvé.

Régis est profondément bouleversé. Il a du mal à croire que c'est possible et décide d'aller voir la dépouille dans la salle

d'embaumement. Le cadavre est ensanglanté et sa figure est mécon-
naissable tellement elle est massacrée. Il a dû être projeté dans les
airs au moment de la collision. Régis est terriblement touché. Il en
perd conscience. Thom réussit toutefois à le réanimer rapidement.
Le pâtissier revient à la cuisine, mais il n'a plus le cœur à la cuisson.
Pour les Leclair, le devoir accompli est une source de fierté. Sans
entrain, il poursuit sa tâche. Les desserts sont délicieux malgré tout,
au plus grand bonheur de toutes et tous.

Thomas a tout un travail à exécuter pour reconstruire le visage de
son ami. Il y met beaucoup de temps et de minutie. Le résultat est
impressionnant. Comme son père, il est un véritable artiste. Il est
épuisé physiquement et émotivement. Il pense à Gaston dont la vie
lui a été enlevée si jeune. Il avait une belle carrière de mécanicien
devant lui et un projet de mariage. Il avait attendu longtemps avant
de trouver la bonne. Thomas se rappelle toujours dans de telles circonstances que la mort n'épargne personne sur son chemin. Riches,
pauvres, jeunes, vieux, nul n'est épargné. Il espère que les policiers
découvriront qui est la personne responsable de cet accident. Il pense
qu'il faut vraiment être pas de cœur pour abandonner un individu
comme ça! Thomas aime son métier, mais il y a des moments où il ne
comprend pas la race humaine.

En dépit de ses problèmes de santé, Céleste insiste pour avoir toute sa
bande autour d'elle pour les fêtes. Elle est loin de se douter qu'il ne lui
reste pas beaucoup de temps à célébrer sur terre. Tout le monde sera
présent sauf Colombe. La famille d'Antoine, comme à l'accoutumée,
passe quelques nuits chez Céleste. La maison est grande à l'étage
et ils ont toute une section pour eux. C'est Marguerite qui est ravie
parce qu'elle aime beaucoup sa cousine Micheline qui a quelques
années de plus qu'elle. Elles s'amusent bien ensemble. Micheline a
une imagination fertile et a toujours de bonnes idées.

Pour mettre de la joie dans le party, Antoine propose de chanter.
Il convie les enfants à mimer la chanson du *P'tit avocat*. Cela

provoque un large sourire sur les lèvres de Céleste. Elle se rappelle que Muguette avait fait la même chose plusieurs années auparavant et qu'Antoine détenait le rôle principal. Aujourd'hui, c'est Mario, le fils aîné de Victor, qui prend la relève. Il a beaucoup de talent.

Tôt le matin, le lendemain de Noël, Marguerite va rejoindre Micheline dans une des chambres d'invités.

— C'est vraiment l'*fun* qu'on passe toute une journée ensemble.

Micheline est d'accord. Dans cette pièce, il y a toutes sortes de photos de famille sur le mur. L'une est celle d'une très jolie jeune fille dans un énorme cadre ovale. Elle est vêtue à l'ancienne. Elle est élégante avec sa blouse de dentelle blanche et ses perles noires. Son chignon est coiffé parfaitement, son sourire est rayonnant.

Margot lance un défi à sa cousine.

— Eh! Mimi, à qui tu trouves qu'elle ressemble cette femme?

Micheline est prise au dépourvu et ne sait que répondre. Hardiment, Marguerite expose son point de vue.

— Moi j'trouve qu'elle te ressemble beaucoup.

Au même moment, les parents de Micheline sortent de leur chambre et Gilberte confirme qu'il y a des airs de famille entre cette personne et sa fille. Antoine, à son tour, explore les perceptions des gamines.

— De qui croyez-vous qu'il s'agît?

Les deux cousines lèvent les épaules, ne connaissant pas la réponse. Antoine ne les tient pas en suspens trop longtemps.

— Eh bien! mes chères, c'est votre grand-mère Céleste.

Micheline est très spontanée et ne mâche pas ses mots.

— *No way*! Cette personne est toute souriante, elle semble heureuse et douce. Memére est sévère, soucieuse et n'a jamais l'air joyeux. Elle perd patience à rien. Elle s'énerve et répète tout le temps, *Faites pas de bruit, 'y a un mort! Le commerce c'é't b'en important, c'é't ça qui nous nourrit.*

Margot indique que malheureusement, il y a toujours une dépouille d'exposée à Noël et au Jour de l'An.

— C'est b'en tannant!

La mère de Micheline poursuit son récit.

— C'est une photo qui a été prise quelques mois avant son mariage avec votre grand-père. Elle était follement amoureuse de lui. Votre grand-mère n'a pas eu la vie facile. Elle a eu beaucoup d'épreuves et n'a pas une bonne santé. Ça use une personne, ça. Mais n'avez-vous pas remarqué qu'elle a du goût pour ses vêtements?

Micheline n'a de choix que de donner raison à sa mère.

— J'imagine qu'elle choisit de beaux habits de memére.

— Et quand elle vous achète des vêtements, est-ce qu'ils sont de bon goût?

Les filles se résignent et répondent à l'affirmative. L'avenir démontrera qu'en effet Micheline, dans sa jeune vingtaine, sera excessivement jolie et ressemblera physiquement à sa grand-mère paternelle. Dieu merci, son caractère sera bien plus plaisant que celui de Céleste.

Le père Noël a laissé un cadeau invisible à Micheline, Marguerite et Angélique pour la semaine suivant le Jour de l'An, les oreillons. Les filles ont été alitées pour une dizaine de jours avant que le terrible mal de gorge ne s'en aille. La proximité c'est bien, mais ça peut aussi avoir des conséquences ennuyeuses.

En 1959, la santé de Céleste s'étiole. Elle fait d'autres thromboses qui sont un peu plus graves. Sa mémoire lui fait de plus en plus défaut et elle cherche constamment ses mots. Ce qui joue sur sa patience. Elle est excessivement exigeante. Thomas ne voit pas comment elle peut continuer à diriger le commerce. Il en parle à ses frères qui tentent de convaincre Florence que leur mère devrait être placée dans un foyer pour aînés. Cette dernière ne peut s'y résoudre.

— J'crois qu'on peut attendre. J'peux continuer à m'en occuper.

La vie se chargera de lui faire changer d'avis. À peine âgée de 18 mois, la petite Gabrielle tombe gravement malade. Elle fait beaucoup de fièvre, tousse à s'époumoner, a du mal à respirer, refuse de manger et ne cherche qu'à dormir. Ses parents sont désemparés. Ils appellent la docteure Angie qui effectue une visite à domicile. En auscultant l'enfant, elle se rend compte que ses poumons ne fonctionnent pas bien. Elle soupçonne une pleurésie. La médecin insiste sur le fait qu'il faille absolument réussir à faire boire Gabrielle pour baisser la température. Il est urgent qu'elle mange parce qu'elle ne se tient même plus sur ses petites jambes. Docteure Palmer prescrit de la pénicilline.

— Cela devrait aider. On est chanceux d'avoir accès à des antibiotiques de nos jours. Souhaitons qu'elle ne soit pas allergique comme son père.

Florence est déchirée. Sa mère a perdu beaucoup d'autonomie et n'effectue aucune tâche dans la maison. De plus, elle requiert de l'aide pour faire sa toilette. La petite Gabrielle nécessite une attention de tous les instants pour se sortir de cette sordide maladie. Florence redouble d'efforts et tente de répondre aux besoins des deux. Régis craint qu'elle ne s'épuise physiquement et psychologiquement. De son côté, son boulot est demandant et ses horaires compliqués. Il ne dort presque pas. Il travaille à la boulangerie la nuit et prend la relève de Florence le jour. Fort heureusement, les antibiotiques finiront par faire effet et Gabrielle se sentira mieux. Elle gardera des séquelles de cette maladie et souffrira d'asthme jusqu'à l'adolescence.

Durant cette période, Moraineburg est témoin de nombreux incendies dans les commerces. Les feux ont lieu toujours à peu près au même temps du mois, lors de la pleine lune. Une grosse conflagration a éclaté en plein milieu de la nuit au magasin Chénard situé à quelques pas du salon. C'est l'édifice qui logeait le magasin général de Jérôme jadis. Le brasier s'est enflammé rapidement pour ne pas dire instantanément. Régis revenait du travail et voulait s'assurer que les habitants de la maison étaient sains et saufs. Il racontera ce qu'il a vu par la suite.

— La maison entière se consumait comme s'il y avait eu une déflagration. La famille sortait *cul par-dessus tête* en sous-vêtement ou en pyjama. Les enfants pleuraient et les parents tentaient d'les rassurer. Ils n'avaient pu rien récupérer, mais par chance tous les membres d'la famille étaient saufs. Horace Chénard était lui aussi en larme. L'œuvre de sa vie s'envolait en fumée.

Au domicile des Blanchet, tout le monde était debout. Les filles pleuraient et tremblaient, craignant que l'incendie ne se propage chez eux. Céleste était complètement perdue et se croyait dans sa jeunesse alors qu'on allumait des feux de broussailles sur la ferme pour nettoyer le terrain.

Régis en bon chevalier s'est rendu chez sa mère. La maison est située juste derrière celle des Chénard. Il a creusé des tranchées et arrosé la résidence de même que les arbres sur la propriété avec un petit boyau d'eau pour essayer d'éloigner les flammes de chez Sophie. Il a réussi. Ce faisant, il s'est disloqué une épaule. Régis est un homme intense et ne fait jamais rien à moitié. Il est revenu auprès de Florence complètement vidé.

Les pompiers ont mis des efforts héroïques toute la nuit pour contrôler le violent incendie qui s'est propagé au magasin de meubles voisin des Chénard, propriété du maire de Moraineburg, et au domicile ainsi qu'à la *shop* du barbier. C'était une scène désolante sur la rue Principale et cela a pris beaucoup de temps pour tout rebâtir. Plusieurs autres maisons ont subi des dommages dus à l'eau.

Quelques semaines plus tard, monsieur Chénard a été hospitalisé après avoir souffert plusieurs embolies consécutives. Tout le village s'en voyait attristé parce que c'était un homme connu et estimé de la plupart des gens. Il a dû être soumis à une amputation à la jambe droite et le chagrin l'a emporté.

Une nuit, Régis à son retour à Moraineburg, après le travail, alors qu'il stationne sa voiture à l'arrière du commerce Blanchet, perçoit une odeur de feu. Il se dirige vers la senteur et au fur et à mesure qu'il s'enfonce dans la cour, il discerne de la boucane. Cela surprend parce que Thomas est terriblement prudent et il fait toujours la tournée des garages avant de quitter les lieux vers son domicile. Régis découvre un amas de papier, au centre de ce qui était autrefois l'écurie, duquel s'échappent une grosse flamme et de la fumée. Régis agit rapidement et réussit à éteindre le brasier. Il se dit cependant que ce n'est pas normal et se demande s'il y a un lien entre cet incident et les autres conflagrations. Il se propose d'en parler aux autorités. Il se félicite d'être intervenu si vite et il s'interroge sur ce qui se serait passé s'il n'était pas arrivé à ce moment précis.

Entretemps, il y a d'autres feux à Moraineburg, ce qui tient tout le monde sur les épines. Croyant à des actes criminels, la police mène une enquête exhaustive. Grâce à plusieurs astuces, les policiers réussissent à trouver de nombreux indices cohérents. Quand finalement la vérité fait jour, les gens ne sont pas très surpris, mais ils ressentent beaucoup de pitié pour l'accusé qui a eu une vie parsemée d'épreuves et de drames familiaux.

Réfléchissant au comportement de Céleste lors du sinistre chez Chénard, Florence constate que sa mère a besoin de plus d'appui que ce qu'elle peut lui offrir. Elle en parle à ses frères qui entreprennent des démarches pour lui trouver un foyer pour personnes âgées à autonomie réduite. Par chance, il y a une place dans le village. C'est dispendieux, mais ça vaut la peine. De cette façon, elle est à proximité des siens. Tous les enfants sont d'accord pour que Thomas prenne la direction du commerce.

Réalisant que Céleste ne reviendra probablement jamais chez elle, Régis et Florence commencent à faire des plans pour déménager. Antoine leur mentionne que le terrain situé à l'arrière du salon appartient à Céleste. Ils pourraient l'acheter et se bâtir une maison. C'est ce qu'ils vont décider de faire. Le défi c'est que le couple s'est habitué à l'appui financier de Céleste et n'a pas été très prévoyant. Ils devront se retrousser les manches et bien organiser leurs affaires. L'avantage c'est que Régis est aussi habile manuellement qu'intellectuellement. C'est lui qui dessinera les plans du *bungalow* et fera une grosse partie de la construction.

En attendant, Florence et Régis libèrent la chambre de Céleste de ses meubles et rétablissent le salon familial. Les enfants en sont très heureux. Il ne reste qu'à anticiper le grand départ. La vie est vraiment plus relaxe en l'absence de Céleste. C'est une bien bonne personne, mais ses épreuves et la maladie l'ont aigrie. La pression du salon funéraire qui limite les effusions vocales des fillettes persiste.

Les parents n'ont de choix que de leur répéter la phrase célèbre de Céleste.

— Faites pas de bruit, 'y a un mort.

Au mois d'août 1960, un samedi matin, vers 7 h 00, Régis, Florence et les filles sont réveillés par Antoine, Victor et Thomas. Ils viennent annoncer que Céleste est décédée durant la nuit. Elle était âgée de 70 ans. Malgré sa personnalité forte et contrôlante, elle avait démontré beaucoup de résilience. Elle a été à la tête de la *business* pendant dix ans, à une époque où c'était presqu'impensable pour une femme de jouer un tel rôle. Le salon était prospère grâce au talent de Thomas. L'entreprise a conservé l'excellente réputation qui avait été établie par ses prédécesseurs.

De la même manière que pour les autres Blanchet qui l'avaient devancée dans la mort, Céleste a reçu un nombre important de visiteurs lors de son exposition. Les gens ont parlé de sa capacité légendaire à faire face à la maladie et de sa volonté de fer pour assurer le fonctionnement efficace du commerce. Comme elle était dévote jusqu'à l'obsession et appréciée du clergé et des religieuses, ses obsèques ont été célébrées en grande pompe. Ce sont les sœurs de l'Institut Sainte-Geneviève qui ont fait les frais du chant et c'était magnifique. Le monde en vantait la qualité incomparable.

— On aurait cru un chœur d'anges descendus droit du Ciel.

Après ses funérailles, la famille se rassemble pour une dernière fois dans la maison de Céleste. C'est Victor qui est un as à la chasse qui a préparé le dîner, un bon ragoût de chevreuil. Régis a apporté des desserts de la boulangerie. L'atmosphère est étrange. Bien sûr, ses enfants regrettent le départ de leur mère, mais il y a aussi comme un sentiment de soulagement. Elle prenait beaucoup de place, peut-être trop. Marguerite, du haut de ses 10 ans, partage le même sentiment. La famille se réunira rarement après. On peut dire ce qu'on voudra au sujet de Céleste, elle était tout de même comme la colle qui gardait la bande de Blanchet ensemble. Colombe n'a pas fait acte de présence pour l'occasion. Malgré les efforts de Céleste pour rapiécer les relations avec elle, le froid avait perduré.

Le lendemain de l'enterrement, Antoine fait part des dernières volontés de Céleste à ses frères et à sa sœur. C'est un contexte inattendu. L'héritage est réparti entre deux enfants seulement, Thomas et Florence. Thomas devient propriétaire du salon tel que Jérôme l'avait dicté dans son propre testament. Florence recevra la somme de 3 000 $ pour ses loyaux services et le droit de demeurer locataire dans la résidence de Céleste aussi longtemps qu'elle le désirera moyennant le paiement d'un loyer à Thomas. Le testament n'est pas contesté par Victor et Antoine qui comprennent bien le raisonnement derrière les décisions. Thomas espère que sa sœur ne voudra pas continuer à habiter la maison parce qu'il a des plans d'expansion pour le salon funéraire.

Régis et Florence comptent bien terminer rapidement la construction de leur petit *bungalow*, car il ne reste que la finition intérieure à compléter. Ils sentent cependant que Régis ne pourra pas achever seul le projet et Thomas a hâte de procéder aux rénovations souhaitées. Régis et Florence ne peuvent pas de leurs propres moyens financiers retenir les services d'un entrepreneur. Antoine qui, non seulement, est un bon homme d'affaires, mais a commencé à faire de la politique, a plusieurs contacts. Il réussit à trouver un prêteur. Les taux d'intérêt sont élevés. Qu'à cela ne tienne, le couple est impatient d'entamer sa nouvelle existence. Ils auront à vivre avec cette décision très longtemps et cela leur causera d'importants soucis par moment. Ils ont beaucoup de talents, mais la gestion financière n'est pas leur point fort.

La construction du domicile de la petite famille Leclair progresse bien. Le grand départ est prévu pour septembre. Sachant cela, Thomas entreprend les travaux de rénovation du salon funéraire sur le champ. Le jour du déménagement, les murs tombent derrière Régis et Florence. Cette dernière avec son hypersensibilité le prend mal. Sa perception émotive, teintée par toute une vie passée dans cette maison, lui donne l'impression qu'on lui montre la porte.

Florence pense que *Le Commerce* semble plus important pour

Thomas que la famille. Elle a bien pris soin de sa mère malgré une atmosphère parfois toxique. Personne d'autre n'aurait voulu le faire. Elle trouve que son frère a bien changé. Bien vite, elle se ressaisit. Elle comprend que c'est l'émotion du moment qui assombrit son jugement. Elle se dit que Thomas n'est pas une personne mauvaise. Il ne fait pas exprès pour la blesser. Il a la *business* à cœur et ça depuis toujours. C'est pour ça que ses parents l'ont vu comme celui qui pouvait assurer la prospérité et la croissance de l'entreprise. Leur intuition était juste.

Le changement sera bénéfique pour le salon et pour les Leclair. Pour ces derniers, le fait d'habiter un nouveau domicile aura plusieurs impacts positifs. Vivre seuls, sans pression externe, donnera des ailes au rapport entre Régis et Florence. Ils n'auront plus à se préoccuper de ce que veut Céleste. Florence n'aura plus l'obligation d'accueillir les frères de sa mère tous les dimanches. Le couple Leclair sera plus à l'aise de prendre des décisions selon leur goût et leurs valeurs.

Marguerite se sent délivrée et libérée. Elle a eu des interactions aigres-douces avec sa grand-mère. Ses petites sœurs n'ont pas connu les mêmes conflits qu'elle. Elles ont cependant toutes les trois ressenti le poids de vivre dans une maison mortuaire. Leur premier souper chez eux est détendu, on parle fort, librement et l'on rit aux éclats. Margot qui est toujours directe ose un commentaire.

— Papa, maman, n'est-ce pas merveilleux qu'on n'ait pas peur que memére nous crie après ou critique la nourriture. Est-ce que c'est pas le *fun* de s'dire qu'il n'y a pas de dépouille de l'autre côté de la porte ; que plus personne n'arrivera *comme un cheveu sur la soupe* pour se faire consoler de leur chagrin. Mais ce qui est le plus le *fun* c'est d'savoir que plus jamais au grand jamais on n'entendra ces fameuses paroles si agaçantes.

— *Faites pas de bruit, 'y a un mort.*

FIN

Printed in the USA
CPSIA information can be obtained
at www.ICGtesting.com
LVHW050300090224
771185LV00048B/868